河出文庫

ある島の可能性

ミシェル・ウエルベック

中村佳子 訳

河出書房新社

目次

ある島の可能性

アントニオ・ムニョス・バレスタとその妻ニコに捧ぐ。
ふたりの友情と心遣いがなければ、この本は書けなかっただろう。

ようこそ、友人諸君、永遠の命へ。

この本が生まれることになったのは、ドイツ人ジャーナリスト、ハリエット・ウォルフによるところが大きい。数年前にベルリンで会った女性だ。ハリエットはインタビューをはじめる前に、僕に小さな物語をひとつ聞かせたいと言った。彼女によれば、その物語は僕の小説家としてのあり方をよく示しているらしい。

世界の終わりのあと、僕は電話ボックスにいる。いくらでも好きなだけ電話がかけられるらしい。他にも生き残りがいるのか、僕の電話はただの異常者のひとりごとなのか、それはわからない。僕の電話はときに短い。まるでいきなり一方的に電話を切られたかのようにすぐに終わる。かと思えば、受話器の向こうに、後ろめたい気持ちから耳を傾けている誰かがいるかのように、長く続くこともある。昼もなく、夜もない。この状況が変わることはありえない。

ようこそ、ハリエット、永遠の人生へ。

君たちのうち、いったい誰に永遠に生きる価値があるだろう?

僕の現行の受肉《インカーネーション》は劣化しつつある。もう長くはもたないだろう。僕は、自分が次の受肉を通して、再び可愛い犬のフォックスに会うことになることを、知っている。犬と暮らす良い点は、犬を幸せにしてやれるところにある。犬の要求はいたってシンプルだし、エゴはきわめて小さい。かつては女性もこれと似通った立場――ペットに近い立場にあったのかもしれない。いまとなってはわかりようもないが、おそらくかつては共同で機能することで喜びを得るような、家庭的な幸せの形があったのだろう。こまごまとした仕事をこなすのにぴったり適した、機能的な組織に属する喜びがあったのだろう――そして、そうした仕事の反復が、日々のささやかな営みとなったのだろう。すべてが姿を消した。それらのこまごまとした仕事も姿を消した。我々にはもはや、いかなる目的も割り振られていない。人間の喜びは我々にはわかりようがない。また、その不幸が我々を傷つけることもない。我々にとって夜はもはや、恐怖に打ち震えるものでも、エクスタシーに打ち震えるものでもない。それでも我々は生きている。人生を送っている。喜びもなく、謎もない。時の流れは、我々には速く感じられる。

最初にマリー22と知り合ったのは、スペインの質の悪いサーバーの上だった。接続に恐ろしく時間のかかるサーバーだ。

あの古《いにしえ》に死んだオランダ人が
招いた疲労は
主が再来するずっと前に
証明されるようなものとはちがう

2711, 3225104, 13375317, 452626．所定のアドレスで、彼女のマンコの映像を見た。モザイク状の、ぎくしゃくした映像ではあったが、奇妙なくらいにリアルだった。生きているのか、死んでいるのか、その中間か。おそらくその中間だと思うが、それを論じることは認められていない。

女性に永遠のイメージがあるのは、神秘に接続するマンコのおかげだ——それはまるで世界の根源に連なるトンネルだ。その実、いまや使われることのない小人の穴にすぎないのだが。とにかく女性にそんなイメージがあるのなら、それは女性にとって実に結構なことだ。これは同情から述べている言葉だ。

文明の推移から生じる
著しく決定的な
ゆるぎない恩寵《おんちょう》には、
必然として死が存在しない

中断すべきだったのかもしれない。ゲームを、介入《インターメディエーション》を、コンタクトを。しかしもう手遅れだった。258, 129, 3727313, 11324410.

最初のシークエンスは、上空からの映像だった。巨大な灰色のビニールシートが大地を覆っている。アルメリアの北部だ。温室で実った果物や野菜の摘《つ》み取りは、かつては季節労働者（ほとんどがモロッコ出身者）によって行われていた。オートメーション化が導入され、こうした労働者の姿も周囲の山間地へと散っていった。

居住区プロイエシオネスXXI－13には、日常的な設備――防護フェンスに電流を供給する発電所、衛星中継所、太陽エネルギーセンサー――に加えて、無機塩の生成装置や、飲料水の水源が備わっている。それはあらゆる大都市から遠く、近年の地図には載っていない――その建設が最後の測量のあとだったためだ。空の交通が途絶え、衛星の伝送帯のうえに磁気嵐が停滞するようになって以来、その位置を特定することは実質的には不可能になっている。

次のシークエンスは、夢だったのかもしれない。僕の顔をした男が製鉄工場でヨーグルトを食べている。機械の取扱説明書は、トルコ語で書かれている。生産が再開されるなんてありそうにもない。

12, 12, 533, 8467.

マリー22の次のメッセージは、こんな文面だった。

バカみたいにひとり
あるのは自分の
マンコだけ

245535, 43, 3. 僕が自分のことを「僕」と言うとき、僕は嘘をついている。まずは、ここに意識としての（透明でニュートラルな）「僕」があるとしよう。次に、その「僕」と、仲介《インターメディエーション》としての「僕」を引き合わせてみよう（僕の体はそのようなものとして僕に属している、いや、正確に言えば、僕が僕の体に属している）。なにが見えてくるだろうか？　接触《コンタクト》の欠如である。僕の話を畏《おそ》れたまえ。

君たちがこの本の埒外《らちがい》にいることを僕は望まない。生きていようが、死んでいようが、君たちは、とにかく読者なのだ。

それは僕抜きで行われ、しかも静かに行われるのが望ましい。

求められる概念とはうらはらに
世界を創ったのは言葉ではない
人が言葉を話すのは、犬が吠《ほ》えるのと同じ
怒りや畏れを表すため

喜びは寡黙である
まさに幸せがそうであるように

自我とは、我々の失敗の集大成である。しかし偏った集大成にすぎない。僕の話を畏れたまえ。

この本は〈未来人〉に情報を提供するために書かれている。人間にはこんなものがつくれたのかと、彼らは言うだろう。無でもないが、完全でもない。つまりこれは中間的な産物だ。

マリー22が実在すると仮定して、僕を男性だとする基準からすれば、マリー22は女性である。ただし基準は限定的で、反論の余地はある。

僕もまた、晩年にさしかかっている。

「精神」の誕生に立ち会うのは、未来人をおいてほかにない。しかしながら未来人は、我々の解釈する意味からすれば、人間ではない。僕の言葉を畏れたまえ。

第一部　ダニエル24の注釈

ダニエル1――I

「さて起きているネズミはなにをするでしょうか？　クンクンと匂いをかぎます」

ジャン＝ディディエ（生物学者）

自分が道化の道に飛び込んだときのことを、僕はしっかりと憶《おぼ》えている。僕は当時十七歳で、トルコにある〈全料金込み《オール・インクルーシヴ》〉という休暇村で、あまりぱっとしない八月を過ごしていた――そもそも親のバカンス旅行につきあったのはそれが最後だった。妹の馬鹿――当時十三歳――は、そこらじゅうの男たちの気を惹《ひ》きはじめていた。朝食の時間だった。いつものように、みんなが大好きなスクランブルエッグの前には行列ができていた。僕の隣にいたイギリス人の婆さん（冷淡で性悪、キツネを捌《さば》いて自宅のリビングに飾るようなタイプ）は、自分の皿に卵をたっぷりと盛ったうえで、メタルの皿に残っていたソーセージ三本をひっさらった。十一時五分前だった。朝食のサービスが終わる時間だ。給仕が新しいソーセージを持ってくるとは思えない。すぐ後ろに並んでいたドイツ人はその場で凍りついた。すでにソーセージに向かって繰り出されていた彼のフォークが空中で静止した。憤怒で顔が真っ赤になった。それは大柄のドイツ人だった。体長二メートル強、少なくとも百五十キロはありそうな巨漢だ。一瞬、僕は、男がそのフォークを八十の婆さんの目に突き立てるのではないか、もしくは婆さんの頸《くび》を絞め、給仕台の上で婆さんの頭を叩《たた》き割るのではないかと思った。婆さんはというと、まさに老人特有のエゴイズムから、まったく何にも気づかず、何事もなかったかのように、ちょこちょこと自分のテーブルに帰っていく。ドイツ人は耐えた。もう必死で耐えている感じだった。しかし彼の表情は次第に穏やかになった。そして悲しげにビュッフェを後にし、ソーセージなしに、仲間のもとへ戻っていった。

僕はこの事件を基に、休暇村で起こる流血の大暴動を題材にしたショートコントを作った。暴動のきっかけとなったのは、〈オール・インクルーシヴ〉の運営方法に対するこまごまとした不満だった。朝食におけるソーセージ不足、そしてミニゴルフの追加料金。その夜、僕は〈君は天才！〉〈プロの司会者に代わって避暑客が芸を披露する週に一度のイベント〉の舞台で、このコントを披露した。僕はひとりですべての登場人物を演じた。こうして僕は、生涯抜けられなくなるワンマンショーの道に飛び込んだ。夕食後のそのイベントには、ほとんどの滞在客が集まっていた。ディスコの開店時間まですることがないのだ。すでに八百人の観衆が集まっていた。僕のコントは大ウケを取った。たくさんの人間が涙を流して笑っていた。大喝采《かっさい》だった。その晩、ディスコで、シルヴィーという名の栗色の髪の美人が僕に言った。すごくおもしろかったわ、ユーモアのセンスのある男の子ってすてきね。かわいいシルヴィー。こうして僕は童貞を失い、自分の進路を決定した。

大学入学資格《バカロレア》取得後、僕はアクターズ・コースに進み、その後の数年、日の目を見ない時代を送った。その間、僕はますます意地悪になり、結果、ますます辛辣《しんらつ》になった。こうした状況の中、ついに成功が——面食らうほどの大成功が訪れた。僕が初期のショートコントで多く扱ったのは、再婚などで再編成された家族や、〈ル・モンド〉紙のジャーナリストや、中流階層の凡人たちだ。自分の娘や、相手の連れ子のパンツからはみだした紐《ひも》パンや、臍《へそ》に、いけない誘惑に駆られる働きざかりのインテリの姿を、僕は実にうまく描いた。ようするに僕は「現代社会をありのままに見る辛辣な観察者」だった。よくピエール・デプロージュと比べられたりした。ワンマンショー一筋に活動を続けながら、ときには、テレビ番組からのゲスト出演のオファーも受けた。僕はその中から、視聴率が高く、隅々まで凡庸な番組をわざと選んだ。そして毎回かならず、その凡庸さを巧妙に強調した。つまり司会者が僕に、少しくらい危険を感じるのはいいが、感じすぎてはいけない。ようするに僕は腕の良いプロのひとりであって、単に少し買いかぶられているだけだ。僕の代わりはいくらでもいるのだ。

自分のコントがおもしろくないというつもりはない。それに実際それはおもしろかった。たしかに、僕は現代社会をありのままに見る観察者である。ただ僕が感じるのは、僕の言ってることなんて、わかりきったことばっかりだってことだ。もはや現代社会には観察すべきことなんてほとんど残っていない。すでにたくさんの障壁、タブー、まちがった希望、偽《にせ》の願望が単純化され、整理され、打ち砕かれている。実際、残っているものはほとんどない。社会面でみれば、金持ちがいて、貧乏人がいて、あいだに危なかしい橋が二、三ある――「成り上がり」は茶化すものと相場が決まっている。破産する可能性が一番高いからだ。セックス面でみれば、欲望をそそる人間がいて、まるでそそらない人々がいる。単純な構造だ。加えて、いくつかの形式の錯綜《さくそう》(同性愛など)があるが、みな虚栄心やナルシシスト的対抗心にわけなく要約できそうなものばかりだし、すでに三世紀前のフランスのモラリストに書き尽くされてしまっている。ほかには、もちろん、馬鹿正直な人々がいる。労働する人々。食料品の生産に実際に携わる人々。多少とも滑稽《こっけい》な、あるいは憐《あわ》れといってもいい方法で(とはいえ僕はとにかくお笑いの人間なのだが)我が子に身を捧げる人々。若い時分にも美しくなく、その後野心を抱くこともなく、けっして金持ちになることもない人々。それでいて彼らは心底から――誰より正直であるからこそ、誰よりも――美しさや、若さ、富、野心、セックスの価値に固執している人々なのだ。いわば「ソースのつなぎ」になる人々だ。こうした人々は、残念なことに主役にはなれない。僕がコントの中に何人かそういう人間を導入するのは、多様性とか、ありそうな感じとかを出すためだ。それでも、僕はひどく嫌気が差してきた。最悪なことに、僕はヒューマニストと看做《みな》されていた。辛辣なヒューマニスト。なるほど。しかしヒューマニストにはちがいない。どれ、それがどんなものか、僕のショーを彩るジョークをひとつ紹介しよう。

「ねえねえ、ヴァギナのまわりの脂肪をなんていうか知ってる?」

「知らない」

「ずばり、女」

　奇妙なことに、この手のジョークをやりはじめてからも、僕は〈エル〉や〈テレラマ〉といった雑誌でもてはやされつづけた。たしかにアラブ系のコメディアンが台頭するようになって、マッチョなギャグが再び受け入れられるようになった背景がある。それに僕のギャグも見事だった。ブレーキをゆるめ、加速しつつも、すべてが計算ずく。結局のところ、コメディアンという職業のいちばんの役得というか、もっと一般的に言うなら「諧謔的《かいぎやくてき》な姿勢」で生きるいちばんの役得は、下劣な奴として振る舞ってもけっして罰せられないという点だ。しかも下劣さの見返りはたっぷりとある。当然、女にはもてるし、金も儲《もう》かる。なにをやってもたいていは許される。

　実のところ、人が僕にヒューマニズムがあるとかいうのも、実に薄っぺらな根拠からだった。煙草屋の店員をからかう軽いジョーク、スペインの浜辺に打ち上げられた黒人不法移民の遺体といったネタは、僕に「左翼」あるいは「人権擁護者」という評判を与えるに十分だった。左翼だって?　この僕が?　たまたま僕はコントの中に、若手の反グローバリゼーション主義者を数人登場させ、あからさまな悪役というのとはちがう役回りを振った。たまたま僕はある種のデマゴギーにうまく迎合した。何度も言うが、僕は腕の良いプロだった。また、僕のアラブ風の顔立ちも、功を奏した。最近の左翼の抽《ひき》斗《だし》の中には、反人種差別、より正確にいえば反白人主義的人種差別くらいしか残っていない。そもそも僕は、歳を経るにつれ濃くなっていくこのアラブ風の顔立ちの由来をよく知らなかった。母親はスペイン系、父親は僕の知る限りブルターニュの人間だ。例のスベタの妹なんて、まちがいなく地中海系ではあるものの、肌は僕の半分も黒くないし、髪もさらさらだった。こんな邪推をする人間もいるだろう。こいつのお袋って貞操固かったっけ？　ムスタファとかいう親父がいるんじゃないか？　もしかしたら、ユダヤ人だったりして？　好きにやってくれ《ファック・ウイズ・ザット》。とにかくアラブ人は僕のショーに大挙してやってきた——多少数は減るもののユダヤ人だってやってきた。ちなみにこうした連中はみんな定価でチケットを買った。誰だって自分が死ぬときのことは気になる。これはまちがいない。しかし生まれたときのことが気になるかというと、それはちょっと怪しい。「人権」については、僕はもうあきらかに、どうでもいいと思っている。まあ自分のペニスの権利にぎりぎり興味が持てる程度だ。

　そっちの方面では、バカンス村での成功を皮切りに、現役中、ほとんど苦労することはなかった。往々にして女性にはユーモアが欠けている。女性がユーモアを男性的なものだと看做すのはそのせいだ。したがって僕は現役中、性器を仕舞う適当な穴に不自由したことはない。ただ正直、これらの性交はいまひとつだった。お笑いに興味のある女性というのは、往々にしてちょっと年増の女性、四十前後の女性が多い。あっちのほうがうまくいかなくなってくる年頃だ。ケツが馬鹿にでかかったり、垢《あか》すり手袋みたいなおっぱいだったり、その両方だったりする。ようするに男を勢いよく勃《た》たせるようなものはなにもない。そして勃たなくなれば、興味も失《う》せる。彼女たちだってそこまで歳を取っているわけではない。もう少しして五十近くにもなれば、彼女たちは再び、なにかいつわりの、気休めのようなもの——そもそも見つかるはずのないもの——を求めるようになる。その間の女性に対して、僕はどうしてもエロチックな魅力の減退を思い知らせてしまう（誓って言うが、好き好んでやっているわけではない。そんなの楽しいわけがない）。そして彼女たちに懐疑の念を芽生えさせてしまう。知らないうちに悲観的な人生観を与えてしまう。このさき自分たちを待っているのは、成熟ではなく、ただの老いなのではないか、というような。人生のおわりにあるものは、新たな円熟などではなく、欲求不満と苦悩、最初は取るに足らないほど小さいのに、みるみる耐えられないほどの大きさに育つそれらの総決算なのではないか、というような。健全ではない。まったく健全とはいえない。人生は五十歳から、というのは本当だ。ただし、人生は四十歳で一度終わるのである。

ダニエル24——1

ご覧、遠方に動く小さな生き物を。ほら。あれが人間だ。

夕日のなかに、その種族が姿を消すのを、僕はぼんやりと眺めている。最後の夕日が、平原の上を這《は》い、東の地平に横たわる山脈の尾根を照らし、砂の風景を赤く染める。僕の住居を取り囲む防護フェンスの金網がきらきら光っている。フォックスが小さな唸《うな》り声をあげる。野人がいるのを感知したのだろう。僕は彼らに対して、いかなる憐《あわ》れみも、いかなる親近の情も感じない。彼らのことは、猿同然、猿より多少の知恵はあるが、その分危険な猿としか思っていない。たまたま兎や、野良犬を保護するためにフェンスを開錠してやることはあっても、野人のために開けてやることは絶対にない。

僕があの種族の雌と性交するなんて絶対にありえない。無脊椎《むせきつい》動物や植物の世界で異種間の障壁を決定するのが、多くの場合テリトリーであるのに対し、高等脊椎動物の世界では、それはもっぱら行動で決まる。

一個の生物がセントラルシティのどこかでつくられる。それは僕そっくりだ。少なくとも僕の顔立ちを備え、僕の内臓を持っている。僕の生命活動が停止すると、数ナノセカンドで、シグナルの欠如がキャッチされる。すぐに後継者の生産が開始される。翌日か、翌々日にも、防護フェンスが開き、僕の後継者がこの家にやってくる。彼はこの本の受け取り手になる。

ピエルスの第一法則によれば、記憶と人格は同一のものである。つまり人格には、記憶化できるもの以外は存在しない（この場合記憶とは、認識のそれ、手順のそれ、あるいは感情のそれを指す）。たとえば、僕が僕であるという感覚が睡眠によって解体されることがないのは、記憶のおかげだ。

ピエルスの第二法則によれば、認識の記憶を適切にサポートするのが言語である。

ピエルスの第三法則は、バイアスのない言語の条件を定義している。

コンピュータを介した失敗の多い記憶のダウンロードは、このピエルスの三つの法則によって廃止された。具体的には、分子の直接転送と、現在我々が〈人生記〉と呼んでいるものがそれに代わった。当初〈人生記〉は単なる補足要素、暫定的な処置としか看《み》做《な》されていなかったが、ピエルスの研究が進むにつれ、その重要性が認められるようになった。おもしろいことに、こんなふうにして、まさに最先端の理論が、古《いにしえ》の書式、かつて〈自伝〉と呼ばれたものに酷似する書式を見直すきっかけをつくったのだった。〈人生記〉について、具体的なきまりはない。人生のどの時点から書きはじめてもよい。たとえば絵画を鑑賞するときに、どこから見はじめてもいいのと同じだ。重要なのは、徐々に全体が見えてくることだ。

ダニエル1―2

「日曜ごとに、河岸で歩行者天国をやられちゃあ、かなわねえや……」
ジェラール（タクシー運転手）

なぜ最初の妻と結婚したのか、いま、それを思い出すのは不可能に近い。きっといま彼女と道で擦れ違ってもそれにすら気づかないと思う。人は一定の物事を忘れてしまう。本当にすっかり忘れてしまう。すべての物事が記憶に保存されると考えるのは、あきらかにまちがっている。一定の出来事、というか、ほとんどの出来事は、きれいさっぱり消去される。跡形もなく、まるで最初からそんなものは存在しなかったかのように。妻の話に、というか最初の妻の話に戻すと、彼女と一緒に暮らしたのは、二年か三年だろう。彼女が妊娠して、僕はすぐに彼女を捨てた。当時、僕はまったく売れてなかった。彼女には微々たる生活手当が入っただけだ。

息子が自殺した日、僕はトマトのオムレツをつくった。『福音書』にも「犬でも生きていれば、死んだ獅子《しし》よりましだ」と書いてある。僕はその子のことを一度もかわいいと思ったことがなかった。彼は母親と同じくらい馬鹿で、父親と同じくらい性悪だった。

彼の死は、世界を揺るがせたりはしない。この手の人間は、いなくてもいいのだ。

初舞台から十年、単発的で、物足りないアヴァンチュールが点々とあったあとで、僕はイザベルに出会った。当時、僕は三十九歳、彼女は三十七歳だった。当時の僕の社会的な成功は華々しいものだった。はじめて百万ユーロを手に入れたとき（つまり税金を差し引いても手元にそれだけの額が残り、かつ確かな場所にそれを保管したうえで）、僕は自分がバルザックの作品に登場するような人物ではないことを理解した。バルザックの作品に登場するような人物はたいてい、百万ユーロを手に入れるとすぐに、もう百万ユーロ手に入れようと画策する――数は少ないが、なかには何千万ユーロも稼ごうと目論む者もいる。僕はというと、これで引退できるかなと考えてみて――それから、無理だと結論を出した。

富と名声への階段を上りはじめたころ、ときどき僕は消費する愉《たの》しみを味わった。現代が他の時代よりすばらしく見えるのは、この消費する愉しみがあるおかげだ。その気になれば、過去の時代において人間がいまより幸せだったか否か、延々と御託を並べることもできるだろう。信仰の消滅や、愛という感情の存在危機を注釈したり、そうしたものの利点や難点を検討したり、民主主義の台頭、聖なるものの消失、社会の絆《きずな》の減少に言及したりできるだろう。そもそも僕だって自分のコントの中で思う存分そういうことをやってきた。まあお笑いモードではあるけれども。同様に科学や技術の進歩に疑問を投げかけることだってできるだろう。たとえば、医療技術の向上が、社会管理の増幅と、生きる喜びの減少をもたらしたというふうに考えることだってできるだろう。ただ、それでも消費という面で、二十世紀が卓越していることは言うまでもないし、他のいかなる文明、いかなる時代にも、フル稼動する現代のショッピングセンターほど活気のあるものはない。こうして僕は嬉々《きき》として金を使った。主に靴を買った。それから少しずつ飽きていった。そして僕は理解した。そうやって日々を支えてきたプリミティブで、次々更新される愉しみが失くなると、人生は安易なものではなくなってしまう。

イザベルに会ったころ、僕の稼ぎは六百万ユーロに届くほどになっていた。バルザックの登場人物なら、この段階で、豪勢なアパルトマンを購入し、家じゅうを芸術品で埋め尽くし、踊り子のために金を使い果たすだろう。僕はというと、十四区のちんけな三間続きのアパルトマンに住み、トップモデルとは寝たこともなかった——寝たいとも思わなかった。そういえば、一回、中レベルのモデルとヤッたかもしれない。特に心に残る思い出はない。見た目はまあまあ、おっぱいも大きいほうだったが、結局のところ、もっとおっぱいの大きな娘はたくさんいるし、すべてを考えあわせれば、僕のほうがまだ名実のギャップが少なかった。

インタビューは僕の楽屋で行われた。快挙ともいうべきショーのあとだった。イザベルは当時、雑誌〈ロリータ〉の編集長だった。その前は〈ヴァンタン〉に長く従事していた。僕は最初、このインタビューにさほど乗り気でもなかった。それでも件《くだん》の〈ロリータ〉をめくってみて、若い娘を対象とした雑誌のアバズレ度が、いかにものすごいレベルに達しているかを知って驚いた。チビピタのTシャツ、尻に張り付く白のショートパンツ、両端からはみ出た紐《ひも》パン、計算ずくで銜《くわ》えたチュッパチャプス……なんでもありだ。「そうですね。でも、〈ロリータ〉のポジショニングはちょっと変わってますよ……」僕のプレス担当者は強調した。「それに、ほら、編集長自らが取材に赴くという事実が、その顕《あらわ》れだと思います……」

世の中には一目惚《ぼ》れなんて信じないという人間もいるようだ。さすがに文字通りの意味ではないにしろ、一目惚れとは、とにかく猛スピードで互いに惹《ひ》かれあうことである。僕はイザベルと出会って数分で、ふたりがつきあうことになり、しかも長いつきあいになることを感じた。彼女もそれを知っている、と感じた。最初に、舞台であがったりしないのかとか、どうやってネタを作るのかといった質問をしたあと、彼女は口を閉じた。僕は再びページをめくった。

「たいしてロリータじゃないね……」結局、僕が口を開いた。「この娘たちは十六とか、十七だろう」「おっしゃるとおりです」イザベルは認めた。「ナボコフは五歳、設定を誤りました。おおかたの男が好きなのは、思春期手前じゃなく、思春期直後の娘ですからね。いずれにせよ、たいした作家でもありませんね」

僕もまったく同感で、いままで一度たりとも、このつまらん気取り屋のエセ詩人、下手くそなジョイスもどきをいいと思ったことがない。この作家はほとばしるような感情の高ぶりを持ったことがない。本家ジョイスの作品では、ときにその高ぶりが、ぎこちないものの重なりを一気に飛び越えさせてくれるというのに。できそこないのまずいパイ菓子、ナボコフの文体を見るといつもそう感じる。「でも、たしかに悪文で」イザベルが続けた。「おまけにヒロインの年齢設定とか、大きな失敗もあるけれど、それでも神話として長く語り継がれ、普通名詞で通るほどの名作になったのは、偶然でも作家がなにか本質的なものを書いたからです」

なんでもかんでもこう意見が同じでは、相当平板なインタビューになってしまう。「続きは食事をしながらというのはどうかしら……」彼女が言った。「アベス通りにチベット料理のいいレストランがあるんです」

当然、シリアスな物語の展開がみなそうであるように、僕らは出会ったその日にセックスした。服を脱ぐとき、彼女は一瞬、ためらい、それから誇らしげになった。彼女の体は信じられないほど引き締まり、しなやかだった。三十七という彼女の年齢を僕が知るのは、あとになってからだ。そのときはせいぜい三十ぐらいだろうと思った。

「どうやって体形を維持してるの?」僕は彼女に訊《き》いた。

「クラシックダンスよ」

「ストレッチとか、エアロビとか、そういうのは全然?」

「やらない。そういうのは全然お話にならないの。本当よ。私は女性誌で十年働いてるの。本当に効くものはひとつ、クラシックダンスだけよ。ただキツイ。守らなくちゃいけない本物の規律がある。でもそれが私には合ってるの。私はどちらかというと、いちがいな性質《たち》だから」

「いちがい？　君が？」

「ええ、そうよ……そのうちわかるわ」


　こうして少し離れたところから、イザベルのことを思い出すたび、僕が驚かされるのは、僕らの関係が最初から信じられないくらいざっくばらんだったことだ。普通、女性が謎めかしておきたがるようなことに関してもである。謎が恋人との関係にエロチシズムの色合いを添える、と考えるのは誤りだ。それどころか、ほとんどの男性は、直接的にセクシャルな態度を示されるほうが興奮する。「男の人をイカせるのは、そんなに難しいことじゃないの……」チベット料理店で最初に食事をしたとき、冗談とも本気ともつかぬ調子でイザベルが言った。「いずれにせよ、わたしには、いつでもできる」彼女が言ったことは嘘ではなかった。もうひとつ、特に変わった秘訣《ひけつ》があるわけでもないというのも嘘ではなかった。「ただ男には睾丸《こうがん》があるってことを思い出せばいいの」ため息をつきながら彼女は続けた。「男にはペニスがある、そんなことは、女はみんなわかっているの。もう十二分にね。女性にとって、男性がセックスの対象でしかなくなってしまってからは、女性は文字通りペニスのことばかり考えるようになったの。つまりセックスしているときに十人中九人が睾丸が感じるゾーンだってことを忘れてるの。手でしごくにしても、入れるにしても、フェラチオするにしても、ときどき睾丸に触らないといけないのよ。そっと触れるべきか、なでるべきか、もう少し強く押してみるべきかは、硬さをみればわかる。とまあ、これだけのことなの」

午前五時ごろだったと思う。僕は彼女の中でイッたところだった。とてもいい感じだ。本当にいい感じだ。全体が柔らかで、慰めに満ちている。自分は人生の幸せな時期に入りつつあるのだなと感じる。そのとき、ふと部屋の様子に気づいた――犀《サイ》の版画の上に月の光が当たっている。古い、十九世紀の動物図鑑で見かけるようなタイプの図版だ。

「うちは気に入った?」

「ああ、君は趣味がいい」

「あなたが驚いたのは、クソみたいな雑誌社に勤めてるわりには私の趣味がいいから?」

やれやれ、このさき彼女に考えを隠すのは一苦労だぞ。そう思うと、不思議なことに、なんだか嬉《うれ》しくなった。これが本物の愛のしるしなのだろうと僕は思った。

「ペイがいいのよ……ね、たいていのことには深い理由なんてないの」

「いくら?」

「月に五万ユーロ」

「たしかによく稼いでるな。でも、このところの僕はもっと稼いでるよ」

「それはあたりまえだわ。あなたは剣闘士《グラディエーター》ですもの。あなたは闘技場の真ん中にいる。たくさん稼ぐのは当然だわ。だって命を懸けてるんだもの。いつ倒されるかわからない」

「なるほど……」

このとき、僕はすっかり納得したわけではなかった。そこから新しい喜びが湧いてきたのを憶《おぼ》えている。たしかに、なにかにつけ相手とまったく同意見である、わかりあえるというのはすてきなことだ。最初の時期には欠かせない要素でもある。しかし、少し話せばすぐに解決しそうな程度の、小さな意見の対立があるのも、またすてきなことだ。

「ショーを見にきた女の子たちとも、たくさん寝たはずだわ……」彼女は話を続けた。

「まあ、ときにはね」

実際はそれほどでもない。五十人かそこら、多くても百人くらいだろう。それにしたって、わざわざ口には出さなかったが、たった今僕らが過ごしてきた夜のほうが遥《はる》かにすばらしかった。彼女もそれを自負していると思う。妄想や、自惚《うぬぼ》れからではなく、まさに直感から、人間関係におけるセンスから、自負している。自分自身のエロチックな価値に対する正確な見積もりから、といってもいい。

「女の子が舞台に立つ男性に惹かれるのは」彼女は話を続けた。「自分が有名人になりたいってだけじゃなく、舞台に立つ人間が命を懸けているのを感じるからだわ。だって観衆というのは図体の大きい危険な生き物だもの。そしてその生き物はいつ何時、舞台に立つ人間をいっぺんに根絶させるかもしれない。追放するかもしれない。恥辱とひやかしを浴びせかけて押しつぶそうとするかもしれない。そうやって舞台の上で命を張っている男性に娘たちがあげられる褒美、つまりそれが彼女たちの体なの。剣闘士《グラディエーター》や闘牛士を相手にするときと、まったく同じ。こうした原始的なメカニズムがこの世から消滅したと考えるのは、馬鹿げてるわ。だって私はそのメカニズムを熟知しているし、利用しているし、それで食べてるんだもの。私はたしかに、ラグビー選手が放つエロチックな魅力の程度にも、ロックスターのそれにも、舞台俳優のそれにも、レーサーのそれにも通じている。すべては、大昔からある図式によって配分されている。ただ流行や時代によって多少バリエーションが異なるというだけ。若い娘向けの良い雑誌というのは、ほんのわずかでもそのバリエーションを先取りできる雑誌のことをいうの」

たっぷり一分間、僕は考えた。自分の見解を彼女に伝えなくてはいけない。それが大事だ。いや、大事というより——とにかく僕はそうしたかった。

「君の言っていることは全体的に正しい……」僕は言った。「ただし僕は例外だ。僕には身の危険なんてない」

「なぜ?」彼女はベッドの上に身を起こし、驚いて僕を見つめる。

「なぜなら、いくら大衆が僕をクビにしたくても、連中にはそんなことはできないからだ。誰にも僕の代わりはできない。まさしく僕は取り替えが利かないんだ」

彼女は眉間《みけん》に皺《しわ》を寄せ、僕を見た。もう外は明るかった。彼女の乳首が呼吸のリズムに合わせて動いている。その乳首を銜えて、しゃぶりたいと思う。もうなにも考えたくなかった。それでも僕は自分に言いきかせた。彼女に少し考える時間をやったほうがいい。三十秒もいらなかった。実に賢い娘だ。

「たしかに、あなたの作品の中には、まさに異常な率直さがある」彼女は言った。「あなたの生い立ちになにか変わった事件があったのか、受けた教育に由来するのかはわからないけど、こんな人間が同世代にふたりと生まれることはないでしょう。たしかに、あなたが人々を必要とする以上に、人々はあなたを必要としている。少なくとも、私の世代の人間には必要だわ。でも数年後には、状況も変わってくる。あなたも私の働いている雑誌を知っているでしょう。私たちが創りだそうとしているものは、まがいものの、薄っぺらな人間なの。それはもはや真面目にも、ユーモラスにもなれない人間、やけくそになって死ぬまで娯楽やセックスを求める人間よ。一生キッズでありつづける世代。私たちはそういう人間をきっと創りあげるでしょう。そしてその世界には、もはやあなたの居場所はない。でもそんなに深刻になることもないわね。それまでにあなたはたっぷりお金を貯められるでしょうから」

「六百万ユーロ」僕は反射的に答えたが、別のことを考えていた。数分前から、僕を悩ませているのは別の問題だった。

「君の雑誌のことなんだけど……実のところ、僕はまったくもって君のところの読者向きじゃない。僕はひねくれ者で辛口だ。僕の面白さは、なんでもものを疑ってかかるようなタイプとか、自分がゲームセットに近づいているのを感じはじめたようなタイプにしかわからない。つまり君の雑誌には、僕のインタビューが入り込むスペースなんてないんじゃないかな」

「そのとおりよ……」彼女は静かに言った。いまから思えば意外だが、彼女は落ち着いていた。彼女は実に明快で、率直で、嘘のつけない人間だった。「インタビューの掲載はないでしょう。あれはあなたに会うためのただの口実だったの」

彼女は僕をまっすぐ見つめた。そして僕はというと、この話を聞いただけで勃起《ぼっき》してしまうありさまだった。彼女はこの感情的で人間らしい勃起に感動したのだと思う。僕に寄り添うように横になり、僕の肩のくぼみに頭を載せ、僕をしごきはじめた。彼女はゆっくりと時間をかけた。手のひらで睾丸を握り、指の力を入れたり抜いたりした。僕は脱力し、愛撫《あいぶ》に完全に身をまかせた。なにかが、無垢《むく》な状態のようなものが、僕らのあいだに生まれようとしていた。僕は案外ひねくれ者ではなかったということだ。彼女の住まいは十六区の、パッシーの高台にあった。電車がセーヌ河を渡るのが遠くに見える。日が高くなり、車の音が少しずつ聞こえるようになった。精液が彼女の胸に飛び散った。僕は彼女を抱きしめた。

「イザベル……」僕は彼女の耳元で言った。「君がどうして今の編集室に勤めるようになったのか聞かせてくれないか」

「ようやく一年を過ぎたところね。〈ロリータ〉はまだ十四号しか出てないの。私は長く〈ヴァンタン〉で働いていて、あらゆるポストを経験したわ。編集長のジェルメンヌは私に頼りきりだった。最後の最後、その雑誌が買収される直前に、私は彼女から編集長補佐に任命された。そのくらいは当然なの。それまでの二年、彼女に代わって仕事をしていたのは私なんだから。それでも私は嫌われてたのね。彼女が私にラジョワニーからの招待を伝えたときの、あの憎しみのこもった目が忘れられないわ。あなたはラジョワニーって聞いたことあるかしら？　なにかイメージが湧く？」

「ほんの少し……」

「そうよね、彼は世間一般にはあまり知られてはいないもの。彼は〈ヴァンタン〉の株主だったの。筆頭ではなくただの株主よ。でも彼こそが転売を推し進めた人物なの。そしてそれを買ったのがイタリアのグループというわけ。ジェルメンヌは当然クビ。イタリア人は私のことは社に残すつもりでいた。ところで、ラジョワニーが日曜朝のブランチに私を招待するということは、なにか別の提案があるということなのよ。ジェルメンヌはもちろんそのことに気がついていて、それですごく癪《しゃく》に障ったんだわ。彼の家はマレ区にあった。ヴォージュ広場のすぐ近く。到着して、やっぱり私はショックを受けた。そこにはカール・ラガーフェルドがいて、ナオミ・キャンベルがいて、トム・クルーズがいて、ジェイド・ジャガーがいて、ビョークがいて……ようするにそれまで自分がつきあってきた人間とは違うジャンルの人間がいたの」

「あのホモ向けの雑誌をつくったのは彼じゃなかったっけ？　あのすごく売れてる」

「最初はね、あの雑誌〈GQ〉はホモ向けじゃなくてどちらかというとマッチョ系だったの。グラビア女優、車、それから軍事ニュース。たしかに半年後には、購買者の大部分がゲイだということが判ったんだけど、それは意外な結果だったのよ。私は創り手側の人間はあの現象を正確に把握してなかったと思う。いずれにせよ、ラジョワニーは少し経つとすぐにあの雑誌を売却してしまった。これには業界も仰天したわ。〈GQ〉は最高値で売れたけど、みんなはまだ値が上がると踏んでいたのよ。そしてラジョワニーは〈21〉を創刊した。それから〈GQ〉の人気がガタ落ちしたの。たぶん四〇パーセントは国内での売り上げが落ちたはずよ。そして〈21〉は国内売り上げナンバーワンの月刊男性誌になった――最近〈ル・シャスール・フランセ〉を抜いてね。雑誌の中身は、実にシンプルよ。都会人向けセックス一本やり。コンディションの回復、見た目のお手入れ、いまどきの流行、それればかり。カルチャーのカの字もない。一グラムのニュースもない。ユーモアもない。ようするに、私は本当に疑問だったの。いったいラジョワニーはなにを私に頼むつもりなのかしら。彼はすごく紳士的に私を迎え、みんなに紹介し、彼の正面の席に座らせた。『僕はジェルメンヌをとても尊敬しているんだ』とラジョワニーは話を始めた。私は飛び上がらないよう気をつけた。どうやったらジェルメンヌを尊敬できるっていうの。あのアル中の婆さんは人に軽蔑《けいべつ》とか、同情とか、嫌悪とか、とにかくいろんな念を掻《か》きたたせこそすれ、絶対に尊敬の念なんて抱かせたりはしない。あとになって気づくことになるのだけど、それが彼の人材の使いかたなの。どんな状況においても、人を悪く言わない。絶対に。それどころか他人をいつも褒めちぎり、褒められた人間じゃなかろうが褒めちぎり、しかるべき時が来れば、もちろんクビにする。とにかく私は少し居心地が悪くなって、話題を〈21〉に変えようとした。

『我々には、義務、がある』彼の話し方は奇妙だった。外国語でも話すように、語を区切りながら話した。『フランス人というのは、僕の印象、では、とにかくアメリカのメディア、に目を奪われすぎるんだ。うちはあくまでも、ヨーロッパの雑誌だ……うちが参考にしているのは、イギリスのメディア、の動向なんだ……』

たしかに、〈21〉はイギリス流をうまくコピーしていた。でもそれは〈GQ〉だって同じ。それでは、彼がどうして〈GQ〉から〈21〉に移行するべきだと感じたのかの説明にはならない。イギリスには大衆の好みの変化についての研究があるのかしら？

『僕の知るかぎり、そんな研究はない……君はとても美しい……』彼は脈絡なく言った。『君ならもっとメディアの花形になれるだろうに……』

私のすぐ隣にカール・ラガーフェルドが座っていた。彼はずっと食べている。皿にはどっさりとサーモンが盛られている。それをアネットの実のクリームソースに浸し、口にかき込む。トム・クルーズが時々嫌そうに彼を見る。ビョークは逆にすっかり心奪われている――彼女は北欧伝説の詩情とか、アイスランドのエネルギーとか、そういうものので常に自己演出はしているけれど、実際は作法にうるさくて、すごい気取り屋なの。だから彼女がラガーフェルドから目が離せないのは、そこに正真正銘の野蛮人がいるからなの。私は突然気がついた。そのデザイナーから、胸飾りのついたシャツや、ラヴァリエール・ネクタイや、サテン衿《えり》のタキシードを剝《は》ぎ取り、獣の皮で包んでやるだけで、生粋のチュートン人〔古代、ユトランド半島に住んでいたゲルマン民族の一部族〕の役を完璧《かんぺき》にこなせるだろう。彼は茹《ゆ》でたじゃがいもをひとつ取り、そこにたっぷりとキャビアをかけ、それから私に話しかけた。『メディアには、ほんのちょっとでも顔をださないとだめ。私をご覧なさい、すごくメディアの花形でしょう。私はメディアの花形のおでぶちゃんなの……』彼は二度目のダイエットを諦《あきら》めたところだったのでしょうね。とにかく最初のダイエットについてはもう本を出してたから。

誰かが音楽をかけ、小さな人だかりが出来た。きっとナオミ・キャンベルが踊り始めたのね。私はあいかわらずラジョワニーを見つめ、彼からの提案を待っていた。でも彼が何も言わないので、しかたなくジェイド・ジャガーと会話をはじめた。フォルメンテラ島についてだとか、その手の軽い話をしたのだと思うけど、感じのいい娘だったわ。頭がよくて、気取りのない娘。ラジョワニーは半分目を閉じて、眠っているみたいだった。でもいま考えると、私の他人に対する態度を観察していたんだわ——それもまた、彼の人材の使いかたのひとつだったの。あるとき、彼はなにかをつぶやいた。でもなにを言ったのかわからない。音楽がうるさかったのよ。それから彼は突然、不機嫌な目を一瞬、左に向けた。部屋の片隅で、カール・ラガーフェルドが逆立ち歩きを始めたところだった。ビョークはそれを見て吹きだした。それからラガーフェルドは席に戻ってきて、私の肩をばんと叩《たた》きながら、『元気？　楽しんでる？』と大声で言い、立て続けに鰻《うなぎ》を三匹呑《の》み込んだ。『あなたがここで一番きれいね！　ダントツだわ！』それからラガーフェルドはチーズの皿を取った。ラガーフェルドは本当に私のことを気に入ったんだと思う。ラジョワニーはラガーフェルドがリヴァロを平《たい》らげるのを、まさか、という目で見ていた。『君は本当におでぶちゃんだな、カール』彼はため息をつき、それから私に振り返って言った。『五万ユーロ』そしてそれで終わりだった。彼がその日、口にしたのはそれだけよ。

あくる日、私は彼のオフィスに行き、もう少し詳しい話を聞いた。雑誌の名前は〈ロリータ〉になるということだった。『ギャップがミソだ……』と彼は言った。私にも彼の言わんとすることが、だいぶわかってきた。たとえば〈ヴァンタン〉を一番買っているのは十五、六歳の少女なの。彼女たちはとにかく捕らわれのない女に見られたいのよ。とりわけセックスの面でね。〈ロリータ〉では、彼はその逆のギャップを利用したいというわけ。『ターゲットは十歳から……』彼は言った。『でも上限はなし』ラジョワニーは、娘を真似する母親が増えている点に、大穴を狙ってるの。どう考えても、三十代の女性が〈ロリータ〉なんて名前の雑誌を買うのは馬鹿げてる。でもチビピタのトップとか、超ショートパンツを買うのだってどっこいどっこいでしょ。ラジョワニーが狙った大穴は、女性が、とりわけフランス人女性が強く抱いてきた、その馬鹿げてるという感覚が、いつまでも若くありたいというそのものずばりの願いの影に、少しずつ消えつつある点なの。

少なくとも、彼は賭けに勝ったと言えるでしょうね。うちの読者の平均年齢は二十八——そして毎月徐々に上がっている。広告業界では、うちの雑誌がいまどきの女性を知るバロメータになりつつあるという話よ——ただしこれは彼らからの受け売り。実のところ私はそれを簡単に鵜呑《うの》みにはできないの。私はうまく舵《かじ》を執っている。執ろうと努力している。というより執っているように見せかけている。でも結局なにもわかってない。たしかに私はプロとして腕がいい。それは事実。だって、言ったでしょう、私はいいちがいな性質なの。だから誌上に誤字脱字はない。写真のレイアウトも決まっている。発売日に遅れることはない。でも中身は……。人が歳を取るのを恐れるのは当然のことだわ。とりわけ女性はそう。それはいつの時代だって同じこと。でもいまのこの状況は……なにからなにまで度が過ぎている。女性は完全に狂ってしまったのだと思う」

ダニエル24―2

今日くらい視界が晴れていれば、雪が見える。ここに暮らすことを決めたのは、僕の遠い先祖、あの不幸なコメディアンだ。いまこの居住区プロイエシオネスXXI－13のある場所には、かつて彼の屋敷が建っていた――それは発掘によって証明され、写真も残っている。つまり当時その屋敷は――このように言うのは奇妙で、少し悲しいが――海辺のバカンス向け別荘だった。

海は消滅し、波の記憶は失われた。音声や画像の資料はある。我々は、いかなる資料からもそれを実感することはできないが、かつてそこには人間の心を魅了してやまぬ魅力があった。繰り返し砂の上で砕けるように見える大洋を前に、実にたくさんの詩がその魅力を語っている。

さらに我々にとって理解不能なものは、狩猟の悦《よろこ》び、獲物を追う悦びである。宗教的感情も理解できない。人間が神秘的法悦という名で呼んだ、その種の根拠のない不動の熱狂を、我々は理解することはできない。

かつて人類が集団で生活していたころ、彼らは物理的な接触という方法で、互いを満たしあっていた。それは我々も理解している。〈至高のシスター〉からの申し送りがあったからである。以下がそのメッセージである。それは独特の仲介的な様式で語られる。

「人間には品位も権利もないことを認めること。善や悪とは、悦びや痛みをほんの少し理論化しただけの簡単な概念、形式であることを認めること。

人間をあらゆる側面において動物として捉《とら》えること――彼らの魂と肉体は、総じて理解と憐《あわ》れみに値する。

賢く、優れたこの道に踏みとどまること」

我々は快楽の道から遠ざかったきり、その埋め合わせも見つからぬまま、終末期の人間にあった傾向を維持している。売春が永久に禁止され、禁止令が地球全土で実施されたとき、人間は〈灰色の時代〉に入った。人間はそれきりその時代を抜け出ることはなかった。少なくとも、人間という種の至上権が消滅する前に、その時代を抜け出ることはなかった。まさしく集団自殺的様相をはらんだこの現象について、いかなる学説も納得のいく説明に成功していない。

市場には、高性能な人工ヴァギナを備えたアンドロイドが登場した。専門装置が適時に男性器の外形を解析し、温度や圧力を配分する。放射測定センサーによって射精の予測ができるので、刺激の調節と、射精までの時間の操作が可能になる。数週間、興味先行で商品はヒットしたが、その後、売り上げはがた落ちした。ロボット工学系の企業のなかにはこの市場に数億ユーロを投資した企業もあったが、ひとつ、またひとつと倒産していった。この事件を、自然回帰願望、生身の人間関係の復帰願望と捉える見解もあった。まったくの嘘である。のちの展開がそれをよく物語っている。実のところ、それは人間がそのゲームを放棄する過程だったにすぎない。

ダニエル1―3

「自動販売機がおいしいホットココアをいれてくれた。
我々はそれを恥ずかしげもなく大喜びで一気に飲み干した」
パトリック・ルフェブヴル（動物救急隊）

コメディショー『みんな大好き乱交パレスチナ娘』が、おそらく僕のキャリアの絶頂だろう――もちろんメディア的にである。僕はちょっとのあいだ、日刊紙の「ショー／イベント」面ではなく、「裁判／社会」面に登場する人間になった。当時は、ムスリム団体からの告訴やら、爆弾テロの脅しやら、ようするに、ちょっとしたごたごたがあった。僕は危険を冒していた。それは本当だ。でもそれは計算ずくの危険だった。二〇〇〇年代初めに台頭したイスラム原理主義は、パンクと同じような運命を辿《たど》った。最初に彼らを時代遅れな存在にしたのは、タブリーグ運動〔インド発祥の穏健的イスラム運動〕から生まれた礼儀正しく、紳士的な、敬虔《けいけん》なムスリムの台頭だった。ちょうどパンクに対するニューウェーブみたいな存在だ。このころの、ムスリムの娘たちは、あいかわらずヴェールは纏《まと》っていたものの、それは、刺繍《ししゅう》だとか、透かしだとかで美しい装飾が施されたヴェールで、どちらかというとエロチックな装飾品のようだった。そしてもちろん、その後、そうしたムーブメントは徐々に下火になった。厖大《ぼうだい》な費用をかけて建設されたモスクからは人の姿が消え、アラブ系の娘までもが、他の娘と同じようにセックス市場に出回るようになった。そうしたことはみんな、我々の生きている社会を考慮すれば、最初から片の付いている問題で、そうならないほうが珍しい。それなのに、一シーズンか二シーズンを経ないうちに、僕は「表現の自由のために闘うヒーロー」に祭りあげられてしまった。皮肉なもので、自由というものに対して、僕個人は、「どちらかといえば否定的」だというのに。自由に敵対する者にかぎって、誰より自由を必要とする状況に陥ったりするものなのだ。


イザベルは僕の傍らで、奸智《かんち》に長《た》けた助言をくれた。「大事なことは、郊外でごろついているような若者を味方につけること」いきなり彼女は言った。「ごろつきを味方につければ、誰もあなたに手出しができないから」

「連中は僕の味方だよ」僕は反論した。「僕のショーにはそういうのが集まるんだ」

「それじゃ足りないのよ。もひとつ輪をかけて増やさなきゃ。連中がなにより崇《あが》めているのはお金よ。あなたは金持ちだけど、見せ方が足りないの。もっと派手に使わないと」

彼女の助言に従って、僕はベントレー・コンチネンタルGTを買った。〈オート・ジャーナル〉誌によれば、その「美しく気品ある」クーペは、「ベントレーらしいベントレーの復活を物語っている。まさに高級スポーツカーという提案」なのだとか。一ヶ月後、僕は〈ラディカル・ヒップ・ホップ〉誌の表紙を飾った。というか、僕の車が表紙を飾った。ラッパーはたいていフェラーリを買う。ときどき変わり種がポルシェを買う。ところがベントレーは、そんな連中をも完全にかます。連中は車についても無教養なのだ。たとえばお堅いミュージシャンの例にもれず、キース・リチャーズはベントレーに乗っている。この場合、アストンマーティンでもいいわけだが、あっちはもっと値が張ったし、結局のところベントレーで正解だった。ボンネットもアストンマーティンより長い。ネーチャン三人ぐらい、わけなく乗せられるだろう。結局のところ、十六万ユーロはお買い得だ。いずれにせよ、それでごろつきの信用を得たのだから、十分に元は取った。

ちょうどそのショーのころに、僕の短い——しかし金儲《もう》けになる——映画人生が始まった。僕はショーの内部に短編映画を組み込んだ。最初の予定では『パレスチナにミニスカートを投下しよう！』というタイトルの映画をつくるつもりだった。そこにはすでに、後に僕の名声を大いに高めることになった、ほんのりイスラム嫌悪のまじったスラップスティックのテイストがあった。しかしイザベルの助言から僕は、反ユダヤ思想も少々盛り込むことを思いついた。ショー全体に漂う反アラブ的な性格を相殺するのが狙いだ。賢い手だ。そこで僕は、ジャンルとしては、ポルノ映画というか、ポルノ映画のパロディ――たしかにパロディにしやすいジャンルである――を撮ることにした。タイトルは『クンニして、あたしのガザ地区（いとしのユダヤさん）』。女優はみんな本物のアラブ系だった。どう見てもパリ郊外出身のアバズレのくせに、ヴェールは付けているような、いかにもなタイプだ。撮影は、野外、エルムノンヴィルのテーマパーク〈ラ・メール・ド・サーブル〉で行った。喜劇だった――もちろん、少し辛口の喜劇だ。客は笑った。とりあえず客の大半は笑った。テレビのインタビューの席で顔を合わせた俳優のジャメル・ドゥブーズは、僕を「スーパークールな奴」と評した。結局、これ以上うまい表現はないだろう。実を言えば、ジャメルは本番前、控え室で僕に耳打ちした。「あんたと喧嘩《けんか》はできないんだ。客がかぶってるからな」この会見の仕掛け人である司会者のフォジエルは、我々が裏で手を結んだことをいち早く察知して、恐怖でちびりそうになった。正直、かねてから僕はこのクソッタレをノシてやりたいと思っていた。しかし僕は自分を抑えた。なにしろ僕はスーパークールなのだから。

ショーのプロデューサーは僕に短編映画の一部をカットするように命じた――たしかに、あまりおもしろくない部分だった。実際撮影が行われたのはフランコンヴィルの解体中のビルの中だが、設定上は東エルサレムでのシーンだった。それはハマスのテロリストとドイツ人観光客の対話のシーンだった。ふたりの対話は、人間のアイデンティティの根拠についてパスカル的な疑問を提示したかと思うと、ときにシュンペーターよろしく経済理論に至る。テロリストはまず、形而上の面で、この人質の価値はゼロだと判断する——なぜなら異教徒である。しかしながらマイナスの価値ではない——たとえば、ユダヤ人ならマイナスだろう。したがって破壊は望ましくない。単に無益だ。ところが経済面では、この人質の価値は非常に高い——なぜなら彼の属する国は金持ちで、しかも海外で暮らす同国人を大事にする国として有名だからだ。こうした前置きをしたあと、テロリストは一連の実験を実施する。彼はまず人質の歯を——素手で——一本抜き、人質の交渉時の価値がなんら変わらないことを認める。彼は次に爪を剝《は》がしにかかる——今度はペンチを使う。ふたり目のテロリストが登場する。ふたりの間で、多少ダーウィニズムめいた短い討論がある。結論が出て、ふたりは人質の睾丸《こうがん》を切り取る。もちろん、人質がすぐに死なないように、丁寧に傷口を縫合する。テロリストふたりが達した結論は、手術によって変わったのは、人質の生き物としての価値だけで、思想面の価値はあいかわらずゼロで、交渉時の価値はあいかわらず高い、ということだ。ようするに状況はますますパスカル的な様相を呈し、ビジュアルは、ますます悲惨になる。ところでスプラッタ映画で使われるあの特殊メイクがけっこう安価なのは意外だった。

その短編映画の完全版は、数ヶ月後、パリのエトランジュ映画祭で上映された。僕に映画の依頼が押し寄せるようになったのは、ちょうどこのころからだ。奇妙なことに、僕は再びジャメル・ドゥブーズから連絡を貰《もら》った。彼は定番になっていたコミカルな役柄を脱却し、ワル、本物の悪役を演じたいのだと言う。彼のエージェントは、イメージダウンになるにきまっていると、即座に彼を説得した。だから結局はなにも実現しなかったのだが、このエピソードは僕にとって意味深長だった。

この話の文脈をよりよく理解してもらうには、当時――フランス映画が経済的になんとか独り立ちしていた最後の時分――の状況を思い出してもらう必要がある。当時、フランス製作の映画で唯一成功していたジャンル、つまりアメリカ映画とまともに張りあうことができ、少なくとも費用を回収できていた唯一のジャンルは、コメディだった――緻密《ちみつ》なのも、下劣なのも、ともに興行成績はよかった。一方で当時、公的な資金援助を受けたり、メディアの中心で真っ当な扱いを受けたりして、まっさきに芸術的に認められていた作品というのは、映画界でも、他の分野でも、悪を賞賛する作品――とにかく「伝統的」などという決まり文句で片づけられるようなモラルを根底から覆す作品だった。いわゆるお墨付きのアナーキズムが、くだらない作品のあいだに蔓延しており、その特徴であるマンネリズムも、批評家にとっては、いささかも減点材料にはならなかった。規範に沿った、古典的な批評が簡単にできるうえ、あたかも革新者のような顔をしていられるからだ。ようするにモラルを殺すことが、神への供物のようなものになっていたのだった。それは、集団に支配的な価値――数十年前から誠実や義務よりも、競争や革新性、エネルギーが重視されていた――を再確認させるものだった。高度に発展した経済に求められる行動の流動性というのは、狭い範囲の行動規範にはそぐわなくとも、常時ハイテンションな意志や自我とは相性がいい。とにかく残酷や、シニックなエゴイズム、暴力であればどんな形態であれ歓迎された――いくつかのテーマ、たとえば親殺しや人食いはなおさら大歓迎だった。したがって、ひとりのコメディアン、世の中的にはコメディアンで通っている男が、残酷や悪の方面でも何不自由なく活躍できるという事実は、業界では電気ショックに相当する衝撃だったにちがいない。僕のエージェントは、文字通りの依頼殺到（二ヶ月足らずのあいだに僕の受けた脚本の依頼は四十本）を、わりと冷静に受けとめていた。まちがいなく、大いに儲かるだろうな、君も俺もね、とエージェントは言った。しかし、名声は別だ。そいつを君は失うことになるだろう。いかに脚本家が映画づくりにおいて重要な役割を果たしていようとも、どうしたってそれは陽の当たらない存在なんだ。それでいて脚本を書くのは、骨の折れる仕事だから、君をショーマンの世界から遠ざけてしまうかもしれないぞ。

彼の指摘は、最初の点は正しかった——たとえ脚本家として、共同脚本家として、あるいは単なる監修として、僕が三十本の映画のクレジットに名前を連ねたとしても、僕の名声にはなんのプラスにもならなかっただろう。しかし、二番目の点は大袈裟《おおげさ》だった。すぐに判ったが、映画監督のオツムのレベルはたいして高くない。連中にはアイデアや、シチュエーション、物語の断片、とにかく連中だけでは思いつかないようなものを持っていくだけで十分だ。それにいくつかの対話の断片、バカにもわかるような気の利いた冗談を三つか四つつけてやる——僕はシナリオなら一日に四十ページくらいは書けた。作品を見せれば、連中は驚嘆する。それから連中はいつなんどきどんなふうに意見を変えるかわからない——監督も、プロダクションも、俳優も、みんなすぐに気が変わる。

会議に参加して、連中の言うことに全面的に賛成し、連中の指示どおりに書き直しさえすれば、いっちょうあがりだ。こんなに楽な金儲けはしたことがない。

　脚本家として最も成功した作品はまちがいなく『キニク学派ディオゲネス』だろう。タイトルから予想されるものとちがって、それは時代劇ではない。キニク学派の数あるおしえの中でもいちばん忘れられがちなそれは、親が働けなくなり、無駄な食い扶持《ぶち》になったなら、すぐに殺して、食ってしまえというものだ。これを現代の高齢者問題に当てはめて考えるのは、さほど難しいことではない。僕はすぐに主役は哲学者のミシェル・オンフレがぴったりだと思った。彼も俄然《がぜん》やる気を見せたが、この赤貧の筆まめ君は、テレビの司会者やまぬけな大学生の前ではあんなにいきいきしているくせに、映画のカメラの前になるとてんで萎縮してしまう。これではなにも引き出せない。プロデューサーは賢明にもより確実な路線に立ち返った。そしてジャン＝ピエール・マリエルがいつものように尊大な教師を演じた。

　ほぼ同じ時期、僕はスペインのアンダルシア、当時はまだ大いに自然の残っていた、アルメリアの北方、ガタ岬自然公園と呼ばれていた地域に、別荘を買った。建築計画は豪勢だった。椰子《やし》とオレンジの樹が植わり、ジャグジーつきで、小さな滝まである——気候条件を考えると（なにしろヨーロッパで一番乾燥している地方である）、狂気の沙汰とも言える。僕はそのあたりのことをまったく知らなかったが、そのあたりは当時はまだ、スペインの中でも唯一観光地化されていない沿岸地方だった。ちなみに五年後には、地価は三倍になった。ようするに当時の僕は触れるものみな黄金に変えるミダス王のようだった。

イザベルと結婚することを決めたのも、ちょうどそのころだった。知り合ってから三年目だった。婚前のつきあいとして、まさに平均的な年数だろう。結婚式は地味で、少し寂しかった。イザベルは四十歳になったばかりだった。いまにして思えば、この二つの事柄が無関係でないことは明白だ。そして僕が、結婚という愛の証《あかし》によって、四十歳という年齢から受けるショックを和らげようとしたことも明白だ。イザベルが年齢について愚痴を漏らしたり、不安や、はっきりそれとわかるようなことを表に出したわけではない。それはもっと一瞬の、それでいてもっと胸を突くようなショックだった。時折――とりわけスペインで、海水浴に出かける準備をしていて、彼女が水着を身につけるときなどに、それを感じた。僕が視線を彼女に向けると、まるで肩甲骨の間にパンチを喰《く》らったみたいに、彼女の体がちぢこまるのを感じた。抑えた痛みに、きれいな顔がゆがむ。彼女の繊細な顔立ちが持つ美しさは、時の変化に耐えうるものだったが、体のほうは、水泳も、クラシックダンスも、その甲斐《かい》なく、老いの最初の打撃を受けつつあった――そしてそれが猛スピードで拡大し、隅々にまで広がっていくことを、彼女は嫌というほど知っていた。僕はそのとき、自分がどんな顔をしているか、それがどれほど彼女を苦しめているか、気づいていなかった。苦しめずにすむのなら、なんだってしたと思う。何度も言うが、僕は彼女を愛していたのだ。しかし、それはあきらかに避けようのないことだった。僕はもうこれ以上彼女に、君はあいかわらず欲情をそそり、美しい、とは言えなかった。たとえどんなに些細《ささい》なことであっても、僕は彼女に嘘がつけなかったのだから。僕は次に彼女がどんな目をするのか、わかっていた。それは病んだ動物の、へりくだったような、悲しい目だ。そいつは群れから数歩離れたところで、脚の上に頭を載せ、小さく息をしている。なぜなら彼は自分が弱っているのを感じているからだ。それに仲間からはどんな同情も得られないのを知っているからだ。

ダニエル24—3

切り立った断崖《だんがい》がただ不条理の中で海に臨んでいる。人間の苦しみに終わりはないのだろう。モニターの前景には、鋭く尖《とが》った、黒い岩々が見える。少し後方に、ぼんやりモザイク状に像を結ぶ泥の地表が見える。我々がいまだに海と呼んでいるもの、かつては地中海だったものだ。画面前方に数匹の生物が現れ、数世紀前彼らの祖先がそうしていたように、断崖のふちを歩いている。昔に比べ数はずっと少ないが、姿はずっと汚い。彼らは執拗《しつよう》に群れようとし、大小の群れや一団をつくる。彼らは、腹の面に毛がなく、赤い肉がむきだしになっていて、蛆《うじ》に喰《く》われている。花粉や砂粒のまじった風がほんの少し吹いただけでも、彼らは痛みで震えあがる。時折、群れの中の一匹が別の一匹に跳びかかり、いがみあい、拳《こぶし》や言葉で傷つけあう。二匹は次第に群れから離れていく。やがて足取りが遅くなり、ばたんと背中から倒れる。弾力性のある白い背中は、ごつごつした岩にぶつかっても平気だ。そうしていると二匹は仰向けになった亀に似ている。虫や鳥がむきだしの腹に飛んできて、その肉をついばみ、喰らう。二匹はいま少し苦しみ、それから動かなくなる。ほんの数歩離れたところでは、他の連中が自分たちの争いと悪巧みを続けている。彼らはときどき二匹に近づいて、それが死んでいく様を観察する。そういうときの連中の目には、ただただ空疎な好奇心しか見当たらない。

僕は監視プログラムを切る。画像が消え、タスクバーに吸収される。マリー22から新たなメッセージが届いている。

ひしゃげた空間の中で
閉じていく瞳《ひとみ》が
捉《とら》えたブロックに
最期の言葉がある

247, 214327, 4166, 8275. 光が形成され、大きくなり、広がる。僕は光のトンネルに吸い込まれる。男性が女性の中に入っていくときの感覚を知る。僕は女性というものを知る。

ダニエル1―4

「人間である以上、我々は人類の不幸を笑うべきではない。嘆くべきだ」

アブデラのデモクリトス

イザベルは弱っていく。既に肉体の衰えを感じている女性にとって、〈ロリータ〉のような、常に前月よりも若く、セクシーで、尊大なアバズレが登場する雑誌で働きつづけることは、気楽なことではあるまい。そういえば、最初にその問題に触れたのは僕だった。僕らは、青く輝く海にそそり立つ、黒い、カルボネラスの崖《がけ》の上を歩いていた。彼女は話をごまかしたり、はぐらかしたりしなかった。たしかに、あなたの言うとおり。この仕事を続けていくには、いつもぎすぎすした、ナルシシックな競争の空気に身を置かなくてはならない。それが私には日に日に耐えられなくなってきているの。生活は人間をだめにする、とアンリ・ド・レニエも書いているよ。生活はとりわけ人間を消耗させる。おそらくなかには、核が無傷で残る、とりあえず存在の核が残るような場合もあるだろう。でも肉体の全面的な衰えを前に、そんな残り滓《かす》にどれほどの意味があるだろう?

「退職金の交渉をしなくちゃいけなくなるわ」と彼女は言った。「どうやって交渉すればいいのかしら。雑誌も昇り調子の時だし、辞職の理由をどう説明すればいいのかしら」

「ラジョワニーに直接会って、彼に説明するんだよ。僕にいま話したように話せばいい。彼もいい歳だから、わかってくれるだろう。たしかに、彼は金と権力第一の人間だ。そうした情熱はなかなか燃え尽きない。しかし、君の話から想像するに、そういう男性だからこそ、衰えには敏感なはずだ」

イザベルは僕の提案どおりにした。そして彼女の出した条件はすべて通った。なにしろその雑誌がいまあるのは、ほとんど彼女のおかげなのだ。僕のほうは、まだ引退するわけにはいかない――まだあと少しは。僕の最新の舞台『進め、ミルー！　アデン〈旧南イエメン民主人民共和国の首都〉へ向けて出発だ！』には、そのおかしなタイトルに加えて、『憎しみ100%』というサブタイトルが付いていた――それはエミネムのレコードジャケットのように、ポスターの上にでかでかと書かれていた。ただのかましではなかった。幕開けから、僕は中近東の紛争問題――僕はこの話題ではすでに定評があった――に触れた。それは〈ル・モンド〉紙のジャーナリストに言わせれば「卓越して新しい」手法だった。最初のコント『小文字の闘い』には、「アラーの寄生虫」と呼ばれるアラブ人たち、「割礼ずみの虱《しらみ》」と呼ばれるユダヤ人たち、「マリアのアソコの毛虱」とかいうおかしな綽《あだ》名《な》のレバノン系キリスト教徒たちが登場する。かいつまんで説明すれば、〈ル・ポワン〉

誌の批評家が指摘したとおり、それらの聖典を持つ宗教はどれひとつとして（少なくともこのコントの中では）、「贔屓《ひいき》されていない」。つづくコントは『パレスチナ人はおかしいな』というタイトルの滑稽《こっけい》極まる寸劇で、中で僕は、ハマスの女性活動家がユダヤ人を肉団子にするために腰に巻いたあのダイナマイトの束をネタに、さまざまな冗談や、猥褻《わいせつ》なほのめかしを展開した。それから僕は矛先を拡げて、あらゆる反乱という反乱、ナショナリストや革命家の戦闘、実をいえば政治活動自体を批判した。もちろん僕がこの舞台を通して掘り進めた鉱脈は、「兵士がひとり死傷すれば、バカがひとり減る。彼はもう戦えないから」なんてスタイルの、セリーヌからオディヤールにまで、この国の喜劇の世界ではさんざん使い古されてきた右翼系アナーキストのそれである。さらに、権威はすべて神に帰するという聖パウロのおしえを取り入れた僕のコントは、ときに、キリスト教の弁証論を髣髴《ほうふつ》とさせるような、暗い省察にまでエスカレートした。もちろん僕は神学上の概念をすべて排除して、その省察を行った。理路整然とした、ほとんど数学的な、とりわけ「順列」の概念に即した論証を行うためだ。ようするにこの舞台は古典的な舞台だった。そしてまさしくそのように迎えられた。それは批評という面で、間違いなく最も成功した作品だった。概《おお》ね、僕のお笑いはかつてないほど高く評価された（あるいはかつてないほど低く評価されたが、それも高評価の一バリエーションにすぎず、言っていることはほとんど同じだった）。しばしば僕はシャンフォールや、ラ・ロシュフーコーに譬えられた。

　客の出足は、最初、いまひとつだったものの、ベルナール・クシュネルが「個人的には吐き気がした」と舞台の感想を発表した途端、チケットが完売した。イザベルの勧めで、僕は〈リベラシオン〉紙に、「ありがとうベルナール」と題したちょっとした反撃文を載せてみた。結局、舞台は成功した。奇妙なくらいの大成功だった。本人がもう本当にうんざりしていただけに、もうすぐにでも仕事をやめたいという状態だっただけに、いっそうそれは奇妙だった（結果次第では、僕はさっさと逃げ出していたはずだ）。僕が映画という媒体――当時「活気あるスペクタクル」などと大袈裟《おおげさ》に呼ばれていた舞台演劇に比べるとまったく生気のなかったメディア――に惹《ひ》かれたのは、僕の中に芽生えた無関心や、大衆に対する嫌悪、そしておそらくは人間一般に対する嫌悪の最初の兆候だったかもしれない。僕はそのころ、小さなビデオカメラを使って仕事をしていた。カメラを三脚で固定し、自分の声の抑揚や、表情、しぐさをその場でチェックできるよう、モニターに接続する。僕は常にシンプルな原則に従っていた。つまり、自分が思わず吹き出してしまう瞬間に、客の笑わせどころがあるという原則だ。カセットの画像を凝視するうちに、少しずつ自分の気分が悪くなってくるのがわかった。それは次第に激しさを増し、ときには吐き気をもよおすまでになった。公演初日の二週間前、その正体がはっきりした。僕が耐えられなくなっているのは、自分の顔でもなければ、自分に強いられているマンネリで型どおりの身振りでもない。僕が耐えられなくなっているもの、それは「笑い」だ。笑いそのものだ。人間の顔だちを変形させる、その突然の劇的なひずみ。それは一瞬にして、その顔が有していたあらゆる品位を台無しにする。人間が笑い、そして人間だけが動物界においてこの恐ろしい顔面変形を顕《あらわ》すのだとすれば、それは同時に、人間だけが動物の本質であるエゴイズムを通り越し、残酷のすさまじい最終段階にまで行き着いたということをも示している。

舞台公演の三週間は、絶え間ない苦痛の毎日だった。僕ははじめて、あの話に聞く、ひどく耐え難い「喜劇の悲しみ」を味わった。はじめて、本当の意味で人間性というものを知った。僕はその歯車のしくみを解き明かしたのだった。そして僕はそれを好きなように動かすことができた。毎晩、僕は舞台に上がる前に、ザナックスを一シート丸呑《の》みした。客が笑うたび（そして僕にはそれを事前に知る能力があり、ウケの加減を調節できた。僕はプロ中のプロだった）、それらの顔、憎しみによって突如びくりと動きだす数百の「顔」から、目を逸《そ》らさなくてはならなかった。

ダニエル24―4

ダニエル1の叙述におけるこの一節は、おそらく我々にとって、最も理解しがたいもののひとつだろう。ダニエル1が叙述でちらっと触れているカセットビデオは、転写され、彼の〈人生記〉の添付資料になっている。前にこれらのビデオを見る機会があった。ダニエル1の遺伝子からつくられた僕は、彼と同じ特徴を持ち、彼と同じ顔をしている。我々ふたりの仕草は（当然、非社会的環境に生きる僕の仕草は、彼に比べれば小さいが）よく似ている。しかし、この「くっくっくっ」という特徴的な声を伴って起こる、「笑い」と呼ばれる劇的な表情のひずみは、僕には真似ることができない。僕にはそのメカニズムを具体的にイメージすることさえできない。

僕以前のダニエル2からダニエル23までの記述も同様に、この現象に対して不可解な感想を述べている。ダニエル2とダニエル3はまだ、酒に幾分酔った状態で、この現象を再現することができた。しかしダニエル4には、それはすでに、実現不可能な現象だった。ネオ・ヒューマンにおける笑いの消失については、すでにいくつかの研究がなされている。そのすべての研究が、笑いが早い段階で消失したという点を認めている。

これよりはゆっくり進行したものの、これに類似した変化が、人間という種に特徴的なもうひとつの性質、「涙」にも見られた。ダニエル9は、自分がある特定の機会（飼い犬のフォックスが防護フェンスで感電死した際）に、涙を流したことを特記している。ダニエル10以降、涙に関する記述はもう見当たらない。ダニエル1は賢明にも、笑いを人間の残酷性を示すものと看做《みな》したが、一方、涙はこの種にとって、同情に結びついているようだ。人はいつも自分のためだけに泣くわけではないと、どこかで人間の作家が書いていた。残酷と同情というこのふたつの感情はあきらかに、我々の送る完全に孤独な生活においては、もう、たいした意味は持っていない。先代のなかには、たとえばダニエル13のように、このふたつの感情の消失に対する奇妙な郷愁を、わざわざ記述に残した者もいる。しかしその後はそうした郷愁も消え、ときどき話題になっても、ただの好奇心からにすぎず、それさえ次第に稀《まれ》になった。僕のオンライン・システム上の知人を見るかぎり、事実上そんな好奇心は絶滅したようだ。

ダニエル1―5

「空気をたくさん吸って、くつろいだがね、バルナベ君、どうしても、あの土星に散らばる水銀の大きな湖のことが頭に浮かんできてしまうんだよ」
クラーク船長

イザベルは法で定められた三ヶ月の契約解除期間の仕事を終えた。そして彼女の監修する最後の〈ロリータ〉が十二月に刊行された。編集室ではちょっとした送別会、というかカクテルパーティが催された。少し緊張したムードが漂うのは否めない。大きな声では話せないものの、参加者はみな同じ質問をしあっていた。誰が次の編集長になるのだろう？　ラジョワニーは十五分間だけ顔を出し、カナッペを三つ食べ、有用な情報はなにも残さなかった。

僕らはクリスマス前にアンダルシアに発《た》った。それからの三ヶ月は、ほとんど完全に二人きりの奇妙な日々を過ごした。僕らの新しい家が建っているのは、サン・ホセを少し南に下ったモンスール海岸の近くだった。海岸は巨大な花崗《かこう》岩の崖《がけ》で囲まれている。そりゃ僕のエージェントは僕がそうやってしばらく雲隠れしていることに賛成だった。そりゃあいい、とエージェントは言った。世の好奇心を掻《か》きたてるのに、大衆から少し距離を取るのはいいことだ。僕は、自分が引退するつもりでいることを、彼にどう伝えてよいかわからなかった。

彼は、僕の電話番号を知るほとんど唯一の人物だった。成功してから数年、僕は友人らしい友人をつくらなかった。逆に多くの友人を失った。人間に対する幻想をすっかり根こそぎにしてしまうようなことがあるとすれば、まさに、短期間に莫大《ばくだい》な金を手に入れることだ。短期間に莫大な金を手に入れた人間は、自分の周りに偽善的な禿げ鷹《たか》が集まってくるのを目にする。迷いから覚めるためには、そうした大金を手に入れるのが一番だ。生まれついての金持ちで、それ以外の境遇を味わったことのない本物の金持ちは、この現象に免疫を持っているようだ。彼らはその富とともに、ある種のシニシズムまでも知らず知らず受け継いでいるらしい。おかげで彼らは、自分に近づいてくるほとんどの人間の目的が、自分から金を巻き上げることにしかないことを、最初から知っている。だから彼らは慎重に行動する。そしてその財産をほとんど無傷で保管する。貧しく生まれついた人間のほうが、状況は遥《はる》かに危険だ。結局、僕はというと、十分卑劣で、シニックで、分別があったので、ほとんどの罠《わな》をうまくかわすことができた。しかし友人はというと、一人も残っていない。僕が若いころにつきあっていた連中の多くはコメディアンで、しかも将来も芽の出ないコメディアンだった。しかし他の世界だってたいしてちがわないだろう。イザベルにも友人がいなかった。それどころか引退前の数年にいたっては、彼女の後釜《あとがま》を狙う人間しか周りにいなかった。そんなわけで僕らには、自分たちの豪勢な屋敷に招待するような相手がひとりもいなかった。星を眺めながら、リオハを酌み交わす相手がひとりもいなかったのだ。

だとしたら、僕らはなにをすればいいのだろう？　砂浜を散歩しながら、僕らは自らに問う。生きるとか？　まさにそうした状況、自分はなんて取るに足らない存在なのかと打ちひしがれる状況において、人は子供をつくろうと決心する。たしかに数は減ってはいるが、種はそうやって繁殖する。イザベルはかなりの憂鬱症だ。それに最近、四十になった。しかし産科の出生前診断は以前よりずっと進歩しているし、問題がそんなことではないことを、僕はよくわかっていた。問題は僕なのだ。僕には、男性が普通赤ん坊に抱くような嫌悪感もあれば、子供はたちの悪い小人であり、生まれつき残忍な生き物だというゆるぎない確信もあった。連中を見ていればすぐに、人間の最悪の特徴をすべて見いだせる。ペットはみな賢いから連中には近づかない。しかしもっと根底にあったのは、この絶え間なく続く苦痛に対する恐怖、すなわち人間という存在に対する本物の恐怖だった。動物界で唯一、人間の赤ん坊だけが、生まれた途端に延々と苦痛の声を上げつづけるのは、もちろん、苦しいからだ。苦しくて苦しくてしかたがないからだ。それはおそらく動物のような豊かな体毛を失くしてしまったことに起因するのだろう。人間は体毛を失って、気温の変化にやけに敏感になったが、ほとんど寄生虫の予防はできていない。あるいは異常なまでの神経過敏、あるいは構造上の欠陥かなにかに起因するのかもしれない。とにかく公平な見地からみて、人間は幸せではありえない。どう考えても幸せに向いていない。唯一その生涯でできることは、周りに不幸を撒《ま》き散らし、他人の人生を自分の人生と同じくらい耐えられないものにする——たいていその最初の被害者は親である。

僕は、こうした、あまりヒューマニスティックでない確信を頼りに、『社会保障制度の赤字額』と仮に題した映画脚本の構想を練りはじめた。まさにいま述べたような問題を題材にした映画だ。最初の十五分間は、ただただ赤ん坊の頭が大口径のピストルで吹き飛ばされる——このシーンはスローモーションや、軽いコマ落としを使って、ようするにジョン・ウーの映画風に、脳味噌《のうみそ》を飛び散らせるつもりだ。それから物語は少し静かになる。ユーモアたっぷりで少々型破りな刑事（僕のイメージはジャメル・ドゥブーズだ）の捜査によって、やがてエコロジー原理主義的な命題から生まれた高度に組織化された嬰児《えいじ》殺しのネットワークの存在があきらかになる。組織〈小人殲滅《せんめつ》運動〉は、生態系のバランスに決定的害を与える人類は滅亡するべきであり、それに替わって高度な知性を持つクマが台頭するのだと謳《うた》う——嬰児殺しと並行し、研究所ではクマの知性を高める、とりわけ言葉を使えるようにする研究が進められている（僕のイメージでは、クマの酋長《しゅうちょう》役はジェラール・ドパルデューだ）。

キャスティングは文句なし、僕の知名度もあったにもかかわらず、計画は頓挫《とんざ》した。韓国のとあるプロデューサーがこの話に興味を示したが、必要なだけの経費は集められなかった。この常ならぬ失敗が、僕に眠っている（とにかくたいていはぐっすり眠っている）道徳心を目覚めさせてもおかしくなかった。この計画が日の目を見ず、ポシャったのは、いまだにタブーが残っているからだ（この場合は、子供殺しというタブー）。つまりすべてが完全に失くなったわけではない、ということかもしれない。しかしながら熟考の人間である僕は、すぐにその道徳心に打ち勝った。タブーが存在するのは、まさしく、そこに「問題」があるからだ。フロリダにはじめて〈チャイルドフリー・ゾーン〉という高級マンションが登場したのは、ちょうどこのころだった。それは、悲鳴や、よだれ、排泄物《はいせつ》といった、ようするに「ガキども」につきものの環境被害にもう我慢できないと、ずばり本音で言い放つ、屈託のない三十代のためのマンションだった。したがって実際、十三歳以下の子供のマンションへの立ち入りは禁止されていた。マンションには面会室代わりに、ファストフード店が設けられ、そこでのみ家族とのコンタクトが取れるようになっていた。

大きな一歩が踏み出されたのだった。それまでの数十年はずっと、偽善くさくはあれども、世の共通認識としては、欧米社会の人口減少（そもそもそれは欧米社会に限った特徴ではない。同じ現象は国を問わず、文化を問わず、ひとたび、ある一定のレベルまで経済が発展すると起こる）は嘆くべきことだった。それがはじめて、社会的にも経済的にも好環境にある教養のある若者が、子供なんて欲しくない、子育てにまつわる苦労や心痛になんて耐えたくない、と公言したのだった。こんなリラックスした風潮が流行《はや》らないわけがなかった。

ダニエル24—5

僕は人間の苦悩を知っているからこそ、他者と繋《つな》がりのない世界に参加している。僕は静寂への回帰を果たそうとしている。僕は、他の連中よりずうずうしい、防護フェンスのあたりでいつまでもぐずぐずしている野人を殺すことがある――それはたいてい雌であり、ぶよぶよした乳房を持ち、赤ん坊を嘆願書のように振りかざしている。僕はそれを殺すとき、自分が正当で必要な行為を果たしているという感覚を抱いている。僕にとっては、その顔のつくりが我々と同系であること――この地方をうろついている野人のほとんどがスペイン系かマグレブ系であるため、よりいっそうその印象は強い――が、彼らを死刑に処す確かな証《あかし》だ。人間という種は絶滅する。〈至高のシスター〉の言葉が成就するためにも、彼らは絶滅するべきだ。

アルメリア北部の気候は温暖であり、大きな捕食動物の数もそう多くない。減少傾向にあるとはいえ、いまだに野人の棲息《せいそく》密度が高いのはおそらくはそのためだろう――僕個人は、数年前に、百匹近い野人の群れを見て、ぞっとしたことがある。しかし地球のあらゆる地域に散らばる僕の通信仲間の証言によれば、非常に広い範囲で、野人は姿を消しつつある。数世紀来、野人が一度も目撃されなかった土地は多い。なかにはその存在を伝説のように考えている者もいる。

どこからどこまでが中間の領域だと示すものはない。しかし確かなこともある。僕は「門」だ。「門」であり、「門番」である。後継者は到来する。到来しなければならない。僕は、未来人の到来を可能にするために、存在しつづけている。

ダニエル1／6

「犬にとってすばらしいオモチャがあります」
ペトラ・ダースト＝ベニング

　ふたりきりで生きる孤独は、同意ずくの地獄である。夫婦生活には、たいていの場合、最初から、いくつかの小さな差異、いくつかの不一致があるものだが、愛があればどんな問題でもやがては解決できるという思いこみから、ふたりは互いにそれをとやかく言わないでおくことにする。そうした問題は沈黙のなかで、少しずつ大きくなり、数年後には爆発し、共同生活を不可能にする。イザベルはつきあいはじめから、後背位を好んだ。僕が他の体位を取ろうとするたび、一度は身をまかせるものの、それから後ろを向いてしまう。自分でもどうしようもないというように、照れ隠しのような笑みを浮かべている。数年間、僕はこうした嗜好《しこう》は、解剖学的な特徴、たとえば膣《ちつ》の角度かなにかの関係、つまりどんなにがんばっても男には絶対にわからない類《たぐい》の話だろうと考えていた。スペインに来て六週間経ったころ、僕はセックスの最中（いつものように後ろから挿入していたが、ちょうど目の前に部屋の大鏡があった）、イキそうになったイザベルが目を閉じ、そのまま事が終わってしばらくするまで目を開けないことに気がついた。

　僕は一晩それを考えながら、スペイン産のおそろしくまずいブランデーを二本空けた。ふたりの性行為、抱擁、ふたりがひとつになった場面をすべて思い返した。彼女はそのたび視線を逸《そ》らすか、目を閉じるかしていた。泣けてきた。イザベルは性的な快感に身をまかせる。こちらをイカせてもくれる。しかし彼女は性的な快感が嫌いなのだ。性的快感を示すものが嫌いなのだ。それが僕の中にあるのがいやで、それ以上に自分にあるのもいやなのだろう。すべてつじつまが合う。イザベルが造形美の表現を賞賛するとき、それはきまってラファエロとか、とりわけボッティチェリのような画家だった。なにか柔らかい感じのものを賞賛するときもあったが、たいていは冷たい感じのする、かならずとても静かなものを賞賛した。彼女は一度たりとも、僕のグレコに寄せる絶対的な賛美に賛同しなかった。彼女は一度たりとも、エクスタシーを評価しなかった。ひどく泣けた。なぜなら僕は、自分のそうした動物的なところ、性的快感やエクスタシーにどこまでも身をまかせる、屈託のないところが気に入っていたからだ。逆に自分の知性や、明敏さ、ユーモアについては、くだらないとしか思えなかった。生殖器の存在を受け入れ、限られた快感に甘んじる、幸せに結ばれた夫婦のあの眼差《まなざ》し、あの摩訶《まか》不思議な眼差しを、僕らが持つことはけっしてないだろう。僕らはけっして本当の恋人同士にはなれないだろう。

当然、もっと悪いことがあった。そうした造形美の理想を、イザベルはもう自分のものとして維持できなくなった。その理想が、僕の目の前で、イザベルを蝕《むしば》んでいった。彼女はまず自分の乳房に耐えられなくなった（たしかにそれは少し垂れはじめていた）。それから同じプロセスにあった尻《しり》にも耐えられなくなった。灯《あかり》を消さなくてはいけないことが頻繁になった。それから性欲が消えた。イザベルはもはや自分に耐えられなかった。したがって、もはや性交に耐えられなかった。彼女にはそれがまやかしのように思えた。それでも僕はまだ勃起《ぼっき》していた。まあ、最初のうちは。そのうちに勃起もしなくなった。そうするともう後戻りはきかない。かのアンダルシアの詩人の皮肉ぶった言葉を思い出すだけだ。

ああ、人間が生きようとしている人生！
ああ、彼らがいる世界で、
彼らが送る人生といったら！
憐れな者たち、憐れな者たち……彼らは愛しかたを知らない

性行為がなくなると、相手の体が、なんとなく敵対しているものに思えてくる。それがたてる物音、その動き、その匂いが気になるようになる。そして、もはや触れることもできず、交渉を通して聖化することもできない相手の体は、少しずつわずらわしいも

のになっていく。残念ながら、周知の通りだ。エロチシズムの消失にはもれなく愛情の消失がついてくる。純化された関係なんて存在しない。高度な魂の結びつきなんて存在しない。それらしきもの、それをほのめかすようなものすら存在しない。肉体的な愛が消えたとき、すべてが消える。毎日が陰鬱《いんうつ》で平板な苛立《いらだ》ちの連続になる。しかも肉体的な愛に、僕はほとんど幻想を抱いていない。「若さ」「美」「力」肉体的な愛の基準というのは、ナチズムの基準とまったく同じだ。ようするに、僕は途方に暮れていた。

ひとつの答えが、サラゴサとタラゴナを結ぶハイウェイA2の上、食事に立ち寄ったドライブインから数十メートルのところに出現した。スペインでペットを見かけるようになったのは、比較的最近になってからだ。伝統的にカトリック色が強く、マッチョで、どぎつい文化を持つスペインでは、動物はごく最近まで、無頓着《むとんちゃく》に扱われるか、ときによっては陰湿な虐待を受けていた。しかしあらゆる分野で広がる画一化の波は動物の分野にも及び、この国も次第にヨーロッパの規格、とりわけイギリスの規格に近づきつつある。次第にホモセクシャルも珍しくなくなり、許容されるようになってきている。ベジタリアン・フードだけでなく、ニューエイジ風のがらくたまで流行《はや》っている。そしてペットはというと、こちらではかわいらしく「マスコッタス」などと呼ばれ、次第に家庭における子供の代わりを演じるようになった。しかしながらまだまだ過渡期にすぎない。少なからず支障が出ている。たいていは子犬だ。クリスマスにオモチャがわりにプレゼントされた子犬が、数ヶ月後、道路脇に捨てられる。そうした犬たちが、スペイン中央の平原で、野良犬の群れをつくる。犬たちの一生は短く憐《あわ》れだ。疥癬《かいせん》にかかり、寄生虫にたかられ、ドライブインのゴミ箱を漁《あさ》り、果てはたいていトラックに轢《ひ》かれて死ぬ。なにより犬たちをひどく苦しめているのは、人間との交渉の欠如だ。数千年前に、動物の群れを離れ、人間とともに生きることを選択したときから、犬はもはや野生には帰れない。野良犬の群れには安定した縦の掟《おきて》がない。餌や雌をめぐって喧嘩《けんか》がひっきりなしに起こる。小さな子犬は置いていかれ、ときに兄犬に喰《く》われる運命だ。

この時期、僕はますます酒を飲むようになった。三杯目のアニスを飲み干し、ふらつきながらベントレーに戻ってきた僕は、イザベルが金網の隙間を抜け、パーキング横の空き地に入り、そこにたむろしている十四匹ばかりの野良犬に近づいていくのを見て驚いた。僕の知っているイザベルはどちらかといえば臆病《おくびょう》だった。そしてそこにいる犬たちは普通に考えれば危険な動物だ。しかしながら犬たちは、威嚇をするでも、怖がるでもなく、近づいてくる彼女を見ていた。白と茶のブチの、耳の尖《とが》った、生後三ヶ月くらいの雑種が、イザベルに向かってとことこ歩きだした。彼女はしゃがみ、子犬を抱き上げ、車に戻ってきた。こうしてフォックスは僕らの人生にやってきた。無条件の愛情をひっさげて。

ダニエル24―6

数十年に亘《わた》って、人間のクローニングを危険で困難なものにし、ひいてはほとんど実現不可能なものにしていたのは、霊長類の細胞膜を構成するタンパク質の組み合わせの複雑さだろう。それとは対照的にペットのクローニングは、ほとんどの動物において、初期実験の段階から成功した。そこには――多少ほかより遅れはしたが――犬も含まれる。したがっていま、僕の足元にいるこのフォックスは、まさしくイザベルが拾ってきたフォックスである。僕はいま、先代たちがそうしてきたように、こうした文章を書きながら、自分の人間の先祖の人生記に注釈を付け加えている。

僕は、楽しみのない静かな生活を送っている。住居の敷地で短い散歩ができる。それに完備されたトレーニングマシンで筋力を維持することができる。フォックスは幸せだ。決められた境界に満足し、敷地の中で跳ね回っている――彼はすぐに防護フェンスには近づかないことを学んだ。フォックスはボール遊びをしたり、プラスチック製のオモチャの動物（僕はそれを数百個持っている。代々受け継がれてきたものだ）で遊んだりする。大好きなのは音の鳴るオモチャで、とりわけ、いろんな鳴き声の出るポーランド製のアヒルがお気に入りだ。なにより好きなのは、僕にだっこされること。そしてこんなふうに、日向《ひなた》ぼっこをしながら、僕の膝《ひざ》の上に頭を載せて、うつらうつらすること。僕らはいっしょに眠る。そして毎朝がお祭りだ。僕をペロペロ舐《な》め、小さな足をぱたぱたさせて飛びついてくる。フォックスにとって、自分が生きていること、日が輝いていることを再発見するのは、幸せ以外のなにものでもない。その喜びは、先代の一匹いっぴきが有したそれとまったく同じだし、後代にもまったく同じ形で受け継がれるだろう。フォックスの本性は、すでに幸せになる可能性を有している。

僕はただのネオ・ヒューマンであって、僕の本性にはこの方面の可能性はない。無条件の愛情が幸せになるための必須条件であることは、すでに人間も把握していた。少なくとも最も進歩的な人間は把握していた。ただし、これまでのところそうした深い問題把握も、いかなる解決の糸口にもなっていない。聖人に希望を託し、その列伝を研究する者もいたが、なんら問題の解決には繫《つな》がらなかった。なぜなら聖人たちは、己の救済を求めて、部分的な利他主義に従っているにすぎないし（それでもなお、自分は主の御心に従っているのだと彼らが主張するのは、元来自分に備わっていた利他主義の根拠を人に説明するのに、しばしば都合がよいからにすぎない）、長い目でみれば、いないとわかりきっている神を信じつづける行為は、技術文明の維持と折り合いのつかない白痴化の現象を生む。利他的遺伝子についての仮説には、大いに期待を裏切られただけに、いま公然とそれを取り上げる者はいない。なるほどたしかに残酷や、善悪の判断、利他主義の中枢が、前頭葉皮質に存在することまではあきらかにできた。しかし、この単なる解剖学上の発見以上のことが、他の研究からもたらされることはなかった。ネオ・ヒューマン登場以降、善悪の感情が遺伝子に起因するという論文は、科学の世界では少なくとも三千回は発表されている。いずれも最も権威ある筋からの発表だった。しかし現在までのところ、実験に基づく証明に成功した者はいない。なおまたダーウィニズムに着想を得て、個体群において利他主義をもたらすものはグループ全体のために引き出された選択的優位性である、と説明した学説の類《たぐい》は、曖昧《あいまい》で矛盾しあう多種多様な思惑の対象となり、混乱が混乱を呼んで、ついには忘れ去られた。

つまり親切、同情、誠実、利他の心は、我々のすぐそばにありながら、依然として不可解な謎である。ところがそれは犬という小さな器の内に含まれている。未来人の到来の如何《いかん》は、この問題の解決にかかっている。

僕は未来人の到来を信じている。

ダニエル1―7

「ゲームは気晴らしになる」
ペトラ・ダースト＝ベニング

犬は愛する力を持つだけでなく、性衝動にどうしようもなく苦しめられることもないようだ。出会った雌が発情期なら交尾ができ、そうでなければ、欲望も感じない。とりわけ喪失感も感じない。

　犬は見ているだけでも飽きないのに、そのうえ人間に、国際的で、民主的で、みんなが共感できるような、この上ない話題を提供してくれる。かくして僕は、ビーグル犬トルーマンを連れたドイツ人、もと天文物理学者のハリーと知り合った。ハリーは六十過ぎの温厚な自然崇拝者であり、その隠居生活をもっぱら天体観察に当てている。この地方の空はとりわけ澄んでいるのだとハリーは僕に説明した。昼のあいだは庭仕事をしたり、身の回りの整理をしている。妻のヒルデガルドとふたり暮らしだ――もちろんトルーマンも一緒だ。彼らに子供はいない。当然のことながら、もし犬がいなかったら、この男と会話することもなかっただろう――とはいえ犬がいたところで、たいして話も弾まない（ハリーは次の土曜日に僕らを夕食に招いた。彼は僕らの家から五百メートルのところに住んでいた。つまり彼は僕らの最も近い隣人だった）。幸い、彼はフランス語を話せなかったし、僕もドイツ語はまったくだめだった。越えなければいけない「言葉の壁」（数フレーズの英語と、かたことのスペイン語）があったおかげで、ようするに「楽しい夜」を過ごしたような気になったが、実のところ、僕らは二時間、いたってありふれたことを叫んでいたにすぎない（ハリーは耳が遠かった）。食事のあとハリーは僕に、土星の輪を見たくないかと訊《たず》ねた。ぜひぜひ見たいものですねと僕は答えた。まったく、実に見事なスペクタクルだった。自然が創ったか神が創ったかは知らないが、人間の瞑想《めいそう》に与えられた贈り物、それ以上言うことがない。ヒルデガルドがハープを弾いた。たぶん見事な腕前なのだろう。とはいえ正直言えば、ハープを下手に弾くことができるかどうかは疑問だ（つまり構造上、その楽器からは美しい音以外は出ないという気がする）。おそらく、僕が不機嫌にならずに済んだのには、ふたつの理由があると思う。ひとつは、イザベルが機転を利かせて、かなり早い段階、とにかく僕がキルシュを一瓶空けてしまう前に、疲れたから帰りましょうと言ってくれたこと。もうひとつは、ハリーの家にテイヤール・ド・シャルダン*の豪華版全集が揃っているのを発見したことだ。僕をつねにどっぷり悲哀や憐憫に浸らせ、少なくとも意地悪でも皮肉でもない心境にさせてくれるのが、テイヤール・ド・シャルダンという存在だ（いや、その存在だけではない。数少なくとも、彼に読者がいる、いたかもしれないという事実からしてそうだ）。僕はテイヤール・ド・シャルダンの読者を前にすると、自分が無防備になり、狼《ろう》狽《ばい》し、思わず涙しそうになるのを感じる。僕は十五のとき、偶然『神のくに』を読んだ。きっとその本にうんざりした誰かが、エトレシー・シャマランド駅のベンチに置いていったのだろう。僕はたった数ページのあいだに、何度も怒号を上げた。あんまり絶望して、自転車の空気入れを地下室の壁に叩《たた》きつけて壊してしまった。テイヤール・ド・シャルダンというのは、もちろん「がむしゃら一等賞」と呼ぶにふさわしい作家だ。いずれにせよ徹底的に気の滅入る奴であることに変わりはない。テイヤール・ド・シャルダンは、かつてショーペンハウアーが「レトルトとメスを捨てた途端、初聖体拝領で授かった概念について哲学しようとする」と描写した、あのキリスト教徒のドイツ人科学者たちに少し似ている。つまりテイヤール・ド・シャルダンもまた、あらゆるキリスト教左派、というかキリスト教中道派が抱いていたあの幻想を抱いていた。ようするにフランス革命以降、進歩主義的思想に毒されたキリスト教徒と同じ幻想を抱いていたのである。つまり彼らは、色欲というのは軽い、ほんのちっぽけな罪であって、人間を救済から遠ざけるほどの罪ではない――唯一の本当の罪は傲慢《ごうまん》の罪であると信じていた。自分のどこに色欲があるのか？　どこに傲慢があるのか？　自分は救済から程遠いのか？　それがそんなに大層な問題だろうかと僕は思う。たとえばパスカルなら絶対にこんな馬鹿げたことは口にしないだろう。パスカルの本を読んでいて感じるのは、彼が肉の誘惑

＊一八八一―一九五五年。仏人カトリック思想家。イエズス会士であり、古生物学者でもある。

をまったく知らないわけではないということだ。放蕩《ほうとう》は、彼に強い影響を与えうるものだった。その彼が姦淫《かんいん》やカード遊びではなく、キリストを選んだのは、うっかりしていたからでも、馬鹿だったからでもなく、キリストの方がぶっ飛べる《ハイ・ドープ》からだ。ようするにパスカルというのは生真面目な作家なのだ。もしテイヤール・ド・シャルダンにエロ作品でも見つかれば、ある意味、ほっとするのだが、と考えてみて、それはないとすぐに打ち消す。いったい全体、この憐れなテイヤールは、どういう生き方をして、どういう連中とつきあって、あんな煮え切らない愚かな人間観*を持つに至ったのだろう? 同時代、同じフランスでは、セリーヌや、サルトルや、ジュネのような実にひどい下衆《げす》連中があんなに幅を利かせていたというのに。彼の献辞や、文通相手の宛先を通して、彼と親交のあった人々の顔も見えてくる。それはいわゆる上品でおしゃれ《ベー・セー・ベー・ジェー》な人々、カトリックで、とにかく貴族かなにかで、しばしばイエズス会に所属するような人々だ。ようするにお人よしどもである。

「なにをぶつぶつ言ってるの?」イザベルが言った。僕は我に返った。ドイツ人の家を出て、海辺に沿って、家に向かっているところだった。二分前から、ひとりごとを言っていたわよ、ほとんどなにを言っているかわからなかったけど、と彼女は言った。僕は彼女に問題をかいつまんで話した。

「楽天家になるのは簡単だ……」僕はそっけなく結論を言った。「子供は要らない、犬でいいと思えるなら、楽天家には簡単になれる」

「それはあなたも同じでしょう。でもあなたはちっとも楽天家じゃない……」彼女は指摘した。「ちがいがあるとしたら、彼らが年寄りだということね」彼女は優しい言い方をした。「人は年老いると、ほっとできること、楽しいことを考えないではいられないのよ。あの世ではなにかすてきなことが待っていると考えないではいられない。ようするに死に備えて少しだけ訓練をしているの。ひどく馬鹿でも、ひどく金持ちでもない場合にはね」

僕は立ち止まった。海を見つめ、星を見つめた。ハリーは毎日、夜を通してそうした星々を眺めている。一方ヒルデガルドはモーツァルトの旋律に乗せてフリークラシックともいうべき即興音楽を奏でている。天上の音楽、星のまたたく夜空、僕の心に流れる道徳律。僕は彼らをうっとりさせるもののことを考え、なにが僕と彼らを隔てているのかを考えた。気持ちのよい夜だった。イザベルの尻《しり》に手を当てた。夏のスカートの薄い生地を通して、尻の形がはっきりとわかった。彼女は砂丘に横たわり、パンティを下ろし、脚を広げた。僕は彼女に挿入した――向かいあってしたのは、はじめてだった。彼女は僕をまっすぐ見つめた。あそこの動き、最後の方で彼女があげた小さなあえぎ声を

＊テイヤールの思想によれば、生命の進化の過程で生まれてきた人間は、「精神圏」において「精神生成」の過程を歩んでいる。人間の「意識」はこのさき上昇して統一に向かい、いずれ地球規模的一体になり、やがて宇宙と一致する。彼はその終極の一点を「オメガポイント」と呼び、復活のキリストと考えた。

今でも憶《おぼ》えている。なによりそれは僕らがした最後のセックスだった。

数ヶ月が経った。夏が来て、秋が来た。イザベルは不幸には見えなかった。彼女はフォックスと遊んだり、ツツジの世話をしたりしていた。僕は水泳をしたり、バルザックを読み返したりしていた。ある夕、住居に西日の射し込むころ、静かに彼女が言った。「そのうちあなたは私を放って、若い女のもとへ行ってしまうでしょうね……」

僕はこれまで一度も彼女を裏切ったことはないと反論した。「わかってる」彼女は言った。「いつかはそうなるだろうと、あるとき思ったの。あなたはいつか編集室に出入りしてたような若い娘と寝て、それから私のところに戻ってくる。そしてまた別の娘と寝て、それからまた戻ってくる。きっとすごくつらいでしょうね。でもたぶん、その方がいいんだわ、結局」

「一度、しようとしたことはある。でも向こうが乗り気じゃなかった」僕は、その朝のことを思い出していた。その朝、僕はフェヌロン高校の前を通りかかった。休み時間だった。娘たちは十四か十五で、なにもかもがイザベルより美しく、魅力的だった。なぜならイザベルより若かった。おそらく自らの美しさを競うという点では、彼女らには彼女らの過酷なナルシシックな競争があるのだろう——同じ年頃の男の子にかわいいと看《み》做《な》される子もいれば、どうでもいい、あるいははっきりブスと看做される子もいる。しかし五十男にしてみれば、ああした若い体になら、どれにだって金を払うだろう。高くてもかまわない。それどころか場合によったら、名声や、自由、命さえ危険に晒《さら》してもいい。まったくこの世界ときたら、実にシンプルだ！　おまけに出口がないときていいる！　帰りに、イザベルの顔を見に編集室に寄り、白系ロシア風のモデルをくどいた。フエラチオは一回五百ユーロだと彼女は言った。僕は辞退した。一杯つきあうのはいいが、八ページ目に掲載する写真の撮影を待っている娘だった。未成年者との性交渉を取り締まる法律が厳しくなっているときだった。性犯罪予防のための化学的去勢を謳《うた》うキャンペーンの数も増えていた。一方で欲望を我慢できなくなるまで煽《あお》りながら、実現の道をどんどん険しくしていく。西欧社会はこうした特殊な法則の上に立っている。そんなことはわかっている。十二分にわかりきっている。いくつものコントのネタにしたくらいだ。その僕でさえそのプロセスには屈せざるをえないらしい。僕は夜中に目を覚まし、大きなコップでたてつづけに水を三杯飲んだ。僕は、相手がどんな娘であれ、これから彼女たちとつきあおうとするとき、自分が受けるにちがいない屈辱のことを想像した。すんなりつきあってはもらえないだろう。つきあったとしても、いっしょに街を歩くのを恥ずかしがり、友だちに紹介するのをためらい、ぽいっと僕を捨てて同じ年頃の少年のところへ行ってしまうだろう。僕はそうしたことを何度も繰り返し想像した。そしてそんな状況になったら自分はとても生き残れないだろうとわかった。僕には自然の掟《おきて》に背こうなどという野心はまったくない。つまりペニスの勃起《ぼっき》能力は低下傾向にあり、低下を食い止めるためには若い肉体を探す必要がある……僕はサラミの袋とワインを開けた。それなら金で買うんだ、僕はひとりごちた。そのときが来たら、つまり勃起を維持するのに若いマンコが必要になったら、金で買うのさ。ただし相場だ。フェラチオ一回五百ユーロなんて、自分を何様だと思ってるんだ、あのスラブ女？　せいぜい五十ユーロだろ。冷蔵庫の野菜室に食べかけの栗のムースを見つけた。ここまで考えた段階で僕が気に食わないと思ったのは、金で買える娘たちがいるということではなくて、金で買えない、あるいは高すぎて手が出ない娘たちがいるということだった。要は、市場が統制されればいいんだ。「とにかく、あなたはその娘を買わなかった……」イザベルは僕に言った。「五年経っても、まだ、ぐずぐずしている。でもこれからはちがう。これからあなたは若い娘に出会うの――ロリータではなく、どちらかといえば二十から二十五歳くらいの娘――そしてあなたはその娘に恋をするの。それは頭が良くて、感じのいい、どちらかといえばかわいいタイプの娘でしょうね。友だちにもなれそうな……」すっかり暗くなっていた。僕にはもうイザベルの顔がよく見えなかった。「それは私だったかもしれないのに……」静かな語り口だった。しかし僕はこの静けさをどう解釈していいかわからなかった。静かながらも彼女の声にはいつもと少し違うところがあった。とにかく僕はこうした状況を経験したことがなかった。僕はイザベルより前に、誰かを愛したことがなかった。そしてどんな女性からも愛されたことがなかった。デカケツは例外だが、あれはまた別の問題だ。彼女は僕と出会ったとき少なくとも五十五は過ぎていた。というか当時僕はそう信じていた。僕にとっては母親でもおかしくないような年頃だったし、こちらからすれば恋愛なんてありえない。発想さえ浮かんでこなかった。それに望みのない片思いというのは、ただの恋愛とはちがう。たしかに非常な痛みは伴うが、本来、恋人同士のあいだに生まれる近しさも、相手の声の微妙な変化に気づく感性も生まれない。一方的に思いを寄せているほうにしても、あまりにも熱狂的な、むなしい期待に我を失っているために、これっぱかしの明晰《めいせき》さも保てず、どんなサインも正しく読み解くことができない。ようするに、僕はそれまで経験したことのない状況に置かれていた。

自分よりも高い視点を持つことは誰にもできない。ショーペンハウアーのこの言葉は、あまりにも知能レベルのかけ離れたふたりの人間のあいだでは意見の交換ができないことを語っている。この場合は、あきらかにイザベルの方が僕より高い視点を持っていた。僕は用心深く黙っていた。いずれにせよ、僕が若い娘と出会わないという可能性も十分にある、と僕は思った。僕の貧しい人間づきあいを考えれば、その可能性のほうが高いような気がした。

イザベルはあいかわらずフランスの雑誌を購読していた。とはいえ、そう頻繁にでもない。週に一冊が限度だろう。ときどき馬鹿にしたようにフンと鼻を鳴らしながら僕に記事を差し出す。当時はちょうど、フランスのメディアで友情を持ち上げる一大キャンペーンがはじまったころだった。たしか〈ヌーヴェル・オプセルヴァトゥール〉誌がはじめた企画だった。「恋愛は終わるかもしれないが、友情は永遠だ」記事のテーマはだいたいこんな感じだった。そんな世迷い言を並べたてることに、なんの得があるのか僕にはわからなかった。つまりヒマダネなのよ、とイザベルは説明した。「別れても、いい友だち」なんて多少バリエーションはあっても毎年取り上げられているテーマだわ。あと四、五年もすれば、ようやくみんなも気づくでしょう。愛から友情、つまり強い感情から弱い感情への移行は、あきらかに序章にすぎず、やがてはすべての感情が消えるということにね——歴史的観点からみればそれはわかりきったことだわ。なぜなら個人の立場からすれば、無関心は、最も好ましい状況だもの。なにしろ、ひとたびだめになった愛は、無関心になるのでも、ましてや友情になるのでもなく、確固たる憎しみになるんですもの。僕は、この指摘を土台に『その後のハエ二匹』という脚本を書いた。おそらくはこれが僕の映画キャリアの絶頂（そして終点）にちがいない。エージェントは僕が仕事を再開したと知って喜んだ。二年半のブランクは長い。完成した脚本を手に取ると、エージェントは浮かない顔になった。僕はエージェントに、それが映画の脚本であり、僕が自分で監督し、自分で主演するつもりでいることを、隠さず告げた。なに、そのへんは問題ないさ、彼は僕に言った。それどころか、みんな心待ちにしていたからね。驚かせてやるのはいいことだ。カルトムービーになるかもしれんよ。ただ内容なんだがね……はっきり言うと、ちょっとやりすぎてない？

映画はある男の人生を語る。男の第一の気晴らしは、輪ゴムでハエを殺すこと（映画のタイトルはここに由来する）。しかし、たいていは命中しない（これでも三時間の長編映画なのだ)。さてピエール・ルイスを愛読する教養高いこの男の第二の気晴らしは、思春期前の(つまり十四歳未満の)娘に自分のペニスを吸わせることだ。こちらはハエ相手よりうまくいっている。

スポンサーに買収されているメディアに次々に叩《たた》かれたわりに、興行面は大コケまではいかなかった。それどころか、いくつかの国では大いにもてはやされ、フランスでもまずまずの利益を回収した。まあ、僕のそれまでに積み上げた輝かしいキャリアから想像される額には及ばなかったが。まあ、その程度である。

ところが批評面での失敗は、まぎれもない現実だった。それはいま考えても不当な批判だったと思う。「平凡なドタバタ劇」、〈ル・モンド〉紙がくれた肩書きだ。実に如才のない言い回しで、社説で公開禁止を訴えるような、もっとモラルにうるさい同業者とは巧みに一線を画している。たしかにそれはコメディだった。ギャグのほとんどは短絡的で、おまけに下品だった。しかしそれでもいくつかのシーンの、いくつかの対話に関しては、客観的にみても、僕の作品のなかで最もよくできた対話だと思う。とりわけコルシカ島バヴェラ峠の坂道で撮影された長回しのシーンはよくできている。主人公(僕が演じる)がかわいいオロール(九歳)を彼の別荘に連れていくところだ。さっきボニファシオのマリンランドでみんなでおやつを食べているところをナンパしてきたのだ。「道路脇に住むならわざわざコルシカに住まなくてもいいのに」小さなオロール嬢が偉そうに言い放つ。

「過ぎていく車を眺めるだけでも、生きてるって感じがしてくるじゃないか」彼が（僕は）答える。

誰ひとり笑わなかった。試写会でも、公開祝賀会でも、モンバゾンの喜劇映画祭でも。いやそれでも、それでも……僕はひとりごちた。僕の最高傑作だ。シェークスピアにこんな対話が書けるか？　あのみすぼらしい田舎者にこんなことが想像できるか？

この映画には、幼児性愛なんて月並みなテーマ（おまけに子供服のプチバトーなテーマでもある、わっはっは、と、こんな調子で僕は当時インタビュアーに説明した）以外にも、「友情」、より広い意味で「性的でない」関係すべてに、反旗を翻すという目的があった。実際、一定の年齢を越えたふたりの男に、しっかり話し合えるテーマなんてあるだろうか？　損得勘定や、なにかのプロジェクト（政府打倒や、道路建設、マンガのネームづくり、ユダヤ人撲滅）以外に、ふたりの男が行動をともにしたり、団結したりできる理由があるだろうか？　一定の年齢を越えてしまった人間にとって（僕が話しているのは一定の知性レベルに達した人間のことで、粗暴な年寄りのことではない）、すべてが語りつくされているのはあきらかだ。いったい全体ひとときをともに過ごすくらい虚《むな》しいプロジェクトが、憂鬱《ゆううつ》や気詰まり、確固たる敵意に発展しないわけがない。一方、男と女のあいだには、それでもまだなにか、小さな引力、小さな希望、小さな夢が、残っている。元来、言葉というものは、論争や仲違《なかたが》いをするためにあるのであって、その好戦的な性質は、いまだに言葉の特徴だ。言葉は破壊を生み、分裂を生む。したがって、男と女のあいだに、もはや言葉しか残っていないというのなら、ふたりの関係は終わったと見るのが妥当である。逆に、言葉が愛撫《あいぶ》によって和らげられ、いくらか神聖になるときは、言葉は本来の意味とはちがった意味を獲得しうる。ドラマチックな面が減り、奥行きが増す。理知的で、超然とした、すぐには結果をもたらさない、自由な伴奏のようなものになる。

この映画が非難するのは、単に友情だけではない。肉体関係を失《な》くした瞬間からの人間関係すべてを非難している――唯一、雑誌〈スラット・ゾーン〉だけが適切にその点について、両性具有、半陰陽体についての間接的な擁護であると指摘した。ようするに僕はギリシャ文化に回帰したわけだ。常として、人は老いるにつれ、ギリシャ文化に回帰するようになる。

ダニエル24―7

人間の残した人生記の数は六千百七十四。最初のカプレカ定数に一致する。男性、女性、ヨーロッパ、アジア、アメリカ、アフリカ、出所はさまざまだ。完、未完、どちらもある。共通点は、そもそも一点しかない。すなわち老いが引き起こす精神的な苦痛に、耐えかねているという性格である。

たとえば「老人の肉体に若者の欲望がたっぷり」と簡素な短文で自身を描写したブリュノ1の記述などは、最も際立った印象を与えるのではないだろうか。とはいえ、繰り返しになるが、それはあらゆる人間の証言に共通している特徴だ。僕の先祖ダニエル1にも、ラシッド1にも、ポール1にも、ジョン1にも、フェリシテ1にも共通する。とりわけエスペランサ1の証言は悲痛だ。老いは、人類史上、いかなる時点においても、喜ばしいものではなかったようだ。しかしながら、この種の絶滅直前の数年に至っては、あきらかに残酷なものになった。保健行政機関によって控え目に「旅立ち」と名づけられた自殺の割合が一〇〇パーセントに近づきつつあった。そして旅立ちの平均年齢は推定、地球全体では六十歳、先進各国ではむしろ五十歳に近かった。

この数はダニエル1の時代に始まった長い変革の結果だった。当時、人間の平均寿命は非常に高く、高齢者の自殺はまだ少なかった。しかしながら高齢者の老いさらばえた体はすでに万人の嫌悪の対象だった。おそらくこの現象がはじめて表面化したのは、二〇〇三年、とりわけフランスで大量の死者を出した猛暑がきっかけだった。「老人のデモ」、最初の数字が発表された翌日、〈リベラシオン〉紙はこう書いた。フランスでは二週間で一万人以上の老人が死亡した。その何割かは独り暮らしの老人で、自宅でひとり死亡した。何割かは病院あるいは老人介護施設で、なんらかの介護不足で死亡した。その後の数週間、同紙はそのむごたらしい実態を写真入りで報告した。まるで強制収容所を思わせる写真。大部屋にすし詰めになった老人の断末魔が語られる。オムツを巻かれ、裸でベッドに寝かされた老人が、一日中うめき声を上げているのに、誰も水分補給に来ない。水一杯持ってこない。バカンス中の家族と連絡が取れないなか、新着の患者に場所を空けるため、院内を巡回して定期的に死体回収を行う看護師の姿も描写されている。「現代国家にあるまじき光景」そう書いたジャーナリストは気づいていないが、それこそが現代国家の証《あかし》であり、フランスはいよいよ現代国家になりつつあった。真の現代国家だけが、老人を完全にごみ扱いする能力を持つ。年長に対するこうした軽蔑《けいべつ》は、アフリカや、伝統あるアジアの国々では想像もできないことだろう。

こうした光景に対する体裁だけの憤慨はすぐに霧散した。そしてその後の数十年で、第三者、あるいは本人の意志による安楽死が発展し——というか、それを率直に認める者の数が徐々に増え——問題は解決するに至った。

人間のあいだでは、人生記はできるかぎり完成されることが望ましいとされた。これは、人は晩年に際してある種の境地に達すると、その当時の人々が信じていたためである。教師が最も頻繁に挙げた例として、マルセル・プルーストのそれがある。近づく死を予感したプルーストは、『失われた時を求めて』の執筆を急ぐことをまず第一に考えた。近づくにつれて移り変わる死の印象を書き留めるためだ。

実際は、こうした勇気を持っていた者は少ない。

ダニエル1―8

「とにかく、バルナベ、三十万トンの推進力がある強力な船が必要だ。
それさえあれば我々は地球の引力を逃れて、木星の衛星間を航行できるからね」
クラーク船長

下準備、撮影、編集もろもろ、限定巡回プロモーション（『その後のハエ二匹』はヨーロッパのほとんどの大都市で同時に封切られ、僕はフランスとドイツにだけ顔を出した）、合わせて一年あまり、僕は家を空けた。アルメリアの空港での最初の驚きは、五十人ばかりの集団が、出口の柵《さく》の向こうで僕を待ちかまえ、手帳や、Tシャツ、映画のポスターを振りかざしていたことだ。僕の耳にはすでに最初の数字が入っていた。映画の興行成績はパリではもうひとつだったものの、マドリッドでは大成功を収めていた――他にもロンドン、ローマ、ベルリンで成功を収めており、僕はヨーロッパでちょっとしたスターになっていた。

人の波が去ってはじめて、到着待合ロビーの奥に背を丸めて坐っているイザベルの姿に気がついた。これがもうひとつの衝撃だった。彼女は型くずれしたズボンとTシャツを着て、恐れと恥じらいの入り交じった目をしばたたかせながら、こちらを見ている。

僕が数メートルのところまで来たとき、彼女は泣きだした。とめどなく頬を伝って落ちていく涙を、彼女は拭《ぬぐ》おうとしなかった。イザベルは少なくとも二十キロは太っていた。今度という今度はその顔も影響を受け、赤くむくんでいる。髪はべとつき、まとまりがない。彼女は醜かった。

もちろんフォックスは喜んで大騒ぎだった。僕に跳びつき、たっぷり十五分のあいだ僕の顔を舐《な》めた。これだけではすむまい、と僕ははっきりと感じた。イザベルは僕の前で着替えるのを嫌って姿を消し、寝巻き用のメルトンのスウェットスーツ姿で戻ってきた。空港からのタクシーの中では、ひと言も言葉を交わさなかった。寝室の床にはコアントローの空き瓶が数本転がっている。それはそれとして、掃除はしてある。

僕はキャリアを通してエロチシズムと愛情の対立をさんざんネタにし、あらゆる人物を演じてきた。たとえば、スワッピング・パーティに通いながら、一方で、運命の人と純粋で清らかな関係を築きたいと思っている娘。そしてそんな娘を受け入れるちょっとオツムの弱い無力な男。そしてそこにつけこむスワッパー。消費、忘却、悲惨。僕はこの手のテーマで、劇場を「つんざくような笑いの渦」に巻き込んだものだ。おまけにこの手のテーマでは相当額を稼がせてもらった。ところが今度はその僕が当事者なのだ。しかも僕には、このエロチシズムと愛情の対立が、あきらかに、この時代の最悪事のひとつ、ある文明に最終的に下った死刑判決の証のひとつに思える。「笑うのをやめろ、このバカたれ……」不気味な陽気さで僕は自分に繰り返した（というのは、このフレーズが頭の中にもぐるぐる回っていて、自分ではそれを止めることができなかったからだ。アタラックス〔精神安定剤〕を十八錠飲んでも効かなかった。結局、仕上げはパスティス酒とトランゼン〔抗不安薬〕のカクテルだった）。「ところが、だれかをその美しさゆえに愛している者は、その人を愛しているのだろうか。いな。なぜなら、その人を殺さずにその美しさを殺すであろう天然痘は、彼がもはやその人を愛さないようにするだろうからである」パスカルはコアントローのことは知らなかった。それにいまより体の露出度が少ない時代に生きていたから、顔の美しさを過大視していた。なにより問題は、僕がイザベルに最初に惹《ひ》かれたのは、彼女の美しさではないということだ。僕はいつも頭の良い女性にそそられるのだ。実をいえば、頭の良さは性交渉にはあまり役に立たないが、ほとんど唯一、公の場で相手のペニスにどのタイミングで手を置くかを見極めるときのみ、役に立つ。男というのはそういうのが大好きなのだ。これは人が猿だったときの名残、その影響であり、これを知らずにいるのは馬鹿だ。あとは時と場所をどう選ぶか。何割かの男性はそうした現場を、他の女性にまじまじと見られるのを好む。何割かの、おそらく、ちょっとホモっぽいとか、やけに威張りちらしているような男性は、他の男性に見られるのを好む。何割かは、他のカップルの共犯めいた視線がなにより好きだ。何割かは電車を好み、何割かはプールを好み、何割かはディスコやバーを好む。頭の良い女性はそういうことを心得ている。結局のところ、イザベルとのあいだには、いい思い出があった。夜が終わるころには、僕はなんとか、優しい、郷愁といってもいいような思いに辿《たど》りつくことができた。そのあいだじゅう、隣ではイザベルが牛のようないびきをかいていた。夜が明ければ、そうしたいい思い出さえすぐに消えてしまうと気がついた。そして僕はパスティスとトランゼンのカクテルを飲むことにした。

実際面では、さしあたって問題はなかった。僕らには十七も部屋があるのだ。僕は海と岸壁が見える部屋に移った。イザベルはどうやら、内陸を眺めている方がいいようだ。フォックスはあっちとこっちを行ったり来たりしている。それがおもしろくてしかたないらしい。フォックスが、人間の子供のように親の離婚に苦しむことはあるまい。きっとそこまでは苦しまない、と僕は思う。

いったいこんなことが長続きするだろうか？　残念ながら答えはイエスだ。留守中、僕には七百三十二件ファックスが届いていた（こうしたことからも、イザベルが定期的に記録紙のロールを取り替えていたことは、認めざるをえない）。僕はこのさき死ぬまで、映画祭の招きに駆け回りながら、毎日を過ごすことができるだろう。ときどき家に寄って、フォックスを撫《な》で、ちょっぴりトランゼンを飲み、そらっ、もうひとがんばりという具合に。さしあたっていま僕に必要なのは、状況はさておき、完全な休養だ。海水浴に行く。無論ひとりで。素っ裸の若者を肴《さかな》に屋敷のテラスで軽くマスをかく（望遠鏡なら僕だって持っているが、僕のは星を見るためのものではないのだ、わっはっは）。つまり僕はひとりでなんとかやっていた。なんとかうまくやっていたのだ。それでも二週に三度くらい、崖《がけ》の上から身を投げかけた。

　僕はハリーに再会した。彼は元気だったが、トルーマンは一気に老犬になっていた。僕らは再び夕食に招かれた。今回はベルギー人のカップルもいっしょだった。彼らは最近、このあたりに引っ越してきたのだった。ハリーは男性のほうを「ベルギーの哲学者」だと僕に紹介した。現実は、哲学で博士号を取ったのち、公務員試験に合格し、税金の監査官としてつまらない人生を送った人物だった（しかし彼には正しいことをしているという確信があった。社会主義シンパというのは、人民に高い税金を押しつけるのを良いことだと思い込んでいるからだ）。彼はそのへんにごろごろしている唯物主義傾向の強い雑誌で、哲学についての記事をいくつか書いた。女房は、白髪を短く刈った小人《グノーム》の類で、こちらももと税務監査官だった。奇妙なことに、彼女は占星術に心酔しており、僕のホロスコープを確認させろとうるさかった。僕は双子座の支配下にある魚座ですがね、そんなのどうだっていいんです、僕にとったら、パワーショベル座の支配下にあるプードル座だって一向かまわないですよ、わっはっはっ。この冗談で、僕は件《くだん》の哲学先生から一目置かれることになった。彼は女房の酔狂をからかうのが好きだった。結婚三十三年。彼は常に蒙昧《もうまい》主義と闘ってきた。うちは敬虔《けいけん》なカトリックの家でしたし、それに……と彼は声を震わせて僕に言った。それが大きな障害となって、私はセックスを謳歌《おうか》することができませんでした。「なんなんだ、この連中は？　いったいなんなんだ？」僕はひとり絶望的な気分でそう繰り返しながら、皿の上のニシンをひっかきまわしていた（ハリーは故郷のメクレンブルクが恋しくなると、アルメリアのドイツ系スーパーマーケットに行って食糧を仕入れた）。いずれにせよこれではっきりした。この小人夫婦には性生活なんてなかったのだ。まあ、子作りぐらいはしたかもしれない（実際、その後の会話で、彼らが息子をひとりもうけていることがわかった）。したがって連中はセックスになんて縁のない人間なのだ。そのくせ彼らはカトリックに憤慨し、教皇を批判し、連中が絶対罹《かか》るはずのないエイズのことを嘆いている。話を聞いているうち、なんだか死にたくなってきたが、なんとか持ちこたえた。

　幸いなことに、ハリーが話に口を挟んだ。そして会話はより超越したテーマに（星とか、無限とかに）向かった。この機に僕はのびのびソーセージをほおばった。当然のことながら、唯物主義者とテイヤール愛読者の意見が合うはずがない（このとき僕は、彼らが頻繁に会って、こうした議論を楽しむ間柄なのだと気がついた。ふたりはこのさき三十年でも、こんなことを続けていられるだろう。さしたる変更もなく、ふたりともそれで大満足だろう）。彼らの話題はついに死に至った。さっきまで自分が経験したこともないフリーセックスを必死になって擁護していたベルギー人ロベールは、いま安楽死のために奮闘している。幸い今度は彼でも十分に経験しうるテーマだ。「それなら魂はどうなる？　魂は？」ハリーが息を切らす。ようするに、ふたりの小劇場はこなれにこなれていた。トルーマンと僕はほとんど同時に眠りについた。

　ヒルデガルドのハープがみんなの意見をひとつにさせた。ああ、やっぱり音楽はいいね。とりわけ音の小さいところがいい。コントの材料さえ見当たらないと僕は思った。もはや僕は、不道徳を擁護するマヌケ、「人は自由に悪に近づけるようになると、かえって高潔でいることに快感を覚えるようになる」などとほざく連中を笑えない。吹き出物だらけの五十女たちが、飽くことなく燃えるような恋愛を求めて、おぞましくあがく姿も笑えないし、そうした女たちが、自閉症気味の青年を半ば強姦《ごうかん》して（『ダヴィドは私の太陽』）、ようやく授かった障害持ちの子供についても笑えない。ようするに僕はもはや、めったなことでは笑えなくなっていた。僕のキャリアも終わりに近い。これはたしかだ。

この夜は、帰りに砂浜でセックスすることはなかった。しかしながらいつかはかならず決着をつけなくてはならなかった。数日後、イザベルは僕に家を出るつもりだと告げた。「重荷になりたくない」と彼女は言った。「あなたには、あなたに見あった幸せを見つけて欲しいわ」とも言った（いまだにこれは嫌味ではなかったかと考え続けている）。

「君はどうするつもり？」僕は訊《き》いた。

「母のところへ戻ると思う……普通、こういうとき女はそうするのでしょう？」

彼女が苦渋をのぞかせたのは、このときだけだ。僕は彼女の父親が、十年ほど前に彼女の母親を捨て、若い娘に走ったことを知っていた。たしかにこういうことは増えている。しかし目新しいところはどこにもない。

僕らは物分かりのいいカップルとして行動した。僕の稼ぎの総額は四千二百万ユーロになっていた。イザベルは共有財産を半分取得することで合意し、慰謝料の要求はしなかった。ただし、それだけでも七百万ユーロにはなる。とにもかくにも貧窮することはあるまい。

「セックス観光でもしてみたらどうだい」僕は提案した。「キューバなんかどう、すごく優しい男がいるよ」

彼女は少し微笑んで、首を振った。「あらソビエトのホモの方がいいわ……」彼女はさりげなく僕のお株を奪って軽口を叩《たた》いた。それから真顔になって、正面から僕を見つめた（静かな朝だった。海は青く、凪《な》いでいた）。

「あいかわらず女を買ってない？」彼女が訊いた。

「ない」

「まあ、私も同じだけど」

暑さの中、イザベルはぶるっと震え、目を伏せ、上げた。

「つまり二年間セックスしてない？」

「ない」

「まあ、私も同じだけど」

ああ、僕らはかよわい仔鹿、感傷に浸る仔鹿だった。そしてそのために死にかかっていた。

まだ最後の朝、最後の散歩が残っている。海はいつものように青く、断崖《だんがい》は黒かった。フォックスは僕らのまわりを走り回っていた。「この子を連れていくわね」イザベルは即座に言った。「当然でしょう。この子と長くいたのは私だもの。でも、会いたくなったら、いつでも貸してあげる」極めて物分かりのいい夫婦じゃないか。

荷造りはすでに終わっていた。引っ越し業者のトラックが明日荷物をビアリッツ（イザベルの母親は、もと教師の身でなにを思ったか、もと教師なんて虫けらくらいにしか思っていない超大金持ちのブルジョワ女だらけのその地方に終《つい》の栖《すみか》を定めた）に運ぶことになっている。

僕らはあと少し、十五分間を共に過ごした。空港行きのタクシーを待っていた。「ああ、一生なんてあっというま……」イザベルが言った。ひとりごとに近かった。だから僕はなにも言わなかった。彼女はタクシーに乗り込むと、最後に少し手を振った。そうだ、これで、なにもかもが落ち着くだろう。

ダニエル24／8

慣例では、人間の人生記が短縮されることはない。それがいかに嫌悪や倦怠《けんたい》をもたらす内容であっても短縮はされない。我々が人間という種と一線を画すには、まさしくそうした嫌悪、倦怠が、我々のうちで大きくなることが望ましい。〈至高のシスター〉の忠言によれば、未来人の到来とは、まさにこうした条件のもとでこそ可能になる。

ダニエル17以降繰り返されてきたように、ここで僕もまた慣例を翻すのは、このあと九十ページに亘って続くダニエル1の記述が、科学の進歩によって完全に時代遅れになってしまったからだ†。ダニエル1の時代、男性のインポテンツは心理的な要因に起因すると考えられがちだった。いまではインポテンツが根本的にホルモンに起因する現象であることは周知である。心理的な要因はきわめて小さく、しかも恒久的な要因ではない。

件《くだん》の九十ページというのは、アンダルシアのさまざまな娼婦相手の失敗談を通して、猥褻《わいせつ》かつ陰気な描写を交えながら、男性性の衰退についての考察が展開される身の捩《よじ》れるような瞑想録《めいそう》なのだが、それでもその九十ページには、我々にとってのある種の教訓が含まれている。以下はそれを見事に要約したダニエル17の注釈からの引用である。

「人間の雌の老化とは、すなわち、審美面、機能面における、おびただしい数の特質の劣化であり、そのうちのどれが最も苦痛であるかを判断するのは難しい。あまりにもその数が多いため、ほとんどのケースにおいて、自殺の原因をこれだと限定するのは難しい」

「雄については、状況はかなり異なるようである。雄の場合、雌と同様あるいはそれ以上に、審美面と機能面に劣化を被りながらも、ペニスに勃起《ぼっき》能力があるうちは、苦痛に打ち勝つことができる。ところが勃起能力が決定的に失われると、通常、二週間で自殺行為に及ぶ」

「こうした雌雄間の差異が、ダニエル3がすでに挙げている興味深い統計データを読み解く鍵《かぎ》になるだろう。つまり人類の最終世代に見る、旅立ちの平均年齢は、雌が五十四・一歳であるのに対し、雄は六十三・二歳にまで上がる」

†〔原注〕　興味のある向きは、同IPアドレスにて、ダニエル17の注釈の添付資料で削除された全九十ページを検討されたし。

ダニエル1―9

「君が夢と呼んでいるものが、兵士にとっての現実なのだ」
アンドレ・ベルコフ

僕はベントレーを売った。あまりにもイザベルを思い出させるし、そのこれみよがしなところが鼻についてきたからだ。そしてメルセデス600SLを買った――実際、値段は変わらないが、もう少し奥ゆかしい車だ。スペインの金持ちはみんなメルセデスに乗っている（スペイン人というのは取り澄ましてはいない。金持ちも、普通に金を使う）。それからカブリオレも人気がある。こっちのほうが女（この地方ではチカスと呼ばれる。なかなかいい響きだ）には受けがいい。地方紙〈ラ・ボス・デ・アルメリア〉に載っていた広告が明白に物語っている。「piel dorada, culito melocotón, guapisima, boca supersensual, labios expertos, muy simpática, complaciente 金色の肌、優雅な桃尻、美しい娘、超官能的な口元、熟練した唇、非常に感じがよくて、愛想もいい」実に美しい言語だ。自然と詩になる（ほとんどの言葉で韻が踏める）。文章だけではイメージが湧かないという向きは、娼婦のいるバーに行くとよい。肉体的には、娘たちは上々だ。広告の文面どおりだ。価格も予想の範囲内。ここまではいいのだ。娘たちはテレビをつける。あるいはCDを爆音でかける。部屋の灯《あかり》を最小限に絞る。ようするに娘たちは放心しようとする。適性がない。それは明白だ。もちろん、彼女たちに言って、音を小さくさせるとか、もっと部屋を明るくさせることはできる。とにかく彼女たちはチップを期待しているのだし、ひとつひとつの行為がチップの額に響くのだから。たしかにこの手の交渉に興奮する男はいる。そういう人種も十分にイメージできる。僕がただそういう人種ではないというだけだ。それに娼婦のほとんどが、ルーマニア人か、白系のロシア人か、ウクライナ人、ようするに東欧ブロックの崩壊で生じた不条理な国々の出身者だった。共産主義が特別に、人間関係の感傷的な面を発達させたということはなさそうだ。概して旧共産主義国家では、むしろ「ぶしつけさ」のほうが勝《まさ》っている（比較すれば王政の崩壊で生じたバルザック的社会にはたぐい稀《まれ》な慈悲や優しさが溢れているように思える。友愛だの同胞愛だの頭でっかちに考えないほうがいい）。

　僕はイザベルが去ってはじめて、本当の意味で「男社会」を発見した。ぼろぼろの状態で、スペインの中央部や南部のひと気の少ないハイウェイを彷徨《さまよ》っているときだ。家族づれやカップルの多い週末やバカンスのはじめを別にすれば、ハイウェイというのは、ほとんど男だけの世界だ。住人は、セールスマンやトラックの運転手といった、粗野で寂しげな連中ばかり。手に入る活字は、ポルノ雑誌か、カーチューニング専門誌。「映《トウ・》画大好き《メホーレス・ペリクラス》」と記されたDVDのプラスチック製の回転棚には、『汚れた処女たち《ダーティ・デビュータンツ》』シリーズしか並んでいない。この世界の噂を巷《ちまた》で耳にすることはほとんどない。それもそのはずで、この世界にはこれといって話すべきことがない。これといった目新しい事件もなく、巷のいかなる雑誌にも提供する話題がない。ようするに、よく知られていない世界、知ったところでなんの得にもならない世界だ。僕はそこでいかなる男の友情も結んでいない。より総括的にいえば、僕はその数週間で誰にも親しみを覚えなかった。深刻に考えることはない。この世界では、誰のあいだにも親しみなんて存在しないのだ。「ノーティ・ガール」と書かれたTシャツを垂れ乳に張りつかせた、疲れたウェイトレスと交わす猥談《わいだん》にしたって、有料の性交に発展するのはごくごく稀で、それにしたっていつもすぐに終わってしまう。トラックの運転手と喧嘩《けんか》して、排気ガスの充満するパーキングの真ん中でぼこぼこにされることはできそうだ。結局のところ、この世界で僕にでもできそうな冒険《アヴアンチユール》はそれだけだった。こうして僕は二ヶ月あまりをそこで過ごした。何千ユーロという金を叩《はた》いて、ぼけっとしたルーマニア娘たちに本場物のシャンパンのグラスを振る舞ってやっても、どうせ十分後には、コンドームなしのフェラチオを断られる。メディテラネオ線を走っているとき、トタナ・インターを出たところで、僕はこうしたつらい道行きを終わりにすることに決めた。僕は〈ロス・カミオネロス〉というホテルレストランのパーキングに残っていた最後のスペースに車を停め、店に入ってビールを注文した。店の雰囲気はそれまでの数週間で僕が馴染《なじ》みになったものとまったく同じだった。そして僕は十分間そこに留まり、なんとはなしに店内を眺めていた。

ただただ体全体がだるく、僕の動作はますます煮え切らない、くたびれたものになる。胃がなんとなく重くなるのを感じた。店を出た僕は、でたらめな停め方をしたシボレーコルベットのせいで、車が出せないことに気がついた。バーに戻って持ち主を探すことを考えただけで、気が滅入る。僕はコンクリートの手すりにもたれかかった。状況の把握に努める。とりわけ煙草を何本も吸う。市場に出回っているあらゆるスポーツカーのあいだでも、そのむやみに人に喧嘩を売るような雄々しいプロポーション、その大雑把な性能とお手ごろな価格からして、シボレーコルベットほどかましたがりにぴったりな車はないだろう。これから僕が対決するアンダルシアの薄汚いマッチョはどんな奴だろう？　そういうタイプはご多分に漏れず、車に対してしっかりとした知識を持っている。したがって奴は、僕の車が奴の車より見た目は地味でも、その値が三倍はすることを十分承知している。とすれば、そいつの車が僕の車を通せんぼしている意味は、男らしさの証明に加えて、暗に社会的な憎悪をも示している。つまり僕には最悪の事態しか待っていないのだ。バーに戻る勇気が出るまで、四十五分と、キャメル半箱を要した。

　僕はすぐにひとりの男に気がついた。カウンターの隅で背中を丸め、ピーナッツの皿を前にしている。ビールを飲みさしにして、ときどきげんなりした目で大きなテレビ画面を見る。テレビの中では、ショートパンツ姿の娘たちが、ゆるやかなグルーヴに乗って腰を揺らしている。〈泡あわパーティ〉かなにかの場面だろう。ショートパンツが張りついて娘たちの尻《しり》が見る見るうちに露わになる。すると男はますますげんなりした顔になる。男は背が低く、腹が出ていて、頭が禿《は》げていた。おそらく五十代かそこらだろう。背広にネクタイ姿だった。ふいにひどく哀しい思いに胸座《むなぐら》を摑《つか》まれる気がした。いくらシボレーコルベットでも、この男のそれでは女の子を乗せるのは絶対無理だ。娘たちはこの男を超時代遅れとしか看做《みな》さないだろう。それでもシボレーコルベットを毎日運転するこの男の勇気には脱帽せざるをえない。たっぷりと若くセクシーな娘にしてみれば、こんなおチビさんがシボレーコルベットでお出かけする光景は、ギャグ以外のなにものでもない！　とにかく決着はつけなくてはいけない。僕はめいっぱい寛大な笑顔で男に話しかけた。恐れていたとおり、男は最初、攻撃的な態度を取り、ウェイトレスを味方につけようとした（ウェイトレスは流しから目を上げようともせず、グラスを洗いつづけている）。それから男はあらためて僕に目を向けた。それで気持ちが静まったらしい――自分でも思うが、僕はいかにも年寄りくさく、いかにもくたびれており、いかにも不幸そうで、いかにも凡庸だ。とにかく男はこう結論したにちがいない。どうしたわけか、メルセデスＳＬの持ち主も「負け犬《ルーザー》」であり、自分とそう変わらぬ境遇らしい。途端に、男は、僕と男の友情を結びたがった。僕にビールを一杯、また一杯とおごり、〈ニューオリンズ〉という店で腰を据えて飲みなおそうと言ってきた。うまく断るために、僕はまだ先が長いふりをした（こう言えば、たいていの男が納得する）。実のところ、家までの道のりは五十キロもなかった。しかし僕はこのとき僕のロードムービーは地元でも続けられると気がついた。

　実際、自宅から数キロメートルのところにもハイウェイは走っていた。そして同じジャンルの店も一軒あった。その〈ダイヤモンド・ナイツ〉を出て、ロダルキラールの海岸に寄り道するのが僕の新たな習慣になった。僕のメルセデス600SLクーペは砂の上を走れる。オープンルーフのスイッチを入れると、二十二秒でオープンカーになる。すばらしい砂浜だった。ほとんどいつも人影がない。地平はまったいらで、漆黒の断崖《だんがい》に囲まれた白い砂浜だ。おそらく本当に芸術家気質を備えた人間であれば、その孤独感、その美しさを自分に役立てることができるのだろう。僕の場合は、その果てのない風景を前に、防水布の上に乗った蚤《ノミ》の気分だった。その美しさ、その地質学的な見事さは、結局、僕にはどうでもいいものだった。むしろそうしたものに漠然とした恐れさえ感じる。「世界はパノラマではない」ショーペンハウアーはドライに言ってのける。おそらく僕はセクシャリティに重きを置きすぎたのだろう。それは否めない。しかし、この世界で僕が居心地がよいと感じた場所は、僕が小さく身をすくめていられる、ひとりの女性の腕の中、ヴァギナの底だけだった。そしてこの歳になると、考えを改める理由も見当たらない。マンコがあるということ自体がすでに天の恵みなんだ。僕はひとりごちる。そこに行ける、居心地のよさを感じられるという単純な事実が、すでに、このつらい長旅をつづける十分な理由になっている。こんな幸運に恵まれなかった人間はたくさんいる。「事実、この地上に僕を満足させてくれるものはなにもない」ヴァンゼー湖畔で自殺する直前、クライストは日記に書いている。このところ、頻繁にクライストのことを考えている。その墓石には、彼の詩が数行刻まれている。

Nun　いまこそ
O Unsterblichkeit　不死よ
Bist du ganz mein　おまえはすっかりわたしのものだ

彼の墓前を訪れたのは二月だ。聖地巡礼の旅だった。雪が二十センチ積もっていた。灰色の空の下、身をよじるようにして伸びた木々の枝は丸裸で黒かった。大気は重く地を這《は》っている。彼の墓には毎日新しい花束が手向けられていた。誰かがそれを手向けるところは見かけたことがない。ゲーテはショーペンハウアーに会い、クライストにも会っているが、本当の意味でこのふたりを理解することはなかった。プロイセンのペシミスト。どちらのことも、ゲーテはそう思っていた。ゲーテの一連のイタリアの詩を読むと、いつも僕は吐きそうになる。どこまでも灰色の空の下に生まれなくてはゲーテのことは理解できないのだろうか？　僕はそうは思わない。カルボネラスの空は恐ろしいほど青く、その岸壁には草一本這っていないが、そんなのは大したちがいではない。そうだ、やはり僕は女性の重要性をむやみに過大視しているわけではないのだ。それから交尾についても……これは性器の形を見れば、自ずとわかる。

僕はハリーにイザベルは「旅行中」だと話した。すでに六ヶ月が経過しようというのに、意外な様子もない。そもそも彼女がいたことさえ忘れてしまっているようだった。結局のところ、彼は人間にあまり興味がないのだろうと思う。僕は再び、彼とベルギー人ロベールの議論に同席した。前回とほとんど変わらない状況だった。しかし三度目の席では、このベルギー人夫婦は息子のパトリックを連れていた。一週間の休暇で親元に遊びにきていたのだ。パートナーのファディアもいっしょだった。おそらくスタイルのいい黒人娘だった。パトリックは四十五ぐらいに見える。ルクセンブルクの銀行に勤めている。彼にはすぐに好印象を持った。とにかくその両親よりは賢そうだった——やがて彼が銀行で大きな責任を背負っていることもわかった。莫大《ばくだい》な金が彼の許《もと》を通過していくらしい。ファディアの方は、二十五は越えていないだろう。彼女に関しては、どうがんばってもエロチックな見方しかできそうにない。そもそもそんな目で見られても平気そうだった。そのおっぱいを部分的に覆うストラップレスの白のトップ。ぴちぴちのミニスカート。身につけているものはほとんどそれだけだった。たいていこういうのは嫌いではないのだが、ともあれ勃起《ぼっき》はしなかった。

このカップルはエロヒム信者だった。*つまり彼らは、人間の創造主である地球外生命体エロヒムを崇拝するセクトの信者だった。そしてエロヒムの帰還を待っているのだと

＊エロヒムは神を表すヘブライ語。旧約聖書に出てくる。

いう。僕はこれまでにこれほどバカバカしい与太話を聞いたことがなかった。それで僕は夕食のあいだ、少し注意を払って彼らの話に耳を傾けた。彼らによれば、ようするに、すべては『創世記』におけるある写しまちがいに起因するらしい。つまり創造主エロヒムは単数と捉《とら》えるべきではなく、複数と捉えるべきなのだそうだ。我々の創造主は神ではなく、超自然でもない。ようするに彼らは物質的な存在であり、単に進化の過程が我々よりも進んでいるのだ。同時に彼らは宇宙を自由に旅することができ、生命を自在に生み出すことができる。彼らは老いや死も克服している。そして彼らは、我々人類のうち最もふさわしいと思われる者たちに、その秘密を分けてやりたいと思っている。やれやれ、うまい話があったものだ、と僕は思った。

エロヒムに再び到来してもらい、死から逃れる方法をおしえてもらうために、我々（ようするに人類）はその前に彼らを迎える大使館を建てなければならない。ジルコンと緑柱石の壁のクリスタルの宮殿？　まさかまさか、そんなものではなく、シンプルで、現代的で、なにか感じのいいもの——とにかく快適でないといけない。預言者は彼らがきっとジャグジーを気に入ると信じている（クレルモン＝フェラン出身の預言者がいるんだ）。大使館の建設にあたっては、預言者は最初、月並みではあるが、エルサレムに建てることを考えた。とはいえ問題は多々ある。近所同士のいざこざとか、ようするにこのところ芳しくない問題が多々ある。預言者はメシア委員会（この手の問題に専門的に従事するイスラエルの特別機構）のラビとのとりとめのない会話の中から、新たな道を見つけた。ユダヤ人が難しい場所に住んでいるというのは、もう明白なことです、とラビは話した。イスラエルを建国するとき、我々は当然、それをパレスチナの地に建てようと考えたわけです。しかし我々は、ほかにもテキサスとかウガンダとか——多少は危険でも、パレスチナほど危険ではないという候補地も考えていました。つまり、地理にばかりこだわりすぎてはいけないのです、とラビは率直に結論を述べた。神はどこにでもいます、その存在は宇宙に満ち満ちているのです、とラビは叫んだ（あなた方にはエロヒムと言うべきですな、とラビは詫《わ》びた）。

　実のところ、預言者からすれば、ラビは間違っていた。エロヒムはエロヒムの星に住んでいて、ときどき旅をする。それだけのことだ。しかし地理について論争を蒸し返すのはやめておいた。というのも、この会話で彼は目が覚めたからだ。エロヒムがクレルモン＝フェランまでやって来たのには、それなりの理由があったにちがいない、と預言者は思った。おそらくはその地の地質上の性格に関係した理由だろう。よく知られるように、火山地帯は、波動がいい。まさにそれをヒントに、短期間の調査を済ませ、預言者はその建設地を決めたんだ、とパトリックは僕に言った。カナリア諸島にあるランサローテ島にね。土地はもう購入してある。あとは着工を待つだけさ。

　だからいまが投資時だとか、言うつもりかい？　とんでもない、その点は、僕らはオープンなんだ、と彼は僕を安心させた。うちの会費は微々たるものさ。誰でも好きなときに会計報告を確かめることができる。それにひきかえ、銀行で僕がときどき客にやらされていることといったら、君に教えてやりたいよ……（僕らはあっというまに親しく口を利くようになっていた）、まさにその点は、うちの押しも押されもしない強みだな。

　僕はキルシュを飲み干しながら、ひとり思った。パトリックは、親父さんの唯物主義的な確信と、お袋さんの占星術趣味を総合するという独自の道を選んだわけだ。そのあとはお決まりのハープと星の時間だ。「ワーオ！　シビレル！」土星の輪にファディアはこう叫ぶと、再びデッキチェアで体を伸ばした。やっぱり、この辺の空は澄んでるのねえ。キルシュのボトルを取ろうと振り返ると、彼女は股を広げていた。しかも暗がりの中でスカートに手を忍ばせているようだった。その少しあと、僕は小さなあえぎ声を聞いた。つまり星を見ながら、ハリーはキリスト・オメガのことを考え、ベルギー人ロベールは、よくはわからないが、融解したヘリウムのことか、自分が腸にかかえている問題かなにかのことを考え、ファディアはオナニーする。みなそれぞれ自分のカリスマに従っている。

ダニエル24―9

喜びの類は、感覚界に由来する。僕は地球に繋《つな》がっている。

漆黒の断崖《だんがい》は時とともに深くなり、いまでは深さ三千メートルにまで達している。野人は尻込《しりご》みする眺めだが、僕は少しも恐怖を感じない。その深淵にいかなる怪物も隠れていないことを僕は知っている。そこには火が、原始の火が、あるだけだ。

氷塊の溶解は、〈第一減少〉の時期に起こった。それによって地球の人口は百四十億から七億に減少した。

〈第二減少〉はもっと漸進的な現象だった。それは〈大乾燥〉のあいだじゅう続き、現在もまだ進行中である。

〈第三減少〉が最終的な現象になるだろう。それはいつ起こってもおかしくない。

〈大乾燥〉については、その動因すら解明されていない。もちろん、地球の自転軸の変動が引き金になっていることはまちがいない。しかし量子力学の面からみて、それは非常に起こりにくい事象なのである。

〈大乾燥〉は必要な寓話《ぐうわ》であると、〈至高のシスター〉はおしえる。それは〈潤いの復活〉のための、神学上の必要条件である。

〈大乾燥〉期は長く続くだろう。〈至高のシスター〉はこう述べてもいる。〈潤いの復活〉は未来人の到来の兆しになるだろう。

ダニエル1―10

「神はいます。私はその中を歩いてきたんですから」

作者不明

かの〈健康優良人〉たちのもとでの最初の滞在で、真っ先に思い出すのは、霧に佇《たたず》むスキーリフトだ。夏期のセミナーは、ヘルツェゴヴィナだとか、その手の、とにかく血なまぐさい紛争で知られる地域で行われる。とはいえ、黒ずんだ木組みの山荘や、オーベルジュはとにかくかわいらしい。赤と白のチェックのカーテンや、壁に飾られたイノシシや鹿の頭部の剝製《はくせい》など、そういう一種の中央ヨーロッパ的キッチュがあいかわらず僕は好きだった。「ああ、戦争というものは、人間の狂気、大いなる災い……」知らないうちにフランシス・ブランシュの口真似をして、何度も同じセリフを繰り返している。長年、僕は一種の反響症状に悩まされている。僕の症状は、有名な歌の歌詞を繰り返すのではなく、古い喜劇の中のセリフ回しを繰り返すというものだ。たとえば、映画『バベット戦争に行く』でゲシュタポに扮《ふん》したフランシス・ブランシュが言った「大・規模な・銃・撃・戦!」というセリフ、これがひとたび頭の中で鳴りはじめると、それを追い払うのは並大抵のことではない。大変な苦労をすることになる。相手がフュネスのセリフとなると、なお始末が悪い。あの急変する声色、あの身振り、あの手振りが、僕を何時間も捕らえて離さない。取り憑《つ》かれているも同然だ。

結局のところ僕は働き者だった。息抜きもせず仕事ばかりしてきた。僕の二十歳のころの知り合いの役者たちはみな、まるで成功しなかった。実際、ほとんどの人間が完全に役者の道さえ諦《あきら》めている。しかし併せて言っておくが、どうせ連中は大したこともしていなかったのだ。バーや流行《はや》りのディスコで酒を飲んで過ごしていたのだ。そのあいだ、僕はひとり部屋に籠《こ》もり、何時間も、役者の口真似だの、身振り手振りの物真似だのを繰り返していた。そして僕は自分のコントを書いた。現実にその台本を書いた。それが楽なことに思えるまでには、何年もかかった。僕がこんなに働くのは、おそらくは僕に気晴らしの能力が欠けているからだろう。バーや、流行りのディスコや、デザイナー主催のパーティや、ＶＩＰの行列のあいだで、うまくくつろげないからだろう。そもそも見た目も平凡で、性格も内向的な僕が、「パーティの主役」になれるわけがない。だから僕はひたすら働いた。他に取り柄がなかったからだ。そうやって僕は連中を見返したわけだ。若いころの僕の心境は、譬《たと》えるなら、周囲の男どもを頭に浮かべ「せいぜい笑っていればいいわ、おバカさんたち。最後に勝つのはあたしよ、みんなまとめて手籠めにしてやるから」と反芻《はんすう》するオフェリエ・ウィンテルと同じ心境だった。それは〈ヴァンタン〉誌のインタビューに載っていたセリフだ。

〈ヴァンタン〉のことを考えるのはやめよう。イザベルのことを考えるのも。とにかく頭をなるべく空っぽにするんだ。僕はしっとりと濡《ぬ》れた緑の斜面を見つめた。なるべく霧だけに意識を集中する――霧はいつも僕の味方だ。霧の中にスキーリフトが佇んでいる。そうやって彼らは、民族紛争の合間に、スキーをする方法を見つけたわけだ――たしかに外転筋は鍛えてやる必要がある、僕はひとりごちた。そして僕は、ザグレブのトレーニングジムでふたりの拷問官が、元気回復の秘訣《ひけつ》について意見を交わすコントを考えた。どうにもやりきれない。僕はどうしてもそんなことを考えてしまう。僕は道化なんだ。このさきずっと道化だ。そして道化としてくたばる――憎しみと、怒りにまみれて。

僕が心の中で、エロヒム信者を〈健康優良人〉と呼ぶのは、彼らが実際、きわめて健康だからだ。彼らは歳を取りたくない。だから喫煙はしない。抗フリーラジカルだか、なんだか知らないが、ブティックや薬局でよく見かける手合いのものを飲んでいる。ドラッグにはどちらかというと否定的だ。アルコールは赤ワインに限って――一日につき二杯まで――許されている。まあ、クレタ式の食餌《しょくじ》法を取っているようなものだ。こうした指導は道徳に及ぶものではない、と預言者は強調する。目的は健康、ただそれだけだ。健康にいいこと、とりわけ性的なことはなんでも許されている。それは教団のホームページやパンフレットを見れば一目瞭然《りょうぜん》だ。それはラファエル前派に巨乳を足したみたいな、ウォルター・ジロット風の、滑稽《こっけい》なくらいエロチックな、いまどきさえないキッチュな世界だった。挿し絵の中には、数はぐっと減るものの男同士、女同士の同性愛者の挿し絵もある。厳密にいえば、預言者自身はまったくの異性愛者であるが、断じて同性愛嫌いではない。ケツもマンコも預言者にとっては、善いものなのだ。白装束をまとった預言者はツヴォルク空港までじきじきに僕を出迎えにきて、握手を求めた。僕は彼らにとってのはじめての本物のVIPだったから、預言者も大いにサービスしたというわけだ。彼らがこれまでに迎えたただひとりのVIPは、VIPというよりその卵といったところで、ヴァンサン・グレイユサメールというフランス人アーティストだ。とはいえポンピドゥで一度は個展を開いている――ただしベルナール・ブランゼヌでさえポンピドゥで個展を開いたことがあるのだ。ようするに四分の一VIP、造形美術界のVIPというところだろう。いずれにせよ気立てのよい青年だった。本人を見てすぐに、、なるほど、彼は優れたアーティストなのだろうと思った。明敏そうな顔つきだ。妙に力のある、ほとんど神秘的といってもいい目をしている。しかし普段の彼は、慎重に言葉を選び、理知的に自分の考えを語った。ビデオだか、インスタレーションだか、なにをつくっているかは知らないが、彼のような人間はきっと本物の仕事をするにちがいないと思った。僕らはふたりとも、おおっぴらに煙草を吸った――お互いVIPであるということに加えて、こうした理由でも僕らは親しくなった。さすがに預言者のいる場所でまでは吸わなかったが、ときどき講演会の途中にふたりで抜け出して一服した。そのうちそれも大目に見てもらえるようになった。ああ、VIPとはそういうものだ。

朝一番のセミナーの開始まであまり時間もなく、僕は部屋で一息つき、とりあえずインスタントコーヒーを一杯飲んだ。「おしえ」に立ち会うには、普段の服装の上に丈の長い白いチュニックを羽織るのが習わしだった。馬鹿ばかしいと思いながら、僕はその代物に袖を通した。しかしそのおかしな装束の利点はすぐにわかった。ホテルの内部の地理は非常に入り組んでいた。建物同士を結ぶガラス張りの廊下や、ロフト、地下通路。表示板にあるのは、ウェールズ文字めいた奇妙な文字で、結局なにが書いてあるのか、僕にはさっぱりわからない。正しい道に出るのに三十分もかかってしまった。途中、二十人ほどの人々を見かけた。みな僕と同じように、ひと気のない廊下を歩いており、僕と同じように白いチュニックを身につけていた。講演会の会場に入りながら、自分は霊的《スピリチユアル》な運動に参加しているのだな、と強く感じた――とはいえ「霊的《スピリチユアル》」という言葉が、僕にとって意味のあったためしもない。そしてそれはいまだに変わっていない。ただ意味がなくても、僕はそこにいたわけで、諺《ことわざ》では、僧衣が僧をつくるのではないなどと言うが、意外と見かけは大事なのだ。

その日の講演者は、非常に背の高い、痩《や》せぎすの、頭の禿《は》げた、猛烈に真面目そうな男だった――彼が冗談めいた言葉を使ったりすると、少し怖かった。僕は彼を心の中で

〈学者〉と呼ぶことにした。事実、彼はカナダのある大学の神経病理学の教授だった。意外にも、彼の話はおもしろかった。それどころか、ところどころかなり引き込まれる箇所があった。さまざまな長さのニューロンの回路をつくり、それに順次、化学的増強――ニューロンの軸索の数は二本から五十本、それ以上にもなる――を加えていけば、人間の精神はいくらでも進化する、と〈学者〉は説明した。人間の脳には何十億、何百億というニューロンがある。したがってその組み合わせの数、可能なかぎりの回路の数となると、もう途方もない数になる――たとえば、宇宙の分子の数をも軽く上回る数になる。

使用される回路の数については個人によってさまざまである。それだけでも痴愚から天才までの数限りない段階の説明になる。しかしもっと注目すべきことは、頻繁に使われる回路が、イオンの集蓄によって、ますます使いやすい回路になるということだ――つまり、そこでは順次、自動的増強が行われている。これは思考、常習、機嫌、すべてに当てはまる。この現象は、個人的な心理反応や、社会的な人間関係に当てはまることも立証されている。たとえば拒絶反応というのは自覚すればするほど強くなるし、ふたりの人間のあいだの諍《いさか》いは検討すればするほど解決できないものになる。〈学者〉は次に、フロイトの理論について容赦ない攻撃を加えはじめた。〈学者〉に言わせれば、フロイトの理論は生理学的にまったく根拠がないだけでなく、その目的とは真逆の、悲劇的な結果しか導き出さないらしい。背後のスクリーン上に、要所要所で示されてきた図表が、突如、ドキュメント映像に変わる。ヴェトナム戦争あがりの退役軍人の――ときに耐えられない――精神的苦痛についての、短いが、胸を衝《つ》く映像だった。彼らはその経験を忘れることができない。毎晩、悪夢を見る。もう車の運転もできない。助けなしにはひとりで道も渡れない。恐怖がずっと続いている。普通の社会生活には戻れそうにない。そして背中の曲がった、皺《しわ》だらけの男のケースが紹介される。頭のてっぺんにわずかに残った赤毛がぐしゃぐしゃに乱れている。まさにぼろきれのような状態だ。ずっと震えている。もはや外出することもできない。継続的なメディカルサポートが必要だ。そして男は苦しんでいる。持続的な苦しみだ。食堂の食器棚にヴェトナムの土を詰めた小さな瓶が仕舞ってある。男は棚を開けては、それを取り出し、涙に暮れる。

「ストップ」〈学者〉が声をかけた。「ストップ」男の泣き顔がアップになったところで映像が停止する。「愚行です」〈学者〉は言った。「これこそ完全、完璧《かんぺき》なる愚行です。この男がまず最初にやるべきことは、そのヴェトナムの土の入った小瓶を摑《つか》み、窓から投げ捨てることです。食器棚を開け、その小瓶を取り出すたび――彼はこの行動を日に何回も、ときに五十回も行うのですが――彼はニューロンの回路を強化しています。つまり苦しみを増すようなことをしているのです。これと同じように、我々も毎日、過去のことをくよくよと考え、つらい出来事を反芻します――精神分析学者もだいたいそんなことを言うでしょうが。我々はそうして同じ失敗を繰り返す可能性を増やしています。これでは進化するどころか、自分の墓穴を掘っているようなものです。我々が悲しみに暮れ、絶望を感じるとき、つまり生きていくのになにか支障を感じるとき、手始めにするべきことは、引っ越しです。写真の焼却です。相手が誰であろうとその話をするのをやめることです。記憶は抑圧され、自ずと消えていきます。時間はかかるかもしれません、しかしそれはきれいさっぱり消え去ります。その回路は除去されるのです」

「なにか質問のある方いらっしゃいますか?」いや、まったく質問はなかった。二時間に亘《わた》る彼の発表はきわめてクリアだった。昼食の用意された食堂に行くと、満面笑顔のパトリックが近づいてきて、こちらに握手を求める。旅に支障はなかったかい? もう部屋には落ち着いたかな? などなど。談笑していると、いきなり後ろから女性に抱きつかれた。女性は僕の下腹に腕を回し、恥骨を尻《しり》にこすりつけてくる。振り向くと、ファディアだった。白いチュニックを脱いだファディアは、ビニール製の豹《ひょう》柄のボディスーツのようなものを着ていた。元気いっぱいの様子だ。僕にセミナーの第一印象を訊《たず》ねながら、僕の尻に恥骨をこすりつける。パトリックはにこにこしながらそれを見ている。「まったく彼女ときたら、誰にでもそれをやるんだ……」パトリックはそう言いながら、僕をあるテーブルに案内した。すでに五十代の男が坐《すわ》っている。肩幅が広く、量の多い灰色の髪をきっちりと切りそろえセットしている。男は立ち上がって僕を迎え、握手しながら、入念に僕を観察した。食事中、彼はたいしたことは言わなかった。ときどきセミナーのロジスティックスについて細かい点を補足した程度だ。しかし彼が僕を偵察していているのはわかっていた。彼はジェローム・プリウールという名前だったが、僕の中ではすぐに〈刑事〉というあだ名になった。実質的には、預言者の右腕、教団のナンバー2である（とはいえ、彼らはそれをナンバー2とは呼ばず、〈第七大司教〉だのなんだの、いろんな肩書きで呼んでいる）。我々の世界も、他のあらゆる組織と同じです、年功、功績に応じて、階層を登っていくのです、〈刑事〉はにこりともせずに言った。しかし、たとえば〈学者〉などは、入信五年目にもかかわらず、ナンバー3であるらしい。さてナンバー4はというと、是非とも君に紹介しなくてはいけない人物なんだ、とパトリックが言った。彼は君の仕事を非常に高く評価している、それに彼自身も非常にユーモアに溢《あふ》れた人間だよ。「おいおい、ユーモアかよ……」僕はひとりツッコミを入れた。

午後の講演はオディールが取りしきった。作家のカトリーヌ・ミエばりに派手な性生活を送ってきた五十代女性だ。そもそも外見からして少しカトリーヌ・ミエに似ていた。感じがよく、難のなさそうな――どこまでもカトリーヌ・ミエのような――女性だ。しかし彼女の話は少し退屈だった。カトリーヌ・ミエのような趣味嗜好《しこう》を持つ女性が存在することはわかっている――こういう女性は、僕の見立てでは、十万人にひとりぐらいの割合で存在し、この割合はいつの時代にも一定で、このさきも、ほとんど変化することはない。オディールはなんだかいきいきしながら、使う穴次第でエイズウイルスの感染の確率が変わることを語った。この話題は彼女の十八番にちがいなかった。彼女は山のような数字を提示した。実際、彼女は〈エイズと闘うカップル〉という協会の副会長だった。それはエイズについての賢い知識——つまり、それさえ知っていれば、どうしても必要なとき以外、コンドームを使わなくてもいい知識——を普及しようと努める協会だ。僕個人はこれまでコンドームを使ったことがなかった。それにいまはエイズの治療法だって進んでいるし、いまさら僕の年齢でコンドームをつけはじめるということもないだろう——あくまでも僕に再びセックスする機会があると仮定してである。しかし、そんな僕でさえ、この先誰かとセックスをするかもしれない、気持ちのいいセックスをするかもしれないと考えるのは、厄介ごとを終わらせようとする十分な動機になる気がした。

　この講演会の第一の目的はエロヒム信者のセクシャリティに課せられる拘束や強制を列挙することにあった。それはいたってシンプルで、いわゆる互いの同意のうえでの大人の関係には、いかなる拘束も強制もなかった。

　今回はいくつかの質問が出た。大半が小児性愛についての質問だった。エロヒム教団はこの問題で何度か訴えられている——とはいえ昨今、猫も杓子《しゃくし》も小児性愛で訴えられている！　預言者を代弁して、オディールが壇上で何度も繰り返した見解は、きわめてクリアだった。人生には、「思春期」と呼ばれる時期がある。性欲はこの時期に顕《あらわ》れる——年齢は個人や国によってさまざまだが、十一歳から十四歳までに分布している。関係を望んでいない相手、あるいははっきりとした意志を示せない相手、つまり思春期以前の子供とセックスするのは悪いことだ。一方、思春期を過ぎた相手とどういう関係になろうと、それはあきらかにモラルを問うような問題ではないし、これ以上とやかく言うことでもない。午後の終わりには講演は良識の泥沼にはまり込む。そして僕は食前にどうしても一杯やりたくなってきた。とはいえ連中は飲酒に煩《うるさ》いからなあ。幸い、スーツケースの中にいくらかの備えがあった。僕はＶＩＰ扱いだから、部屋だって当然ひとり部屋だ。僕は食事が終わると、染みひとつないシーツのかかったキングサイズのベッドに沈み込み、第一日目を総括した。驚いたことに、信者たちの多くは、けっして馬鹿ではない。もっと驚いたことに、そして女性信者の多くは、けっしてブスではない。しかも、事実、彼女たちは自分を磨くためなら積極的になんでもする。このテーマにおける預言者のおしえは不動だ。男性は男らしさを抑えるよう努力するべきだ（マッチョ思想はこれまで世界を血まみれにしただけだ。預言者がさまざまなインタビューで揮《ふる》った熱弁が、ホームページに載っていた）。逆に女性は、女らしさや、それと表裏一体の自己顕示欲を思う存分発揮すればいい。さまざまなデザイナーやクリエーターが生み出した、きらきらだったり、透け透けだったり、ボディコンシャスだったりする衣装を、なんでも好きなだけ着ればいい。エロヒムの目には、なにより心地よく、優美に映るだろう。

したがって女性たちはおしえを実践しているというわけだ。夕食の席には、すでにある種のエロチックな緊張感が漂っていた。軽いが持続的な緊張感。きっとこれから一週間を通して、日に日に度を増していくにちがいない。しかし僕にはたいして苦にもならないだろうとも思う。月明かりに漂う霧の層を眺めて、静かに酔っ払うぐらいでいられるだろう。牧場の冷たい空気、乳牛、山々の頂に積もった雪。忘却するのに、あるいは、死にゆくのに、ここは実にぴったりな場所だ。

あくる朝、朝一番のセミナーに預言者本人が登場した。全身白ずくめの彼はスポットライトの当たる舞台に元気一杯に飛び出してきた。盛大な拍手が鳴り響く。最初からスタンディングオベーションだ。遠目だと、彼はなんだか猿みたいだ——おそらく腕と脚の長さのバランスのせいだろう、あるいは姿勢のせいだろうか、それは一瞬の印象だった。まあ猿は猿でも、とりあえず悪い猿ではなさそうだ。ただ頭のてっぺんが平らな、享楽的な猿というだけだ。

それに彼はフランス人にも似ている。これは異論の余地はなかろう。皮肉っぽい目に、他人をからかうような、冷ややかすような光を湛《たた》えている。ちょうど劇作家のフェドーをイメージするときに思い浮かべるような目だ。

六十五歳にはまったく見えなかった。

「選民の数とは、どんな数字だろう?」預言者はいきなり話をはじめた。「二つの数の立方の和として二通りに表せる最小の数字1,729だろうか? それとも64個の約数を持つ9,240? それとも同時に三角数、五角数、六角数である40,755? あるいは、我々の友人、あのエホヴァの証人たちが望んだ144,000かな?――ちなみに危険なセクトというのは、正真正銘、彼らのことだと思うがいかがなものだろう?」

　プロである僕の目から見ても、彼はなかなかの役者だった。寝覚めが悪く、ホテルのコーヒーで胸を悪くしていた僕も、思わず聞き入るものがあった。

「それとも、どちらからでも同じに読める平方数698,896かな?」預言者は続けた。「プラトンの二番目の幾何学数12,960,000かな?　中世の誰かの手によって記された五番目の完全数33,550,336かな?」

　預言者はプロジェクターから放たれる光の真ん中で立ちどまり、しばらく休みを置いてから再び口を開いた。「誰もが選民になれるのだ。心の中でそれを望む者（ここで一拍休み）そして心に従って行動する者はみな」

　それから預言者は、実に論理的に、話題を選民の条件に展開し、それから大使館の設立へと移した――実のところ、それこそが預言者の話の核心だった。講演会は二時間以上に亘ったが、実に無駄のない、見事な舞台だった。僕も他の観客と同じように拍手をした。僕はパトリックの隣に坐っていた。パトリックは僕の耳元で囁《ささや》いた。「今年の彼は本当に絶好調なんだ……」

　僕らは講演会の会場を出て食堂に向かおうとしたところを、〈刑事〉に呼び止められた。「君は預言者のテーブルに招かれている……」彼は僕に荘重に言った。「君もだ、パトリック……」〈刑事〉はそう付け足した。パトリックは真っ赤になって喜んだが、僕はというと、緊張をほぐそうと、少し過呼吸になった。〈刑事〉という男は、たとえ良いニュースを伝えるときでも、こんなふうに相手をびびらせるのだ。

　預言者はホテルの離れを丸ごと一棟借り切っており、そこに自分専用の食堂を持っていた。離れの入り口前で、受付の娘のトランシーバーでのやりとりが終わるのを待っていると、ヴァンサンもやってきた。例の造形美術界からのＶＩＰだ。彼は〈刑事〉の部下に付き添われていた。

　預言者は絵を描く。そして別棟じゅうが彼の作品で飾られていた。セミナーの期間にあわせてカリフォルニアから取り寄せられた作品群だった。描かれているのは、ヌードか、ヌードに近い女性ばかりだった。背景はチロルからバハマまでさまざまだ。このとき僕はパンフレットやホームページに載っていたイラストの出所を知った。僕は廊下を進むうち、ヴァンサンが並んだ絵から目を逸《そ》らせるのに気がついた。嫌悪に顔がゆがむのをどうしても抑えられないようだった。僕も絵に近づいてみて、それから後ずさりした。萎《な》えた。こうした作品を評価するときによく使われるキッチュという言葉も、効力を失うような絵だった。こんなに醜い絵は間近で見たことがない。

　展示の目玉となる作品は、食堂に飾られていた。そこは大きなガラス窓から山々が望める明るい巨大な広間だった。預言者の椅子の後ろに八×四メートルのキャンバスが飾られている。預言者を取り囲むように、透明なチュニックを羽織った十二人の乙女の姿が描かれている。みな預言者に向かって両手を伸ばしている。何人かの娘たちは彼を崇《あが》める表情を浮かべ、また何人かはよりはっきり身振りで表している。白人がいて、黒人がいて、アジア系がひとりいて、インド人がふたりいる。とにかく預言者は人種差別者ではない。そのかわり彼はあきらかに巨乳マニアであり、ほどほどに生えそろった恥毛も大好きなようだった。ようするに、この男の趣味は、かなり単純だった。

　預言者の登場を待つあいだ、パトリックは僕にジェラールを紹介した。例の〈ユーモアのある男《ユモリスト》〉、教団のナンバー4である。彼がこの特権的な地位を得たのも、預言者の最初の仲間だったからだ。彼は三十七年前、教団の創立時に、すでに預言者の側近だった。そしていまだに忠実な支持者である。ときに預言者が見せる激しい方向転換にも、彼はしっかりとついてきた。〈最初の仲間〉の四人のうち、ひとりはすでに他界し、ひとりはキリスト再臨派になり、ひとりは数年前、フランス大統領選挙の決選投票がジャック・シラク対ジャン＝マリー・ル・ペン〔極右政党である国民戦線（FN）の初代党首〕で争われることになったときに、教団を去った。このとき預言者は「フランスのエセ民主主義の崩壊を早める」ため、ル・ペンに投票するよう呼びかけたのだった――これは、毛沢東主義者がその全盛期に、資本主義の矛盾を深めるため、ミッテランではなくジスカール・デスタンに投票するよう呼びかけたことに、少し似ている。したがって設立当初の仲間で残っているのはジェラールだけだった。だから、こうした年功から、彼はある種の特権を有していた。たとえば、毎日、預言者と同じテーブルで昼食を共にするとか（こうした特権は

〈学者〉にも〈刑事〉にもない)、預言者の身体的な特徴(たとえば預言者の「デカいケツ」や「ペニスの穴みたいな目」)を皮肉るなど。その話し振りから、ジェラールが僕のことに詳しいのはよくわかった。彼は僕の舞台を全部見ていた。実際、彼は僕のことをデビュー時から知っていた。一方、カリフォルニア暮らしで、そもそも文化方面の作品にまったく興味のない預言者はというと(彼が知っている俳優はトム・クルーズと、ブルース・ウィリスだけだった)、僕の噂なんて聞いたこともなかった。つまり僕がVIP面できるのも、ジェラールのおかげ、いやひとえにジェラールだけのおかげだった。報道方面の仕事を取り仕切り、メディアの相手をするのもジェラールの役目だった。

ようやく、預言者が現れた。元気潑剌《はつらつ》、シャワー浴びたての彼は、「Lick my balls(俺のタマを舐《な》めろ)」と書かれたTシャツにジーンズ姿で、肩にずだ袋を担いでいる。全員が立ち上がった。僕も立ち上がった。預言者は満面に笑みを浮かべて僕に握手を求める。「それで? 僕をどう思った?」僕は一瞬言葉に詰まり、やがてこの質問になんの罠《わな》も隠されていないことを知った。彼はまさに同業者に話しかけるように話しているのだった。「そうだなあ……良かったですよ。正直、なかなかのものでした……」僕は答えた。「入りかたがうまいと思いましたね、いろんな数字を出してきて、選民の数の話をするという」「ああ、あれ!」彼は大笑いしながら、ずだ袋から本を取り出した。「ヨースタイン・ゴルデルの『楽しい数学』、あれ全部これ、これのパクリ!」彼は手を揉《も》み合わせながら席に着き、すぐさまニンジンのラペに手をつけた。みんなも倣《なら》って席に着き、ニンジンのラペに手をつけた。

僕に敬意を表してか、テーブルの話題は喜劇をめぐって展開した。〈ユモリスト〉はこの話題にめっぽう強かったが、預言者も多少の知識は持っていた。なんとデビュー当時のコリューシュと面識があるのだと言う。「彼とは一回、ショーで共演したことがあるんだ。クレルモン゠フェランでね……」預言者は懐かしそうにそう言った。たしかに当時のフランスのレコード界にはロック上陸のあおりで、なんでもかんでもレコードにしてしまうような風潮があった。預言者は（当時はまだ預言者ではなかったが）、トラヴィス・デイヴィスという芸名で、四十五回転レコードを一枚録音した。彼はフランス中部あたりで少しドサ回りをしたあと、歌手業に見切りをつけた。その後、彼は自動車レースの世界に嵌《は》まりこんだ（が、そちらでもさっぱり芽が出なかった）。ようするに、彼はちょっとした自分探しをしていた。つまりいい時期に、エロヒムと出会ったのだ。その出会いがなかったなら、ベルナール・タピみたいなヤツがもうひとり増えていたはずだ。預言者はいまではもうめったなことでは歌わないが、ただスポーツカーにはいまだに目がなかった。信徒の金でビバリー・ヒルズの彼の屋敷に正真正銘のレーシングカーを集めているとマスコミに叩《たた》かれたくらいだ。あれはまったくのでたらめだよ、と彼は僕に断言した。そもそも僕が住んでるのはビバリー・ヒルズではなく、サンタモニカだ。それに僕が持ってるのはフェラーリ・モデナ・ストラダーレ（通常のモデナより、ほんの少しエンジン出力が高く、カーボン、チタン、アルミニウムの使用で軽量化されたバージョン）とポルシェ911GT2だけだ。ようするに、ハリウッドの中堅俳優より、いくぶん慎《つつ》ましいくらいだ。まあ、たしかに、ストラダーレをエンツォに、911GT2をカレラに買い換えたいなあ、とは思っているけど、金が足りるかどうかわからないんだ。

その話にはある程度信憑性《しんぴょうせい》があるように思えた。僕の受けた印象では、彼は金のことしか頭にない男というより、遥《はる》かに、女のことしか頭にない男だった。そしてこのふたつの要素はある一定の時点までしか両立できない――つまりある一定の年齢を過ぎると、このふたつの情熱は、手に余るようになる。どちらかひとつでも維持できる人間は、すでに幸せだ。僕なんて彼より二十歳も年下なのに、あきらかにどちらの要素もゼロに近い。僕はとりあえず話の種に、最近、ベントレー・コンチネンタルGTを売って、メルセデス600SL（いかにも金持ちっぽい車）に買い換えた話をした。もしこの世に自動車がなかったら、話題がなくて人間はさぞや困ったことだろう。

この昼食のあいだ、エロヒムの話はひと言も出なかった。そして日を重ねるうちに、僕はひとつの疑問を抱くようになった。彼らは本当にそれを信じているのだろうか？認識における軽度の分裂症を見つけるくらい難しいことはない。つまりほとんどの信者については、どちらであるかの判断がつかない。パトリックは見るからにそれを信じている。しかしかえってそこが不気味だ。つまりルクセンブルクの銀行で重要なポストに就き、ときには十億ユーロを超えるような金額を扱っている男が、一方で、ダーウィンの最も基本的な学説を真っ向から否定するような作り話を信じているのだ。

もっと不気味なのは、〈学者〉のケースだ。考えた末、本人に直接この疑問をぶつけてみることにした――こういう賢い人間相手に策を弄《ろう》しても無駄だと思ったからだ。彼の答えは、僕の期待どおり、実に明快だった。第一に、この宇宙のどこかに、生命を生み出したり、操作したりできるだけの知性を持つ生命体が存在するという可能性は十分にある。むしろその可能性は高い。第二に、人間はあきらかに進化の過程で誕生したのであって、エロヒムによる創造は、単なるメタファーとして捉《とら》えるべきだ――ただしダーウィンの学説を聖典扱いし、盲目的に信じすぎるのには警戒が必要だ。まともな学者は徐々に彼の学説から離れつつある。実のところ、種の進化は、自然淘汰《とうた》によってというよりは、遺伝的浮動によって起こる。ようするに、純粋な偶然によって、そして地理的隔離集団や孤立したビオトープの出現によって起こるのである。第三に、預言者が出会ったのが宇宙人ではなく未来人だったという可能性は十分にある。量子力学のいくつかの解釈においては、情報および物質的実体の時間遡行《そこう》の可能性をいささかも排除していない――これに関する資料はあとでかならず君に提供しようと学者は言った。実際それはセミナーが終わって程なくして僕のもとに送られてきた。

僕は思いきって、最初からずっと気になっていること、エロヒム信者が信じている不死の約束について訊《き》いてみた。信者が全員、皮膚から細胞を採取されることは知っている。そして現代の技術でならそれを半永久的に保存できるだろう。いまのところ、人間のクローニングを阻んでいる瑣末《さまつ》な問題も諸々あるが、そんなのは遅かれ早かれ取り除かれることにきまっている。ただ、問題は「人格」だ。再生されたクローンに、前世の記憶を、ほんのわずかでも伝える方法はあるのか？　記憶が保存できないとすれば、どうやって同一人物であるとか、生まれ変わったという感覚を持てばいいのか？

僕ははじめて〈学者〉の目に、物事をクリアに捉える日ごろの冷静さ以外のものが閃《ひらめ》くのを見た。僕ははじめてそこに、興奮、熱狂のようなものを感じた。それはまさに彼のテーマ、彼の生涯をかけたテーマだった。僕は彼に誘われてバーに入った。彼はクリームたっぷりのココアを頼み、僕はウィスキーを注文した——教団の規則に違反しているのに、彼には気づく様子もなかった。牛たちが大きなガラス窓の向こうに集まってきて、僕らをじっと見ている。

「いくつかの線形動物において、興味深い結果が出ている」彼は話しはじめた。「信号の組み込まれたニューロンを単純な遠心分離器にかけ、分離したタンパク質を、別の脳へ注入する実験でね、逃避反応の更新が観測されたんだ。とりわけ電気ショックに関するそれが顕著だった。しかもいくつかの単純な網状組織においては、以前と同じ走向路をたどった」

このとき牛が頷《うなず》いたような気がした。しかし〈学者〉は気づかない。そもそも牛がそこにいることさえ気づいていなかった。

「この結果を脊椎《せきつい》動物に置き換えることはできない。それはあきらかだ。ましてや人間ほど進化した霊長類に置き換えることなどもっと不可能だ。私がセミナーの初日に、ニューロンの回路について話したことを憶《おぼ》えているだろうか……さて、その手の装置の再生というのは、我々が知っているようなコンピュータでは不可能なのだが、ある種の、チューリング機械のような、ファジーワイヤリング式のオートマトンとでも呼べるようなものでなら可能なんだ。私は最近は、そういう機械の研究をしている。旧式の計算機などとはちがって、ファジーワイヤリング式のオートマトンというのは、隣接しあう算術装置のあいだで、さまざまな、そして拡張のできる接続が可能だ。つまりそうした機械は記憶し、学習することができる。とりあえず、算術装置間では数かぎりない接続が可能になることはたしかだ。したがって、際限なく複雑な回路の想定も可能になるはずだ。ただ、現段階では、あと数分で死に至るという人間の脳から取り出したニューロンと、まったく白紙状態のオートマトンのメモリーとのあいだに、全単射の関係を成立させることが、非常に難しい。おそろしく難しいんだ。オートマトンのメモリーにはほとんど寿命はない。次は、新しいクローンの脳に情報を再注入するというステップ、つまりダウンロードのステップだ。思うに、このステップに特に難しい点はない。問題はアップロードなんだ、それさえ解決できればね」

日が沈み、あたりが暗くなる。牛たちは一頭、また一頭とそっぽを向き、牧場のほうへと戻っていく。きっと〈学者〉の楽観に同意できないんだろう、とつい考えてしまう。別れ際、〈学者〉が名刺を差し出した。「トロント大学、スロタン・ミシキェヴィチュ教授」とある。実に楽しい会話だった、本当に楽しかったよ、と彼は僕に言った。ほかにも知りたいことがあれば、遠慮しないで、メールしてくれたまえ。このところいい調子で研究が進んでいるんだよ。来年には、大きな成果が得られそうだ。彼はそう繰り返した。その確信には、少し誇張があるように思えた。

僕の出発の日、正真正銘、教団の代表団が、ツヴォルク空港まで見送りにきた。預言者を筆頭に、〈刑事〉、〈学者〉、〈ユモリスト〉、それから中堅どころの信者たち、パトリック、ファディア、造形美術界のVIPヴァンサンの顔もあった。彼とはやはり相性がいいようだ——僕らは連絡先を交換した。パリに来たらうちに寄ってくれ、と彼は僕に言った。当然のことながら、君は、冬のセミナーにも招待されている、三月に、ランサローテで開催されるのだ、と預言者は僕に言った。きっと特別大規模なセミナーになる、今度は世界じゅうの信者が招待されることになるからね。

結局、この一週間、できた知り合いは男だけ。金属探知ゲートをくぐりながら、僕は思った。一方、女はゼロ、たしかに、そんなつもりも毛頭なかったが。それにいうまでもなく、彼らの宗教活動に加わるつもりもなかった。結局のところ、僕が教団に惹《ひ》かれたのは、好奇心からだった。こうした年季の入った好奇心は、僕が子供のころから持っているもので、欲望なんかより、長生きだった。
機体は双発のプロペラ機で、飛んでいるあいだじゅう、いまにも爆発しそうだった。飛行機が牧草地の上空を飛んでいるとき、僕はふと、このセミナーの期間中、自分はともかく、他の連中だって、たいしてセックスはしていなかった、と気がついた——僕の知るかぎりの話である。しかし僕はかなりのことを知っているのではないだろうか。なぜなら僕は観察ということにかけてはプロだからだ。カップルはカップルのままだった——いかなる乱交パーティの噂も、ありふれた3Pの噂さえ聞かなかった。そしてひとり者の参加者（大多数）は、ひとり者のままだった。理論上は、きわめてオープンな状態だった。あらゆる形式の性行動が許されており、おまけに預言者によって奨励さえされていた。女性はおしえを実践し、エロチックな衣装を着用していた。接触の機会だって多かったはずだ。しかし事態は一向に進展しなかった。まさに、そこが奇妙であり、興味の深まるところかもしれない。僕はひとりごち、機内食を食べているうちに眠ってしまった。

三度の乗り換えと、全体をとおして苦痛きわまりない行程を経て、アルメリア空港に到着した。気温はほとんど四十五度近い。ツヴォルクと三十度の温度差だ。結構なことだが、それでも不安の高まりを阻止することはできない。僕は屋敷のタイル張りの廊下を行ったり来たりして、僕の帰宅にそなえて、前日、管理人のおばさんが点《つ》けていったエアコンを消してまわった——彼女はルーマニア人で、年寄りで、醜かった。とりわけ歯がぼろぼろだったが、美しいフランス語を話した。僕はこの女性に、俗に言うところの全幅の信頼を置いている。とはいえ、掃除を頼むのはやめてしまった。誰かに自分の持ち物を曝《さら》すのが、僕にはもう耐えられなかったからだ。四千万ユーロも財産があるのに滑稽だな。自分で雑巾《ぞうきん》がけをしながらときどき思う。でも、しかたがない。どうしようもないじゃないか。誰かに自分の日常の細部を、その虚しさを、しげしげ眺められるかもしれない、そう考えると、もうどうしても耐えられなかった。それがいかに取るに足りない人間でもだめだった。僕は通りがかりに、広間の鏡〈それは壁一面を覆うほど大きい、恋人でもいれば、その前でじゃれあったりしていろいろ楽しめそうな鏡だった〉に映った自分の姿を見てショックを受けた。すっかり痩せこけ、後ろが透けそうだった。幽霊、まさにそれ、僕は太陽の国の幽霊になろうとしている。たしかに〈学者〉は正しい。引っ越しをするべきなんだ。写真、その他もろもろを焼くべきなんだ。

経済的には売り手に有利な引っ越しができそうだった。地価は、買ったときの三倍近くになっていた。買い手が付けば、ではある。しかし金持ちはごろごろいるのだ。それにマルベーリャのあたりはそろそろ飽和状態になりはじめている――金持ちが金持ちで群れたがるのは、たしかだ。つまり連中はそれで安心する。同じ悩みを抱えている人間、ほどほどにつきあっていけそうな人間と知り合ってほっとする。ハイエナや寄生虫以外にも人間がいることを知ってほっとする。それでも一定以上に密集すれば、そこは飽和状態になる。今のところ、アルメリア地方の金持ちの密度はかなり低い。低すぎるくらいだ。このあたりにいるのは、まだ年若いパイオニアタイプの金持ちか、エコロジストに共感していそうなインテリか、金持ちは金持ちでも、石ころだけ見ていれば幸せというような、コンピュータの世界かなにかで財産をつくったようなタイプの金持ちだ。ともあれマルベーリャとは百五十キロしか離れていない。道路計画も着々と進んでいる。いずれにせよ僕がここを去って残念がる人間はひとりもいない。かといってどこへ行く？　そしてなにをする？　本当のことを言えば、僕は恥ずかしかった——不動産屋に、僕ら夫婦が別れてしまったことを告げるのが。これまでこの大きな屋敷を活気づけてくれるような愛人がひとりもいなかったことを告げるのが。つまり、自分はひとりだと告げるのが恥ずかしかったのだ。

しかし写真を燃やすことはできそうだ。写真を集めるのに丸一日もかかった。なにしろ写真は何千枚とあった。とにかく僕は思い出写真というもののマニアだった。とりあえず簡単な分類だけをした。もし別の愛人の写真があったとしてもこの機会になくなってしまったはずだ。日が沈むころ、僕はすべてをリアカーに載せてテラス横の砂地まで運び、ガソリンの缶に入れ、マッチを擦った。見事な炎だった。数メートルの火柱が上がった。数キロ先からでも見えただろう。もしかしたら対岸のアルジェリアの海岸からでも見えたかもしれない。強烈な快感を味わったが、きわめて刹那《せつな》的なものだった。午前四時ごろ、皮膚の下で何千匹もの虫が走りまわっているような感覚に目が覚めた。血が出るまでむちゃくちゃに掻《か》き毟《むし》りたい衝動に駆られた。僕はイザベルに電話をかけた。二回目の呼び出し音で回線が繫《つな》がった——つまり彼女も起きていたわけだ。数日中にフォックスを迎えに行き、彼を九月末まで預からせてもらうことで、話がついた。

SLRマクラーレン以外の一定以上のパワーを持つメルセデスの例に漏れず、600SLも、上限速度はコンピュータで二五〇キロに設定されている。僕はムルシア－アルバセテ間をそれ以下の速度では走っていないと思う。途中いくつかの長い見通しのいいカーブで、僕は観念的なパワーを感じた。それは命知らずの人間の持つパワーだった。この車はあくまでも完璧《かんぺき》な軌道を描く。カーブの先に死が待っているときでも同じだ。たとえばトラックや、横転した車、不測の事態がないともかぎらない。そんなときでもこの車から軌道の美しさが奪われることはない。タランコンを過ぎたあたりで、僕は少し速度を落とし、R3号線、それからM45号線を走ったが、それでも時速一八〇キロは出ていたと思う。マドリッドを三〇キロほど迂回《うかい》する、ひと気のないR2号線に入り、僕はスピードを再びマックスまで上げた。N1号線を経由して、カスティーリャ地方を横切る。ビトリア＝ガステイスまではずっと二二〇キロで走り、それからバスク地方のカーブの多い道に入った。午後十一時にビアリッツに到着し、〈ソフィテル・ミラマール〉にチェックインした。僕はイザベルに連絡を取り、翌日の十時に〈銀のサーファー〉という店で待ち合わせをした。イザベルが痩せていて、ひどく驚いた。太ったぶんの体重は全部落ちたのではないかと思う。顔はほっそりし、少し皺が寄っていた。心痛でやつれはしているものの、優雅さ美しさを取り戻していた。

「どうやって断酒したの？」僕は彼女に訊いた。

「モルヒネで」

「入手するのが大変だろう？」

「いいえ、ぜんぜん。それどころか、このあたりでは簡単に手に入るの。どこのティーサロンでだって買えるわ」

それじゃあ、ビアリッツのマダムたちは、これからモルヒネで身を持ち崩すというわけか、特ダネじゃないか。

「世代の問題なのよ……」イザベルは言った。「いまは、上品かつおしゃれでロックンロールなマダムの世代だから。当然ながら、彼女たちは物足りないのよ。それはそれとして」イザベルは続けた。

「幻想は抱かないでね。私、顔のほうはおおかた元に戻ったけど、体の線はすっかり崩れてしまったの。ジャージの下なんて、とてもじゃないけど見せられないわ（彼女は自分の着ている白いラインの入ったマリンブルーのスウェットスーツを指差した。三サイズは上を着ているらしい）。もうダンスはしてない。スポーツもなにもしてない。水泳さえしていない。朝にモルヒネを一本、夜に一本。そのあいだは、海を見ている。ただそれだけ。あなたがいないのに、さびしいとも思わない。というか、たいていはさびしくない。なにも恋しいと思わない。フォックスはよく遊んでる。彼はここでとても幸せにしている……」僕は頷き、ココアを飲み干し、立ち上がって、ホテルの勘定を済ませに行った。一時間後、僕はビルバオまで移動した。

フォックスとの一ヶ月のバカンス。階段でボール遊びをする。浜辺でかけっこをする。いきいきと過ごす。

九月三十日、十七時。イザベルが屋敷の玄関先に車を停めた。彼女が自分用に選んだ車はミツビシ・スペーススターだった。〈オート・ジャーナル〉誌で、「遊び空間」を追求するジャンルにカテゴライズされた車だ。母親の勧めで、そのコンパクトワゴン車を選んだのだという。イザベルは四十分近く玄関先に滞在したのち、ビアリッツに帰っていった。「そうよ、私はおばあちゃんになりつつあるの……」フォックスを後部座席に乗せながら、彼女が言った。「ミツビシのワゴン車に乗った気のいいおばあちゃんにね」

ダニエル24—10

数週間前から、ヴァンサン27が僕とコンタクトを取りたがっている。ヴァンサン26とはほんのたまにやりとりをする程度の間柄でしかなかった。彼からは、死期が迫っているとも、移行期に入ったとも聞かされていなかった。ネオ・ヒューマン同士がインターメディエーション上でやりとりする期間は、往々にして短い。誰もが勝手に電子アドレスを変更でき、音信不通になることができる。僕の場合はもともと取っているコンタクトが少ないので、これまでアドレスを変える必要を感じたことはない。僕はときに何週間もインターメディエーションに接続しない。僕の一番の話し相手であるマリー22はこれに腹を立てる。すでにスミスも認めているように、主体と客体の分離は、認識過程での、しくじりの集中によって起こる。ネーゲルの指摘によれば、主体と主体の分離も同じようにして起こる（ただし、この場合のしくじりは、経験的なものではなく感情的なものだ）。主体は、しくじりのなかで、しくじりによって成り立っている。人間からネオ・ヒューマンへの移行の際、他者との相関的な肉体関係は完全に消滅したが、こうした基本的な存在論の与件はなにひとつ修正されなかった。よって我々ネオ・ヒューマンは、人間と同じく、「個」という状態《ステータス》から解放されていない。そしてそれに伴う漠然とした孤独からも解放されていない。ただし、ネオ・ヒューマンが人間とちがうのは、ネオ・ヒューマンはこの「個」という状態が、所詮《しょせん》、知覚のしくじりが招いた結果であること、つまり虚無、言葉の欠如にすぎないことを知っている。死に侵され、死に形成されるネオ・ヒューマンには、もはや「現前」に入っていく力はない。ある種の人間にとっては、孤独は、集団を脱する喜びの意味も持ちえた。しかし、そのような隠者がもといた所属を離れるのは、別の秩序、別の集団を見つけるためである。あらゆる集団が消滅し、あらゆる種族が散開したいま、我々は自分たちのことを、それぞれ孤立しながらも、互いに似通った存在と認識している。しかしながら我々にはもはや、ひとつになりたいという欲求がない。

この三日、マリー22からはなんの連絡もない。これは常ならぬことだった。迷った末、僕は彼女に、居住区プロイエシオネスXXI‐13の監視カメラに接続する配列コードを送った。すぐに次のようなメッセージが返ってきた。

死んだ鳥の住むこの地上に

果てしなく広がる平原
安らかな死なんてどこにもない
ほんの少しでいい、あなたの体を見せて。

4262164, 51026, 21113247, 6323235. このアドレスにはなにもなかった。接続エラーのメッセージさえ出ない。白い画面があるのみ。つまり彼女は非コード・モードへの切り替えを望んでいる。かなり長いあいだ、白い画面の前で迷っていると、画面に次のメッセージが現れた。「おそらくわかっていると思うけど、私は移行期にあります」文字が消え、また新しいメッセージが現れた。「私は明日死ぬでしょう」

僕はひとつため息をつき、ビデオ装置を繋《つな》ぎ、自分の裸体をアップにした。「カメラをもっと下げて」彼女が書いてきた。僕は音声モードで話さないかと彼女に提案した。一分後、返事が来た。「私は年老い、終わりを間近に控えた移行期にあります。私の声は少し耳障りかもしれない。でも、あなたがそう言うのなら、切り替えましょう……」彼女は僕に、いかなる体の部分も見せたくないのだと分かった。移行期の衰弱が非常に急速に進行することはよくある。

たしかに、彼女の声は合成したような声だった。しかしながらネオ・ヒューマンらしい抑揚は残っている。とりわけ母音が奇妙なぐらい滑らかだ。僕は下腹部までゆっくりとカメラをパンした。「もっと下げて……」彼女はほとんど聞き取れないような声で言った。「あなたの性器を見せて、おねがい」僕は彼女の言うとおりにした。僕は〈至高のシスター〉のおしえる手順に従って、男性器をしごいた。移行期にあるネオ・ヒューマンのなかには、最期の数日に、男性器に郷愁を感じる者や、そして実人生の最期の時間にそれを見つめたがる者がいる。マリー22はあきらかにそうしたタイプのようだ——過去に交わした会話から考えても、べつに意外ではなかった。

三分間、なにも起こらなかった。それから僕は最後のメッセージを受け取った（無声モードに戻っていた）。「ありがとう、ダニエル。もう切ります。これから注釈を書き上げて、終わりのための準備をするつもり。数日もすれば、この部屋にはマリー23がやってくるでしょう。彼女は私の残したあなたのIPアドレスを見つけ、コンタクトの継続を促される。目下継続中の〈第二減少〉という時代においては、過去の出来事は、私たちの暫定的な受肉《インカーネーション》を介して起こり、未来の出来事は、私たちの未来の受肉を介して起こる。私たちの別れには、永遠の別れという側面はないのだわ。私はそれを予感している」

ダニエル1―11

「僕らも他のアーティストと同じさ。自分たちの作品を信じているんだ」
ロックバンド　デビュー・ド・ソワレ

十月初旬、どうしようもない寂しさに捕らわれ、僕は仕事を再開した。結局、僕にはそれしか能がなかった。とはいえその企画を「仕事」と呼ぶのはちょっと大袈裟《おおげさ》かもしれない――タイトルは『ベドウィンとやろう』、サブタイトルは『トリビュート・トゥ・アリエル・シャロン』。批評家の評判は上々だったが（僕は再び〈ラディカル・ヒップ・ホップ〉の表紙になった。今度は車抜きだ）、セールスはもうひとつだった。僕は再び自由世界を遍歴するパラドクシカルな騎士になったが、『みんな大好き乱交パレスチナ娘』のときほどのスキャンダルにはならなかった――今回、急進派イスラム主義者は本当にぼんやりしているなあ、となんとなく昔が懐かしまれた。

セールスの不調は、冴《さ》えない音楽のせいだろう。それはほとんどラップでもなかった。ドラム＆ベースのリズムにコントをサンプリングして、ところどころにヴォーカル――コーラスにはジャメル・ドゥブーズも参加している――を添えただけの代物だ。それでも僕は、このディスクのために書き下ろした『黒人娘《ネグル》の肛門《アニユス》をえぐろう』の出来には満足している。黒人娘《ネグル》はときに泥棒仲間《ベグル》と韻を踏み、ときに清廉潔白《アンテグル》と韻を踏む。肛門《アニユス》は言い間違い《ラプシユス》と韻を踏み、クンニリングスと韻を踏む。多層な読みかたのできる見事なリリックだ——あえて公言はしないものの、自らもアマチュアラッパーである〈ラディカル・ヒップ・ホップ〉のライターはあきらかに感銘を受け、その記事のなかでモーリス・セーヴ〔ルネッサンス期の詩人〕まで引き合いに出している。ようするに、ヒットの可能性はあった。それにそこそこにもてはやされもした。かえすがえすも、音楽がついてこなかったことが悔やまれる。前評判では、ベルトラン・バタズナという人物はインディペンデントのプロデューサーとしては一番の腕利きで、カルトなディスクを何枚も編み出しているという。カルトなのは、無名レーベルゆえ、入手困難だからだろう。僕は本当に煮え湯を飲まされた。こいつはなにかを生み出す才能がないだけでなく（セッションのあいだじゅうカーペットの上で鼾《いびき》をかいており、十五分ごとに屁《へ》をこいた）、プライベートも実に嫌な奴、本物のナチだった。あとで僕は奴が実際、ＦＡＮＥ〔国民戦線の前身〕の党員だったと聞いた。幸い、奴はギャラが安いのだ。それにしてもヴァージン・レコードが「フランスの新星」として僕を売り出すのに、それしか金が出せないというのであれば、他の新星たちがＢＭＧに食わせてもらっているのも納得がいく。「他と同じようにジャン＝ジャック・ゴールドマンやパスカル・オビスポを使っていれば、こんなことにはならなかったでしょうね……」僕が最後に、ヴァージンのアーティスト担当ディレクターにこう言うと、彼は長いため息をついた。彼も心の底ではそう思っているのだ。前回、彼がバタズナと企画した、ピレネー山羊のポリフォニーをサンプリングしたテクノ・ハードコアのレコードは、セールスの面で激しくコケた。そんなわけで彼には今回、予算はついているものの、それを独断で超過する権利はなく、超過の際には、いちいちニュージャージーの本社にお伺いを立てなければいけなかった。僕はすぐにどうでもよくなってしまった。僕らに味方はいないのだ。

レコーディング期間のパリでの滞在はまずまず快適だった。僕はホテル〈リュテシア〉に滞在した。ここに来ると、『バベット戦争に行く』のフランシス・ブランシュのこと、映画に出てくるドイツ軍司令部のことを思い出す。*ようするに僕にとってのいい時代、情熱や、悪意や、将来の希望に溢《あふ》れていた時代を思い出す。毎晩、寝る前にアガサ・クリスティを読んだ。主に初期の作品だ。後期の作品には動揺しすぎてしまうからだ。『終りなき夜に生れつく』なんてもってのほかで、悲しみに我を失ってしまう。僕は『カーテン――ポアロ最後の事件』のラスト、ポアロからヘイスティングズへの別れの手紙の最後のくだりで、泣かずにいられたためしがない。

「しかし、いまは虚心にかえって、幼い子供のようにこう言うだけだ。『わたしにはわからない……』と。

＊第二次大戦中、ドイツ軍占領時代、このホテルにはドイツ軍司令部が置かれていた。

さようなら。親愛なる友《シエー・ラミ》よ。亜硝酸アミルのアンプルは枕もとから遠ざけた。かくなるうえは神の御手にわが身を委ねたい。願わくば神の懲罰の、あるいは神の慈悲の速からんことを！

友よ、もう一緒に狩りをすることもない。われわれの最初の狩りの舞台はここスタイルズ荘だった――そして最後の狩りもまた……

思えばすばらしい日々だった。

さよう、すばらしい人生だった……」


バッハのロ短調ミサ『主よ憐れみたまえ《キリエ・エレイソン》』、そしておそらくはバーバーの『弦楽のためのアダージョ』以外で、僕をこんな心境にさせるものは、そうはない。弱さ、病、忘却、そのとおり、それが現実だ。アガサ・クリスティより前に、肉体が老衰していく悲しみ、人生に意味や喜びを与えるすべてが徐々に失われていく悲しみを、これほど痛ましく描いた作家はいなかったし、その後も、彼女に肩を並べる作家はいない。この時期、ほんの数日のあいだ僕は、本格的に仕事に復帰したい、ちゃんとした仕事をしたい気分になった。こんな心境で、僕はヴァンサン・グレイユサメールに電話をした。例のエロヒム信者のアーティストだ。彼は僕からの電話を喜んでいるようだった。そして僕らはその晩、いっしょに酒を飲むことになった。

僕は十分遅れで約束の場所、ヴェルサイユ門のブラッスリーに到着した。彼は立ち上がり、僕に手で合図した。諸々の反セクト団体の促す注意によれば、ファーストコンタクトや入門セミナーでセクトから受けた強烈な好印象を鵜呑《うの》みにしてはいけないそうだ。その段階では、教義の悪い面については故意に伏せられる可能性が高いからだ。事実、僕にはいまのところどこに罠《わな》があるのかはわからない。たとえば、この男にしても、雰囲気はまともだ。たしかに、少し内向的ではある。かなり孤独なたちかもしれない。しかし僕ほどではあるまい。彼は自分の考えを素直に表現する。

「現代美術にあまり詳しくはなくてね」と僕は言い訳した。「マルセル・デュシャンの話くらいしか聞いたことがない」

「たしかに、二十世紀のアートに一番影響を与えたのはデュシャンだ。イヴ・クラインだと言う人間は稀《まれ》だろうね。しかしパフォーマンスや、ハプニングをやるアーティスト、自身の体を使って仕事をするアーティストなら、みな、多少なりともイヴ・クラインの影響を自覚している」

彼は口を閉じた。僕の反応がなく、主旨さえ理解できていない様子を見て、再び口を開いた。

「図式化すると、現代のアートには三つの大きな傾向がある。まず第一の傾向、最も幅を利かせ、補助金の八〇パーセントを吸い上げ、そして一番の高値で売れている傾向は、俗にいう、スプラッタというジャンルだ。切断、人喰《く》い、摘出の類。たとえば、連続殺人鬼とコラボレートする作品などはすべてこれに含まれる。第二の傾向は、ユーモアを利用するジャンル。美術市場を露骨に皮肉るベンのような作家の作品や、より繊細なケースとしてはブロータースの作品などがあげられる。情けないような、くだらないような、こんなものにわずかなりとも芸術としての価値があるのだろうかと常に疑問が湧いてくるような見世物を披露して、観客に、あるいはアーティスト自身に、あるいは双方に、居心地の悪さと、恥ずかしさを喚起する作品だ。キッチュをテーマにした、たとえばキッチュに近づいていくような、軽くキッチュをかすめるような、ときには、わかってやっているというメタな上書きをしたうえで簡単にキッチュの域に達するような作品もこれに含まれる。そして第三のトレンドは、ヴァーチャルというジャンルだ。これは若い作家によく見られる傾向で、彼らはマンガやヒロイック・ファンタジーに強い影響を受けている。こんなふうにアート活動を開始する人間は多いが、ひとたびインターネット上で食べていけないとわかると、彼らはすぐに第一の傾向へと鞍替《くらが》えするんだ」

「君はきっとその三つのどれにも当てはまらない」

「キッチュは嫌いじゃない。なかには無視しきれないものもある」

「その意味では、エロヒムは少しやりすぎ、かな?」

彼はふっと笑った。「しかし預言者は、あれを無邪気にやってるんだ。彼にはどんなアイロニーもない。もっとずっと健康的だ……」僕は彼がその発言のなかで、ごく自然に、特に抑揚をつけることもなく「預言者」と言ったことに気がついた。彼は本当にエロヒムを信じているのだろうか？　いずれにせよ、預言者の描く絵に対する嫌悪が、信仰の妨げになっていることはまちがいない。この青年にはどうも測り知れないところがあった。用心しなくてはならない。敵に回したくない。僕はビールをもう一本注文した。「結局は、度合いの問題だ」彼は再び口を開いた。「所詮《しょせん》、すべてはキッチュなのだと、言えなくもない。音楽は丸ごとキッチュだ。アートはキッチュだ。文学もキッチュだ。本来、感情なんてみんなキッチュなものだし、考察だってキッチュだ。ある意味、行動だってキッチュだろう。唯一、絶対にキッチュでないもの、それは無だ」

彼はしばらくのあいだ、僕がそうした話について考えをめぐらせるのを、見ていた。それから言った。「興味があるなら、僕の作品を見にくるかい？」

是非、見せてくれ、僕は言った。すぐ次の日曜、午後一番に、僕は彼の家を訪ねた。彼の家はシュヴィリィ＝ラリュに建っていた。そこはシュンペーターが「創造的破壊」と形容しそうな工事現場の真ん中だった。見渡すかぎり、泥だらけの空き地が広がっている。そそり立つクレーン、鉄条網、竣工《しゅんこう》時期のまちまちなビルディングの骨組み。おそらく一九三〇年代に建てられたものであろう彼の石造りの家は、その時代の最後の生き残りだった。「祖父母の家なんだ……」彼は僕を出迎えながら言った。「祖母は五年前に、祖父はその三ヶ月後に死んだ。傷心死だと思う――三ヶ月も生きてたことのほうが驚きだ」

ダイニングルームに足を踏み入れ、ある種のショックを受けた。僕はインタビューのあいだじゅう自分は庶民出だと繰り返すのが好きだったが、厳密には庶民の出とは言えない。僕の父親は、出世の階段の一番の難所とされる前半部分を、すでに昇りきり——会社の重役になっていた。それはそれとして、僕が庶民階級によく通じていることはまちがいない。子供時代、叔父や叔母の家で、嫌というほど味わった。彼らにとっての家族の意味や、愚かしい感傷癖、また着色の施されたアルプスの風景写真や、合皮で製本された安っぽい名作全集に寄せる彼らの趣味、僕はそういうものによく通じている。ヴァンサンの家にはそのすべてがあった。額入りの写真まで、緑のビロードの電話カバーまであった。見たところ、ヴァンサンは祖父母の死後も、なにひとつ変更を加えなかったようだ。

居心地の悪さを感じながら、勧められるまま椅子に腰を下ろし、壁に掛かる、前時代のものではなさそうな唯一の要素に気がついた。ヴァンサンの写真だった。大きなテレビの横に坐《すわ》っている。前方のローテーブルには、彫刻が二つ置いてある。荒削りな、子供がつくったような彫刻だ。丸パンと、魚らしい。テレビ画面には、大きな文字で「人々を養え、人々を統べよ」と表示されている。

「僕の最初の作品だ。本当にうまくいった作品だよ……」彼は説明した。「デビュー当時、僕はヨーゼフ・ボイスにものすごく影響されていたんだ。とりわけ彼の〈ICH FÜHRE BAADER-MEINHOF DURCH DOKUMENTA. 私は、ドクメンタで、バーダー、マインホフを導く〉というパフォーマンスにね。[*] 一九七〇年代半ばといえば、ドイツ赤軍のテロリストがドイツ全土で追われていた時代だ。カッセル市のドクメンタは当時、世界でも最大の現代美術展だった。ボイスはこのメッセージを入り口に掲げ、赤軍の中心メンバーであるバーダーあるいはマインホフにいつでも都合のいい日に美術展を訪れてもらいたいという意思を示した。彼らの革命的なエネルギーを、社会全体にとってポジティブかつ有効な力に変換しようとしたんだ。ボイスは本気だった。そこに、この事象の美がある。当然ながら、バーダーもマインホフも来なかった。彼らにしてみれば現代美術なんてブルジョワの腐敗の一形態だし、警察が網を張っているかもしれないしね——まあ、それは大いにありうる話だ。ドクメンタにはこれといった権威なんてなにもなかった。しかし誇大妄想にとりつかれていた当時のボイスの頭には、警察なんて存在もしてなかっただろうね」

「なにかデュシャンについての運動もあったよね……集団で、横断幕を掲げて、『マルセル・デュシャンの沈黙は過大評価されている』とかそんな」

「いかにも。ただしオリジナルはドイツ語だったけどね。しかし、まさにそれが介入のアートの大原則でもあるんだ。つまり効果的な寓話《ぐうわ》をつくる。第三者によって多少なりともデフォルメされた形で、何度も繰り返し語られるような寓話をつくり、ひいては社会全体を変える」

＊ボイスによる文面は正確には Dürer, ich führe persönlich Baader + Meinhof durch die Dokumenta。

僕は本来、人生、社会、諸々をよく知る人間だ。ただし僕の知っている人生、社会、諸々は、人間という機械を動かす最も日常的な動機のみに言及した、一種の日用版であり、僕のビジョンは、「社会現象を辛辣《しんらつ》に観察する者」のそれ、ミディアムライト版バルザックのそれだ。つまり、この世界観ではヴァンサンの立ち位置は割り出せない。僕は数年来久々に、そしてイザベルと出会って以降はじめて、自分の足元がぐらつきはじめるのを感じた。ヴァンサンの話を聴いていて思い出したのは、映画『その後のハエ二匹』のプロモーショングッズ、特にTシャツのことだ。映画中、主人公がベッドで読むピエール・ルイスの『少女むけ礼儀作法の手引』からの引用文がプリントされていた。プリントは十二パターン。Tシャツの素材が、光沢のある、少し透ける、非常に軽い新素材だったおかげで、公開前には、雑誌〈ロリータ〉の付録に挟むことができた。僕はその際にイザベルの後任に会っている。自分のパソコンのパスワードも憶《おぼ》えられないような、頭の軽い女だったが、それでも編集部はうまく回転していた。僕が〈ロリータ〉のために選んだ引用文句は「パンのない貧しい人には十スーあげればじゅうぶん。女がいないからとペニスを吸ってあげるのは、やりすぎです。そこまでする必要はまったくありません」

ようするに僕はそうとは知らず、介入のアートをやっていたわけだね、僕は言った。

「そう、そうなる……」彼は居心地が悪そうに応じた。彼が赤面しているのはすぐにわかった。ほろりとさせられたが、少し不健康な感じもした。同時にこの家にはいかなる女性も足を踏み入れたことがないのだろうと思った。もしそんな女性がいれば、まず最初に内装を変えようとするはずだ。少なくともこれらの品々、時代遅れというだけでなく、実際に埋葬品のような品々を片づけようとするはずだ。

「ある一定の年齢を越えると、異性とつきあうのは容易ではなくなる、と僕は思う……」僕の考えを読んだかのように彼は言った。「デートをする機会もぐっと減るし、そういう気さえなくなってくる。それにやらなきゃいけないことがたくさんある。手続きやら、事務的なことやら……買い物やら、洗濯やら。もっと自分の健康に、ようするに体調の維持に気を遣わなくちゃいけなくなる。ある一定の年齢を越えると、人生は——とりわけ事務的なものになるんだ」

　イザベルが去ってからというもの、自分より頭のいい人間、僕の考えに示唆を与えてくれるような人間と話す機会がほとんどなかった。たったいま、彼が言ったことは、なにより、決定的な真実だった。それから、気まずい時間があった——セクシャルな話題はいつも場を少し重くする。ここは冗談まじりに政治の話でもしたほうがいいと思った。それで介入のアートというテーマはそのまま残して、なぜ、ベルリンの壁崩壊の数日後、〈労働者の闘い〉党は「共産主義はいまでも世界の未来だ」というポスターを何十枚もパリの街に貼ったのか、という話をした。注意深く、子供のように真剣に耳を傾けるヴァンサンの姿に、締めつけられるような思いになりながら、僕は結論を言った。そのアクションがいかに本物の力を持っているとしても、〈労働者の闘い〉が政党であるかぎり、イデオロギーで動く機械であるかぎり、そのアクションには詩的な側面も、芸術的な側面もない。アートとは、常に個人的なもの《コーザ・インディヴィデュアル》である。たとえ抗議のアートであったとしても、単独の抗議でないかぎり、そこに価値はない。ヴァンサンは自分の独断的なもの言いを詫《わ》び、悲しげに微笑んで言った。「僕の作品を見にいかないか？　地下にあるんだ……きっと、そのほうが話が早い」僕は椅子から立ち上がり彼のうしろに従った。玄関先の廊下に地下への階段が開けていた。「壁をぶち抜いたら、一辺二十メートル、四百平米の地下室ができた。これが最近の僕の制作にはちょうどいい……」彼はぼそぼそと話を続けた。僕は次第に居心地が悪くなってきた。僕に向かってショービジネスや、マスメディアの話をする人間はたくさんいた。なかにはミクロ社会学の話をする人間もいた。しかしアートの話をする人間はひとりもいなかった。見たこともない、危険な、おそらくは死にまつわるものに出会う予感を強く感じた。その世界においては——愛においてそうであるように——ほとんど得るものがない。ほとんどすべては失われていくためにある。

最後の段を降り、地面に足が着いた。手すりを離した。真っ暗だった。後ろで、ヴァンサンがスイッチを入れた。

物の形は、最初、点滅しながら、おぼろに浮かびあがった。まるで小さな幽霊の行列のようだ。それから僕の左数メートルのあたりが照らしだされた。どこから光が当たっているのかまったくわからない。空間自体が光を発しているようだった。「照明は形而上《けいじじよう》学だ……」というフレーズが数秒間、頭の中を廻《めぐ》り、それから消えた。僕はオブジェに近づいた。列車が中央ヨーロッパの温泉地の駅に到着しようとしている。遠くで、雪の山脈が、日を浴びている。きらきらと輝く湖。高地の牧場。令嬢がたはうっとりするほど美しい。丈の長いドレスに、ヴェールのついた帽子をかぶっている。紳士がたが、帽子を高くあげ、娘たちに向かって笑顔で挨拶《あいさつ》をしている。みんな幸せそうだ。「この世で最もすばらしいこと……」というフレーズが束の間輝き、それから消えた。蒸気機関車がゆっくりと煙を上げる。まるで図体の大きな、気の優しい動物のようだ。すべてに均整が取れ、すべてがあるべきところに収まっているという感じがする。照明がゆっくりと暗くなる。カジノのガラス張りの屋根が夕日を反射している。どこにもかしこにも判で押したようなドイツ的な清廉さがある。そして、あたりは闇に包まれ、空間に曲がりくねったラインが浮かびあがる。赤い透明なプラスチック製のハートが並んでいる。中に半分ほど入った液体がハートの内で脈打ちはじめる。僕はハートの行列に沿って進む。すると次の場面が現れる。今度はアジアの国の結婚式だ。舞台は台湾か、韓国か、いずれにせよ近年富裕になった国だろう。ネオゴシック様式の聖堂前の広場に停まったパールピンクのベンツから招待客が降りてくる。白のタキシード姿の新郎が風に乗り、地上一メートルの空中を進む。小さな指を許婚《いいなずけ》の指に絡ませている。色とりどりの電飾に飾られた太鼓腹の仏像たちが歓喜に揺れている。するする滑るような、風変わりな音楽が徐々に大きくなる。新郎新婦は高く舞い上がり、観衆を見下ろしている――ふたりはいまや聖堂のバラ窓の高さに浮かんでいる。彼らは長い口づけを交わす。初々しいが、しっかりと唇を重ねている。観衆の拍手喝采《かっさい》――たくさんの小さな手が揺れるのが見える。その奥で、仕出し屋が蓋《ふた》を取ると、皿から湯気が上がる。米の上でカラフルな野菜が繊細な模様を描いている。爆竹が弾《はじ》け、ファンファーレが鳴り響く。

再び暗転。そしてさっきよりぼんやりした道を進む。まるで森を歩いているみたいだ。金と緑の木漏れ日が僕を取り囲んでいる。林のあいだにぽっかり開けた空き地で犬たちが飛び回っている。陽だまりの中を駆け回っている。次に、犬たちは、愛に満ちた眼差《まなざ》しで彼らを見守るそれぞれの主人とともにいる。やがて犬たちは死ぬ。件《くだん》の空き地に、愛情や、陽だまりの散歩、楽しい思い出を記念して、小さな石碑がひとつひとつ建てられる。おざなりにされる犬は一匹もいない。写真が埋め込まれた石碑の足元には、それぞれの主人によって彼らのお気に入りのオモチャが並べられている。それは愉快な、辛気臭さのまったくないモニュメントだった。

少し離れたところに、まるでカーテンにぶらさがっているように、金色の文字がゆらゆらと姿を現した。そこには「愛」という言葉、「善良」という言葉、「思いやり」という言葉、「忠実」という言葉、「幸福」という言葉があった。闇から浮き上がった文字は、さまざまに色味を変え、いぶしたような金色になり、やがて目も眩《くら》むような閃光《せんこう》になる。

そして、ひとつまたひとつと暗闇に消える。しかし文字は、ひとつがまた次のひとつを生みだす、というように、次から次へと光になって浮かび上がる。僕は順に部屋の各処を照らす照明に導かれるまま、地下室を進んだ。行く先々にさっきとはちがう光景、ちがう場面があり、少しずつ時間の感覚を失っていった。僕がそこから完全に意識を取り戻したのは、階上に戻り、テラスのような、ウィンターガーデンのような場所に出て、柳製のベンチに腰掛けたときだった。泥だらけの空き地に夜が来ていた。ヴァンサンはシェードのついた大きなランプを点けた。僕はあきらかに動揺していた。ヴァンサンが気を利かせて、コニャックを一杯注いでくれた。

「問題は……」彼は言った。「作品をどこかに展示することが、実質上不可能になってしまったということだ。あれこれ調整が多すぎる。移動はまず無理だろう。一度、造形美術委員会から視察が来た。この家を買うとか、作品をビデオ化して、それを売るとか考えているんだろう」

ヴァンサンが単に社交辞令から生活面や金銭面の話をしているのがわかった。そうやって彼は会話をノーマルな方向に戻そうとしているのだ——精神世界にのみ生きている彼の場合、物質的な事柄が重荷にはなりえないのは、あきらかだ。僕は返事をしそこねた。頭を軽く揺すり、もう一杯コニャックを飲んだ。このとき僕は、彼の驚異的な自制心に舌を巻いた。彼は話を再開した。

「アーティストを大きく二つに分ける有名なフレーズがある。変革者がいて、装飾者がいる、というフレーズだ。僕は装飾者の側を選んだというわけさ。というより、僕の意志はあまり関係ない。それを選んだのは世間なんだ。ニューヨークの、サーチ・ギャラリー〔実在のサーチ・ギャラリーはロンドンにある〕で、僕の初個展〈FEED THE PEOPLE. ORGANIZE THEM〉(タイトルは英訳された)が開かれたときのことを思い出すよ。僕はかなり感激していた。ニューヨークの重要なギャラリーでフランス人アーティストが個展を開くなんて、久しくないことだったからね。それに僕は当時、自分のことを時代の変革者だと思っていた。そして自分の仕事に変革者としての価値があると信じていたんだ。ニューヨークは、非常に厳しい冬を迎えていた。毎朝、通りでは浮浪者の凍死体が見つかった。僕は、自分の作品を見れば、人々はすぐに態度を変えるはずだと信じていた。彼らは通りに飛び出して、テレビ画面に書かれていた指示を実行するはずだと信じていた。当然、なにも変わらなかった。人々は個展にやってきて、頷《うなず》き、なにか知的な会話を交わし、それから帰っていった。

変革者というのは、世界の残忍さをそのまま受け入れ、そして一段と激しい残忍さで世界に応酬できる人間のことを言うのだと思う。単に僕にはそうした勇気がなかった。ただ野心家ではあったんだ。結局、装飾者の方が変革者より野心家なのかもしれない。デュシャンが現れるまでは、アーティストが目指す究極の目標は、個人的でありながら的確な、ようするに人の心を動かす世界のビジョンを提案することだった。それだけでも、すでに恐ろしいほどの野心だ。デュシャン以降、アーティストは世界のビジョンを提案するだけでは満足できなくなった。アーティストは自分独自の世界をつくろうとする。アーティストというのは、まさしく神のライバルなんだ。僕は、地下室の中では神だ。僕がつくることにしたのは、安らかな小世界だ。人はそこで幸せにしか出会わない。自分の作品の退行的な面については、しっかり自覚している。人によってはそれを、思春期の諸問題に体当たりしないで、切手収集や、押し葉の標本や、なにかきらきらした、きれいな色だけに取り囲まれた小世界に引きこもる若者たちの態度に譬《たと》えるかもしれない。誰も僕に向かって、あえてそんなことは言わないけどね。僕は〈アールプレス〉誌のほか、ヨーロッパのだいたいのメディアから好意的に評価されている。でも僕は、造形美術委員会からやってきた女性の目に、軽蔑《けいべつ》の念を読み取った。彼女は細身で、くすんだ褐色の肌に、白い革のジャンパーを羽織っていて、すごくセクシーだった。彼女が僕を無力で病弱な小さな子供と看做《みな》していることは、すぐにわかった。彼女は正しい。僕はまさに無力で、病弱で、生きる力のない小さな子供だ。僕には世界の残忍さを受け入れることができない。どうしてもできない、それだけのことだ」

〈リュテシア〉に戻ってからも、僕はなかなか寝つけなかった。たしかなことは、ヴァンサンが誰かを分類し忘れている、ということだ。変革者と同じように、ユーモアに携わる人間だって世界の残忍さを受け入れ、一段と激しい残忍さで世界に応酬しているのだ。しかしながらその行動が、結果的に、世界そのものを変えることはない。ただしその行動は、変革のために必要な暴力を「笑い」に転化し、世界を許容できるものにする――ついでに、まずまず金にもなる。ようするに、元来すべての道化がそうであったように、僕も一種の「裏切り者」なのだ。僕は、世界が、痛みをともなううえに益のない変革に遭わないようにしてやる――というのも、あらゆる悪の根源は生物学的なところにあるのであって、考えうるいかなる社会の変革とも無関係だからだ。僕は物事を明快にし、行動を禁じ、希望を根こそぎにする。僕の仕事は総じて、中途半端だ。

　数分間、僕は自分のやってきた仕事、とりわけ映画の仕事を振り返った。人種差別、小児性愛、人喰《く》い、親殺し、拷問行為、残虐行為。十年たらずのあいだに、僕はプライムタイムを賑《にぎ》わせる話題をほぼ総ざらいした。それにしても、悪意と笑いの併せ技が、映画業界で革新的と看做されたのは、おかしなことだ。きっと連中は仕事柄、めったにボードレールを読まないんだろう。

　ポルノ映画はあいかわらず、みんなが挫折《ざせつ》しているジャンルだった。実際問題、現在までのところ、あらゆる洗練の試みが撥《は》ね返されているようだ。巧みなカメラワークも、凝った照明も、ちっとも切り札にならない。かえってあだにさえなるようだ。ハンディカメラや監視カメラを使ったより「ドグマ」な試みも、それ以上の成果は上がらなかった。客が見たいのは、もっと鮮明な画像なのだ。醜くても、鮮明であればいい。「質の高いポルノ」という試みは、もの笑いの種になっただけでなく、結局、商業的にもことごとく大失敗した。ようするに、マーケティング部長たちが昔から言う「普通、廉価品のほうが好まれるからといって、うちの高級品が売れない理由にはならない」という格言も、この世界では、まったく形無しということらしい。そしてこのポルノ映画界で最も儲《もう》けを上げている部門を手がけているのは、あいかわらずハンガリーやラトヴィアの無名の下請け業者たちなのである。僕は『クンニして、あたしのガザ地区』製作時に、当時ポルノ映画の第一線フランス人監督のひとりだったフェルディナンド・カバレルとかいう監督の撮影を半日取材した。それは無駄な半日ではなかった——もちろん、人間研究という意味においてである。いかにも南西部的な苗字《みょうじ》なのに、フェルディナンド・カバレルは、ロックバンドAC／DCの元ローディーみたいだった。色白で、髪は汚れてべとつき、「Fuck your cunts（ケツくらえ）」とプリントされたTシャツを着て、どくろのついた指輪をいくつも嵌《は》めている。こんな馬鹿にはめったにお目にかかれないと、僕はすぐに思った。彼がかろうじてこの世界に生き残っているのは、スタッフに要求するそのそらおそろしい作業スピードのおかげだ——彼は一日に四十分ほどしかスタジオに入らず、その間に〈ホットビデオ〉のための宣伝写真をちゃっちゃと撮影する。おまけにそうして「急ぎの仕事」をこなすことで、業界では「キレモノ」で通っている。ダイアログ（「どうだ、そそるだろう、このスベタめ」「すごくいいわ、いいわ、あんた」）はよしとしよう。ト書き表現の貧困さ（「ここで、ダブル入る」とあれば、誰の目にも、女優がこれからダブルファックの準備に入ることはあきらかだ）も、よしとするとして、とにかくなによりショックだったのは、俳優たち、とりわけ男優に見せる監督のおそろしいほどの侮蔑の態度だった。カバレルがメガフォン越しに役者を罵《ののし》るとき、一切の皮肉も、ほのめかしもなかった。たとえばこんなふうだ。「勃《た》たねえなら、ギャラはなしだ！」とか「ひとりが射精したら、もうひとりはどけよ」とか。撮影の合間、女優には裸の上に羽織るフェイクファーのコートぐらい用意されている。男優の場合、体を冷やしたくなければ、毛布を持参するしかない。とにかく客は女優目当てに映画館に足を運ぶのだ。女優はいつか〈ホットビデオ〉の表紙を飾るかもしれない。一方、男優はというと、足のついたペニスのような扱いしか受けていない。ついでにこんな話も聞いた（これを聞き出すのはけっこう苦労だった――というのも、周知のとおりフランス人というのは自分の給料の話をするのを嫌う）。女優の日当が五百ユーロなのに対して、男優のそれはせいぜいが百五十ユーロらしい。そもそも彼らは金のために仕事をしているのではない。信じられないほど悲壮に見えようとも、彼らは女の子とヤるためにこの仕事をしているのだ。とりわけ地下のパーキングのシーンが印象深い。震えるほど寒い日だった。みんな、このふたりの男優、フレッドとバンジャマン（ひとりは消防隊長、もうひとりは行政官）が、ダブルファックの本番に備えて、わびしくマスをかいているのを見つめていた。僕は思った。ことマンコの問題になると、ときどき人間はバカ正直になる。

ほとんど一睡もせずに、こんなあまり輝かしくもない思い出をたぐるうち、夜明けごろ、タイトルは仮だが『ハイウェイのスワッパー』という映画脚本の構想が頭に浮んだ。ポルノとウルトラバイオレンスそれぞれの商売上の長所をうまくあわせることができそうな内容だ。午前中、僕は〈リュテシア〉のバーでブラウニーをほおばりながら、タイトル前の冒頭のシークエンスを書き上げた。

　大型の黒のリムジン（おそらくは六〇年代製のパッカード）がゆっくりと田舎の道を走っている。あたりに広がるのは草原と、鮮やかな黄色いエニシダの茂み（撮影は五月のスペイン、ウルデス地方がいいと思う。とりわけ五月が美しい）。リムジンは走りながら低い唸《うな》り声（音の種類としては、基地に戻ってきたときの爆撃機の音）を上げる。

　草原の真ん中で、カップルがセックスしている（草原は花ざかりだ。背の高い草花。ヒナゲシ、矢車草、名前を失念してしまったがとにかく黄色い花。余白に「黄色の花の上でヤる」と書く）。スカートをたくしあげられ、Tシャツを胸の上まで脱がされ、ようするに、娘はすっかりアバズレの様相を呈している。娘は男のズボンのホックを外し、フェラチオをする。画面奥、スローモーションで動いているトラクターから想像するに、ふたりは農家の夫婦なのだろう。畑仕事の合間のひとフェラチオ、春の祭典、エトセトラ。しかしトラックバックによって、観客はすぐに、彼らがカメラのフレーム内で濡《ぬ》れ場を演じているのだとわかる。実は、ポルノ映画の撮影風景だったのだ――おそらくはそこそこ上等なポルノだろう。撮影クルーが揃っている。

　リムジン・パッカードが草原を見下ろす場所に停車する。ふたりの始末人が降りてくる。黒のダブルのスーツ姿だ。彼らは若いカップルと撮影クルーに向かってなんの容赦もなく機関銃をぶっぱなす。僕は少し考えて、「機関銃をぶっぱなす」という文字を二重線で消した。もっと風変わりな装置のほうがいい。たとえば、鋼のディスクランサーなんてのはどうだろう。発射されたディスクが回転しながら肉を切り裂く。もっぱら恋人たちの肉を切り裂く装置だ。けちけちしてはいけない。娘が咥《くわ》えているペニスやなんかも、どんどん切断していかないと。いずれにせよ、映画『キニク学派ディオゲネス』のときのプロダクションなら「ちょっと笑える画《え》」を要求するに決まっている。僕は余白にメモした。「睾丸《こうがん》もぎとり器を検討」

シークエンスの最後に、リムジンの後部座席から太った男が降りてくる。髪は漆黒、顔はてかり、あばたで一杯だ。他のふたりと同じように黒のダブルのスーツを着ている。いっしょに、骸骨《がいこつ》のような、気味の悪い、ウィリアム・バロウズ似の老人も降りてくる。ぶかぶかの灰色のコートを羽織っている。老人は殺戮《さつりく》の現場を見つめ（黄色い花の咲く草原に散らばるずたずたの肉塊、黒服の男たち）、ゆっくりとため息をつき、相方に振り返って言う。「A moral duty, John.（道徳上の義務だよ、ジョン）」

続いて、さまざまな殺戮が行われる。被害者は概《おおむ》ね若いカップル、そして思春期の若者だ。話が進むにつれ、この承服しがたい男たちが、カトリック原理主義団体、おそらくはオプス・デイあたりの構成員であることがわかってくる。道徳秩序への回帰を皮肉ったこうした毒舌は、きっと左派の批評家の同調を得られるだろう。しかしもう少し話が進むと、殺し屋たちもまた、別の撮影クルーによってカメラに収められている映画の一部であり、この映画の本当の狙いが、ポルノ映画界ではなく、ウルトラバイオレンス映像の業界を商業的に盛り上げることだとわかる。物語中の物語、映画中の映画、エトセトラ。骨太な構想だ。

ようするに、その日の晩、エージェントにも話したが、僕は前進していた。仕事をしていた。つまりリズムを取り戻しつつあった。エージェントは話を聴いて喜びを露わにし、実は心配していたんだぞ、と言った。ある時点まで、僕は本気だった。その二日後、スペイン行きの飛行機に搭乗する段になって、自分には絶対にそのシナリオは仕上げられない——ましてや撮影なんてできるはずがない、と気がついた。パリには社会的なある種の喧騒《けんそう》があり、そのせいで人は自分がいろいろと構想を持っているような幻想に捕らわれるのだ。サン・ホセに戻ると、それがわかる。僕はそのうちすっかり石化してしまうだろう。どんなに恰好《かっこう》よく振る舞おうと、僕はいま年老いた猿のように小さく縮みつつあるのだ。自分があり得ないほど弱くなり、小さくなっていくのを感じる。僕のひとりごとや呟《つぶや》きは、すでに、老人のそれだ。僕はいま四十七で、人を笑わせる仕事を開始して三十年になる。目下、僕は落ち目で、ぼろぼろで、生気がない。まだかろうじて世界に対する眼差しには、好奇心が躍動しているが、それも近いうちに消えてしまうだろう。そして僕は石のような、漠然とした痛みの塊になる。僕は仕事上、とにかく商業的には失敗はしなかった。この世界は、それ相当の力で襲いかかれば、最後には汚い金を吐き出すものだ。しかしけっして、けっして喜びは与えてくれない。

ダニエル24──11

おそらくマリー22もその年頃にはそうだったのだろうが、マリー23は、陽気で愛想のいいネオ・ヒューマンだ。我々にとっての老いは、晩年の人間にとってのような悲劇的な性格を持たないが、それでも、いくらかの苦痛はある。我々の苦痛は、我々の喜びがそうであるように、ほどほどだ。それでも個人差があるにはある。たとえばマリー22はときどき奇妙なくらい旧人類に似て見えた。たとえば次のようなメッセージは、まったくネオ・ヒューマンらしくない。彼女はこのメッセージを最終的に僕には送らなかった(マリー23が昨日、記録の整理をしていて見つけたのだ)。

鉤鼻《かぎばな》の
絶望した老女が
レインコートを着て

聖ピエール広場を横切る

37510, 236, 43725, 82556.　灰色の服を着た、禿《は》げ頭の、年老いた、分別のある人々が、車椅子に坐り、互いに数メートルの距離で行き来している。彼らは灰色の、がらんとした巨大な空間を走り回っている――天も、地も、なにもない。ただ灰色があるだけだ。みんなぶつぶつひとりごとを言っている。頭を垂れ、他の人間にも気づかず、周囲に注意を払うこともない。よく見ると、彼らが進んでいる平面が、ほんのわずかに傾いているのがわかる。わずかな高低差の等高線のような回路が幾重にも走り、車椅子の進行を導いている。回路に沿って走るかぎり、他の車椅子と出会う可能性はすべて回避されるにちがいない。

おそらくマリー22がこの画像を通して表現したかったのは、もし旧人類が、我々の生活の客観的実情を目の当たりにできる場所にいたら、なにを感じたか、ということだろう――野人の場合はこれに当てはまらない。たしかに連中は我々の住居のあいだをうろちょろしており、すぐになにかを学んで距離を取るようになるが、なにがあっても我々の実質的でテクノロジックな生活環境をイメージできるようにはならない。

彼女の書いた注釈がそれを物語っている。マリー22は最後には、野人に憐憫《れんびん》さえ抱くようになっていたようだ。それがポール24と親しくなったきっかけだろう。彼女はポール24とも長くメールのやりとりを続けていた。しかしポール24がショーペンハウアー的な語調で、苦しむためだけに存在している野人たちの不条理さに言及し、彼らに一刻も早く死という祝福が訪れることを願うのに対して、マリー22は、野人にはもっとちがう境遇もありえたのではないか、ことによると、ここまで悲惨な結末にはならなかったのではないか、と考えるようにまでなる。しかしながら幾度となく指摘されてきたことだが、人間と、存在にともなって生じる肉体的な苦痛は切り離せない。肉体的苦痛というのは、人間の神経が適切に組織されていないことから生じる直接的な結果なのだ。同様に指摘されてきたことだが、人間が敵対する以外の方法で他者との相互関係をつくれなかったのは、その高い知力で複雑な社会を構築したにもかかわらず、それ相当の社会的天分を備えていなかったことに起因する――それはすでに中規模な一部族をみても明白であり、巨大な集合体が実質的な滅亡の最初のステップに通じていないわけがなかった。

知性は世界の統治を可能にする。知性というものは、社会的な種族の内にしか、そして言語を介してしか生じない。ところが、知性の出現を可能にしたその社会性が、のちに――人工の伝達技術の開発が始まったときから――その発展の足枷《あしかせ》になるのだ。〈至高のシスター〉のおしえによれば、社会生活の消滅は必然である。とはいえ、ネオ・ヒューマン間の物理的な接触の消滅には、苦行という側面がなかったわけでもないし、いまだにそうした側面は残っている。そもそも〈至高のシスター〉がメッセージの中でその言葉を用いている。僕自身がマリー22に宛てたメッセージの中にも、認識や命題より、感情面に属するメッセージがいくつかある。僕は彼女に対して、人間が「欲望」と呼んでいたものまでは感じないまでも、ときどき、ほんの一瞬間、「感情」に引きずられることができた。

体毛が薄く、虚弱で、血行の悪かった人間の肌は、愛撫《あいぶ》の欠如におそろしく敏感だった。ネオ・ヒューマンは、その初期の世代の段階で、皮下毛細血管の血行を良くし、L型神経繊維の感度を若干落としたことで、接触の欠如にまつわる苦痛の軽減に成功した。それでも僕は、フォックスの毛並みに手を滑らせることなく、そのかわいらしい小さな体の温もりを感じることなく一日を過ごせそうにない。僕の体力は衰えつつあるのに、そうした欲求は、それとともに減少しない。それどころか強くなっているようにさえ感じる。フォックスは勘づいている。遊ぼうとねだらなくなり、僕にぎゅっと体を押しつけ、僕の膝《ひざ》に頭を載せる。僕らは一晩中その姿勢でいる——愛する者のそばで眠ることほど、心地よいものはない。そしてまた朝が来て、住居に日が差し込む。僕はフォックスの食事を用意し、自分にはコーヒーを淹《い》れる。いま、僕は、自分が人生記の注釈を書き終えないだろうことを知っている。自分はこれといった後悔も残さず、実質的な喜びのなにひとつなかった生活に別れを告げるだろう。我々ネオ・ヒューマンは、臨終について、まさにスリランカの仏教経典に書かれているような、小乗仏教の修行僧たちが求める境地に達している。我々の生命は消滅のとき、「蠟燭《ろうそく》が吹き消されるように」消えるのだ。また、〈至高のシスター〉の言葉を引用するならば、我々は「本のページがめくられるように」次世代に移り変わる、とも言える。

マリー23からはいくつかのメッセージが届いているが、放っている。返事をするもしないもダニエル25の勝手だ。コンタクトを継続したければ、すればいい。体の末端に悪寒が広がる。末期に入ったしるしだ。フォックスは勘づいている。くうんと鳴き、僕の足の親指を舐《な》める。すでに僕は何度かフォックスの死を経験し、彼そっくりの仲間が彼の後釜《あとがま》に収まるのを見ている。僕はフォックスの目が閉じられ、心臓の鼓動が止まるのを見た。最期までそのきれいな褐色の瞳《ひとみ》から、深い、動物ならではの静けさが失われることはなかった。僕はそんなふうには悟れない。そこまで悟りきったネオ・ヒューマンはいない。僕はただそれに近づこうとするだけだ。僕は自発的に、呼吸と、精神活動のリズムを遅くする。

日がますます高くなり、天頂に達する。しかしながら悪寒はますます激しくなる。束の間、ほとんど印象のない思い出が蘇《よみがえ》り、それから消える。僕は自分の苦行が無駄にはならないことを知っている。僕は未来人のエッセンスになるのだ。

心の活動も消える。おそらくあと数分のことだろう。なにも感じない。ほんの少し悲しいだけだ。

第二部　ダニエル25の注釈

ダニエル1

12

人生の初期、人はそれを失うまで自分の幸せに気づかない。その後、ある時期、第二の時期が来ると、人は、幸せになった時点ですでに、結局はそれを失うことになると知る。僕はベルと出会ったとき、自分がその第二の時期に入ったことを理解した。同時に僕は、自分がまだあの第三の時期、幸せを失うと予想しただけで生きることに支障の出る、あの真の老年期には至っていなかったことを理解した。

ベルのことは、誇張や比喩《ひゆ》抜きにシンプルに語ろう。彼女は僕に生命を与えてくれた。僕は彼女と、ものすごく幸せな時間を過ごした。こんなシンプルな言葉を僕が口にするのは、もしかしたらはじめてかもしれない。僕はものすごく幸せな時間を過ごしたのだ。彼女の内で、あるいはそのそばで。彼女に入っているときに、あるいはその少し前、あるいはその少しあとに。その段階では、時間はいつまでも現在のままで動かない。もはやすべてが微動だにしない時間が長くあり、それから再び、すべてが「それから」の中に落ちる。そうした幸せな時間がひとつにあわさって、結合したのは、あとになってから、出会って数週間経ってからだ。そして僕の生はまるごと、彼女のいるところで、その眼差《まなざ》しのもとで、幸せになった。
ベルの本当の名前はエステルという。僕は彼女のことを一度も——面と向かっては一度も、ベルと呼んだことはない。

奇妙な物語だった。悲痛な、胸の引き裂かれるような物語だったね、かわいい君《マ・ベル》。そして最も奇妙なのは、それがさほど意外でもなかったという点だろう。たぶん僕には、人づきあい（「公的《オフィシャル》な人づきあい」と書きそうになった。たしかにそういう面もあるのだ）における自分の絶望的な状況を、大袈裟《おおげさ》に見る傾向があった。つまり僕の中のなにかは常に、自分がついには愛に出会うことを知っていた（ここで言う愛とは、相思相愛のことである。唯一、価値があり、唯一、人を実際にそれまでとはちがう認識の次元、つまり個体性がひび割れ、世界の状況がちがって見える次元に導くことのできる、唯一、継続してもよいことになっている愛だ）。しかし僕も世間を知らないわけではない。おおかたの人間が愛を知ることもなく、生まれ、歳を取り、死んでいくことは承知している。「狂牛病」なる伝染病が登場して程なく、牛肉トレイサビリティの分野では、いくつかの新しい規格が公布された。スーパーマーケットの生肉売り場や、ファストフード店では、次のような文面の小さなラベルをよく見かけるようになった。「国内にて出産飼育。国内にて食肉処理」まったく、シンプルな一生である。

状況だけを見れば、僕らの馴《な》れ初《そ》めはきわめてありふれている。出会ったとき、僕は四十七歳で、彼女は二十二歳だった。僕は金持ちで、彼女は美人だった。おまけに彼女は女優だった。そして映画監督が自分の採用した女優と寝るのは常識だ。何割かの映画にいたっては、もうそれしか目当てもなさそうだ。とはいえ、僕を「映画監督」と看做《みな》してよいものだろうか？　映画監督として僕のした仕事は『その後のハエ二匹』しかない。それに僕はまさに、映画『ハイウェイのスワッパー』の製作を断念しようとしていた。実をいえば、パリから戻った段階で僕はすでにそれを諦《あきら》めていた。僕は帰りのタクシーがサン・ホセの屋敷の前に停まったとき、自分の気力が失せてしまっていること、自分がそのプロジェクトを、そして他のいかなるプロジェクトも遂行しないであろうことを、はっきりと悟った。しかし事態は勝手に進行しており、ヨーロッパのあちこちのプロダクションから、もっと詳しい話を聞かせてくれというファックスが十件以上も届いていた。僕の構想メモにはたった一行「ポルノとウルトラバイオレンスの商売上の長所をあわせる」と書いてあるだけだ。これじゃあ構想メモというより、せいぜいが宣伝《ピッ》文句《チ》ってとこだけど、まあいいさ、とエージェントは言った。いまは若手監督の多くがこんな感じでやってるから。君にその気がなくても、君はれっきとしたいまどきのプロフェッショナルなんだよ。ＤＶＤも三本届いてるぞ、どれもスペインを代表するタレント事務所からだ。君は新市場を開拓しつつあるんだ。映画に「潜在的にセクシャルな側面」があると示すことでね。

　と、まあ、こんなふうに、僕の人生最大のラブストーリーははじまった。いくらなんでもというぐらい、みえみえの、紋切り型のはじまりかただ。僕は〈アロス・トレス・デリシャス〉の皿を電子レンジに入れ、たまたま手に取ったDVDを再生した。皿が温まるあいだに、僕は最初の三人をさっさとリストから除外した。二分後、レンジがチンと鳴った。皿を取り出し、〈スージー・ウォン〉の唐辛子のピュレを添えた。ちょうど居間の奥の巨大画面では、エステルのPR映像がはじまった。

　冒頭のふたつの映像、シットコムかなにかからの抜粋と、もっとくだらなそうな刑事ドラマからの抜粋は、早送りにした。しかしなにか惹《ひ》かれるものがあった。僕はリモコンに指を載せたままでいて、次の映像がはじまるとすぐに標準スピードのボタンを押した。

　彼女は裸で、なんだかよくわからない部屋（おそらくはアーティストのアトリエ）に立っている。最初のシーンで、彼女は黄色のペンキを勢いよく浴びせかけられる（ペンキを浴びせかけている人間はフレームの外にいる）。続くシーンでは、彼女はきらきら光る黄色のペンキのなかに横たわっている。アーティスト（画面では腕しか見えない）は、バケツに入った青色のペンキを彼女の上に垂らし、手で腹や胸に塗りたくる。彼女は信頼しきった目で楽しそうにアーティストを見つめる。アーティストは彼女の手を取って、その体をうつ伏せにする。彼は再び、今度は彼女の腰のくびれにペンキを垂らす。それを背中や尻《しり》に塗りたくる。アーティストの手の動きに沿って、尻が揺れる。彼女の表情に、ひとつひとつの仕草に、無邪気さや、どきっとするような官能的な魅力があった。

僕はイヴ・クラインの作品を知っている。ヴァンサンと知り合ったあと、調べたのだ。だからアート的にはもう、こうしたパフォーマンスに、なんのオリジナリティも、おもしろみもないことを知っている。しかし幸せになれそうなときに、いつまでもアートのことを考えている人間がいるだろうか？　僕はその抜粋映像を続けて十回見た。勃起《ぼっき》していた。それはたしかだ。しかし僕は同時に、この最初の数分間に、たくさんのことを理解したと思う。自分はやがてエステルを愛するだろう。向こう見ずに、がむしゃらに、激しく彼女を愛するだろう。それは僕を滅ぼしかねないほど、激しい恋愛になるだろう。しかしなんにでも限度というものがあるから、そのうちエステルは僕を愛さなくなり、その瞬間から、それは本当に僕を滅ぼすだろう。いくら誰もがある程度の抵抗力を持っているといっても、いずれ誰もが愛のために死ぬ、というより、愛の欠如のために死ぬのだ。結局、どう考えても、それは致命的な打撃になる。そう、つまり、この最初の数分間で、すでにかなりのことが決まっていたのだ。すでに事は動きはじめていた。まだそれを止めることはできた。エステルに会わないようにし、このＤＶＤを破壊し、遠くへ旅立つこともできた。しかし現実には、僕は、翌日すぐに、彼女のエージェントに電話をかけた。当然ながら、彼は喜んだ。もちろん、出演可能です。いまのところ、エステルのスケジュールはがら空きのはずですから。景気が思わしくないんですよ。まあ、あなたのほうが私なんかよりよっぽどお詳しいでしょうがね。たしか、うちの事務所とお仕事されるのは、これがはじめてですよね？　とにかくエステルを使ってもらえるなんて、こんな嬉《うれ》しいことはないですよ――やはり、映画『その後のハエ二匹』はフランス以外の国々で、相当な影響力を持っているようだ。エステルのエージェントは完璧《かんぺき》な英語を話した。より一般的な話をすれば、スペインという国は驚異的なスピードで現代化していた。

僕らが最初に会う約束をした場所は、オビスポ・デ・レオン通りにある居酒屋《バル》だった。店内はわりと広く、インテリアは渋い木目調で、メニューに小皿《タパス》料理をおく、かなり典型的なバルだった――〈プラネット・ハリウッド〉のような店を指定されなくてよかった。僕は十分遅刻した。彼女がこちらに目を上げた瞬間からすでに、自由意志なんてどこかに行ってしまった。僕らはすでに「前提」の中にいた。僕は彼女の正面に座った。数年前に全身麻酔を受けたときに似た感じだった。同意の上であっさり旅立つときの気分、結局のところ死はとても簡単なことだという直観、を覚えた。エステルは股上の浅い細みのジーンズに、肩が丸出しになるピンク色のぴったりとしたトップを身につけていた。彼女が立ちあがって注文に出かけたとき、ジーンズからはみ出した紐《ひも》パンティが目に入った。やっぱりピンクだった。勃起しかけた。彼女がカウンターから戻ってきたときには、その臍《へそ》に釘《くぎ》付けになってしまった。彼女はそれに気づき、にっこりと笑って、僕の隣に坐った。明るい金色の髪や、真っ白な肌からして、彼女はあまりスペイン人ぽくなかった――むしろロシア人ぽいだろう。利発そうな、きれいな褐色の瞳《ひとみ》をしている。最初の会話で自分がなにを話したのか、もうよく憶《おぼ》えていないが、自分が映画の企画を投げ出そうとしていることは、ほとんどすぐに伝えたと思う。彼女はがっかりするというより、実際、驚いたという感じだった。彼女は理由を僕に訊《たず》ねた。

実のところ、理由なんてさっぱりわからない。しかし僕はたしかこのとき、かなり長い説明に乗り出したのだった。説明は、自分がこのときの彼女と同年齢だった時分――彼女が二十二だということはエージェントから聞いてすでに知っていた――にまで遡《さかのぼ》った。がむしゃらに働き、しばしば鬱《うつ》に中断される自分の人生が、かなり侘《わび》しく、孤独であることが、あらためてよくわかった。言葉はすらすらと出てきた。僕は英語で話をした。ときどきエステルが聞き取れないフレーズを聞き返す。ようするに自分はこの映画だけでなく、ほとんどすべてを投げ出そうとしているんだ、と僕は結論づけた。もう、これっぽかしの野心も、負けてたまるかという意地も湧いてこない。今度という今度は本当に疲れきってしまったらしい。

エステルは困ったように僕を見つめた。うまい言葉が見つからないようだった。まあ、疲れたといっても、僕の場合は、肉体の疲れというより、神経の疲れだろうな、それにどれほどちがいがあるとも思えないけど。「もう信じられるものがないんだ……」結局、僕はそう言った。

「たぶんあなたにはむしろ《メイビー・イッツ・ベター》……」彼女が言った。それから僕の急所の上に手を置いた。彼女は僕の肩に頭を載せ、ゆっくりと指に力を入れ、ペニスを握った。


ホテルの部屋に入り、エステルはもう少し詳しく自分の話をした。たしかに世間的には、あたしは女優かもしれない。シットコムや、刑事ドラマ――多かれ少なかれ複数の変質者に強姦《ごうかん》されたり、絞殺される役ばっかりだけど――テレビコマーシャルにも何本か出てるし。一本スペインの長編映画に主演したこともあるけど、その映画はまだ公開されていないの。でも、どうせ駄作よ。スペイン映画なんてもう長くないもの。

よその国に行けばいい、僕は言った。たとえばフランスでは、まだ映画が作られてるよ。そうね、でも自分がいい女優なのかどうかはわからないの。そもそも自分が女優をやりたいのかどうかもわからない。スペインにいれば、このスペイン人離れした身体的特徴を生かしてときどき仕事にもありつけるでしょう。それが幸運であることだとか、その特徴が相対的なものだということはよくわかってるの。結局のところ、あたしにとって女優の仕事は、ピザの宅配やディスコのフライヤー配りより割のいい、ただありつくのが難しい〈アルバイト〉なの。それにあたし、ピアノと哲学の勉強もしているの。

結局、あたしは、なによりまず生きることを優先したいの。

十九世紀の婦女子の修めたお勉強とほとんど同じじゃないか。彼女のジーンズのボタンを機械的に外しながら僕は思った。ジーンズの、あのごつい金属製のボタンに僕はいつもてこずらされる。彼女に手伝ってもらわなければならなかった。その分、ひとたび彼女の中に入ってしまうと、すぐに気持ちよくなった。僕はそれがそんなに気持ちのいいものだということを忘れていたのだと思う。あるいは、それがそこまで気持ちよかったことがなかったのかもしれない。もしかしたら、僕はそれまで、そこまでの快感を味わったことがなかったのかもしれない。四十七歳にして、人生というのはわからないものだ。

エステルは姉とふたりで暮らしている。姉といっても歳は四十二で、エステルにとっては母親がわりだ。本当の母親は、半分頭が壊れている。父親についてはなにも知らない。名前さえも知らない。写真もなにも見たことがない。

彼女の肌はとても柔らかかった。

ダニエル25

1

防護フェンスが閉じたとき、雲間に太陽が現れ、住居全体を目も眩《くら》むようなまぶしい光で満たした。外壁の塗料は放射能の軽減されたラジウムをほんの少量含んでいる。これは磁気嵐を防ぐのには有効だが、建物の反射率を上げる。最初の数日は、目を守るためサングラスの着用が勧められている。

フォックスが尻尾《しっぽ》をかすかに振りながら、僕のもとに寄ってきた。犬という伴侶《はんりょ》が、ともに生活してきたネオ・ヒューマンの死後に長生きする例は少ない。もちろん犬たちは、あとからやってきた者が遺伝子上は前の主人と同一人物であることを認める。体臭は同一なのだ。しかしたいていの場合、それだけでは不十分だ。犬たちは遊ぶのをやめ、食べるのをやめ、すぐに、数週間のうちに、死んでしまう。そういうわけで僕は、自分が実生活の開始時に親《ちか》しいものの死を経験することになるのを知っている。それから僕は、このあたりが、とりわけ野人の密集する地域であり、防衛のための指示を厳守しなければならないことも知っている。なおまた僕には、基本的な生活を送るための基礎知識がすべて備わっている。

逆に僕の知らなかったこと、前人の書斎に入ってはじめて知ったことは、ダニエル24がいくつかの手記を、注釈用のIPアドレスに送らずに残しておいたことだった――こういうことはかなり珍しい。そうした手記のほとんどは、奇妙に醒《さ》めきったある種の苦渋を示している――たとえばリング式のノートからちぎられたページにはこんな走り書きがある。

虫たちが壁のあいだでぶつかりあう
うんざりしても飛ぶしか能がない
彼らにはなんのメッセージもない
ただ不幸を繰り返すだけ

他の記述にも同じような、奇妙なくらい人間臭い倦怠《けんたい》感や虚無感が刻まれている。

もう何ヶ月も、ちっとも書いていない
なにより書くほどの事が、これっぽかしも起こらない以上の二例は、二例とも非コード・モードで書かれていた。こうした事態に対する具体的な準備があったわけではないが、まったく予想外というわけでもない。僕はダニエルの末裔《まつえい》に——それも初代からずっと——懐疑的で、自分を蔑視《べっし》するある種の傾向があることは承知している。それでも僕は、ナイトテーブルの上に残された前ダニエルの最期の記述を見つけ、ショックを受けた。紙の状態からしてつい最近書かれたものにちがいなかった。

さえない安ホテルの
プールサイドで聖書を読んでいる
ダニエル！　お前の預言がおれの胸をえぐる
空は悲劇の色を呈している

ここまではっきりとユーモラスな軽さや、自虐性が顕《あらわ》れると——こんなふうに人間生活の要素に直接触れている点からしても——もうこれを書いたのは、我々の遠い先祖ダニエル1ではないかと思ってしまう。その末裔のネオ・ヒューマンが書いたというより無理がない。必然的に導き出されるのは、ダニエル24は、ダニエル1の滑稽《こっけい》で悲壮な伝記を深く探るうちに、徐々に、この人物のいくつかの側面に影響されていったという結論だ。ある意味で、それこそが〈創始者たち〉の求めた目的ではあるのだが、〈至高のシスター〉のおしえには反している。彼は考証の対象と適正距離を十分に保ちつづけることができなかったのだ。危険は存在する。しかしあらかじめ危険はリストアップされており、それに対処する準備が自分にできているのがわかる。なにより他に道はないのだ。未来人の到来に備えるため、ネオ・ヒューマンはまず、人間の弱さや、ノイローゼ、懐疑心のなかにまで、人間性を追求していかなければならない。それらを乗り越えるために、それらをまず一度、完全に自分のものにしなくてはならない。遺伝子コードの厳密な複写、前任者の人生記の検討、注釈の作成、これが〈創始者たち〉の時代からずっと変わらずネオ・ヒューマンが守ってきた三つの柱だ。軽食の支度をする前に、僕は手をあわせ、〈至高のシスター〉に短い祈りを捧げた。そして僕は自分が明晰《めいせき》で、バランスがとれ、能動的であることをあらためて感じた。

眠る前に、マリー22の注釈にざっと目を通した。近いうちにマリー23とコンタクトを再開することになるのはわかっている。フォックスが僕のそばにやってきて横たわり、静かにため息をついた。彼はもうすぐ、僕のそばで死ぬだろう。そして彼はそのことを知っている。もう老犬なのだ。彼はまもなく眠りについた。

ダニエル1―13

それは、普通の世界と、厚さ数センチの布きれ（絶対欠かせない社会的防御物だ。なぜならエステルと出会う男性の九〇パーセントが、即座に、彼女に入れたくなるからだ）で隔てられた別世界だった。僕は彼女のジーンズを剝《は》ぎ取ると、ピンクの紐《ひも》パンティとしばし戯れた。彼女の性器がすぐに濡《ぬ》れてくる。午後五時だった。そう、それはまさに別世界だった。そして僕はその世界に、翌朝十一時まで留《とど》まった。ぎりぎり朝食のサービスに間に合う時間だった。そろそろなにか腹に入れないとまずいと僕は本気で感じはじめた。おそらくこまぎれに眠った時間はあるだろう。それ以外の数時間が、僕が本当に生きていたことを示している。誇張ではない。誇張でないという自信が僕にはある。そのとき、僕らは裏も表もない完全にシンプルな世界にいた。セクシャリティ、もっと正確にいえば、欲望は、当然ながら、僕がコントで何度も取り扱ってきたテーマだ。僕は、この世界の多くの物事が、セクシャリティのまわり、もっと正確にいえば、欲望のまわりを廻《まわ》っていることを、しごく普通のこととして——おそらく、とりわけ普通のこととして——承知している。しかし自分が老けかけたコメディアンという立場になってみて、ときどきある種の懐疑に捕らわれないでもなかった。もしかしたら、他の多くの物事、この世のほとんどの物事がそうであるように、セクシャリティも買いかぶられているのかもしれない。もしかしたらそれは、人間間の競争を煽《あお》り、全体の展開スピードを上げるための、よくある手管のひとつにすぎないのかもしれない。もしかしたらセクシャリティには、〈タイユヴァン〉でのランチや、ベントレー・コンチネンタルＧＴが持っている以上の意味はないのかもしれない。いちいち大騒ぎするような問題ではないのかもしれない。

この夜、僕は、自分のまちがいを思い知ることになった。そして物事に対して、より基本的な見解を持つようになった。翌日、サン・ホセに帰って、モンスール海岸まで出かけた。海と、海に沈む夕日を眺め、ひとつ詩を書いた。すでにそれ自体が奇妙だった。それまで詩なんて書いたこともなかったし、それ以前に、ボードレール以外、まともに詩を読んだことがなかった。そもそも詩なんてものは、僕が知るかぎり、終わっている。僕は文学系のとある季刊誌を、わりと律儀に買っている。どちらかといえばマニアックな内容に偏りがちの雑誌だった——別に僕は文学に身を捧げているわけではないが、ときどき親近感を覚えることはあった。曲がりなりにも僕もコントという書き物をしている人間であり、たとえ僕の狙っているものが、あまり正確さを求められない、口頭でのパロディだとしても、僕は、全体のつじつまが破綻《はたん》しないよう、退屈な内容に陥らないよう、言葉を並べ、それを文章にする難しさを知っている。その雑誌で、僕は二年前、詩の消失――筆者はその消失は避けられないと判断している――についての長い記事を読んだ。筆者によれば、文脈に依存しない、対象と特性を区別する以前の言語である詩は、人間社会から完全に逸脱している。詩の立ち位置というのは、我々がもはや帰ることのない大昔の原始的な場所なのだ。なぜなら、そこは対象や、言葉ができあがる以前の場所だからだ。詩というのは、身体的、感情的なシンプルな感覚より正確な情報の伝達には向かず、人間の前論理的な精神状態に本質的に結びついている。つまり詩は、信用に足る客観的証明の方法が出現した段階で、決定的に時代遅れになってしまったのだ。僕は当時、この記事に完全に同感した。しかしその朝、シャワーを浴びなかった僕の体には、隅々までエステルの香り、そしてエステルの風味が残っていた（僕らのあいだで、コンドームを使うなんてありえない。話題に上ったこともない。思うに、エステルはコンドームについて考えたこともないだろう――僕もそうだ。ただしそれは驚くべきことである。なぜなら僕が火遊びをはじめたのは、まさにエイズの全盛期だったからだ。当時、エイズは確実に死に至る病であり、僕になんらかの影響を与えてもおかしくなかった）。結局のところ、エイズは文脈のほうに含まれている、そういえるのかもしれない。とにかくその日、生まれてはじめて詩を書いたとき、僕はまだエステルの香りに包まれていた。それがこの詩だ。

本当はずっと知っていた
僕は愛に出会うだろうと
そしてそれは
死の間際のことだろうと

僕はずっと信じていた
諦《あきら》めなかった
君が現れるずっと前から
君を予感していた

そうだ、君こそが、
僕の現実なのだろう
夢や幻ではない君の肌に
僕はうっとりするだろう

こんなにもなめらかで
こんなにも軽やかで繊細な

神とはちがう実体物
やさしさを持つ動物

夜が明け、マドリッドの街が明るくなってから、僕はタクシーを呼び、それが到着するまでの数分を、ホテルのロビーでエステルと過ごした。そのあいだ彼女はずっと携帯電話に山と溜《た》まったメッセージに対応していた。彼女はすでに一晩中、山ほど電話をかけていた。彼女は非常に豊かな交友関係を持っているらしい。会話の締めはほとんどが「ウン・ベシート」で、ときどきが「ウン・ベソ」だった〔双方ともキスを送るの意〕。僕はたいしてスペイン語ができるわけではない。とりわけちょっとしたニュアンスのちがいはわからない。ただ、タクシーがロビーの前に到着したとき、僕は彼女が実際にはほとんどキスをしないことに気がついた。これはかなり不思議な気がした。なぜなら彼女はどんな体位からの挿入も嫌がらなかったし、それでなくても実に気前よく尻《しり》をつきだし（彼女の尻は小ぶりで、つんと上に向いていて、どちらかといえば少年のそれのようだった）、躊躇《ためら》いもなく、それどころか実に熱心にフェラチオをしていたからだ。それなのに口づけをしようとするたびに、彼女は少し困ったように顔を背けた。

僕はタクシーの後部トランクに旅行カバンを入れた。彼女が頬を差し出し、僕らはさよならのキスを急いで二度交わした。それから僕はタクシーに乗り込んだ。タクシーが通りに出て、数メートル走り出したところで、僕はエステルに手を振ろうと後ろを振り返った。しかし彼女はすでに電話中で、僕の挙げた手には気がつかなかった。

アルメリアの空港に到着した途端、僕はその後の数週間がどんなものになるかを理解した。僕はもう何年も前から、携帯電話の電源をほとんど例外なく切っておくようにしている。ステータスの問題だった。僕はヨーロッパのスターなのだ。僕に連絡を取りたければ、留守電にメッセージを残し、僕からの連絡を待たなければならない。ときには不都合もあったが、僕はこのルールを守ってきた。そしてこの数年、望みどおりの結果を得ていた。プロダクションの人間はみなメッセージを残した。有名な俳優も、雑誌社の編集長も、みんなメッセージを残した。僕はピラミッドの頂点におり、このさきも、少なくともあと数年、引退宣言をするまでは、そこに居続けられるものと思っていた。このたび僕が飛行機を降りて最初にした行動は、携帯電話の電源を入れるという行動だった。エステルからなんのメッセージも入っていないと知ったときの自分の失望の激しさに、僕は驚き、ほとんど恐怖さえ覚えた。

誰かに心底夢中になってしまった場合に、唯一生き残るチャンスは、相手の女性に自分の気持ちを隠し、どんな場面でも、とにかく気のないふりをすることにある。この事実ひとつとっても、なんと悲しいことだろう！　なんと痛ましい咎《とが》を人間は受けているのだろう！……とはいえ、僕はそれまで、そうした定めに異議を唱えたい、そうした定めから免れたいという心境にはならなかった。愛は人間を弱くする。そしてふたりのうちの弱者が、もう一方によって虐げられ、苛《さいな》まれ、ついには命を奪われる。虐げ、苛《いじ》め、命を奪うほうには、悪気はない。そういう嗜好《しこう》もない。あるのは完全なる無関心だけだ。これが、人が通常、愛と呼んでいるものだ。最初の二日間、僕は長々と電話のことで迷って過ごした。家じゅうをうろつき、次々と煙草に火をつけ、ときどき海まで歩き、それから来た道を引き返し、海を見ていないことに気づく。見たとしても目に入らなかったろう——散歩のあいだ、僕は携帯電話をナイトテーブルの上に置いてくるようにしていた。というより一度電源を入れ、彼女からのメッセージが入っていないことを確認したら、次に電源を入れるまで二時間はあいだを置くようにしていた。三日目の朝、携帯の電源を入れっぱなしにしておき、なるべく着信音を気にしないでおこうと考えた。真夜中、五錠目のメプロニジンを飲みながら、こんなものを飲んでも無駄だと気がついた。そして僕は事実を受け入れはじめた。エステルが強者なのだ。そして僕にはもう自分の人生をどうすることもできない。

五日目の夕刻、僕はエステルに電話をかけた。僕の声を聞いて驚いた様子はまったくなかった。彼女にとってはあっというまの五日間だったらしい。サン・ホセに遊びにおいでと誘うと、彼女は簡単にオーケーした。アルメリア地方では子供のころに何度かバカンスを過ごしたのよ。ここ何年かはイビサとか、フォルメンテーラに行くことのほうが多いけど。週末を過ごすのもいいわね。来週はだめだけど、再来週ならオーケーよ。

僕はがっかりしたところを見せないように、深呼吸をした。「キスを送るね《ウン・ベシート》……」そう言って彼女は電話を切った。とまあ、こんなふうにして、僕は新たな泥沼に足をつっこんだ。

ダニエル25―2

僕がやってきて二週間後にフォックスが死んだ。日が暮れてすぐだった。僕がベッドで横になっていると、フォックスが近づいてきて、ベッドによじ登ろうとじたばたした。いらいらと尻尾《しっぽ》を振っている。僕がやってきてから彼は一度も餌に口をつけていない。彼はひどく痩《や》せてしまっていた。僕は彼に手を貸してやり、僕の上に載せてやった。数秒間、フォックスは疲れきった、それでいて詫《わ》びるような目で僕を見つめた。それから静かになって、僕の胸に顔を載せた。呼吸が遅くなった。彼は目を閉じた。二分後、彼は息を引き取った。亡骸《なきがら》は、防護フェンスに囲まれたこの敷地の西のはずれ、彼の先祖たちのそばに埋めた。その晩、セントラルシティからの速達輸送班が同じ犬を運んできた。彼らは防護フェンスの閂《かんぬき》を外すコードも、作動のさせかたも知っているので、僕が出迎える必要はなかった。茶と白のブチの子犬が尻尾を振りながら僕に近づいてきた。僕は彼に指図をした。彼はベッドに飛び乗り、僕のそばで横になった。

愛を定義するのは易しいが――生物界全体を見渡しても――愛が生じることはほとんどない。我々は犬という生き物を通して、愛をすばらしいと思い、それを実現できる犬をすごいと思う。犬とは、まさに「愛を実現する機械」なのだ。犬に人間をひとり示して、その人間を愛するよう使命を与える――するとその男がどんなに醜く、邪悪で、不恰好《ぶかっこう》で、馬鹿でも、犬はその男を愛するようになる。こうした特質は、旧人類にとって、あまりにも意外で、感動的であった。だからほとんどの人間――すべての証言がこの点で一致している――が、自分の犬を愛し返すようになった。つまり犬というのは、「訓練で愛を実現するようになる機械」なのだ――ただし、その訓練は、犬にしか効果がなく、人間には絶対に利かない。

人生記や、現存する文学資料全体を通じて、愛ほど繰り返し語られたテーマは他にない。同性愛も、異性愛と同様に、いまのところはっきりとしたちがいも示されないまま、語られている。愛ほど取り沙汰《ざた》され、論争の的になったテーマは他にない。それはとりわけ人類の歴史の終盤に顕著だった。この時代になると、愛を信じる、信じないについて、人の意見は常に極端から極端へ行ったり来たりするようになった。ようするに、愛ほど人間の心を捕らえてきたテーマは他にないのだ。これに比べれば、金銭も、闘争の充実感も、勝利する満足感も、人生記においては影が薄い。どうやら愛というものは、終末期の人類にとって、頂点であり、不可能事であり、後悔であり、恩恵であり、あらゆる痛みと喜びが集まる焦点であったらしい。コントラストが極端で、痛々しく、ときに、たがが外れたように感傷的になる反面、身も蓋《ふた》もなくシニックになることも多いダニエル1の人生記は、そういった意味で、特徴的である。

ダニエル1―14

アルメリア空港にエステルを迎えにいくのに、僕は本気でレンタカーを借りようかと思った。きっとエステルはメルセデス600SLクーペにいい印象を持たないだろうし、それにプールにしろ、ジャグジーにしろ、とにかく僕の贅沢《ぜいたく》な暮らしぶりをひけらかすようなものすべてに、いい印象は持たないだろうと思ったからだ。僕は間違っていた。エステルは現実家だった。彼女は僕が成功者であると知っている。だから、僕が豪勢に暮らしているのは、彼女にとってはあたりまえだった。エステルは、あらゆる境遇の人間、一部の大金持ちと、残りの非常に貧しい人々のことを知っている。それについて彼女には別段、意見はない。彼女はこうした不平等を、他のすべての不平等と同様に、いとも簡単に受け入れている。僕の世代はまだ、望ましい経済の形態をめぐって、さまざまな論争を繰り返した世代だ。とはいえ市場経済の優位性においてはいつもみんなの意見は同じだった――かつて別の形式を強制されそうになった民衆が、それが現実になりうるとわかった途端、実に熱心に、ある意味血気盛んに、それを拒絶したという事実が、その骨太な根拠だった。エステルの世代には、こうした論争自体、存在しない。資本主義は彼女にとって自然環境だ。彼女はそこでのびのびと暮らしている。生活のあらゆる場面で見られるこうしたのびやかさが、彼女の特徴をよく示している。彼女にしてみれば、リストラ計画に反対してデモを起こすなんて、気温の低下や北アフリカのバッタの大群の襲来に反対してデモを起こすくらい、ナンセンスなことだろう。そもそも集団による要求という発想すべてが、エステルには押しなべて奇妙だった。エステルにとっては、あらゆる死活問題がそうであるように、経済面においても、人はみな自分の身は自分で守らなければならないし、人の助けなど当てにせず、自分の人生は自分で切り盛りしていかなければならなかった。それは彼女にとって大昔からわかりきったことだった。エステルはおそらく強くなるために、経済的にしっかりと自立していようと努力している。それで姉の収入が少ないわけでもないのに、十五のときから自分の小遣いは自分で稼ぎ、ＣＤも洋服も自分で買っている。チラシ配りや、ピザの宅配のような、あんな退屈な仕事に身をやつしたのも、きっとそのためだ。とはいえ、さすがのエステルも僕に向かってレストランでの勘定を割り勘にしようとか、そこまでうるさいことは言わなかった。それでも、最初から感じていたことだが、あまりに高価なプレゼントは、彼女の自立心に対する軽い威嚇として、彼女の機嫌を損ねかねなかった。

エステルは、ターコイズブルーのプリーツスカートに、ベティ・ブープのTシャツ姿で現れた。空港のパーキングで、僕はエステルを抱きしめようとした。彼女はすぐに窮屈そうに僕の手を振り解《ほど》いた。スーツケースを車のトランクに入れているとき、風が彼女のスカートをふわりと捲《まく》り上げた。ノーパンじゃないかな、と思った。運転席につくなり、僕は彼女にその質問をした。彼女はにっこり微笑みながら頷《うなず》いて、スカートを腰までたくし上げ、軽く股《また》を開いた。マンコの毛はブロンドで、小さく長方形に切り揃えてあった。

僕がエンジンをかけると、彼女はスカートを元に戻した。いまや彼女がノーパンであることを僕は知っている。効果はてき面で、それだけで十分だった。屋敷に到着し、僕がトランクからスーツケースを降ろしているあいだに、エステルは玄関前のステップを数段のぼった。小さな尻《しり》が丸見えで、僕は陶然となった。あやうくズボンに射精するところだった。僕は彼女に追いつき、彼女にべったりとくっついた。「ドア開けて……」彼女は自分の尻を僕のペニスにそれとなくこすりつけて言った。僕は言われたとおりドアを開けた。しかし玄関に入るなり、再び彼女にべったりくっついた。彼女は近くにあった小さな絨毯《じゅうたん》の上に膝《ひざ》をつき、床に手をついた。僕はズボンのファスナーを下ろし、彼女に挿入した。しかし不幸なことに、空港からここまでの道中で僕はあまりに興奮してしまったため、ほとんどすぐにイッてしまった。彼女は少しがっかりしたようだったが、心配するほどでもない。着替えたいな、それと、お風呂にも入りたいな、と彼女は言った。

　ニーチェが褒めちぎったスタンダールの有名な格言に、美は幸せの約束である、というのがあるが、それはたいていの事柄に、まるで当てはまらない。ところがそれはエロチシズムに関しては完全に当てはまる。エステルはうっとりするほど美しいが、イザベルだって、おそらく若いころは、エステル同様に、あるいはそれ以上に美しかった。しかしエステルはイザベルよりもエロチックだ。彼女は信じられないくらい、えもいわれぬほどエロチックだ。彼女がバスルームから出てきたとき、僕はあらためてそれを感じた。彼女は大きめのセーターに首を通すと、すぐにそれを肩にずらして、ブラジャーのストラップを表に出し、次に紐《ひも》パンの位置を調節して、それがジーンズからきちんとはみ出して見えるようにする。彼女はそうした動作をすべて機械的に行っている。無意識ですらある。ごくごく自然に、どこまでも無邪気にそうした動作を取っているのだ。

　あくる日、目覚め、エステルといっしょに浜辺に遊びにいくことを思いつき、あまりの嬉《うれ》しさに震えてしまった。ガタ岬国立自然公園にある、未開発で、交通の便の悪い、人の少ない海岸がみなそうであるように、モンスール海岸でも、ヌーディズムが暗黙のうちに認められている。裸は当然、エロチックではない、とにかくそんなことを言う人もいるが、僕にとって裸はいつも、どちらかといえばエロチック——もちろん美しい裸体の場合——だった。つまり、それ以上にエロチックなものがあるわけないのだ。かつてコントにネオ・ナチのヌーディストを取り入れたときに、記者たちとこの点について何度も疲れるやりとりをした。いずれにせよエステルがなにかを見つけることはわかっている。待たされたのはたった数分だけだった。それからエステルは白いショートパンツ姿で現れた。上ふたつのボタンを開け、陰毛の剃りあとを覗《のぞ》かせている。おっぱいの上で、金色のショールが結んであり、おっぱいの付け根がうまく覗くように、念入りにたくし上げてある。海はとても静かだった。砂浜に落ち着くとすぐに、エステルは完全に裸になった。股をひろげ、太陽に性器を晒《さら》した。僕は彼女の腹にオイルを垂らし、愛《あい》撫《ぶ》をはじめた。僕は愛撫の才能にもそこそこに恵まれていた。つまり、股の内側、アソコと肛門《こうもん》のあいだで、自分がどう振る舞うべきかをよく心得ていた。ささやかな才能のひとつである。僕はまさに奮闘中だった。そろそろ入れて欲しくなってきたエステルを見て悦に入っていたそのときに、「こんにちは!」数メートル後方から、明るい大きな声がした。僕は振り返った。ファディアがこちらに近づいてくる。彼女もやはり裸だった。襷《たすき》がけにした白い布製のビーチバッグには、エロヒム信者を示す、鉤十字の組み合わさったマルチカラーの星が描かれている。やはり、ファディアは見事な体をしている。僕は立ち上がり、それぞれを紹介した。英語によるにぎやかな会話が始まった。エステルの小ぶりな尻も非常に魅力的だが、ファディアのぷりぷりした丸い尻にもそそられる。とにかく僕は段々勃起《ぼっき》してきた。しかしいまのところ彼女たちはそれに気づかないふりをしている。ポルノ映画には少なくとも一度はかならず、女性ふたりとの3Pシーンがある。まちがいなくエステルには異存はないはずだ。ファディアにだって異存はなかろうという気がする。エステルはサンダルの紐を結び直そうとうずくまりながら、いかにも偶然というふうに僕のペニスに触れた。絶対にわざとだ。僕は彼女のほうに一歩踏み出した。いまやペニスは彼女の顔の高さにまで勃《た》ちあがっていた。パトリックの登場で、僕の気持ちは少し醒《さ》めた。彼もやはり裸だった。体格はいいが、肥満でもある。腹が出はじめている。きっと商談のためのランチのせいだろう。結局のところ、平均サイズの気のいい哺乳類《ほにゅう》である。基本的に4Pに異存はないが、僕のスケベ心はなんとなく白けてしまった。

僕ら裸の四人組は、海から数メートルのところで、会話を続けた。パトリックにしても、ファディアにしても、エステルがここにいること、イザベルがここにいないことに、驚いている様子はなかった。エロヒム信者がきまった相手とカップルになることは珍しい。二年か三年、あるいはもっと長くつきあうカップルもあるが、預言者はひとりひとりが自立と、独立を維持することを勧めている。経済面においては特にそうだ。結婚によってであろうと、単なる連帯市民協約《パックス》によってであろうと、個人の自由を恒久的に没収するようなことに同意すべきではない。愛は開かれているべきだし、常にリセット可能であるべきだ。以上が、預言者が決めた大原則だ。たとえファディアがパトリックの高収入や、それがもたらすライフスタイルに恩恵を受けているとしても、ファディアのほうには彼と共有しているものはなにもないだろう。そしてまずまちがいなく、ふたりの家計簿は別だろう。僕はパトリックに両親の安否を訊《たず》ねた。そして悲しいニュースを聞かされた。母は死んだよ。ひどく思いがけない、突然の死だった。腰の、おそらくはありふれた手術で入院したリエージュの大病院で、院内感染に遭ったんだ。母はたったの数時間で死んだ。僕は韓国に出張中で、母の死に目に会えなかった。帰国したときには、彼女はすでに冷凍されていた――母は献体したんだ。ロベール親父は、うまく立ち直れなくてね。実は、彼、スペインを去って、ベルギーの老人施設に入るんだ。スペインの屋敷は僕が譲りうける。

その夕、サン・ホセのシーフード・レストランでみんなで食事をした。ベルギー人ロベールは頭をこくりこくり揺らし、ほとんど会話には参加してこなかった。鎮静剤のせいで、ほぼ恍惚《こうこつ》状態だ。パトリックは何度も僕に、数ヶ月後にランサローテで冬のセミナーが開かれること、みんな心から僕の参加を期待していることを繰り返した。先週も、預言者からその話をされたんだ。君、預言者にかなり好印象を持たれてるぞ。それに今度のセミナーは本当に盛大なものになるだろう。世界中から信者が集まる。エステル、もちろん君も大歓迎だよ。エステルはこれまで、その宗教団体の話を聞いたことがなかった。だから彼女は興味深そうに、教義の説明に耳を傾けていた。パトリックはおそらくワインで熱くなっていたのだろう（ムルシア地方のテッソーロ・デ・ブリャスは、がつんとくるワインだ）、とりわけセックスの面を強調した。預言者のおしえる、そして彼が実践を勧める愛とは、本物の愛、束縛のない愛だ。もしある女性を本気で愛したな彼女にしたって、彼が他の女たちと愉《たの》しむのを見て、悦《よろこ》ぶべきじゃないか？ 僕はこの手の口車をよく知っている。かつてコントに乱交パーティに通う拒食症の娘たちを取り入れたときに、記者たちとこの点について何度も疲れるやりとりをした。ベルギー人ロベールは残念そうに頷いた。おそらく彼は妻以外の女性を知らない。いまは、その妻も死に、そしておそらくは彼も、近いうちにブラバントの老人施設で死ぬだろう。誰が誰だかわからない老人にまぎれ、自分の尿にまみれて。それだって介護スタッフに虐待されずにすむのなら、もっけの幸いというものだ。ファディアは連れの話に全面的に賛成のようだった。エビをマヨネーズに浸し、舌なめずりをしている。エステルがその話をどう考えるか僕にはさっぱりわからなかった。想像するに、彼女はきっと、このテーマを机上でやりとりすることに、いいかげん時代遅れなものを感じていたにちがいない。それに実をいえば、僕もそれとほとんど同じ心境だった——ただその理由は多少ちがう。僕の場合は、どちらかといえば机上のやりとり全般に対する嫌悪からきている。僕にとって、こうした机上のやりとりへの参加は、次第に困難なことになっている。適当に興味のあるふりをするのでさえ困難なことになってきた。実際は、なにかしらの反論を唱えることはできるはずだ。たとえば、束縛のない愛があるとすれば、それは人が悦楽に溢《あふ》れた環境で、あらゆる恐れ、とりわけ、打ち捨てられる恐れや、死に対する恐れから解放された場合だけだろう。少なくとも永遠という条件が満たされていなければいけない、それ以外にはありえないと思う。つまり、そんな条件は実現されていない。数年前なら、かならずそう反論しただろう。しかし僕にはもうそんな元気もない。とにかくそんなに深刻な話でもない。パトリックは少し酔っ払っていて、自分の話に自分で納得している。魚は新鮮で、僕らは「楽しい夕べ」と呼ぶにふさわしいものを過ごしている。僕はランサローテに行くと約束した。パトリックはオーバーな身振りで、特別VIP待遇を保証した。エステルははっきり返事をせず、たぶんその時期は試験の最中だろうと言った。

別れ際、僕はロベールの手をじっくりと握り締めた。彼はなにかつぶやいたが、なにを言ったのかはまったくわからなかった。寒くもないのに、ロベールは少し震えていた。悲しみが濃い皺《しわ》を刻んだ、この年老いた唯物主義者の姿に僕は胸が痛んだ。頭髪はいっぺんに白くなっていた。数ヶ月か、数週間のうちにみんな抜けおちてしまうだろう。彼がいなくなって寂しがる人間がいるだろうか？　そう多くはないだろう。おそらくハリーは、おきまりの、ほどほどに対立のある、愉快な会談を失うことになる。このとき、僕は気がついた。おそらくハリーなら、ロベールよりもっとうまく妻の死を乗り越えるだろう。彼なら、ヒルデガルドが主に仕える天使たちのあいだでハープを奏でているところだとか、あるいは、もっと霊的な形状になって、オメガポイント〔89頁注参照〕の片隅にうずくまっているところだとか、そんなようなことを思い浮かべることができるだろう。しかしベルギー人ロベールにとっては、状況は八方塞がりなのだった。

「なにを考えてるの?」玄関に入るなりエステルが訊《き》いた。「悲しいこと……」僕は考え事をしながら言った。エステルは頷き、僕を真顔で見つめ、僕が本当に悲しんでいるのを知った。「大丈夫」彼女はそう言ってから、跪《ひざまず》き、フェラチオを始めた。エステルは非常に高度なテクニックを持っている。ポルノ映画からヒントを得ているにちがいない(それは彼女の仕草から一目瞭然《りょうぜん》だった。人がポルノ映画を見てすぐに学ぶことは、髪を後ろにかきあげて、男に、あるいはカメラに、自分の動きをよく見えるようにすることだ)。フェラチオは昔からポルノ映画の花形シーンである。若い娘にとって実践の手本になりうるのは、唯一このシーンだけだ。それに観客がときに、場面に本物の感動のようなものを見いだすのも、唯一このシーンだけだ。なぜならそれは唯一、画面いっぱいに女性の顔がアップになるシーンだからだ。そこからは、快感を与えることで知る、晴れ晴れとした誇らしさ、無邪気な恍惚が読み取れる。実際、あとでエステルが語った話によると、はじめて関係を持った彼氏には、フェラチオを拒絶したのだそうだ。そして彼女は、かなりたくさんの映画を見たあとでようやくそれに挑戦しようと思った。いまではとりわけ得意技であり、自分のテクニックに惚《ほ》れ惚《ぼ》れするくらいだ。以来僕は、彼女が疲れて見えるときでも、体調不良でセックスできそうにないときでも、けっして躊躇《ちゅうちょ》せず、フェラチオを頼んだ。射精の寸前に、彼女は軽く後ろに退《さ》がり、顔か、口で精液を受け止める。しかしそのあと再びペニスに戻ってきて、舌を使って、念入りに最後の一滴まですくいとる。多くの若く非常に美しい娘と同様に、エステルも体調を壊しやすく、食生活に気を遣っていたので、最初のころは、いやいやそれを飲んでいた。しかし彼女は、経験を通してだんだんはっきりとわかってきた。やむをえないものと諦《あきら》めなくてはならない。精液を飲むという行為は、男たちにとっては、どうでもいい行為でもなければ、付属的な行為でもなく、唯一無二の特別なしるしなのだ。いまでは彼女は喜んでそれに応じている。そして僕は彼女の口の中でイクことに、とてつもない幸せを感じた。

ダニエル25—3

数週間考えた末、僕はマリー23と連絡を取った。自分のＩＰアドレスだけを知らせた。彼女からはこんなメッセージが戻ってきた。

わたしははっきり神を見た
その不在のうちに
そのもったいぶった虚無のうちに
そしてわたしは機を摑《つか》んだ

12924, 4311, 4358, 212526. 指定のアドレスでは、灰色で、すべすべの、柔らかな画面全体が、遠くから聞こえる金管楽器のリズムに乗って、風に揺れるビロードのカーテンのように軽やかに揺れている。魂を鎮めるような、かすかに幸福感をもたらすような作品だった。僕はしばしその観想に浸った。僕が返事をする前に、次のメッセージが送られてきた。

無からの脱出という事件を経て
わたしたちはようやく純粋な液体の中を泳ぐだろう

51922624, 4854267. ガラス張りの灰色の高層ビルの残骸《ざんがい》が立ち並ぶ廃墟《はいきょ》の真ん中で、巨大なブルドーザーが泥を運んでいる。僕は、その全体に丸っこい、ラジコンのような姿をした巨大な黄色い車を少し拡大した——運転席には誰も乗っていないようだ。黒ずんだ泥のあいだに突出した塊を、ブルドーザーの排土板が均《なら》すと、人間の骨が粉々に砕かれていく。もう少し拡大すると、頸骨《けいこつ》や、頭蓋《ずがい》がはっきり見えてくる。

「うちの窓から見える景色よ……」マリー23が書いてきた。予告もなしに非コード・モードに切り替わっている。少し意外だった。つまり彼女は、かつてのメガロポリスに住む、数少ないネオ・ヒューマンのひとりなのだ。同時に僕は、これは、マリー22が前ダニエルにしたことのない話だと気がついた。少なくとも前ダニエルの注釈にはそうした記述は一切見当たらなかった。「そう、わたしはニューヨークの遺跡に住んでいるの」マリー23は答えた。「人間がマンハッタンと呼んでいたものの懐に……」少しして彼女は書き加えた。

たしかに、どこに住んでいるかなんて、たいして重要な問題じゃない。なぜならネオ・ヒューマンが自分の住居の外に冒険に出るなんてありえないからだ。でも僕は自分の生活環境が自然の中にあってよかったと思っている、と僕は彼女に書いた。ニューヨークはそんなに悪いところじゃないわ、と彼女は返事をしてきた。〈大乾燥〉以降、よく風が吹くようになり、空はひっきりなしに表情を変える。わたしの住まいは高層階にあり、わたしは多くの時間を、雲の動きを観察して過ごしている。おそらくニュージャージーの方向だと思うけど、いくつかの化学製品の製造工場があって、いまも稼動しつづけており、夕暮れ時になると、工場に汚染された空がピンクと緑の奇妙な色に染まる。そして遠く東の彼方に、まだ海がある。目の錯覚でなければね。でもとてもよく晴れた日には、そのきらめきがかすかに確認できる。

僕は彼女に、マリー1の人生記をもう最後まで読んだのかと訊《き》いた。「ええ、読んだわ」彼女はすぐに返事をよこした。「それはとても短いの。三ページにも満たない。彼女はものを総括する、驚くべき才能があったようね……」

それはそれでまた特異な例だが、ありえないことではなかった。逆にレベッカ1は、二千ページを超えながら、たった三時間のことしか扱っていない人生記を書いたことで有名だ。こうした点についても、人生記にはこうでなくてはいけないという規則はない。

ダニエル1——15

　男性の性の一生は、ふたつの段階に分かれる。あまりに早く射精してしまう第一段階と、もはや勃起《ぼっき》しない第二段階だ。エステルとつきあいはじめの数週のうちに、僕は自分が第一段階に復帰していることに気がついた——自分では、もうとっくの昔に、第二段階に移行したものだと思い込んでいたのに。ときどき、彼女といっしょに公園や浜辺を散歩しているとき、異常な陶酔に捕らわれた。自分が彼女と同年代の青年であるような気がした。そしていつもより早足になり、胸いっぱいに空気を吸いこみ、背筋をまっすぐ伸ばし、大声でしゃべった。それとは逆にときどき、鏡に映った自分たちの姿を見て、吐き気と、息がとまる感覚に襲われた。僕は毛布の中で震えた。自分はこんなにも歳を取り、こんなにもたるんでしまっているのだといっぺんに自覚した。それでも全体的にみれば、僕の体はけっこう若いほうだ。脂肪もないし、筋肉だってそこそこについている。しかし尻《しり》は垂れ、とりわけ睾丸《こうがん》は垂れていく一方で、もうけっして元に戻ることはない。いかなる治療法の話も聞かない。しかしながらエステルはその睾丸を舐《な》め、やさしく愛撫《あいぶ》する。少しも嫌がる様子はない。彼女の体は実に張りがあって、すべすべしている。

一月中旬、僕は数日パリに行く用があった。厳しい寒波がフランス全土を襲っていた。歩道では毎朝、凍死した浮浪者が見つかった。彼らがなぜ用意された収容施設に行かないのか、僕にはその理由が完全に理解できる。彼らは同類と混合されることをまったく望んでいない。それは残酷で愚かな者たちが棲息《せいそく》する野生の世界だ。特殊で不快な混合が行われることによって、彼らの愚かしさは、残酷の度を増す。それは連帯も同情も見当たらない世界だ――そこでは、殴りあい、強姦《ごうかん》、拷問行為が日常のように横行している。実際、監獄と同じくらい厳しい世界である。ただし看守がいないぶん、常に危険な状態が持続している。僕はヴァンサンを訪ねた。彼の家は暖房が効きすぎていた。彼はスリッパに、ガウン姿で僕を出迎えた。目をしょぼしょぼさせ、普通にしゃべれるようになるまで数分ほどかかった。一段と痩《や》せていた。どうやら僕は彼にとって数ヶ月ぶりの客らしい。地下室にこもって必死で働いてたんだ、作品を見るかい？　と彼は僕に言った。その元気もなく、僕はコーヒーを一杯飲んだあと失礼した。ヴァンサンは再び自分のつくった、すばらしい、夢のような小世界に引き籠《こ》もる。そしてもう誰もその世界に立ち入ることはないのだと僕は気がついた。

僕のホテルはクリシー広場近くにあったので、ついでにいくつかのセックス・ショップに立ち寄って、エステルへの土産にセクシーな下着を買った——エステルはラテックスの下着が大好きで、目隠しされたり、手錠をかけられたり、縛られたりするのも好きだと言っていた。このショップの店員は珍しく有能そうだった。僕は彼に、自分の早漏について相談をした。彼は僕に、最近売り出されたばかりのドイツ製のクリームを勧めてくれた。さまざまな成分——硫酸塩、ベンゾカイン、塩酸、カリウム、カンフルなど——が複雑に配合されているらしい。このクリームをセックスをはじめる前に亀頭につけ、よくマッサージして染みこませる。そうすれば感覚が鈍くなり、快感の上昇と、射精を大いに遅らせることができる。僕はスペインに戻ってすぐに試したが、いきなり大成功だった。息さえ切れなければ、何時間でも入れっぱなしにしておくことができただろう——僕は生涯はじめて煙草を止めたいと思った。朝はたいてい僕のほうが先に目を覚ます。僕の朝一番の運動は、彼女を舐めることだ。彼女のマンコはすぐに濡《ぬ》れる。そして彼女は股《また》を広げ、一発を待つ。僕らはベッドで、長椅子で、プールで、浜辺でセックスした。もしかしたら、長年に亘《わた》ってこんな生活をする連中もいるのかもしれない。しかし僕はというと、これまでこんな幸せを味わったことはなかった。そしてこれまでよく生きてこられたものだと不思議に思った。エステルのちょっとした身振り、ちょっとした仕草（待ちきれないように舌なめずりをするとか、手のひらで挟んで胸を差し出すとか）はすべて本能によるものだった。そうした仕草はアバズレを連想させ、男の興奮の度合いを極限まで高める。彼女の中にいるかぎり、悦《よろこ》びが涸《か》れることはない。僕は、エステルがそのマンコでやさしく、あるいは強く僕のペニスを締めつけるたびに、そのひとつひとつの動きを感じる。数分のあいだじゅう、僕は叫び、泣く。もう自分がどうなっているのかわからない。エステルが身を剝《は》がしてはじめて、轟音《ごうおん》で鳴り響く音楽に気づくこともある。まるで聞こえていなかったのだ。僕らはほとんど外出しない。たまにサン・ホセのラウンジ・バーに行ってカクテルを飲んでいるときでも、エステルはすぐに僕に接近し、肩に頭を凭《もた》せかけて、ズボンの薄い生地の上から僕のペニスをぎゅっと握る。そしてたいていの場合ふたりでトイレに駆け込んでセックスをする——僕は下着を穿《は》かなくなり、彼女は絶対にパンティを穿かなかった。実際、エステルはほとんど物怖《ものお》じすることがなかった。ときどきバーに他の客がいないときに、彼女はカーペットの上に降り、僕の足元に跪《ひざまず》き、ちびちびとカクテルを飲みながら、僕を吸った。ある日の昼下がり、ちょうどその体勢でいるところをウェイターに見られてしまった。エステルはペニスから唇を離しはしたものの、両手ではそれを握ったまま、ウェイターのほうに顔を上げ、にっこりと微笑みかけた。そのあいだもずっと、指は僕をしごきつづけていた。ウェイターもにっこりと笑い、レジを打った。まるでずっと前から、上からの通達で、手はずが整っていたかのようだった。僕の幸せさえも、勘定に入っているかのようだった。

僕は天国にいた。そして余生をこんなふうにして過ごすことになんの異存もなかった。しかし一週間後、エステルはピアノのレッスンに戻るため帰らなくてはならなかった。

出発の朝、エステルが目を覚ます前に、僕はあのドイツ製クリームを亀頭に丁寧に塗りこんだ。それから僕は彼女の顔の上に屈みこみ、その金色の髪をかきわけ、その唇のあいだにペニスを差し込んだ。彼女は目を開ける前から、それをしゃぶりはじめた。その後、朝食をとっているときに彼女が言った。寝覚めのあなたのペニスだけど、クリームの味に混じって、コカインみたいな味がしたわ。僕は多くの人間が鼻でコカインを吸ったあと、残ったコカインを舐めたがることを知っている。そのとき彼女はこんな説明もした。ある種のパーティでね、女の子のあいだで、男の子の性器の上でコークをやるって遊びが流行ったのよ。まあ、いまじゃあんまりその手のパーティには行かないけど。十六とか十七のころの話よ。

僕にとって、かなりの痛手だった。すべての男が見る夢は、無垢《むく》でありながら、あらゆる変態行為に応じられる小さなアバズレ——ほとんどの思春期の娘がそうであるもの——に出会うことだ。その後女性は徐々に分別臭くなるため、男性はどうしても小さなアバズレだった彼女らのだらしのない過去に永遠に執着するようになる。すでにやったことがあるから、すでに経験済みだからという理由で、なにかをすることを拒絶していると、他人のために生きる動機はもちろん、自分のために生きる動機まで、あらゆる未来の可能性まで、すぐに破壊されてしまう。そして重苦しい憂鬱《ゆううつ》に落ち込む。憂鬱はいずれおそろしい苦痛に変わる。それとともに、いまだ人生に参加している人間に対する憎しみや、恨みもいっしょに訪れる。幸い、エステルはまったく分別臭くなっていない。

しかし僕は彼女の性遍歴を訊《き》かずにはおれなかった。思ったとおり、彼女の答えは直接的で、非常に簡潔だった。はじめてセックスしたのは十二歳のとき。ディスコでのパーティの帰りだった。イギリスに語学研修に行っていたときのことだ。でもたいした出来事じゃなかったな、と彼女は言った。どっちかというと一度っきりの経験ってとこ。そのあと二年くらいはなにもなかった。それからマドリッドで遊ぶようになって、そう、マドリッドでは、いろんなことがあったな。本当の意味でセクシャルなプレイを知ったわ。そうねえ、乱交パーティには何度か、SMパーティにもちょびっと通った。レズビアン・パーティはあんまり――うちの姉さんは、完全にバイセクシャルだけど、あたしはだめ、男の子のほうがいい。十八回目の誕生日に、はじめてふたりの男の子といっしょに寝たいと思った。すてきな思い出だわ。ふたりともすごく元気だった。この3P関係はけっこう長続きしたのよ。男の子たちもだんだん要領を得てうまくなった。あたしはふたつをいっぺんにしごいて吸う。そして入れるときは、ひとりがどちらかというと前専門で、もうひとりがバック専門だった。バックのほうが好きだったかも。彼、うしろから激しく突くのがすごくうまかったから。とりわけラッシュ〔興奮剤〕を買ったときはよかったな。僕はまだ線の細い少女のエステルが、マドリッドのセックス・ショップに入っていってラッシュを買っているところを想像した。強い宗教的モラルを持つ社会が解体していく際、ほんの束の間、理想的な時期がある。若者たちはその時期、本当に自由で奔放で愉快な生活を欲する。その後、彼らはそれに飽き、次第にナルシシックな競争が優勢を取り戻してくる。すると彼らはついには、強い宗教的モラルがあった時代よりもっと、セックスをしなくなる。しかしエステルはまだ、スペインにおける、その束の間の、理想的な時期の終わりに属していた。彼女はかつてそんなにも単純で、衒《てら》いなくセクシャルだったのだ。彼女が性に関するあらゆる遊戯、あらゆる経験を受け入れたのも、それだけ善良だったからであり、そこに罪があるかもしれないなんて彼女はまったく考えなかった。だから僕が彼女を恨んだりすることさえ本当は筋違いなのだ。ただ僕は、絡みつくような、じくじくする痛みを感じる。出会うのが遅すぎた、あまりにも遅すぎた、僕は一生を棒に振ったのだと思った。あたっているだけに、この感覚から僕が解放されることはないだろう。

僕らはその後の数週間、頻繁に会った。僕は週末はほとんどマドリッドで過ごした。僕の留守に、エステルが他の男たちと寝ているのかどうか、僕はまったく知らなかった。いま思えばおそらく寝ていたのだと思う。しかし僕はそういう考えをうまく頭から追い出していた。とにかく彼女は毎回、僕のためにスケジュールを空けておいてくれたし、僕に会えることを喜んでいた。彼女はいつも実に無邪気に、大らかにセックスをした。それ以上なにを望むことがあるだろう。それに僕の頭には、彼女のように美しい娘には、自分がどんなふうに見えるのかという問いさえ浮かばなかった。浮かぶとしても、ほんのたまにだった。とりあえず、僕は愉快な男だった。僕といっしょにいるとき、彼女はよく笑った。おそらく今日、僕を救っているものは、三十年前、シルヴィーとともに、全体的にはあまりぱっとしない、長いブランクだらけの恋愛人生に乗り出したときに、僕を救っていたものと、単純に同じだろう。エステルを惹《ひ》きつけているものが、僕の金でも、名声でもないのは、まちがいない——実際、彼女といるときに、街で僕が僕だと気づかれるたび、彼女はどちらかといえば困ったような顔をした。自分が女優だと気づかれるのも——前者に比べて稀《まれ》ではあったが——あまり好きではなかった。事実、彼女は自らをまったく「役者」だと思っていなかった。ほとんどの役者は、その名声で愛されることを難なく受け入れる。それは当然といえば当然で、名声も、自分の一部分、最も本質的な個性《パーソナリティ》、とにかく自ら選んだ個性なのだ。しかしこれとは逆に、その金で愛されることを受け入れる人間は稀だ。少なくとも欧米社会においては稀だ。ただし中国系商人は別だ。彼らの精神構造は実にシンプルで、自分の所有するSクラスのメルセデスや、ハイドロマッサージ機能搭載のバスルームや、より一般的な言い方をするならば、自分の金を、自分の一部分、自分の潜在的個性だと考えている。そして、彼らにしてみれば、こうした物質的な属性が、若い娘の情熱を掻《か》きたてることに、なんの異存もない。ちょうど欧米人が自分の容貌《ようぼう》の美しさを自分に直結した要素だと考えるように、中国系商人もそうした物質的な属性を自分に直結したものと考えている——そして結局、十二分に安定した政治経済のシステムにおいては、そのほうが自然だ。なぜなら肉体的な美しさが、しばしば病気によって、いずれにせよ老いによって、かならず人間から奪われるのに対し、コート・ダジュールの別荘や、Sクラスのメルセデスが奪われる確率は遥《はる》かに低いからだ。いずれにせよ僕は西欧の神経病みであり、中国系商人ではない。だから僕の複雑な精神構造からすれば、金はもとより、名声で評価されるより、自分のユーモアで評価されるほうがずっといいと思っている——というのも、僕はこの仕事で長く精力的に活動してきたが、やれるだけのことをやったという自信もまるでないし、自分の個性のあらゆる側面をとことん探求したという自信もまるでないからだ。そういう意味では、たとえばヴァンサンなどは本物のアーティストかもしれないが、僕はちがう。なぜなら僕は人生にはおもしろいことなんてひとつもないと心の奥ではよくわかっていながら、それを真面目に考慮しようとしなかった。とにかく僕は娼婦《しょうふ》みたいなもので、大衆の好みに迎合していた。僕はけっして誠実ではなかった。誠実というものがあると仮定してである。しかし仮定してみるべきだとわかっていた。たとえ誠実それ自体にはなんの価値もなくても、とにかくそれがすべての条件なのだから。僕だって本当は気づいているのだ。下衆《げす》や猿のような大衆を喜ばせるために、老獪《ろうかい》な職人技で機械的に紡ぎだしたつまらないコントも、みじめなシナリオも、どれひとつとして、僕が生きていてもいい証にはならない。そう考えると、ときどき、つらくなった。しかしそんな考えも、すぐに追い払えるようになるだろう。

唯一不可解だったのは、ホテルの部屋で僕といっしょにいるとき、姉から掛かってくる電話に、エステルが強く感じるらしい困惑のようなものだ。考えてみれば、僕は彼女の友人数人――主にホモセクシャル――には会ったことがあるのに、彼女といっしょに暮らしているその姉には一度も会ったことがなかった。エステルは少し躊躇《ちゅうちょ》したあと白状した。あたしたちのことは姉には一度も話してないの。あなたと会うときはいつも、女友だちの誰かとか、別のボーイフレンドと会うと言ってある。僕は理由を訊《たず》ねた。深く考えてみたことはないの。姉がショックを受けるだろうと思いはするけど、それがなぜかは考えたことない。あなたの作品や、ショーや、映画の内容のせいでないことはたしかよ。フランコが死んだとき、姉はまだ思春期だった。彼女はその後に起こったモビーダ運動に参加し、ほどほどに奔放な生活を送った。うちではあらゆるドラッグが公認なの。コカインからLSDにいたるまで、幻覚キノコ、マリファナ、エクスタシーなんでもあり。あたしが五歳のとき、姉はふたりの男性と同居していた。ふたりともバイセクシャルだった。三人はひとつのベッドで寝てた。そして小さな妹の就寝時には、三人そろっておやすみを言いにきた。その後、姉はある女性と同棲《どうせい》したけど、あいかわらずたくさんの恋人ともつきあってた。姉は何度かアパルトマンでそこそこにホットなパーティを開いたわ。あたしはみんなにおやすみを言い、寝室に行って、タンタンを読むの。それでもある種の一線はあった。姉さんは一度、ひとりの客を家から叩《たた》き出したことがある。その男が、小さな妹にのしかかり、強引にペッティングをしようとしたからよ。姉は警察に通報するとまで言ってこの男を脅した。「入場は、性的な求めに応じられる、自律した成人に限る」、これが一線というわけだ。そして思春期からが成人だ。まったく実にクリアだ。僕はこの手の女性をはっきりイメージすることができる。きっと職人のような生真面目さで、完全なる表現の自由を擁護しているにちがいない。左派ジャーナリストとして、彼女は金銭、金《ディネーロ》には一目置いているはずだ。結局のところ、彼女に僕をとがめることはできそうにない。きっと他に秘密があるんだろ、もっと僕に言いにくい秘密が。すっきりさせたくて、結局、僕は単刀直入にエステルに訊いた。

数分考えてから、エステルは僕に答えた。考え込むような声だった。「思うに、姉はあなたのことを歳を取りすぎていると思うんじゃないかしら……」やっぱり、それだ。僕はそれを聞いてすぐに納得した。その新事実は僕にいかなる驚きももたらさなかった。それは、にぶい衝突がもたらす反響のように、待ちかまえていた答えだった。歳の差というのは、最後のタブー、最後のひとつになるほど、他のすべてに取って代わるほど、強力な究極の一線だ。現代社会では、スワッパー、両性愛者、性倒錯者、獣姦嗜好者《じゅうかんしこう》、SM嗜好者、なんであろうとかまわないが、老人であってはいけない。「姉はきっと、あたしが同世代の男の子とつきあっていないことを、不健全で、異常だと考えるでしょうね……」エステルは観念して言った。よかろう、まさにそのとおり。僕は歳を食った男である。クッツェーの言葉を借りるなら、僕はその「恥辱」にまみれている。まさにその言葉がぴったりに思える。他に表現が見つからない。つまり、この風俗の自由というやつは、若者たちのあいだにあるときには、いかにもかわいらしく、さわやかで、魅力的であるのに対し、僕の内にあるときには、ただただ諦《あきら》めの悪い、助平爺《じじい》のぞっとするようなしつこさにしかならない。エステルの姉の考えていることは、ほとんど世の中の誰もが考えることだろう。他に答えはあるまい——これが中国系商人なら話は別だが。

今回、僕はマドリッドに一週間、滞在することにした。そしてその二日目、僕はラリー・クラークの最新作『ケン・パーク』についてエステルとちょっとした口論になった。エステルがどうしても観たいと言った映画だった。僕は『キッズ』も嫌いだったが、『ケン・パーク』はもっと嫌いだと思った。とりわけ屑《くず》のような餓鬼が祖父母を殴る場面は我慢がならなかった。この監督は僕の嫌悪感を最大限まで掻《か》きたてる。おそらく心底嫌いだからこそ、その映画の話をしてしまったのだろう。一方でエステルがこの監督のことを、惰性的に、無条件に好きだということはわかっていた。アートの世界では、暴力を表現するものを褒めるのが、クールだからだ。ようするに彼女は、よくわかりもせずにラリー・クラークが好きなのだ。たとえば彼女は同じようにミヒャエル・ハネケも好きだ。しかしミヒャエル・ハネケの映画が示している痛みやモラルの感覚が、ラリー・クラークの映画の示しているそれと、まるで正反対であることに気づいてもいない。黙っていればいいのだとよくわかっていた。いつもの愉快なキャラクターを捨てても、面倒が起こるだけだ。でも僕は悪魔の誘惑に負けてしまった。僕らは奇妙なバーにいた。鏡や金の装飾があしらわれた、かなりキッチュなバーで、客には盛りのついた同性愛者も多く、隣接するバックルームで節操なくカマを掘りあっていた。一方で万人に開放されたバーでもあり、隣のテーブルでは、少年や少女のグループが平和にコカ・コーラを飲んでいる。僕は急いでアイス・テキーラを飲み干し、エステルに言った。僕が築いてきたキャリアや財産、すべてを支えているのは、悪の才能を売り物にする市場、シニシズムや悪に惹かれる西欧人の不条理な嗜好だ。他でもないその僕が言うんだがね、悪の商人のなかでもラリー・クラークなんてのは、最も俗で、最も下品な輩《やから》だ。なぜなら彼はただ手放しに若者の味方をして、老人と対立しているにすぎないからだ。彼の映画の目的はいつも、子供たちに、親に対して一切思いやりも同情も抱かず振る舞えとそそのかす、ただそれだけだ。いかなる新しさも、独創性もない。あらゆる文化の世界で、五十年も前からこれと同じものを見かける。この文化を偽る傾向が、その裏になにを隠しているかというと、実のところ原始社会への回帰願望にほかならない。原始社会では、若者は情け容赦なく年寄りを片付ける。単に、年寄りが我が身も守れないほど弱いからだ。したがってそうした傾向は、単に、文明というものの以前の段階に帰ろうとする、粗野で典型的な現代の引き潮にすぎない。というのは、あらゆる文明が、より弱い者のため、もはや生産的でもなく望まれてもいない者のためにあるのだと自ら謳《うた》いかねないからだ。ようするにラリー・クラークと、その卑しいお仲間のハーモニー・コリンというのは、ニーチェかぶれのごろつき連中の中でも最も我慢のならない——そして芸術的にみても最もお粗末な——典型的二例にすぎない。こうしたごろつきはもうずいぶん前から、文化畑で増殖しているが、いかなる場合においても、ミヒャエル・ハネケのような人間と、あるいは僕のような人間と同じ土俵で語られるべきじゃない――たとえば僕はいつも自分の舞台に、なんらかの形で迷いや、不確かさ、居心地の悪さを、導入しようとしている。それが概《おおむ》ね人に嫌悪をもたらすものであってもね（僕は誰よりも早くそれを見分けるんだ）。エステルは僕の話を悲しそうに、それでいて真剣に聴いていた。もうファンタには口をつけようとしなかった。

モラルについての演説をぶつ利点は、この手の話が、相当な年数、相当強力な検閲下に置かれていたせいで、非常識な言動として、すぐに聞き手の注意をこちらに向けられるところだ。難点は、こちらが本気だとけっしてわかってもらえないところだ。エステルの熱心な、真剣な表情に、僕は一瞬当惑した。しかし僕はテキーラをもう一杯注文し、話を続けた。自分がわざと熱くなっているのはわかっていた。僕の誠実さにはいつだってなにかしらの嘘が混じっているのだ。おまけに、ラリー・クラークが、器の小さい商人にすぎないのは、明白な事実である。彼とニーチェを同列に語ること自体が、すでに、なにか滑稽《こっけい》だ。結局、こんな話は、世界の飢餓や、人権や、とにかくその手のくだらない話題以上に、僕にとっては、どうでもいい話題だった。それなのに僕は、ますますとげとげしい口調で続けた。僕を煽《あお》っているのは、悪意とマゾヒズムの奇妙な混合だった。もしかしたら僕は、僕に富と名声をもたらしたその奇妙な混合に導かれて破滅したかったのかもしれない。年寄りにはもう異性とセックスする権利がないというだけではない、と僕は冷酷な口調で話を続けた。年寄りにはもう社会に反抗する権利もない。それでも社会は彼らを容赦なく叩き潰《つぶ》そうとするんだ。社会は、年寄りが不良少年の暴力の餌食《えじき》になるのを傍観したあと、汚らしい養老院に放りこむ。そこで年寄りは、脳味噌《のうみそ》が空っぽの介護スタッフから辱めと、虐待を受ける。とにかくなにがあろうと年寄りの反抗は禁じられている。どうやら反抗というものも——性欲や、快感、愛と同じく——若者だけの特権らしい。そして若者以外には、それに対するいかなる弁明も許されていないらしい。若者の心を摑めない大義には、はなから効力がない。ようするに年寄りはあらゆる点で、完全にゴミとして扱われている。ゴミには悲惨な余生しか許されない。それにさえ条件がある。しかも条件は徐々に厳しくなる。僕は未完のシナリオ『社会保障制度の赤字額』の中で——そもそも僕の未完のシナリオのなかでも、唯一、大いに意味のあるシナリオだと僕は思っているが——逆に年寄りをけしかけるんだ。僕はほとんど我を忘れて、話しつづけた。若者に反抗し、若者を食い物にし、屈服させろ、とね。たとえば、若者というのは男であれ女であれ消費者であり、貪欲《どんよく》で、流されやすく、いつだってはした金に目がないのに、どうして連中に売春行為を強要しないのか？　連中にすりゃ、本来なら厖大《ぼうだい》な苦労を払ってようやく得られる満足な暮らしを、わずかな労力で手に入れる唯一の方法だってのに。そして、ここまで避妊が整備され、遺伝的変質の危険が完全に局地化した時代に、どうして不条理で屈辱的な近親相姦のタブーなんぞを守ろうとするのか？　どうだい、これこそが本当の問題、正真正銘モラルの問題だ！　僕は興奮して大声を出した。だからもうラリー・クラークなんて全然、お話にならないんだ。

僕は辛辣《しんらつ》だったが、エステルは優しかった。僕は節操なく年寄りの味方をしたが、そういった意味ではエステルは若者の味方をしなかった。最初バーで始まった会話は、その後レストランで、そしてまた別のバーで、そして最後はホテルの部屋で、と長く続くうち、次第に感動的で優しいものに変わっていった。僕らはその夜、セックスすることさえ忘れた。それは僕らのはじめての本当の会話だった。そもそも僕は数年来誰ともこんな会話をしていなかった。おそらく最後にそんな会話をしたのは、イザベルと暮らしはじめたころにまで遡《さかのぼ》るだろう。もしかしたら僕は愛する女性以外の誰とも、本当の会話をしたことがないのかもしれない。そして結局のところ、それが正常だと思う。自分の体を知らない相手といくら意見交換をしたところで、その会話には不幸をもたらす力もなければ、逆に喜びをもたらす力もない。偽の行為であり、最終的には成り立たない。なぜなら我々は体なのだ。我々はなによりまず、そしてほとんどもっぱら体でしかない。だから我々の知的そして精神的なものの考えかたのほとんどは、実際、体の状態で説明がつく。こうして僕は、エステルが十三歳のときに重い腎臓《じんぞう》疾患を患い、長時間の手術を受けたこと、そして彼女の腎臓のひとつはいまだに萎縮《いしゅく》したままであり、そのため彼女は一日最低二リットル水を飲まなくてはならないこと、もうひとつの腎臓も、いまのところは無事だが、いつ機能が低下してもおかしくないことを聞いた。これはあきらかに、とても重要な細部だと思った。おそらく、だからこそエステルはセックス面で分別臭くならなかったのだろう。彼女は命の値打ちを知っており、それがひどく短いことも知っているのだ。他にも、彼女が以前マドリッドの街角で拾った犬を飼っていたこと、彼女がその犬の面倒を十歳のときから見ていたことを聞き、こちらはもっと重要だと思った。犬は去年死んだそうだ。たとえばここに非常に美しい娘がいたとする。男たちはこぞって、その娘を常にもちあげ、おそろしく気を遣い、ちやほやする。セックス面で到底恩恵を与《あずか》れそうにない者（男性の大多数）もいっしょになってちやほやする。実をいえば、とりわけ、卑しい競争心を持った連中がちやほやする。そのうち五十男にいたっては、もう競争心だか、完全に耄碌《もうろく》しているのだかわからない。とにかく、その娘を前にしただけで、みんなの顔がほころび、あらゆる困難も取り除かれる、そんな非常に美しい娘がいたとする。娘はどこにいっても、この世界の女王のように歓迎される。当然、娘はエゴイズムとうぬぼれの化け物になる。ここでは肉体的な美しさは、旧体制《アンシャン・レ》下《ジーム》における血筋の高貴さとまったく同じ役割を果たす。もしかしたら思春期に、たまたま生まれついた自分の階級の意識を得るかもしれないが、それも非常に美しい娘たちの大部分にあっては長続きはしない。やがて自分は別格で、他の人間よりも上なのだという、生来の、自然で、本能的な優越感がそれに取って代わる。周囲の人間がみな、彼女から苦しみを遠ざけ、彼女の望みであれば、どんなに小さな望みであってもかなえてやろうとそればかり考えるので、非常に美しい娘はすんなりと、他の人間は召使いであり、自分の唯一の仕事はそのエロチックな価値を維持することだと考えるようになる——そうしてまわりから尊敬されるような立派な青年に出会える日を待つ。唯一、心の面でその娘に救われる道があるとすれば、それは自分より弱い生き物に対して具体的な責任を担うことだ。直接的に、そして個人的に、その生き物の物理的欲求を満たしてやり、その健康の、そしてその生死の責任を取ることだ（この生き物は、弟でも、妹でも、ペットでもなんでもいい）。

たしかにエステルは日常的な言葉の意味では「とてもしつけがよい」とはいえない。灰皿をきれいにしようとか、テーブルの上の食事の残りかすを片付けようという発想が、彼女に湧くことはない。そしてあちこちの電気をつけっぱなしにしておくことに、おそらく、まるっきり抵抗がない（サン・ホセの屋敷で僕は、彼女のあとについてまわり、十七箇所も電気を消したことがある）。エステルに買い物を頼む、自分に用のない店に行かせるなんて、もっと考えられない。そもそもどんなに小さなことであれ、彼女に頼みごとをすること自体が、まちがっている。非常に美しい娘の例にもれず、結局のところエステルはセックス以外の役に立たない。だから彼女を別の用途で活用するとか、ゴージャスな動物以外の見方をするのは馬鹿げている。彼女がそのセクシャルなサービスにもっと専念できるよう、とにかく大切にかわいがって、あらゆる心配事や、退屈で骨の折れる仕事から守ってやればいい。しかしそれでもエステルは、非常に美しい娘の大半がそうであるような、あの傲慢《ごうまん》な化け物、あの冷血で高飛車なエゴイズムの化け物とは程遠かった。よりボードレール的に言うなら「地獄のアバズレ」とは程遠かった。非常に美しい娘のほとんどがそうであるにもかかわらずだ。エステルの中には、病や、弱さ、死の意識があった。エステルがいかに美人、非常な美人であろうと、とてつもなくエロチックで、魅力的であろうと、彼女が動物の弱さに敏感であることには変わりがない。なぜなら彼女はそれをよく知っているからだ。この晩、僕はそれに気づき、彼女を本当に愛するようになった。いかに激しい肉体的欲望も、それだけでは僕のうちに愛をもたらすことはなかった。それが愛という究極の段階に達するのは、同時にひとりの対象に対して同情と欲望が奇《く》しくも並びあったときにのみだ。そもそも、単に生きているという事実、生涯を通して数かぎりない苦しみに曝《さら》されるという事実からして、生き物はみな、当然、同情に値する。しかし実際、若くて健康な生き物を目の当たりにすると、こうした考えも机上の空論に思えてくる。しかしエステルは、その腎臓の疾患ゆえに、その疑いようのない本物の弱さゆえに、僕が彼女にその感情を抱きたいと思うたび、僕のうちに偽りのない同情を呼び起こすことができた。それに自身、思いやりがあり、ときに善良なものに憧《あこが》れさえ抱くエステルは、僕のうちに尊敬の念さえ呼び起こすことができた。これでようやく愛は形になる。というのも僕はそこまで感情的な人間ではないからだ。僕は、相手が本当に卑劣な奴であっても欲望を感じることができたし、娘たちに自分の力がどのぐらい通用するのかを確認するためだけに、つまるところ娘たちを支配するためだけにセックスしたことも何度もあるし、舞台でそうしたあまり褒められない感情を扱ったり、体を犯したあとすぐに被害者の女性を殺す強姦者に共感を示して、物議を醸したこともあるくらいだ。しかしそうだとしても、僕はいつのときも、愛することを高く評価する必要を感じていた。結局、僕は、エロチックな魅力のみを拠《よ》りどころにしている性関係や、まったく関心のない相手との性関係には、どうしても馴染《なじ》めなかった。僕がセックスで幸せを感じるためには、少なくとも――愛がないのであれば――同情か、尊敬か、相互理解が必要だった。人間性、そうなのだ、僕はそれを諦めてはいなかった。

エステルはただ思いやりがあって優しいだけでなく、この場合は僕の立場になってものが考えられるほど、頭がよく、鋭かった。僕が痛々しいほど向きになって年寄りの幸せになる権利を擁護したこの議論のあと（結局、それは馬鹿げた行為だった。なぜならエステルの頭の中では僕はそのカテゴリーにまったく入っていなかったからだ）、エステルは最後に、あなたのことを姉に話すわ、それに近いうちに直接紹介もするわね、と言った。

エステルとほとんど離れることなくいっしょにいた、マドリッドでのその一週間は、いまでも僕の人生で最も幸せな時間のひとつだ。その一週間で僕は、たとえエステルに他に恋人がいるとしても、それはたいした存在ではなく、たとえ自分が彼女の唯一の恋人でないにしても――それはとにかくありうることだったが――「一番の恋人」であることはまちがいない、とわかった。僕は生まれてはじめて、無条件に、男である幸せを感じた。つまり人間の男性である幸せを感じた。なぜなら、僕ははじめて、僕に完全に、躊躇《ためら》いもなく心を開いてくれる女性、ひとりの女性がひとりの男性に与えうるものをすっかり惜しみなく与えてくれる女性を見つけた。僕はやはりはじめて、他人に対して、優しい、暖かい気持ちが湧いてくるのを感じた。みんなが僕のように幸せであればいいのに、と思った。僕はもはや道化ではなかった。僕は「諧謔的《かいぎゃくてき》な態度」をどこか遠くに置き忘れていた。ようするに僕は復活しているのだった。そしてこれが最後のチャンスだとわかってもいた。全エネルギーが、セックスの方面に注がれた。それ中心にではなく、もっぱらそれだけに注がれた。動物は再生産に適さなくなったとき、何事にも適さなくなる。これは人間にも当てはまる。性欲の消滅したあとは、人生の本当の中核は食い尽くされてしまっている、とショーペンハウアーも書いている。たとえば、ぎょっとするほど激しいメタファーで、彼はこんなことを記している。「人生は人間によって開幕されるが後のほうは人間の衣装を着けたロボットが終幕までを演じる喜劇のようなものだとさえも言えよう」僕はロボットにはなりたくない。つまり、自分がここにいるという実感、ドストエフスキーなら「活きのいい人生の味」とでも言ったかもしれないもの、それを、エステルは僕に与えてくれたのだった。誰からも触れられない体のコンディションを維持してなんになるだろう？　どうせひとりで寝なければならないのに、ホテルに上等な部屋を取ってなんになるだろう？　これまでも実にたくさんの人間がにやにや外見を取り繕いながら結局負けを認めてきたものに、僕も屈服せざるを得ない。まったく、愛の力というのは、強大で感嘆に値する。

ダニエル25―4

マリー23とはじめてコンタクトを取った日の夜、僕は奇妙な夢を見た。僕は山岳の風景のなかにいる。空気が澄んでいるので、山の岩肌や、氷の結晶まではっきりと見える。視界は曇り空の向こう、連なる森の向こう、万年雪をたたえ、きらきらと輝く、険しい高峰の稜線《りょうせん》まで広がっている。僕のすぐそば、数メートル下方に、毛皮を着た小柄な老人がいる。まるでカルムイクの猟師のように彫りの深い顔立ちをしている。彼は、雪に埋もれた杭《くい》のまわりに根気よく穴を穿《うが》っている。それから、さっきから手にしている簡素なナイフで、今度は光ファイバーを内に通す透明なケーブルの切断にとりかかる。僕は、それが、雪の中の透明な部屋に集まるいくつかのケーブルのうちの一本であることを知っている。そこには、世界の指導者たちが集まっている。老人の目つきは、確信犯のそれであり、残酷だ。僕は、彼がやがてその仕事を成功させることを知っている。なにしろ彼に時間はたっぷりある。それに僕は、世界の土台がいずれ崩れることも知っている。この老人を突き動かしているのは具体的な動機ではなく、本能的な強情さだ。僕はこの男に、シャーマンのような直観的な認識と能力を見る。

人間の夢と同じく、ネオ・ヒューマンの夢もそのほとんどだいたいが、前日の段階で突発した特異な現実の要素から再構成されている。このために夢を、現実が単一ではない根拠と考える学者もいる。そうした学者たちによれば、我々の夢というのは、エヴェレットとデウィットのいうところの現実世界から枝分かれした世界、つまりその一日に起こったいくつかの出来事を分岐点にして、場合によってはあり得たかもしれない別の世界を垣間見ることとなのだそうだ。つまり夢は、欲求や、恐れの表れなどではなく、宇宙の量子力学的状態には矛盾しないが、直接その実在を証明することのできない一連の出来事が精神中に現れたものなのだそうだ。通常、枝分かれした先の世界から実証不能な一連の出来事に近づくことはできないのに、なぜ夢の中では、そうした認識機能の制限が取り払われるのか、その根拠について、この仮説は一切触れていない。それに、僕の生活の中には、現実をそこまで枝分かれさせるようなことが一切見当たらない。

また、ネオ・ヒューマンの見る夢の何割かは、人間が夢と認識していたものとは別種のもの、人為的な原因に由来するのだとする解釈もある。つまり夢は、ネットワーク上の電子データが交錯を繰りかえすことで生じる半ば精神的なものからひとりでに生まれてくるものだというのだ。巨大な組織が、電子化された共通意識として生まれようとしている。しかしいまのところそれは、ネットワークを通して進化するいくつかの部分集合の生み出す夢に似た波動にすぎず、生まれた波動も、ネオ・ヒューマンが開設した通信経路を伝って広がるしかない。従って、巨大組織は、こうした通信経路の開通を統制しようとする。我々ネオ・ヒューマンも、不完全な存在、過渡的な存在であり、その役割は、デジタルな未来の到来を準備することにあるのだ。こうした偏執狂じみた仮説が的を射ているかどうかはさておき、おそらくは〈第二減少〉の初期に、ソフトウェア界に変異が起こったのはたしかだ。それは、まず暗号化装置のシステムに起こり、そして少しずつ、ネットワークを通じて様々なソフトウェアの層に広がっていった。誰もその規模を正確には把握していない。かなりの規模だったにはちがいない。そして我々にとって伝送システムは、最もましな場合においても、相当に不確かなものになった。

夢が生産過剰になる危険性は、〈創始者たち〉の時代から指摘されていた。その危険性は、我々が強いられている生活条件、つまり物理的に完全に孤立した状況を考えれば、より容易に理解できる。効果的ないかなる療法も見つかっていない。唯一の対処は、メッセージの送受信を避け、ネオ・ヒューマン社会とのコンタクトを完全に絶ち、個人の生理学的な要素を修正することだけだ。僕はそれに従い、生化学面の監視のための主要な措置はすべて取った。僕の夢の生産が通常のレベルに戻り、ダニエル1の人生記を検討し、かつその注釈づくりに専心できるようになるまでには数週間が必要だった。

ダニエル1 16

「ネットスタットをハックするには、そこに侵入しなくてはならない。それには、ユーザーランド全体をハックするほかない」

kdm.fr.st

エロヒム教徒の存在を忘れかけていたところへ、パトリックから電話があった。彼は僕に、二週間後に冬のセミナーがはじまる旨をあらためて伝え、参加の意志に変わりはないかと訊《たず》ねた。招待状が届いているはずだよ、VIP向けの招待状がね、と彼は丁寧に言いなおした。手紙の束から招待状を見つけるのは簡単だった。便箋《びんせん》には、透かし模様で、花畑で踊る裸の若い娘たちが描かれている。預言者聖下は、貴殿が、その他の堂々たる面々とともに、毎年恒例の「すばらしき邂逅《かいこう》」（おそらくはエロヒムとの邂逅のこと）の記念式典に列席されることを、望んでおられます。今年はとりわけ大使館の設立についての未発表の詳細があきらかにされるという点で、特別な大会になるでしょう。九人の大司教と四十九人の小司教（そうした肩書きは、現実の組織図とは無関係である。任命を行うのは〈刑事〉だが、彼はそうした肩書きを組織における人事の運営には欠かせないものだと考えている）が、世界各地から信者を率いて集結します。「おバカになってはじけようぜ！」と書き足してある。きっと預言者自らが書き足したのだろう。

エステルには前から聞いていたとおりその時期に試験があり、同伴は無理だ。どうせ忙しくて僕に会う時間もあまりないだろう。僕は迷わずその招待に応じた——とにかく、僕はいま隠居状態にあるのだし、少しくらい観光したり、社会見学をしたり、風変わりな、奇妙な時間を過ごそうとしたっていいはずだ。これまで僕のコントでは取り上げたことはなかったが、セクトというのは、正真正銘、現代的な現象である。いかにアンチキャンペーンを打ち、いかに警戒を呼びかけても、セクトは増殖する。その増殖を食い止める手立てはなさそうだ。僕はしばしエロヒム教徒をネタにしたコントを考え、むなしくなって、飛行機のチケットを手配した。

グラン・カナリア島を経由する航路だった。飛行機が旋回しながら着陸のための滑走路が開くのを待つあいだ、僕はマスパロマスの砂丘を興味深く観察した。青く輝く大海の中に巨大な砂浜が広がっている。飛行機が低空飛行をしているので、風が生みだす砂の文様がよくわかる。ときにそれは文字のように見えたり、動物の形や、人の顔に見えたりする。どうしてもなにか意味があるように見えてくる。人の常で、どうしてもなにかのしるしを読み取ろうとしてしまう。急に息苦しくなってきた。海はどこまでも青いのに、それとも、どこまでも青いからか。

ラス・パルマス空港でほとんどの客が降り、それから数人の客が乗り込んできた。島と島のあいだを往復する客だ。ほとんどが長旅の途中らしく、〈レッツ・ゴー・ヨーロッパ〉なるガイドブックと、マクドナルドの位置が示された地図を必携する、オーストラリア系バックパッカーのスタイルだ。みな落ち着いており、彼らもまた風景に目をやり、小さな声で知的で詩的な感想を交わしている。着陸の直前、僕らの飛行機は、形のゆがんだ赤褐色の岩々で形成された火山地帯の上を通り過ぎた。

アレシフェ空港の到着ロビーで、パトリックが僕を待っていた。ズボンの上に、教団のマークであるマルチカラーの星が刺繍《ししゅう》された白のチュニックを羽織っている。満面笑顔だ――僕の到着五分前から笑っていたような顔だ。そしてなにがおかしいのか、実際、パーキングに移動するあいだも彼はずっと笑顔だった。彼は白のトヨタのマイクロバスを指差した。バスにもやっぱりマルチカラーの星がついている。僕は助手席に乗った。パトリックの顔はあいかわらず根拠不明の笑みで輝いている。パーキングの出口でチケット精算機の順番を待っているとき、彼は頭を揺らしながら、ハンドルを指でこつこつ鳴らしはじめた。まるで頭の中にずっとメロディが鳴っているかのようだった。

僕らの車は、少し青みを帯びた黒々とした平原を走っている。地表は、ほとんど浸食を受けていない、ごつごつ角ばった岩でできている。パトリックが話をはじめた。「すぐにわかるだろうが、このセミナーはすばらしいよ……」独り言か、打ち明け話のように、彼は声を潜めた。「ここには特別なバイブレーションがあるんだ……ものすごくスピリチュアルなんだ、本当に」僕は慇懃《いんぎん》に同意した。君の指摘は意外なようでいて意外でない。なぜなら昔からニューエイジの作品世界では、火山地帯には地電流がくまなく走っていて、ほとんどの哺乳類《ほにゅう》（とりわけ人間）が、これに過敏に反応するのは常識だからね。ニューエイジのあいだでは、地電流は混交を促すと看做《みな》されているんだ。「それぞれ、まさにそれなんだ……」パトリックはあいかわらず夢心地だ。「僕らは火の息子なんだ」僕はあえて反論しなかった。

目的地の直前、僕らは、一面に白い小さな砂利がちりばめられた黒い砂浜に沿って走った。いま考えても、それは奇妙で、不穏な気持ちにさえさせられる光景だったと思う。僕はまず注意深くそれを観察し、それから顔を背けた。こうした価値観の乱暴な逆転に、少しショックを受けていた。ここまでくれば海が赤くても受け入れられそうだ。しかしそれはあいかわらず、ため息が出るほど青かった。

道は突如、内陸へと向きを変えた。車は五百メートルほど走り、頑丈な鉄柵《てっさく》の前で停まった。高さは三メートル、有刺鉄線が張り巡らされ、視界の果てまで連なっている。機関銃を持ったガードマンがふたり、ゲートの向こうを巡回警備している。見たところゲートはここだけのようだ。パトリックが合図をした。ガードマンがゲートの門《かんぬき》を外し、こちらに近づいてくる。僕の顔をじろじろ眺め、それから僕らの車を中に通した。「必要なことなんだ……」パトリックが言った。あいかわらず夢見心地の声だ。「ジャーナリストの連中がね……」

十分に整備された道に沿って、赤い砂利が転がる埃《ほこり》っぽい大地を通り過ぎる。遠くに白いテントの集まった村のようなものが見えた瞬間、パトリックが左にハンドルを切った。片面がひどく侵食を受けた切り立った断崖《だんがい》が現れる。さっき見かけた黒い岩と同じ、火山性の岩石でできているのだろう。二度、三度つづら折りを折れ、パトリックは高台の上に車を停めた。この先は歩きになる。いいと言うのに、パトリックは僕の相当に重いスーツケースを運ぶといってきかない。「いいんだ、いいんだ、持たせてくれよ……君はＶＩＰなんだからさ……」パトリックがそのふざけた口調よりずっと真面目に言っていることが、なんとなくわかった。崖《がけ》の斜面に穿《うが》たれた十余りの洞窟《どうくつ》の前を通り、次の高台の上に出た。ほとんど丘陵の天辺《てっぺん》だ。他の洞窟より遥《はる》かに規模の大きな洞窟が、幅三メートル、高さ二メートルの口を開けている。ここにもやっぱり武装したガードマンがふたり、入り口の横に立っている。

最初に入った空間は、約十メートル四方の四角い間で、岩がむき出しになった壁に沿って、折りたたみ椅子が数脚並べてあるだけだった。それから、僕らはガードマンのひとりに誘導され、廊下を進んだ。廊下を照らす背の高い円筒型のライトは、一九七〇年代に流行ったものによく似ている。それぞれの円筒には、黄や、ターコイズブルー、オレンジ、薄紫の冷光を放つどろりとした液体が入っており、その液体から大きな球体が生まれ、光る円筒の柱をゆっくりと上昇し、消える。

預言者の部屋の家具も、一九七〇年代風だった。床にはオレンジ地に紫の稲妻が走るゼブラ柄の毛足の長いカーペットが敷いてある。毛皮張りの丈の低い長椅子が、部屋のあちこちに無造作に置かれている。部屋の奥にひな壇があり、その先に、ピンクの革張りの回転式の安楽椅子と、足載せが備えられている。椅子の主はいない。その後ろにかかっている絵は、ツヴォルクの預言者の食堂にあったあの絵だ――エデンと思《おぼ》しき庭園に、透明なチュニックを纏《まと》った十二人の乙女が、預言者を心から崇《あが》め、求めるように見つめている。もっぱらセクシャルな点だけは笑える――しかしかなりむなしい笑いである。ユーモアや笑いの感覚（僕はこれをいやってくらい知っている。そのために散々苦労してきたんだから）が、完全に勝利するのは、すでに武装を解除した相手を攻撃の対象にした場合、たとえば、宗教心や、感傷主義、犠牲的精神、体裁を気にする感覚、などを攻撃の対象にした場合だけだ。逆に、人間の品行を決定する本質的、利己的、獣的な因子に対して、笑いはまるで無力であり、いかなる害にもならない。どうあれ、その絵はかなりヘタクソで、実際に、ひな壇に腰掛けている娘たちがその絵のモデルであることに気づくのに、ずいぶん時間がかかった。娘たちは絵と多少とも同じ姿勢を取っていた――きっと僕らの到着を知らされていたのだ。とはいえ、だいたいの構図を再現したという程度である。幾人かは絵と同じようにギリシャ風の透明なチュニックを着て、腰のあたりまでたくし上げているが、ほかの幾人かはビスチェや、黒のラテックスのガーターベルトを着用している。いずれの場合も性器は丸出しだ。「預言者の婚約者たちだ……」パトリックが恭《うやうや》しく言った。これらの選ばれた娘たちは、常に預言者のそばにいられる特権を持っているんだ。全員、預言者のカリフォルニアの屋敷に、自分の寝室を持っている。彼女たちは地球上のあらゆる人種の代表であるとともに、その美しさから、エロヒム専属の奉仕係の役をおおせつかっている。したがって彼女たちが肉体関係を結ぶことができるのは、エロヒム——もちろん地球にお寄りいただいたあかつきには——と、預言者だけだ。それと、預言者が望んだ場合には、娘たち同士で肉体関係を結ぶこともある。僕はしばし黙って娘たちを眺めながら、その数をもう一度数えてみた。やっぱり、十人しかいない。そのとき右手の方向からひたひたと音が聞こえた。天井に設置されたハロゲンライトが点灯すると、周囲に植物の蔓延《はびこ》る一枚岩を穿ったプールが現れた。預言者が裸で泳いでいる。欠けていたふたりの娘がデッキのそばで、手にバスローブと、白地にマルチカラーの星印が入ったタオルを持ち、恭しく控えている。預言者はのんびりマイペースで、水中でぐるりと体を反転させ、力を抜いて浮き身の姿勢を取る。パトリックは黙って、頭を下げた。聞こえるのは水音だけになった。

預言者がようやくプールから上がった。すぐにバスローブが掛けられる。そのあいだ、二番目の娘が跪《ひざまず》いて、預言者の足を拭《ふ》く。このとき僕は、預言者が僕の記憶より背が高く、なにより頑健であることに気がついた。きっと筋力トレーニングや日々のエクササイズをしているにちがいない。彼は両腕を広げながらこちらに近づいてきて、僕を抱擁した。「いやあ嬉《うれ》しいな」彼はよく響く声で言った。「また会えたね……」僕は旅の途中、何度も、結局のところ預言者がなにを僕に期待しているのかについて考えた。おそらく彼は僕の知名度を大袈裟《おおげさ》に考えすぎているのだろう。たとえばサイエントロジーなどは、信者にジョン・トラボルタやトム・クルーズがいることで大いに恩恵を受けているにちがいないが、僕の知名度なんて彼らのそれには遠く及ばない。しかし実をいえば同じケースであって、それでしか説明がつかないのではないか。ようするに彼は手元に入ってきた駒を摑《つか》むのだ。

預言者は自分の安楽椅子に腰を下ろした。僕らは下方のスツールに腰を下ろした。預言者が手で合図をすると、娘たちは一度散り散りに姿を消し、それから、アーモンドやドライフルーツの入った陶器の皿を持って戻ってきた。他にもパイナップルのジュースの入った壺《つぼ》が運ばれてくる。つまり、あくまでもギリシャ風の演出なのだ。しかしながら徹底されているわけでもなく、ワゴンの上にテレビCMで見かける〈ベネナッツ〉の包装紙を見つけたときは、ちょっと気恥ずかしくなった。「スーザン……」預言者が、見事な金髪の、青い目をした、うっとりするような、あどけない顔立ちの娘に声をかけた。彼女は預言者の足元に坐ったまま控えていた。スーザンは無言で、預言者の股のあいだに跪き、彼のバスローブを解いて、フェラチオをはじめた。預言者のペニスは短く、ずんぐりしていた。どうやら預言者はのっけに自分の優位を示しておきたいらしい。単にこういう趣味なのか、それとも僕の度肝を抜くのが目的なのか、僕は一瞬考えた。実際、僕はちっとも度肝を抜かれなかった。それどころか隣でパトリックがきまりを悪くしているのに気がついた。彼は困って自分の足元を見つめている。顔が少し赤い――原則からすれば、すべては彼が常日頃から主張しているセオリーに一致しているはずなのに。まずは国際情勢についての会話が展開された――とりわけ民主主義はいま、相当深刻な脅威に晒《さら》されているね、と預言者は言った。イスラム原理主義に代表される危機は、私に言わせれば、誇張でもなんでもなく現実に差し迫った危機だよ。私のもとにはアフリカの信者から憂慮すべき情報が寄せられているんだ。その問題について、僕は特に言うことがなかった。もっとつまらない話に比べればまだましだったので、感心しているような表情を保つことはできた。ときどき彼が娘の頭を手で押さえると、娘は動きを止める。再びサインが出されると、娘はフェラチオを再開する。預言者はひとりで数分間しゃべったあと、僕に言った。少し休憩してもらったあとで、食事をいっしょにどうかな、主要な幹部が全員集まるんだがね。この場合、「そうします」が正解だろうと思った。

「いいぞいいぞ！　すごくうまくいったぞ！」パトリックが僕の耳元で言った。すっかり興奮している。僕らは来た廊下を逆に辿《たど》っているところだ。彼の絵に描いたような従順さに、僕は少し当惑する。僕は、原始的な部族や、階級にまつわる慣習について自分の知っていることを再検討してみようと思った。しかし記憶を辿るのは一苦労だった。そういうのを読んでいたのは、本当に若い時分、学校でアクターズ・コースを専攻していたころだ。僕はそのころ、そういった原始社会のメカニズムは現代社会にもほとんど変わらぬ姿で見いだすことができ、それをよく知ることはコントづくりの役に立つと、確信したのだった——仮説は概《おおむ》ね正解だった。とりわけレヴィ＝ストロースが大いに役に立った。洞窟が開け、高台に出て、僕は立ち止まった。下方五十メートルに広がる信者たちの滞在するテントの集まりに驚いた。ゆうに千は超えるであろう、そっくり同じ、純白の、イグルー風のテントが、肩を寄せあうように立っている。それら全体で、教団のマークである鉤十字の組み合わさったあの星を形づくっている。高いところから——あるいは空からでないと、この図柄は見えないんだ、とパトリックが言った。大使館も完成すればこれと同じ形になるはずだ。預言者自身が図面を引いているんだ。きっと君にも見せたがっているだろうな。

僕は少なからず食事会に、豪勢な、楽園につきもののご馳走《ちそう》を期待していた。しかし、すぐにがっかりすることになった。食べ物に関していえば、預言者は、最も質素な食べ物が大好きだった。トマト、そら豆、オリーブ、クスクス（すべてがちょっとずつ）、羊のチーズ少々、それに赤ワイン一杯。預言者は、ハードコアなクレタ式食餌法《しょくじ》に取り組んでいるだけではない。日に一時間、心血管機能の強化のための特殊装置でトレーニングも行っているし、男性ホルモン剤だの、エクスタシーだの、他の薬同様、アメリカでしか入手できない薬も飲んでいる。彼は文字通り、肉体の老化に悩まされている。会話はほとんど、フリーラジカルの増殖や、コラーゲン移植、エラスチンの分裂、肝臓細胞内部のリポフスチンの蓄積についてばかりだった。彼はそうしたことを知り尽くしているようだった。ときどき〈学者〉が細かい間違いを修正する。食事会の他の出席者は〈ユモリスト〉、〈学者〉、〈刑事〉、それにヴァンサンだった――ヴァンサンに会うのは、こちらに来て、はじめてだった。彼はいつにも増して心ここにあらずというように見えた。まったく話も聞いていない。なにか個人的な、口に出せないことを考えているようだった。その顔にときどき、特にスーザンが姿を現すたびに〈給仕は預言者の婚約者たちの仕事だった。このたび娘たちは、サイドにスリットの入った丈の長い白のチュニックを纏《まと》っている〉、ぴくっぴくっと痙攣《けいれん》が走った。

預言者はコーヒーを飲まない。それで食事の締めに、ハーブティのようなものが出た。緑色で、とにかく苦い――しかし預言者によれば、そのお茶はリポフスチンの蓄積を抑えるのにすばらしい効果があるのだそうだ。〈学者〉もそれを保証した。僕らは早々に解散した。元気を回復するには、たっぷり睡眠を取らなくちゃいかん、と預言者は強調した。帰りの廊下で、ヴァンサンが急ぎ足で僕を追いかけてきた。僕に未練があるような、話したいことがあるような感じだった。僕にあてがわれた洞窟のほうが、ヴァンサンのそれより少し大きかった。僕の宿坊にはテラスが付いていて、そこからキャンプ場が見渡せた。まだ夜十一時だというのに、キャンプ場は静まりかえっていた。音楽ひとつ聞こえてこない。テント間を行き来する人影も稀《まれ》だ。僕はマドリッドの空港の免税店で買った〈グレンフィディック〉をグラスに注ぎ、ヴァンサンに渡した。

僕はヴァンサンが話しはじめるのを多少とも期待していたが、彼はなにも言い出さなかった。彼はただ自分のグラスに酒を注ぎ足し、グラスの中身をかきまぜるだけだった。仕事の調子はどうかと訊ねても、元気のない短い言葉を口にするだけだった。彼は一段と痩《や》せていた。仕方がないので、僕は自分の話をした。ようするにエステルの話をした。最近の生活でとりたてて変わったことといえば、そのぐらいしかなかった。他には庭用にスプリンクラーを購入したが、長持ちする話題とは思えなかった。彼は僕にもっとエステルのことを話してくれと言った。それは僕が心から愉《たの》しんでできる話だった。ヴァンサンの表情が少しずつ明るくなる。本当によかったな、と言って彼は僕のことを喜んだ。彼の真心を感じた。男同士のあいだの愛情というのは難解だ。いかにしても具体的な形にならない。それはなにか非現実的な、快いものでありながら、常に少し痛みを伴うものでもある。ヴァンサンは十分後に自分の宿坊に帰っていったが、結局自分の近況についてはなにひとつ話していかなかった。僕は暗がりに寝転がり、預言者の心理的戦略に考えをめぐらせた。僕には彼の戦略はよくわからない。セックス面の慰みになるような女性信者を僕に宛てがうつもりだろうか？　おそらく彼は迷っているのだろう。彼はＶＩＰの扱いに慣れていないのだ。僕は静かにその場合を検討した。僕は今朝、エステルとセックスした。それはいつもより長く、いつもより甘美だった。他の女性となんてちっとも寝たくなかった。万一女性を宛てがわれても、僕はその女性に興味さえ持てないかもしれない。一般に男性というのは、ペニスに足が付いているようなもので、適度に色気がある女とならば、感情抜きで誰とでもヤレる、と考えられている。それは概ね正しいが、多少の誇張もある。スーザンはうっとりするほど美しい。それはたしかだ。しかし彼女が預言者のペニスを吸っているところを見ても、僕はアドレナリンの放出をまったく感じなかったし、猿のような対抗意識も湧いてはこなかった。あくまで僕に関していえば、その戦略は効果を欠いている。僕は全体として自分がいつになく冷静なのを感じていた。

午前五時ごろ、目が覚めた。夜明けの少し前だった。そして僕は元気いっぱいに体を洗い、仕上げに冷たいシャワーを浴びた。根拠も薄弱だし、すぐに勘ちがいに気づくはずなのだが、自分が決定的な一日を始めようとしている気がした。僕はブラックコーヒーを淹《い》れ、それをテラスで飲みながら、キャンプ場が目を覚ましていくのを観察した。数人の信者がトイレやシャワーのある集合施設へと歩いていく。日が昇り、砂利の転がる大地が赤褐色の姿を現した。遠く東の方向に、鉄製の防護壁が見える。セクトの敷地は、少なくとも十平方キロはあるだろう。つづら折りの道に沿って視線を下ろしていくと、少し下方に、ヴァンサンがスーザンと歩いているのを発見した。ふたりは昨日僕がマイクロバスを降りた高台で立ちどまった。ヴァンサンはしきりと手を動かしている。なにかを説得しようとしているらしい。しかしその声は低く、僕のいるところからは遠すぎて、彼がなにを言っているのかはわからない。スーザンは静かに彼を見つめているが、表情が緩むことはない。頭を振った拍子に、僕がふたりを見ていることに気づき、彼女はヴァンサンの腕に手を置き、彼を黙らせた。僕は部屋に戻り、考えた。ヴァンサンはどうみても形勢が悪い。あの娘の、あの、なにものにも惑わされない澄んだ瞳《ひとみ》や、スポーティなプロテスタントの若者ならではの鍛えられた健康な肉体から察するに、彼女はもともと狂信するタイプだ。急進派の福音主義運動だとか、ディープ・エコロジーの団体なんかにいてもおかしくない。そしてこの場合は、預言者に身も心も捧げているにちがいない。なにを言おうと、セックス専門の奉仕をしたいという彼女の望みを捨てさせることはできないだろう。このとき僕は、どうして自分がこれまでセクトをコントに取り上げなかったのかに気がついた。たとえば人間が平凡に金銭欲や色欲に駆られて行動しているときは、人間を滑稽《こっけい》な機械に見立てて、皮肉るのは容易《たやす》い。しかし人間が深い信仰心だとか、生存本能を超えたなにかによって生き生きしているようなときには、このからくりは機能しない。原則的に笑いが中断される。

ひとり、またひとりと白いチュニックを纏った信者が、テントから出てくる。そして尖《とが》った岩山の麓《ふもと》に穿たれた入り口へと向かう。それは巨大な自然の洞窟に続いていて、そこで講習会が行われるのだ。テントの多くが無人のようだった。実際、その数分後に〈刑事〉と話していて知ったのだが、この冬のセミナーには三百人しか人が集まらなかったらしい。世界中に八万人の信者がいると豪語する団体にしては、少ない数だ。彼はこの失敗の原因を、ミシキェヴィチュのレベルの高すぎる講演会のせいにした。「完全に普通の人間の理解のレベルを超えている……万人向けのセミナーでは、もっとシンプルな、もっとみんなの心がひとつになるような感動に、重点を置くべきなのだ。それなのに預言者ときたら、すっかり科学に魅せられている……」彼は苦々しそうに言った。この男が僕に向かってこんなに素直にものを言うのに驚いた。ツヴォルクのセミナーで見せた僕への不信感は消えてしまったようだ。あるいは僕を味方につけようとしているのかもしれない。きっといろいろ検討した結果、僕を、とりわけ重要なVIP、もしかしたら組織の中である種の役まわりを演じるような、それどころか預言者の決定になにかしらの影響を与えるようなVIPと認識したにちがいない。〈刑事〉の〈学者〉との関係は良好ではない。それは明白だ。〈学者〉のほうも〈刑事〉のことを、警備の指揮やら、食事会のセッティングやらがうまいだけの下士官かなにかのように考えている。たまに、このふたりのあいだでとげとげしい会話が交わされるようなとき、〈ユモリスト〉は逃げだすか、問題を茶化すかして、どちらの味方もしない。彼はもっぱら預言者との個人的な関係だけを頼りにしている。

その日最初の講演会は午前八時に始まった。そしてそれはまさに〈学者ミシキェヴィチュ〉の講演会だった。タイトルは『人間——物質と情報』。やつれて難しい顔をした彼が、資料の束を抱えて壇上にのぼる姿を見て、なるほど、博士課程の学生相手の講演会なら実にしっくりくる姿だが、この場にはあまりそぐわないな、と僕は思った。彼は集まった聴衆に手短に礼を述べ、すぐに講演を始めた。客席への心配りもなく、ユーモアのかけらもなく、集団的、感情的、あるいは宗教的感動を呼ぶいかなる努力もない。なんの工夫もなくただ知識を紹介するだけだ。

遺伝子コード――現時点でかなり研究が進んでいる――と、プロテイン合成における遺伝子モデル――こちらはまだあまり知られていない――についての説明を三十分したのち、それでもちょっとした見せ場があった。助手がふたり、〈学者〉の前にあるテーブルの上に、セメント袋ぐらいの大きさの実験用コンテナを、少し苦労しながら運んできた。コンテナの中には透明なビニール袋が並んでいる。大きさはまちまち。中身はさまざまな化学物質のようだ――遠くから見て、いちばん大きく見える袋には、水が入っている。

「これが人間です！」ちょっと大袈裟なくらいに〈学者〉が叫んだ――あとで聞いた話だが、〈刑事〉の指摘にも一理あると考えた預言者は、〈学者〉にもう少しメリハリのある発表をするよう注文をつけたうえ、トレーニングビデオとプロの俳優の参加が売りの、話し方教室にまで通わせたらしい。「テーブルの上のコンテナの中身は」〈学者〉が再び口を開いた。「化学組成上、体重七十キロの成人とまったく同一の内容です。ご覧のとおり、我々は、おおかた水でできています」彼は尖った針を手に取り、透明な袋に突き刺した。水がぴゅうっと弧を描く。

「当然、いくつかの大きな相違があります」見せ場は終わった。〈学者〉の口調がもとでいった。「そうした相違は、もちろん大きな相違なのですが、たった一言で片づけてしまうこともできるのです。つまり、それは情報です。人間というのは、物質、プラス、情報でできているのです。さて、この物質の構成については今日すでにわかっています。まあ、正確な分量は別ですが。それは単純な化学元素であって、生命のない自然の中にも広く存在します。では、情報はどうかというと、それについても、ある程度、少なくとも、原則的なことはだいたいわかっています。情報はすべてＤＮＡに眠っています。細胞核とミトコンドリアのＤＮＡの上に眠っているのです。このＤＮＡには、全体の構成、胚《はい》形成に必要な情報が含まれているだけでなく、のちに生体の働きを操縦し、指揮する情報も含まれています。であれば、我々はなぜ胚形成を経過しなくてはいけないのでしょう？　なぜ必要な化学元素と、ＤＮＡが与えてくれる設計図から、いきなり成人をつくってはいけないのでしょう？　これこそがまさしく、将来、我々の研究が目指す方向なのです。未来の人間はいきなり大人の肉体、十八歳の肉体を持って生まれることになるでしょう。そしてこのモデルが、その後も繰り返し再生されるモデルになるのです。こうした理想的な形で、人類はついに、もし私の研究が私の期待どおりすみやかに進めば、あなたも、私も、みな不死に到達するのです。クローニングは、自然の生殖の様式をそのまま模倣しているだけの原始的な方法にすぎません。奇形やエラーの可能性のある胚を、発達させても無駄です。設計図と必要な資材が揃ってしまえば、それは無意味なステップになります。

しかしながら、いいですか、これからお話しすることをぜひ注意して聴いていただきたいのですが、この話は脳には当てはまらないのです。たしかに脳には、先天的にいくつかの大まかな配線が存在します。能力や性格的特徴のうちいくつかの基本要素はすでに遺伝子コードに書き込まれています。しかし肝心の人間のパーソナリティ、つまり我々の個性や記憶は、全生涯かけて、ニューロンのサブネットワークが活性化し、専用シナプスが化学的に補強されていくことによって、徐々に形成されていくのです。一言で言えば、個人の歴史がその個人をつくる、ということです」

前回同様の質素な食事のあと、僕は、預言者のレンジローバーに招かれ、預言者の隣に坐《すわ》った。ミシキェヴィチュが助手席に乗り、ガードマンのひとりが運転席に着いた。テント村を過ぎ、道は岩山の中に入りこんでいく。赤い砂埃が巻き上がり、あっというまに僕らの車を包んだ。十五分後、車は、窓も出入り口もない、純白の四角い建造物の前に停まった。幅は二十メートル、高さは十メートルほどだろうか。ミシキェヴィチュがリモコンを操作した。どこにも蝶番《ちょうつがい》の見えない巨大な扉が口を開く。

内部は昼夜を問わず、一年中、一定の温度、一定の明るさが維持されている、とミシキェヴィチュは説明した。階段を上り、建物を一周する広い通路に出る。ずらりと書斎が並んでいる。壁に埋め込まれた鉄製の棚には、きちんとラベルの貼られたＤＶＤがぎっしりと詰まっている。下の階には、透明なプラスチックの壁でできた半球以外なにもなかった。半球からは透明なチューブが数本伸び、チューブの先はそれぞれつるりと光沢のある鋼のコンテナへと繋《つな》がっている。

「これらのチューブは生物の生成に必要な化学物質を含んでいます」ミシキェヴィチュが説明を続ける。「炭素、水素、酸素、窒素ほか、それからさまざまな微量元素……」

「つまり、この透明な半球の中で」預言者が声を震わせて付け加える。「なにからなにまで人造の、最初の人間が生まれるんだ。正真正銘、最初のサイボーグがね！」

僕は目の前のふたりの人物を注意ぶかく見つめた。まったくふざけたところのない預言者を見るのは、これがはじめてだった。彼はそうした未来の展望に、自身が圧倒され、ほとんどおじけづいてさえいるようだった。ミシキェヴィチュはというと、自信に満ちた顔で、説明を続けたくてうずうずしている。この建物の中では、彼こそが真のボスなのだ。預言者はもう口を挟まない。僕はこのとき、この研究所の整備には、相当な、それもかなりの額の費用がかかったにちがいないと気がついた。つまりは会費や寄付金のほとんどがここに注ぎこまれたはずだ。つまり、まさしくこの空間こそが、教団の真の存在理由なのだろう。ミシキェヴィチュは、僕の質問に対して具体的に回答した。いまのところ我々は、すべてのタンパク質と、細胞の働きに複雑に関わるすべてのリン脂質を合成することができ、目下ゴルジ体を除けば、細胞小器官をすっかり再生することもできる。しかし細胞膜の合成段階で、思わぬ壁にぶち当たっていて、いまだに機能を完備した生きた細胞をつくりだすことには成功していない。僕が、ここでの研究はよその研究チームより進んでいるのかと質問すると、彼は眉間《みけん》に皺《しわ》を寄せた。どうやら君は少し誤解しているらしい。我々の研究はよそより進んでいるだけじゃない。我々は世界で唯一、人体の人工合成の研究を行っているチームなんだ。我々の研究においては、DNAはもはや胚葉の発達を促すためのものではない。それはもっぱら、出来上がった人体の働きを制御するための情報なんだ。まさにそれこそが、胚形成の段階を回避し、いきなり大人の個体をつくりだす方法だ。通常の生物学的な発育に頼っているかぎり、人間の新しい生体をつくるのには十八年かかる。しかし、全プロセスを一度に操作すれば、それをつくるのに必要な時間は一時間以内に短縮できるだろう。

ダニエル25―5

実のところ、ミシキェヴィチュが二十一世紀初頭に示した目標に成果が追いつくまでには、三世紀に亘《わた》る研究が必要だった。それにネオ・ヒューマンの最初の数世代は、ミシキェヴィチュの予想ではとうに過去のものになっているはずのクローニングによって生まれたのだった。とはいえ、長い目で見れば、彼の発生学についての直感が、その後、異常なくらい多くの成果を生んだことはたしかだ。不幸なことに、そのせいで、脳の働きについての彼の理論モデルにまで、同じように信用が置かれることになった。しかしやがて、人間の脳をファジーワイヤリング式のチューリング機械に見立てる彼のあの発想が、結局、なんの成果にも結びつかないことがあきらかになる。人間の精神には、まさしく、数字では割り切れないプロセスが存在する。実をいえば、その存在はすでに一九三〇年代にゲーデルが、あきらかに「真理」であるとわかるのに証明できない命題でもって示している。それでも人がこの方向の研究を諦《あきら》め、旧来の条件づけや学習のメカニズムを甘受するようになるまでには、三世紀もかかったのだ――ただし条件づけや学習のメカニズムには改良が加えられている。新しい生体に、古い生体の海馬《かいば》から抽出したタンパク質を注入することで、それは、より迅速で、よりたしかなものになった。こうした、生化学と命題の擦りあわせは、ミシキェヴィチュや、その初期の後継者たちが真に望んでいたこととは言いがたい。それは結局、あえて操作主義的な言いまわし、ピエルスのような横柄な言いまわしをするならば、「知識が有効とされる現実世界で、我々にできる最善のこと」を示しているにすぎない。

ダニエル1—17

「一度アプリケーションのメモリースペースに侵入してしまえば、機能の変更は可能です」kdm.fr.st

最初の二日間のプログラムは、主にミシキェヴィチュの講演で占められていた。そこには霊的《スピリチユアル》な側面や感動的な側面は、ほとんどなかった。僕にも次第に〈刑事〉の言い分がわかってきた。人類史上、一時たりとも、理性だけに訴える宗教が、大衆の心を摑《つか》んだためしはない。預言者はというと、ほとんど表に顔を出さない。食事のときに見かけるくらいだ。彼はほとんど自分の洞窟《どうくつ》から出てこない。信者だって少しがっかりしているはずだ。

三日目の朝、すべてが一変した。その日は断食と瞑想《めいそう》が行われることになっていた。朝七時ごろ、哀愁のある厳かなチベットのラッパの音色で、僕は目覚めた。それは三つの音が際限なく繰り返される単純なメロディだった。僕はテラスに出た。砂利の転がる大地に日が昇る。ひとり、またひとりとエロヒム信者がテントから出てきて、中央の壇を取り囲むように、地べたにむしろを敷き、その上に横になる。壇上では、ふたりのラッパ奏者のあいだで、預言者が座禅を組んでいる。信者たちと同じように、預言者もまた丈の長い白いチュニックを纏《まと》っている。しかし信者のそれが普通の綿布であるのに対し、預言者のそれは、光沢のある白のサテンで仕立てられており、朝の光の中で、きらきら輝いていた。一分か二分が経ち、預言者が低い声でゆっくりと話しはじめた。マイクを通して大いに拡張された声は、ラッパの横でもよく通る。預言者は信者たちに気取りのない言葉で呼びかける。さあ、いま横たわっている地面を意識してみよう。地面から発散される火山のエネルギーを想像してみよう。すさまじく大きな、最も威力のある原子爆弾のそれをも凌《しの》ぐエネルギーだ。そのエネルギーを、自分の体に取り込もう。不死になるために。

それから預言者は信者たちに言った。さあ、チュニックを脱いで、日のもとにその体をさらそう。さあ、今度はその巨大なエネルギーを感じよう。同時に何百万という熱核反応によってできたエネルギーだ。これは太陽の、そしてすべての星々のエネルギーだ。

預言者は再び信者たちに言った。さあ、自分の体のもっと深いところ、皮膚よりももっと深いところに潜ってみよう。自分の細胞の像を思い浮かべてみよう。もっと深く潜って、細胞核を思い浮かべてみよう。そこにあるDNAが、我々の遺伝子情報の秘密を握っているんだ。さあ、自分のDNAを意識してみよう。中に入るところをイメージしてみよう。設計図があるね。我々の体をつくる設計図だ。この情報は、物質とちがって不滅だ。さあ、この情報が、何世紀もの時を越え、エロヒムを待っているところを想像してみよう。彼らは進んだテクノロジーを持ち、DNAに含まれる情報から、我々の体を再生できるだろう。さあ、そのときのことを想像してみよう。エロヒムが再来し、長い眠りにも似た待機の時期を経て、我々が復活するときのことを。

僕は瞑想の時間が終わるのを待って、その集団がミシキェヴィチュの講演が行われたあの洞窟へ向かうのに合流した。参加者を包んでいる、ちょっと常軌を逸した、沸き立つような躁《そう》のムードに僕は驚いた。多くの信者が大声で互いの名を呼びあい、数秒立ちどまって、挨拶《あいさつ》のキスを交わす。跳んだりはねたりしながら進んでいる者もいれば、陽気に音頭を取りながら歩いている者もいる。洞窟の入り口には、色とりどりの文字で〈大使館発表会〉と書かれた横断幕がかかっていた。入り口の近くで、ヴァンサンに会った。お祭りムードとはかけ離れた様子だ。おそらくVIPたる僕らは、凡庸な宗教的興奮を免れているのだろう。僕らは聴衆の真ん中に席を取った。横三十メートルの巨大スクリーンが奥の壁に広がり、ざわめきが鎮まっていく。やがて会場は闇に包まれた。

大使館の図面は、三次元ソフト、おそらくは〈オートキャド〉と〈フリーハンド〉を使って作成されている。あとで聞いて驚いたが、図面はすべて預言者が製作したそうだ。彼はほとんどの世界のことに無知であるにもかかわらず、コンピュータの世界にはのめりこんでいて、テレビゲームのみならず、最先端のグラフィック作成ソフトの使いかたまでしっかりとマスターしている。たとえば教団のウェブサイトはすべて、彼が〈ドリームウィーヴァーMX〉を活用して制作した。その際には百ページ近いHTMLコードまで書いているのだ。彼は大使館の図面においても、ウェブサイトの構成と同様に、持ち前の悪趣味を存分に発揮している。僕の隣でヴァンサンは苦痛の声を上げ、それから下を向き、スライドの投映が続くあいだずっと（とにかく三十分以上）、かたくなに自分の膝《ひざ》を見つめていた。スライドは次から次へと投映された。次の画像に移るときはだいたい、もとの画像が爆発する。バックにはずっとテクノ調にサンプリングされた巨大音響のワーグナーの序曲が流れている。大使館の広間のほとんどが、十二面体から二十面体までの、いずれかの形をしている。アーティストの定石で、重力の問題は無視されている。そして仮想訪問者の視線は、宝石のあしらわれたジャグジーが隔てる部屋を次々に、縦横無尽に飛び回る。壁には、リアルすぎて胸が悪くなるような猥画《わいが》がいくつも飾られている。いくつかの部屋の大窓からは、色とりどりの花々が咲きみだれる草原が見渡せる。いったい預言者は、こんな不毛きわまるランサローテの風土の中で、どうやってそんな風景を実現するつもりだろうと僕は疑問に思った。しかし、花や草のスーパーリアリズムな描写から鑑《かん》みるに、そんな瑣末《さまつ》な問題では彼はこの計画を諦《あきら》めないだろうと気がついた。おそらくは人工的な草原をつくるのだろう。

続くフィナーレではカメラが大空に舞い上がり、大使館の全体像——鉤十字の組み合わさった六芒星《ろくぼう》——が見えてくる。そしてカメラは垂直方向にどんどんバックする。カナリア諸島が見え、地球全体が見えてくると、リヒャルト・シュトラウスの交響詩『ツアラトゥストラかく語りき』の冒頭の数小節が鳴り響く。そして静寂が訪れる。スクリーン上には延々、ぼんやりとした銀河が広がる。やがてそうした映像も消えた。そしてスポットライトが舞台に落ち、預言者が現れた。元気潑剌《はつらつ》とし、あしらわれたヨークがエナメルのような光沢を放つ白のサテンの法衣を身に纏い光り輝いている。大きな喝采《かっさい》が会場を包んだ。全員が立ち上がり、手を叩《たた》き、「ブラヴォー！」と叫ぶ。僕もヴァンサンも立ち上がって拍手をしないといけないような気に多少なった。喝采は少なくとも二十分続いた。ときどき喝采が弱まってきて、消えそうになる。すると、より大きな喝采が新たに涌《わ》き起こる。とりわけそれは、客席前方の〈刑事〉のまわりの小さなグループから涌き起こり、会場全体を巻き込んでいった。こんなふうに喝采は五回静まりかけ、五回盛り返した。それから預言者は、おそらくは、その現象がいよいよ終息しかけたのを見計らって、両腕を広げた。すぐに会場はしんと静まり返った。心に響く、とでも形容すべき声で（とはいえ音響操作でかなりのエコーがかけてあり、低音域も相当増幅されている）、預言者はエロヒムを迎える歌の冒頭を歌いはじめた。僕の周囲にいた数人が小さな声でその歌詞を反復した。「我々は大使館を建てるだろう……」預言者の声が高音に上がりはじめた。「愛してくれる者たちの助けを借りて」周囲の歌声が次第に大きくなる。「柱を建て、柱廊をつくるだろう」リズムがくずれ、節がゆっくりになりかけると、すかさず預言者が、続きを歌う。マイクで増幅された、意気揚々とした声が、洞窟いっぱいに響きわたる。「新たなエルサレムを！」その夢、その夢物語は、三千年の時を経ても、まったく力失《う》せることがない。「そして、その夢があらゆる涙を拭《ぬぐ》い去ってくれるだろう」感動の波が聴衆に広がった。全員が預言者のあとについて、三つの音で、ただひとことを延々と繰り返す。「エー、ロー、ヒム！……エー、ロー、ヒム！……」〈刑事〉は、天に向かって両手を伸ばし、割れるような大声で歌っている。僕は、自分からほんの数メートルのところにパトリックがいるのに気がついた。眼鏡の奥の目は虚《うつ》ろで、ほとんど恍惚《こうこつ》状態で両腕を広げている。その隣ではファディアが、神がかりが珍しくない先祖を持つ影響だろう、その場で身をよじりながら、なにやら不可解な言葉をつぶやいている。

再び瞑想が、今度は洞窟の静寂と暗がりの中で行われた。そして預言者が再び説教をはじめた。みんなそれに、ただ一心に耳を済ませるというより、無限の、崇拝の悦《よろこ》びに包まれ、もううっとりと聞き入っている。その主な要因は、預言者の声の、滑らかで叙情的なトーンにあると思う。ときに優しく瞑想に誘うように休止符が置かれ、ときに熱狂的になって強くなる。説教そのものは、はじめ、少し支離滅裂な感じさえした。彼の話は、動物界における形態と色彩の多様性に始まり（預言者は、きらめく飛翔《ひしょう》で人間を魅了する以外に存在理由がないように思える、蝶を例に挙げた）、さまざまな動物のあいだで現に行われている生殖にまつわるおかしな慣習へと展開した（預言者はたとえとして、こんな昆虫の話をした。その雄は雌の五十分の一ほどの大きさしかなく、雌の腹の中で寄生虫のごとく生き、最後に外に出てきて生殖を行い、それから死ぬ。きっと預言者の本棚には『たのしい生物学』なんて本があるのだろう。だいたいどんな科目にでも、そんなタイトルの本があるものだ）。しかし預言者はそんな脈絡のない話の積み重ねから、我々の前にひとつの「骨太な考え」を引き出してみせた。我々とこの地球上の全生命を創出したエロヒムが、非常にハイレベルの科学者であったことに疑いの余地はない。そして我々は彼らを見習って、科学を、実用されているあらゆる技術の原理を、尊重しなくてはならない。我々は科学を重視し、そしてその発展のために資力を注ぎ込まなければならない。そして喜ぶべきことに、我々のうちには、世界で最も優れた科学者のひとりがいる（預言者がミシキェヴィチュを指さす。ミシキェヴィチュは立ち上がり、嵐のような拍手喝采の中で、大衆に向かってぎこちなく会釈した）。しかし、エロヒムの科学に高い価値があるのは、彼らがとにかく、そしてなにより「アーティスト」であったからに相違ない。科学は単に、この驚くべき生命の多様性の実現に必要な手段にすぎない。考えようによっては、この驚くべき生命の多様性は、なによりも雄大な、ひとつの「アート作品」なのである。これほどの豊かさ、これほどの美しさ、驚異的であるだけでなく美的にも優れた多様性と独創性は、偉大なアーティストでなければ抱けなかったはずだ。「したがって我々にとって」と預言者は続けた。「このセミナーに、世界的にも著名な才能あふれるアーティストをふたりもゲストに迎えられたことは、誠に光栄のかぎりである……」預言者は僕らのほうを指さした。ヴァンサンがおずおずと立ち上がった。僕も立ち上がった。一瞬の動揺のあと、僕らの周囲の人々はぱっと広がって、僕らを取り囲み、にこにこ笑いながら拍手をした。僕から数メートルのところにパトリックがいた。懸命に拍手で僕を称《たた》えている。次第に感極まっていくようだ。

「科学、アート、創造、美、愛……ゲーム、優しさ、笑い……親愛なる友よ、生きるってなんてすてきなんだろう！　なんてすばらしいんだろう！　だからこそ我々はそれが永遠に続くことを願わずにはいられないのだ！……そして友よ、それが夢じゃなくなろうとしている。もうすぐ現実になろうとしているのだ……すでに約束は結ばれている。そしてそれが果たされるときが来るのだ」

こうした象徴的な言葉を最後に、預言者は口を閉じ、しばらく間を置いてから、再びエロヒムを迎える歌を歌いはじめた。今度は聴衆全員もいっしょになって大きな声で歌いはじめた。ゆっくり手拍子が打ち鳴らされる。隣を見ると、ヴァンサンも声のかぎりに歌っている。そして僕自身、正真正銘の集団的興奮の一歩手前に瀕《ひん》していた。

断食の終わる二十二時には、戸外に大きなテーブルがいくつも用意されていた。日ごろのつきあいなどを気にすることなく、それぞれ手近なテーブルに着くように言われた。ほとんど暗闇に近いということもあって事は簡単に運んだ。預言者が壇上に設置されたテーブルに着席すると、全員が頭を下げた。預言者は、味覚や風味の多様性について語り、一日の断食のおかげでその悦びがいっそう増すことについて語った。よく嚙《か》んで食べることの必要性についても語った。それから彼は話題を変えた。さあ、目の前に意識を集中して、これから君の前に現れる、すばらしい人について考えてみよう。誰であろうと、それはきわめて個性豊かなすばらしい人である。多様であるからこそ、出会いも、喜びも、快楽も、途方もなく変化に富んだものになるのだ。

びゅうっと風の鳴る音がしたあと、少し遅れてテーブルの端に置かれたガスランプが灯《とも》った。僕は目を上げた。皿の上にトマトが二個ある。正面に二十代の若い娘がいる。色白の、端整な顔立ちが、ボッティチェリの絵画を髣髴《ほうふつ》とさせる。たっぷりとした長い黒髪が、くるくるカールしながら腰まで、垂れている。娘は数分間、ルールに従って行動した。僕に微笑みかけ、話しかけ、「すばらしい人」であろう僕のことをもっともっと知ろうとした。わたしはフランチェスカ、イタリア人よ。より正確に言えば、生まれはウンブリア州、学校を出たのはミラノ。エロヒムを知って二年になるわ。しかしすぐにその右隣に坐っている彼女の恋人が、僕らの会話に入ってきた。僕はジャンパオロ。俳優だ（といってもCMや、ときどきテレビドラマに出るくらいの、ようするにエステルと同レベルの俳優らしい）。彼もまた非常に美しかった。セミロングの髪は、見ようによっては金色にも栗色にも見える。顔立ちは、いま具体的な名前は出てこないが、イタリア・ルネッサンス以前の画家の作品でかならず見かけるような顔立ちだ。それに体格もよく、Tシャツの上からでもブロンズ色の二頭筋や胸筋の輪郭がはっきり見てとれた。僕は個人的には仏教徒なんだ。だから、このセミナーにも興味本位で参加したにすぎない――でも第一印象は、悪くないね。すぐに彼らは僕への興味を失って、イタリア語の会話で盛り上がりはじめた。彼らはただ見目麗しいカップルであるだけでなく、相手に心底夢中になっているようだった。彼らはまだ、相手の世界を発見する、あの魅惑的な時期の真っ只中《ただなか》にある。この時期の人間に必要なものは、すごいことをすごいと思える能力、おもしろいことをおもしろいと思える能力、楽しいことや、嬉《うれ》しいことや、腹の立つことを誰かと分かちあえる能力だ。フランチェスカのジャンパオロを見つめる様子には、ひとりの男性に選ばれたことを自覚し、そこに悦びを感じ、誰かとともに生きるとか、決まった相手を持つという考えにまだ慣れきっていない、人生はこのさき薔《ば》薇《ら》色になると思っている女性の、あの法悦があった。

食事はいつものように質素だった。トマト二個、タブレ、*山羊《やぎ》のチーズがひと切れ。しかし食事が片付けられると、白い、丈の長いチュニックを着た十二人の婚約者たちが、林檎《りんご》をベースにした甘いリキュールの入った壺《つぼ》を手にして、テーブルのあいだに現れた。気軽な会話があちこちで交わされ、うちとけた幸せな雰囲気が、会食者の心を満たしていた。何人かは鼻歌を歌っている。パトリックがやってきて、僕の傍らにしゃがんで言った。これからちょくちょくスペインで会おうよ、君とは本当の友だちになれそうだ、ルクセンブルクにもぜひ遊びにきてくれ。預言者が再び演説をはじめようと立ち上がったとき、熱狂的な拍手が起こり、それが十分続いた。銀色に輝く彼のシルエットが、プ

＊クスクスとミント、トマトなどを混ぜオリーブ油とレモンで味付けしたレバノン料理。

ロジェクターの光のもとで、きらきらとオーラを放つ。預言者は我々を、世界の多様性についての瞑想に誘った。さあ、いま見えている星に向かって思いを馳《は》せてみよう。それぞれの星々のまわりを惑星が回っている。そうした惑星に住む、さまざまな形態の生き物、我々がまったく知らない奇妙な植物や、動物や、知的な文明、を思い浮かべてみよう。中にはエロヒムの文明のように、我々より遥かに進み、その知識を我々と共有することをひたすらに望んでいる文明もある。我々を仲間と認め、ともに快楽や、永遠の継続、喜びのなかで生きることを望んでいる文明もある。生きるということはあらゆる点ですばらしい、と預言者は結論づけた。したがって我々は一瞬、一瞬を無駄にしないように生きなければならない。

預言者が壇上から降りると、信者全員が立ち上がった。信者は預言者の行く手に人垣をつくり、天に向かって両手を広げ、リズムに合わせて「エーローヒーム！」を繰り返す。笑いが止まらぬ者もいれば、わっと泣き出す者もいる。預言者はファディアの横まで来たとき、立ち止まり、彼女の胸にそっと触れた。ファディアは跳び上がって悦び、「イェープ！」とか、そんな声をあげた。ファディアは預言者といっしょに、大声で歌いながら喝采の声をあげている取り巻き集団の中に消えた。「これで三度目だよ！　彼女が見初められたのは、三度目だ！」パトリックが誇らしげに僕に囁《ささや》いた。このときパトリックから聞いた話によると、十二人の婚約者以外にも、預言者が、一般の女性信者に、一夜をともにする許可を与えることがあるそうだ。信者たちは次第に興奮から醒《さ》め、自分のテントに戻っていく。パトリックは涙で曇った眼鏡を拭《ふ》いた。それから僕の肩に腕をまわし、夜空を見上げた。特別な夜だ、と彼は言った。いつもよりも星々からの波動を感じる。エロヒムから我々への愛に満ちた波動だ。きっと、こんな夜にこそ、彼らは我々のもとに戻ってくるのだ。僕はなんと返事をするべきか見当もつかなかった。僕はこれまで宗教に入ったことがなかったし、その可能性を検討したことさえなかった。僕にとって、物事はまさにありのままでしかなかった。人間というのは、曲がりくねった苦しい進化の過程で、他の種から生まれてきた、動物の一種であり、それは器官という材料でできている。そしてその死後には、こうした器官は分解され、よりシンプルな分子になる。脳の活動も、思考も、とにかくそれが「精神」に相当するものであろうと、「魂」に相当するものであろうと、なんの痕跡《こんせき》も残らない。このように強固で、徹底した無神論を持っているがゆえに、これまで僕は、いまパトリックが言ったような話題を真面目に受けとったことがなかった。高校時代、キリスト教徒や、イスラム教徒、ユダヤ教徒と話をするような場合に、僕はいつも、彼らの信仰はいわば「暗示的なもの」として捉《とら》えるべきだと感じた。彼らが、教義の現実性を、直接的に、本来の意味で、信じてはいないのはあきらかだった。ただし、それは確認のしるし、信者の社会にアクセスするためのパスワードの一種ではあった——ちょうどグランジ・ミュージックや、カルトムービー『ドゥーム・ジェネレーション』がそのファンに果たしている役割に近い。彼らはときどき、神学的だが馬鹿げてもいるそれぞれの立場のあいだで、必死になって討論していた。そうした必死さは、一見、僕の仮説に矛盾するように見える。しかし結局それは、あるゲームの本物のファン、たとえばチェスの棋士や、ロールプレイングゲームにすっかり入り込んでいるプレイヤーにしても同じで、彼らにとっては、ゲームの虚構空間こそが、あらゆる点で、たしかなもの、リアルなものなのだ。プレイヤーにとっては、とにかくゲームのあいだは、それ以外の世界は存在しない、と言ってもいい。

　つまり僕の中に、再び、信仰者に代表されるあのうっとうしい謎が提起されたのだ。具体的にいうと、エロヒム教徒という謎が提起されたのだ。もちろんこんなジレンマも、いくつかのケースに関しては簡単に片がつく。たとえば〈学者〉のケースでいうと、どう考えても、彼がそんなばかげた話を真に受けているはずがない。しかし彼には教団に留まる理由がたっぷりとある。つまり彼の研究の異端性を考えると、よそでは、これほど大きな信用は得られなかっただろうし、あんな近代的な設備の整った研究所なんて持てなかっただろう。他の幹部――〈刑事〉や〈ユモリスト〉、そしてもちろん預言者――にしても、教団に属することで物理的な利益を得ている。パトリックのケースは、もっと興味深い。たしかに彼は、エロヒム教団のおかげで、ものすごく好色で、見た目どおりにホットであろう――教団の外では絶対にものにできないような――恋人を見つけることができた。銀行家や会社の幹部というのは、金を持ってはいるものの、性生活のほうは、たいていの場合、悲惨きわまりないものだ。自分たちを軽蔑《けいべつ》し、自分たちの体に嫌悪を抱くにきまっているデート嬢に、法外な金を払って、束の間のデートをしてもらうのがせいぜいだ。いずれにせよ、パトリックの信仰は見かけだけではないようだ。預言者が垣間見せてくれた永遠に悦楽の続く世界を、彼は心の底から期待しているようだ。他方で、ブルジョワらしい非常に理性的な行動を取っている人物だけに、当惑してしまう。

僕は眠りにつくまで、パトリックのケース、ヴァンサンのケースについて、もう一度ゆっくり考えた。最初の晩以来、ヴァンサンはもう僕に話しかけてこなかった。あくる朝、僕は早くに目を覚ました。僕は再び、ヴァンサンがスーザンと連れだって、丘に沿うつづら折りの道を下っていくのを見た。このたび、ふたりの口論はいっそう激しさを増し、袋小路に入りこんでいるようだった。ふたりは最初の高台のところで別れた。ヴァンサンは来た道を引き返し、宿坊に戻っていく。僕は彼の宿坊の入り口近くで彼が戻ってくるのを待った。ヴァンサンは僕に気がついてびくっとした。僕の部屋でコーヒーでも飲まないか、と僕は彼を誘った。虚を突かれ、彼は頷《うなず》いた。湯が沸くまでに、僕はテラスのテーブルに、カップや砂糖を用意した。厚ぼったい、でこぼこしたダークグレーの雲のあいだから、朝日がようやく顔を出した。細い紫色の光が地平線に広がった。僕は彼のカップにコーヒーを注いだ。彼はそれに砂糖をひとつ入れ、物思いにふけったまま、それをかきまぜた。僕はヴァンサンの正面に坐った。彼は黙ったまま、目を伏せ、カップに口をつけた。「スーザンが好きなのか?」僕は彼に訊《き》いた。彼は不安そうな目を僕に向けた。「そんなふうに見える?」長い沈黙のあと、彼は言った。僕はそうだというように頷いた。「少し頭を冷やせよ……」僕は言った。僕の口調は、あらかじめよく考えてからの発言のように、落ち着いていたが、実はいまはじめて思いついたことだった。しかし僕は言葉を続けた。

「島の観光でもしてみないか……」

「それは……キャンプの外に出るってこと?」

「禁止されてるのかい?」

「まさか……そんなことはないだろう。どうすればいいかは、ジェロームに訊いたほうがよさそうだけど……」それでも見通しは暗いとヴァンサンは考えているようだった。

「だめなわけがない!　もちろんいいに決まっている!」〈刑事〉は機嫌よく大声を張りあげた。「ここは監獄なんかじゃないんだよ!　誰かに君たちをアレシフェまで送っていかせよう。それとも、空港のほうがいいかな。そのほうがレンタカーを借りやすいからね」

「でも夜には戻ってくるんだろう?」僕らがミニバスに乗り込むとき、彼は訊ねた。

「べつに深い意味はないんだがね……」

具体的な計画があったわけではない。僕はただ、ヴァンサンを一日、普通の世界に連れ出したかっただけだ。つまり行き先なんてほとんどどこでもよかった。つまり、場所柄からして、浜辺がいかにも妥当に思えた。ヴァンサンは従順で、驚くほど自分の意志がなかった。レンタカーの業者が、島の地図をくれた。「テギースの浜辺に行ってみようか」僕は言った「それがいちばん簡単だ」ヴァンサンは返事さえしなかった。

ヴァンサンは水着になり、タオルを持ち、文句も言わずに砂の上に腰を下ろした。そうしていろと言われれば、一日そこに坐っていそうだった。「女は他にいくらでもいる……」僕は会話の糸口として、なんの気なしにそう言ってから、その発言にまったく説得力がないことに気がついた。いまはシーズンオフだった。視界には五十人ほどの人間がいるが、魅力的な体つきの思春期の娘たちには青年たちがくっついているし、小さな子供づれの母親の体は、すでにいまひとつ魅力に欠けていた。僕らはどこまでも形の上で公共の場に属しているにすぎない。そこにいる人間の誰ひとりとして、僕らが何らかの方法で働きかけることのできる現実界にはいない。僕らから見れば、彼らはまるで映画館のスクリーンに映る画像のように存在感がなかった。どちらかといえば、それよりもなお存在感がなかった。どうやら、この普通の世界の観光は失敗に終わりそうだ、僕はそう感じはじめていた。しかも、かなり気の滅入る形で終わるおそれさえあると、そのとき僕は悟った。

まったくの偶然だが、僕らは〈トムソン・ホリデーズ〉の休暇村指定の海岸に来ていた。水が冷たくて海に入れず、浜辺に戻ってくると、かなり多くの人間が、音響セットが用意された舞台のまわりに集まっていた。ヴァンサンは位置を変えることもなく、人ごみの中に坐っている。彼はまったく無表情で周囲の喧騒《けんそう》を眺めている。僕は彼の隣に腰を下ろしながら、横断幕の文字を読む。「ミス・ビキニ・コンテスト」実際、十三歳から十五歳までの小娘が十人ほど、舞台袖《そで》の階段のそばで、きゃっきゃと声を上げながら出番を待っている。派手なオープニング音楽のあと、サーカスのお猿みたいな扮装《ふんそう》をした、大きな黒人司会者が舞台の上に飛び出してきて、件《くだん》の娘たちを舞台に呼び込んだ。「レイディース・アンド・ジェントルメン、ボーイズ・アンド・ガールズ」司会者は高性能マイクでがなりたてる。「〈ミス・ビキニ〉コンテストへようこそ！　今日は、みんなのためにとびきりのセクシーガールが集まったぜ！」司会者は最初の娘に振り返った。細長い体に、白のミニマル・ビキニ、赤毛のロングヘア。「名前は？」司会者が尋ねた。「イロナ」娘が答えた。「きれいな娘にぴったりのきれいな名前だね！」男は元気よく言った。「それでイロナはどこから来たのかな？」娘はブダペストの出身だった。「ブーーダーー、ペスト！　ホーーーットな街じゃん！」彼は真っ赤になって叫んだ。娘は神経症ぎみにギャハハと吹き出した。司会者は次の娘に話を訊く。それはプラチナブロンドのロシア娘で、まだ十四だというのに、すっかり熟《う》れた体をしており、正真正銘のアバズレ感があった。その後、集まった娘全員を相手に二、三の質問が繰り返された。司会者は元気溌剌、銀ラメのタキシードを着てそっくり返り、多少下ネタのまじった冗談を連発する。僕はげんなりしてヴァンサンに目をやった。浜辺のこうしたお祭り騒ぎの中のヴァンサンは、ラップのビデオクリップの中のサミュエル・ベケットのようだった。司会者は娘たちを紹介しおわると、小さなテーブルにバインダーを広げて坐っている、四人の腹の出た六十男のほうに振り返り、仰々しい調子で観客に彼らを紹介した。「そしてジャッジを下すのは……我らがインターナショナル審査団だあ！　パネル席の四先生がすごいのは、そのちんけな世界旅行の数じゃないぜ！　彼らはセクシーボーイのなんたるか、セクシーガールのなんたるかを知っている！　レイディース・アンド・ジェントルメン、我らがエキスパートに盛大な拍手を！」気の抜けた拍手がぱらぱらと起こる。そんなふうに笑いものにされた当の老先生方は、観衆のあいだにいる自分の家族に手を振っている。そしてコンテストがはじまった。ひとり、またひとり、娘たちが舞台中心に出てきて、ビキニ姿で、ある種のエロチックなダンスを披露する。くねくねと尻《しり》を振るとか、サンオイルを塗るとか、ビキニのトップの紐《ひも》をいじりまわすとか、いろいろだ。音楽は爆音のハウス・ミュージック。ほうら、やっぱり、こういうことになる。僕らは「普通の世界」にいる。はじめて会った日の夜、イザベルが僕に言ったことを思い出した。一生涯キッズの社会。あの黒人司会者は大人版キッズで、あの審査員たちは老いぼれ版キッズなのだ。ここには、実際、ヴァンサンに社会復帰を促すようなものはなにもない。そろそろ行こうか、と僕はヴァンサンに言った。舞台ではさきほどのロシア娘がビキニのパンツに手を忍ばせているところだった。彼は淡々と承諾した。

縮尺二十万分の一の地図の上では、特にミシュランの地図の上では、すべてが幸せそうに見える。もっと縮尺の大きな地図になると、物事は台無しになる。僕の持っているランサローテの地図がそれだ。宿泊施設や観光施設の位置がわかるようになる。縮尺一は、我々の住む普通の世界だ。めでたいことなどなにひとつない世界である。しかしなおもそれを拡大すると、ひどい悪夢に沈んでいくことになる。ダニや、真菌や、肉を蝕《むしば》む寄生虫が見えてくる。午後二時ごろ、僕らは教団のキャンプに戻った。

いいとこに戻ってきたな、ちょうどいいぞ、〈刑事〉は跳び上がって喜んだ。いましがた預言者が急に、今晩、セミナーに参加している「著名人」――つまりなんらかの形でマスコミや大衆を惹《ひ》きつけられそうな人々――を集めてちょっとした夕食会を開くと言い出してね。そばで〈ユモリスト〉がそれに恭《うやうや》しく頷きながら、あまり大袈裟《おおげさ》に考えるな、というように僕に小さく目配せをする。が、その実、彼は、教団の現状を立て直すのに、僕の力をかなり当てにしているのだと思う。マスコミ担当の責任者として、彼はこれまで数々の辛酸を嘗《な》めてきた。教団のマスコミでの書かれ様ときたら、一番ましなケースで、変わり者やUFOマニアの集団、最悪のケースでは、優生学、ひいてはナチズムに近い思想を伝播《でんぱ》する危険な組織だった。預言者についてはというと、いつもきまって、挫折《ざせつ》の連続だった昔の職歴（レーサー、ポップス歌手などなど）を、おもしろおかしく書き立てられる。ようするに、僕のようなそこそこに本物のＶＩＰは、彼らにとって、願ってもない授かりもの、宣伝塔なのだ。

十人近い人間が食堂に集まっていた。ジャンパオロの顔もある。フランチェスカといっしょだ。きっと彼の俳優としての経歴を買われて、ここに招待されたのだろう。たとえささやかな経歴であろうとも、大きな意味では、彼だって「著名人」にはちがいない。もうひとり、プラチナブロンドの髪に、かなり肉づきのよい五十代の女性にも見覚えがあった。ほとんど耳障りなくらい馬鹿でかい声で、エロヒムを迎える歌を歌っていた女性だった。彼女は自分のことをオペラ歌手、正確にいえば合唱の歌手なのだと紹介した。僕の席は、預言者の真正面、いちばんの上座だった。預言者は温かく僕を迎えたが、どことなく表情が硬く、不安そうで、落ち着きなく招待客を見まわしている。〈ユモリスト〉が隣に着席したとき、預言者は少し落ち着きを取り戻した。ヴァンサンは僕の右隣に腰を下ろし、刺すような目で預言者を一瞥《いちべつ》した。預言者はちびりちびりパンをちぎって捏《こ》ねまわしている。いま、預言者は疲れ、放心しているようだ。いつになく本来の六十五歳らしい。「マスコミは我々が大嫌いなんだ……」彼はつぶやいた。「いま、私が死んだら、私の仕事のなにが残るだろう。きっと跡目争いだろうな……」なにか気の利いたセリフを準備していた〈ユモリスト〉は、預言者のほうに振り返り、その声の深刻なトーンに気がついて、口を開けたまま固まった。そのアイロンをかけたような平べったい顔といい、短い鼻といい、ごわごわでまばらな頭髪といい、彼にはもともと道化の役を演じる素養がある。彼は、たとえ絶望していてもけっして本気にしてはもらえない、あの醜い者たちに属している。もし教団が突如、崩壊するようなことがあれば、彼の境遇はかなり悲惨なものになるだろう。ほかに収入源があるとも思えない。彼は、預言者とともに、サンタモニカで暮らしている。十二人の婚約者たちが暮らすあの屋敷にだ。彼自身には性生活はない。そもそも、彼は毎日たいしてやることもない。唯一、変わった行動といえば、フランスからニンニク入りのサラミを取り寄せるぐらいだ。カリフォルニアのデリカテッセンの店では物足りないのだ。釣り針のコレクションにもこだわりがある。しかし結局、彼は、自己の欲求も、いきいきとした本質も空っぽになった、哀れなマリオネットのように見える。預言者は多少なりとも慈悲心から、このマリオネットをそばに置き、機会があれば、それなりの引き立て役や、なぶり者の役を振ってやっている。

預言者の婚約者たちが登場した。オードブルの皿を運んでいる。おそらくはこの集会のアーティスティックな側面を加味してのことだろう、いつものチュニック姿ではなく、蓮っ葉なメリュジーヌ〔フランスの伝承に登場する半身蛇体の美女〕風のいでたちだ。星で覆われた円錐《えんすい》型の帽子に、銀のスパンコールのあしらわれた、尻がむき出しになるボディコンシャスなドレスを纏っている。メニューも一工夫されていた。肉入りの小さなパテと、ザクースカ*が盛り込まれている。預言者は、ザクースカを給仕する栗色の髪の娘の尻を機械的に撫《な》でた。しかしいつもの元気は戻ってこないようだった。預言者はいらいらして、すぐにワインを出すよう命じ、それをたてつづけに二杯呷《あお》った。それから椅子の背に深くもたれかかり、出席者の顔ぶれをゆっくりと見まわした。

「マスコミのレベルで、なにかするべきだ」ようやく預言者は〈ユモリスト〉に向かって言った。「今週の〈ヌーヴェル・オプセルヴァトゥール〉を読んだがね、ああいうシステマティックな中傷キャンペーンは、もう本当に我慢ならんね……」〈ユモリスト〉は眉間《みけん》に皺《しわ》を寄せた。彼はそれから一分以上も経ってから、いかにも重大な事実を口にするかのように、いぶかしむような声で「それはたいへんですな……」と言った。この男が問題を他人事のように捉えているのを見て、僕は少し驚いた。だって彼は一応、教団唯一のマスコミ担当者ということになっている――そもそも、この夕食会に〈学者〉の姿も〈刑事〉の姿もないことからして、それはあきらかだ。おそらく彼には、他の二人と同様に、この分野の才能がまったくないのだ。彼は悪い結果が出ることに慣れっこになっており、どうせ結果は悪いものと決めつけ、自分のまわりの人間もみな、悪い結果に慣れていると思っている。きっと〈ユモリスト〉も六十五歳かそこらだろう。そしてもはやこの先の人生に、たいしたことも期待できない。彼は口を開きかけ、そしてそれを静かに閉じた。おそらく、なにかおもしろいセリフはないか、預言者の機嫌を直す方法はないかと考えているが、見つからない。彼は「一時的ネタ切れ」に苦しんでいる。彼はついに観念した。今夜の預言者は虫の居所が悪いのだ、まあ、じきに機嫌も直るさ。そう考えたにちがいない。彼は気を取り直し、静かに肉入りパテを食べはじめた。

「君の意見はどうだい？……」預言者が直接僕に話しかけてきた。まっすぐに僕を見つめている。「長い目で見て、実際、マスコミの敵意というのは、問題だと思わないか？」

「包括的に見れば、問題でしょうね。自らを殉教者に見立てて、不当に追われる身を嘆

＊ロシア料理の前菜。イクラや鮭を使うのが一般的。

いてみせるというのは、少数の逸脱者を惹《ひ》きつけるには有効なんです。全盛期のル・ペンはこの手をうまく使いました。しかし結局はそれで損することになります——とりわけ、多少とも統率者の立場から演説をしようとするとき、つまりある一定以上の聴衆の前で演説しようとするときには」

「ほおら！　やっぱりそうだろう！……みんな、いまダニエルが言ったことを聴いたかね！」預言者は椅子の上に身を起こし、会食者全員の注意を引いた。「メディアは我々をセクトだと非難する。ところが我々がオープンな宗教になるのを許さないのは、そのメディアなのだ。連中は徹底的に我々の教義をゆがめ、我々が大多数の人間と接触するのを許さない。我々の提示する答えが、国籍、人種、それまでの宗教に関係なく、全人類にとって有益であるにもかかわらずだ！」

会食者はみな食べるのをやめた。なかには首を振る者もいたが、誰もなにを言うべきかわからなかった。預言者はがっかりして椅子に身を沈め、栗色の髪の娘に顔で合図をし、ワインをもう一杯注がせた。しばらく沈黙が続いたあと、テーブルのまわりでそれぞれの会話が再開された。ほとんどの会話が、配役がどうした、脚本がどうした、さまざまな映画のプロジェクトがどうしたという話題だった。会食者の多くが、駆け出しの役者か、脇役俳優であるようだった。おそらく役者の人生には「運」が大きく作用するということもあるのだろう、これは前から思っていたことなのだが、役者はしばしば、あらゆるセクトの類、素っ頓狂《とんきょう》で霊的な信仰やらおしえやらに、簡単にひっかかる。奇妙なことに、彼らは誰も、僕が誰だか気づいていなかった。それはどちらかといえばよいことだった。

「都会のハーレー君は正しい……」預言者は考え込むように英語で言った。「生きるとは、基本的に、保守的な選択なのだ……」僕は少しのあいだ、預言者は誰に向かって話しているのだろう、と考え、それから、それは自分だと気がついた。彼はフランス語であとを続けた。「いいかね、ダニエル」いつもの彼に似合わぬ、心底悲しい口調だった。「人間の唯一の能動的行為、それは生殖すること、種を継続することだ。その目的が、あきらかにくだらないことであっても、人間はもう必死になってこれを追求する。いかに不幸であろうと、おそろしく不幸であろうと、その境遇を変えられるかもしれないチャンスを、人間はもう必死で禁ずる。彼らは子供を、自分たちそっくりの子供を欲しがる。自分の墓を掘り、不幸な状況を永らえるためにね。そんな彼らに我々が変異の実現を提案しても、別の道を提案しても、どうせ激しく却下されるにきまっている。私は今後数年になんの期待も抱いていない。プロジェクト実現のための技術的条件が揃えば揃うほど、反対の声は高くなるだろう。そして知的権力はみんな、〈現状維持〉派によって握られているんだ。闘いは厳しいものになるだろう。きわめて厳しいものになるだろう……」彼はため息をつき、グラスに残ったワインを飲み干した。ひとり物思いに沈んでいくようだった。あるいは無気力と闘っているだけかもしれない。ヴァンサンは至極真剣に預言者を見ている。このとき預言者の精神状態は、落胆と暢気《のんき》のあいだを、死への惰性と生の躍動のあいだを往き来していた。彼がますます老いさらばえ疲れきった猿に見えてきた。二、三分後、彼は再び椅子から身を起こし、輝きを取り戻した目で、出席者を見まわした。思うに、彼はこのときはじめて、フランチェスカの美しさに気がついたのだろう。預言者は合図をして、給仕をしていた日本の娘を呼び、その耳元でなにか言った。給仕の娘は件のイタリア娘のところへ行き、預言者のメッセージを伝えた。フランチェスカは感激して椅子から飛び上がり、恋人の様子を窺《うかが》いもせずに、預言者のもとへ赴いて、その左隣に腰を下ろした。

ジャンパオロが身を起こした。顔が完全にこわばっている。僕は彼から顔を背けた拍子に、預言者がフランチェスカの髪を撫でているのを見てしまった。預言者は、幼児のような、耄碌《もうろく》した老人のような、うっとりとした顔をしている。感動的ですらあった。僕は皿の上に目を落とした。しかし三十秒後、皿の上のチーズにも見飽きて、思いきって隣に目を遣った。ヴァンサンはあいかわらず不躾《ぶしつけ》なくらい預言者を見ている。そこにはある種の喜びさえ感じられる。預言者はいま、その若い娘の首もとに手をかけている。娘は預言者の肩にもたれかかっている。預言者が彼女の胸元に手を入れた瞬間、僕は思わずジャンパオロを見た。彼は椅子からますます身を起こした。その顔が憤怒に燃えているのがわかった。そしてそれがわかったのは僕だけではなかった。テーブル上のすべての会話が途絶えた。それから、ジャンパオロは敗北した。彼はゆっくりと腰を下ろし、背を丸め、頭を垂れた。テーブルに会話が戻ってきた。それは最初小声で始まり、それから元の大きさに戻った。デザートが出る前に、預言者はフランチェスカを連れて席を立った。

あくる朝、僕は、午前の講演会の出口で、この娘を見かけた。彼女はイタリア人の女友だちと話をしていた。僕は歩く速度を落として、彼女の横を通り過ぎた。彼女が「コミュニカーレ……」と言っているのが聞こえた。彼女の表情は明るく、晴れ晴れとしており、いかにも幸せそうだった。セミナーは通常のペースに戻っていた。僕は午前の講演会には参加して、午後のワークショップはパスした。夕方の瞑想で他の信者と合流した。それが終わるとすぐに夕食だ。フランチェスカはまた預言者の隣にいた。そして食事が終わると、またふたりして退席していった。しかしジャンパオロの姿は、その日一日、見かけなかった。

入り口にハーブティ専門のバーのようなものが設置された洞窟があった。僕は菩提樹《ぼだいじゅ》の前のテーブルに〈刑事〉と〈ユモリスト〉が坐っているのを見た。〈刑事〉が大きなジェスチャーを交えながら熱心に演説をぶっている。あきらかにその話題は彼にとっての重大事であるらしい。〈ユモリスト〉はまったく反論しない。深刻な顔で、こくりこくり頷きながら、相手の辛辣《しんらつ》な口調が弱まるのを待っている。僕は湯沸かし器の近くにいるエロヒム教徒のほうに向かった。なにを注文すればいいのだろう。ハーブティなんて美味《おい》しかったためしがないのだ。僕はしかたなくココアを頼んだ。預言者は、しっかり脱脂されたカカオにかぎって、その摂取を許可していた——おそらくはニーチェに敬意を込めてのことだろう。預言者はニーチェの思想が大好きなのだ。僕が幹部ふたりのテーブルの近くを通り過ぎたとき、ふたりは会話をやめた。〈刑事〉はいかめしい目つきでバーの様子を窺った。彼はきびきびした合図で僕を彼らのテーブルに招いた。新たに聞き手になりそうな人間を見つけて、あきらかにパワーアップしている。

「いまもこのジェラールに話していたんだがね」と彼は話しはじめた（そりゃあそうだ、この醜い哀れな人間にだって名前ぐらいはある。彼にだってきっと家族はあったのだろう。もしかしたらやさしい親族がいて、その膝の上で遊ばせてもらったのかもしれない。本当に、生きるということは、厳しすぎる。こんなことばかり考えていたら、最後には自分の頭に銃弾をぶち込むことになるだろう）。「いまもこのジェラールに話していたんだがね、我々は教義の科学的側面ばかりをアピールしすぎているというのが僕の意見だ。まさにいまどきの風潮に、ニューエイジ、エコロジー思想があるだろう。これはテクノロジーのむやみな横行を怖がる風潮だ。なぜなら彼らは人間が自然を支配することを善く思っていないからね。いまキリスト教的な伝統を断固として拒絶している人々は、こうした人々なんだ。こうした人々はたいてい異教や仏教の考えに親しんでいる。その気になれば我々はおそらくこうした人々を味方にできるんじゃないだろうか」

「でも他方で我々は」ジェラールが巧妙につっこんだ。「テクノフリークの心を摑《つか》んでるじゃないか」「そう……」〈刑事〉はいぶかしむように言った。「連中はとりわけカリフォルニアに多い。しかし賭《か》けてもいいが、ヨーロッパではそう多くないはずだ」彼はふたたび僕に向かって言った。「君はどう思う？」

特に異論はなかった。まあ、長い目で見れば、遺伝子に関するテクノロジー肯定派の数も、そのうち反対派の数を上回るだろうが。それより僕が驚いたのは、彼らがまたしても僕に、その内心の不満を打ち明けたということだ。いままで気づかなかったが、彼らは僕が、ショービジネスの世界の人間として、いまどきの風潮だとか、世論に浸透しているムーブメントだとかを直観的に理解していると、思いこんでいるのだ。あえて誤解を解く必要もないので、彼らが恭しく耳を傾けている横で、僕は二、三ありふれたことを言い、それから、疲れを口実に笑顔で退席した。僕はするりと洞窟の外に出て、テント村に向かって歩きだした。一般信者をもっと近くで見たかったのだ。

まだ宵の口だった。誰も就寝してはいない。ほとんどの信者が、テントの前で、たいていはひとりで、ほんのたまにカップルであぐらをかいていた。多くの者は裸だった（義務ではないが、エロヒム信者のあいだではヌーディズムが広く実践されている。故郷の惑星の気象を完全に制御している創造主エロヒムは、いずれにせよ裸である。それはまさに、罪や恥に捕らわれない、自由で誇り高い存在にふさわしい姿だ。預言者のおしえによれば、アダムの罪の痕跡が消えたいま、我々は本物の愛の新しい法則のもとで生きているのだという）。ざっと見たところ、彼らはみなななにもしていない。あるいは、彼らなりの方法で瞑想をしているのかもしれない——多くは両手のひらを広げ、星空を見上げている。教団から配られたテントは、インディアンのテントのようにみんな円錐型をしている。しかし、白く光沢のあるその生地は、非常に現代的な「宇宙工学から生まれた新素材」の類だった。ようするに、それは部族の村、ハイテク・インディアンの村だった。みんなインターネットのシステムを持っているのだと思う。預言者はあくまでもその点を強調していた。それは信者に瞬時に指令を伝えるのになくてはならないものだった。彼らはきっとインターネットを介して、濃密な人間関係を持っているにちがいない。しかしだからこそ、ここに集まっている信者が、どちらかといえば孤独で、寡黙であることが、目についた。誰もが自分のテントの前に佇《たたず》み、おしゃべりもせず、隣に遊びにもいかない。彼らは互いにたった数メートルの距離にいながら、互いの存在にさえ気づいていないかのようだ。ほとんどの信者には子供もペットもいない（禁止ではないが、持たないように強く勧められている。とにかく重要なことは、新しい種を生産することであり、現行の種の再生産は、時代遅れで保守的な選択、寒がり体質の、とにかくたいして重要でもない体質の顕《あらわ》れ、と看做《みな》されている。どうやらこの組織では、一家の長としての父親が高く評価されることはほとんどなさそうだ）。僕は村じゅうの道を歩きまわり、数百個のテントの前を通り過ぎたが、誰からも話しかけられなかった。みなうっすら笑みを浮かべて、会釈をするだけだった。僕は最初、彼らは少し気後れしているのだろうと思った。僕はＶＩＰだし、預言者と直接会話をする特権も持っている。しかしすぐに、彼らは仲間と道で擦れちがうときでも同じようにしていることに気がついた。笑顔で会釈、それだけだ。僕は村の出口が来ても歩きつづけ、砂利が転がる道を数百メートルほど進んで、立ちどまった。月の明るい夜だった。砂利の一粒一粒、溶岩の塊ひとつひとつがはっきりと見える。遥《はる》か東、境界に連なる鉄製の防護フェンスが弱い光を放っている。僕はなにもない荒野の真ん中にいた。気温は穏やかだった。そして、どんなにつまらない結末にでも辿《たど》りつけるのなら、辿りつきたかった。

そこでずいぶん長いこと、放心していたにちがいない。戻ってみると、キャンプ場はひっそりとしていた。みんな眠ってしまったらしい。僕は腕時計を見た。午前三時を回ったところだった。〈学者〉の宿坊にはまだ灯《あかり》が点いていた。彼は仕事用のテーブルに着いていたが、僕の足音に気づき、中に入ってくるよう僕に合図をした。思っていたほど味気ない部屋ではなかった。ソファと、ほどほどに上等なシルクのクッションがあった。岩肌がむき出しの床には、抽象模様の絨毯《じゅうたん》が敷いてある。茶を淹《い》れよう、と彼は言った。

「君はきっと気づいているだろうが、教団幹部のあいだには、ある種の緊張がある……」彼はそう言ってから、黙り込んだ。やはり、僕は彼らの目に「重要な駒」と映っているらしい。どう考えても彼らは僕のことを買いかぶっている。たしかに僕には発言権がある。いまでも僕の話を聴きたがるメディアはあるだろう。しかし世の人々が僕の話を聴いて、その意見を変えるかというと、それはまた話が別だ。世の人々は、「著名人」がメディアで、実にさまざまなテーマについて触れながらも、だいたい予想のつくことしか言わないことに慣れている。だからそんなもの誰も本気では聴いていない。ようするにショービジネスは、もっぱら、むかむかするようなコンセンサスを生むためのシステムでありながら、もうとっくの昔に、自身のくだらなさの下で拉《ひしゃ》げてしまっている。しかし、僕はあえて誤解を解くようなことは言わなかった。僕は、これまでの人生でも散々利用してきた、あの好意的中立の態度で、彼に同意した。そうした態度のおかげで、僕はこれまで実にたくさんの社会で、実にたくさんの内輪話を聴き、その後、集まった話をバレないようにすっかりデフォルメして、コントで再利用した。

「たいして気にしちゃいないがね。預言者は私を信頼してくれているし……」彼は先を続けた。「ただメディアにおける我々のイメージはひどい。完全に変わり者扱いだ。目下、世界中に、うちほどの成果を上げている研究所はないにもかかわらずだ……」彼は、あたかもそこにあるものすべて、エルゼビア出版の英語版生物学全集、机の上に並ぶDVD資料、起動しているコンピュータ画面がみな、彼の研究の重大さを示す証拠であるかのように、ぐるりと腕を回して部屋を示した。「ここに来ることで、私はそれまでのキャリアを潰《つぶ》した」彼は苦々しそうに続けた。「私はもう、権威のある刊行物に論文を載せることはできない……」社会はパイのようにたくさんの層でできている。そして僕はこれまで科学者をコントで取り扱ったことがない。僕の考えでは、それは特殊な層であって、彼らを突き動かしている野心や価値基準は、一般大衆のそれに置き換えることができない。ようするにそこには大衆向けの話題はなにひとつない。それでも僕は、長年の習慣から、他の人間の話に耳を傾けるのと同じように、彼の話にも耳を傾けた――僕が人間を探るスパイだったのはかつての話で、いまは退役スパイのようなものだが、まあなんとかなるだろう。僕はあいかわらず反射神経はよかった。僕はふむふむ頷いて、彼に話の先を促しながら、ほとんどちんぷんかんぷんの話を聴いた。次第に彼の話は僕の脳から漏れ出していった。僕は無意識のうちに話をフィルターにかけていた。それでもミシキェヴィチュという人間が重要な人間だということはわかっていた。おそらく人類史上、最も重要な人間のひとりだろう。彼はきっと生物学的に最も深いレベルで、人類の運命を変えるだろう。彼はそのノウハウと手順を知っている。ただ、もしかしたら僕はもう、人類の歴史なんかにたいして興味はないのかもしれない。僕自身も、疲れ年老いた人間なのだ。そしてそのとき、ミシキェヴィチュが自分の実験実施要綱の厳しさや、事実に相反する命題を立証し、有効化する際の自分の真摯《しんし》さを訴えているときに、僕は突然どうしようもなくエステルが、あの滑らかなヴァギナが恋しくなった。彼女のヴァギナが僕のペニスを締めつけるときの小刻みな動きを思い出した。僕は眠気を口実に、〈学者〉の部屋を出るなり、彼女の携帯の番号を押した。留守番電話が出ただけだった。そして、なにがなんでもマスをかきたいわけではなかった。この歳になると、精子の生産には以前より時間がかかるようになる。次第に性活動の弱い時期が長くなる。もちこのさき人生に出される提案は徐々に少なくなり、やがて完全に姿を消すだろう。もちろん、僕は不死というアイデアには賛成だ。もちろん、ミシキェヴィチュの研究はひとつの希望、実際、唯一の希望である。しかし、それは僕や、僕の世代の人間にとっての希望ではないだろう。この点について、僕はいかなる幻想も抱いていない。ただ近い将来の実現を語るミシキェヴィチュのあの楽観主義は、たぶん嘘ではない。あれは嘘というより、必要な虚構なのだ。それは彼のプロジェクトに金を出すエロヒム信者にとって必要なだけでなく、なにより彼自身に必要な虚構なのだろう。いまだかつて人間が携わったプロジェクトの中で、妥当な期間内に、つまり、長くかかっても発案者の存命中には完成するという望みもなく、遂行されたプロジェクトはない。いまだかつて人類は、数世代で大きな連帯意識を持って、働いたためしがない。ただ結果的にそうなることがあるのだ。つまり人は働いて死ぬ。そして前人の為した仕事を後の世代が活用、あるいは破壊するのである。しかし、いまだかつてなんらかのプロジェクトに必死で打ち込んだ人間が、こんな考えを抱くことは絶対になかった。彼らは知らないでいることを望んだ。でなければ、あっさりと活動をやめ、ただ横になって、死を待ったはずだ。だからこそ僕の目には、知性面ではあれほど現代的な〈学者〉が、それでもなおロマンチックな人間に映るのだ。彼の人生は昔ながらの幻想に導かれている。そしてエステルにはなにができるのだろうかと、今度はそれを考えた。あの小さな滑らかなヴァギナは、僕以外のペニスも締めつけるのではないだろうか。そして僕は本気で自分の性器をひとつでもふたつでももぎ取ってしまいたくなってきた。幸いロヒプノール〔睡眠導入剤〕を十箱ほど持っていた。用心のためだ。そして僕は十五時間以上も眠った。

目が覚めたとき、日は西に傾いていた。そしてすぐに、なにか異常なことが起こっていると感じた。嵐になりそうな雲行きだが、嵐になることはない。絶対ない。実際、島の降雨量はゼロだった。淡い黄色い日の光が信者の村を満たしている。いくつかのテントの入り口が、風でぱたぱたと揺れている。しかしそれ以外のテントにひと気はない。道行く人もいない。人の活動がなく、完全に静まりかえっている。僕は丘を登りながら、ヴァンサンの部屋、〈学者〉の部屋、〈刑事〉の部屋の前を通り過ぎたが、誰とも出あわなかった。預言者の住居の入り口は大きく開け放たれていた。この島に来てからというもの、入り口にガードマンがいないのははじめてだった。最初の間に侵入しながら、思わず足音を殺した。預言者の私室へと続く廊下を進んでいくと、押し殺した話し声と、家具を引き摺《ず》る音、それからすすり泣きのようなものが聞こえた。

大広間にはすべての灯が点いていた。初日に預言者が僕を迎えた広間だった。しかしそこにも誰もいなかった。僕は広間を一周した。扉をひとつ開けてみたが、書斎だった。道を引き返した。右手、プールのそばの扉が開き、廊下が続いている。人の声はそちらから漏れてくるようだった。僕は用心しながら前に進んだ。曲がり角のところで、ジェラールに出くわした。預言者の寝室の入り口に立っていた。かの道化役者は哀れな状態にあった。その顔はいつもにも増して蒼《あお》ざめ、目が落ち窪んでいる。徹夜でもしたようだった。「……が起こって……が起こってしまった」声はか細く震え、ほとんど聞き取れない。「おそろしいことが起こってしまった」ようやく言葉になった。その横に〈刑事〉がやってきて、僕に向かって身構えた。おそろしい顔で、見定めるように僕を睨《にら》む。〈ユモリスト〉が嗚咽《おえつ》のようなものをあげた。「ふん、ここまで来たら、しかたない。中に入れるしかない……」〈刑事〉は口のなかでつぶやいた。

預言者の寝室の内部は、直径三メートル、ピンクのサテンに覆われた巨大な円形ベッドに占領されている。そこらじゅうに、ピンクのサテン張りのスツールが置かれている。壁は三面が鏡張りで、残りの一面は、大きなガラス窓になっている。窓の向こうには砂利の転がる大地が広がり、その向こうには、稲光のようなものに照らされた火山がなんとなく不穏に連なっている。窓ガラスが割れ、あたりに飛び散っている。そして預言者の骸《むくろ》がベッドの中央に横たわっている。裸だ。喉《のど》を掻《か》き切られている。大量の出血だ。頸《けい》動脈がきれいに切断されている。〈学者〉がいらいらと部屋の中を往ったり来たりしている。ヴァンサンがスツールの上に腰を下ろしている。放心しているようだ。近づく僕の足音に、彼ははじめて顔を上げた。長い黒髪の娘が部屋の片隅でぐったりしている。フランチェスカだった。白いネグリジェが血で汚れている。

「例のイタリア人のしわざだ」〈刑事〉が吐き捨てるように言った。

死体を見るのは、はじめてだったが、そこまでショックではなかった。それにそこまで意外でもなかった。一昨日の夕食会の席で、預言者がフランチェスカに白羽の矢を立てたとき、僕は彼女の恋人の表情を見て、束の間ではあるが、今度という今度はやりすぎだ、これはいつものように簡単には済まないぞ、と思った。しかしそのあと、結局ジャンパオロは屈服したかのように見えた。ああ、彼も他の連中と同じように諦めてしまうのだな、と僕は思った。あきらかに、僕の判断は間違っていた。僕は好奇心から大窓に近づいた。そこは急勾配《こうばい》の傾斜というより、ほとんど切り立った崖《がけ》だった。そこ、ここに足場になりそうな、でっぱりがある。そして丈夫な岩盤で、まったく削れたり、崩れたりしていない。それにしても、ここを登ったなんてすごい。「そう……」〈刑事〉が暗い声で話しながら、こちらに近づいてきた。「きっと、ただならぬ恨みがあったんだ……」そう言って、再び部屋の中を歩きはじめた。ベッドを挟んで反対側を歩いている〈学者〉とは常に一定の距離を保っている。〈ユモリスト〉はあいかわらず戸口の近くに突っ立ったまま、無意識に手を広げたり、閉じたりしている。すっかり取り乱している。パニック寸前だ。僕はこのときはじめて気がついた。教団の方針が快楽主義とフリーセックスであるにもかかわらず、預言者の側近は誰ひとりとして、性生活を持っていない。〈ユモリスト〉と〈学者〉の場合、それはあきらかだ――ひとりは不能、もうひとりには動機が欠如している。〈刑事〉の場合は、彼と同世代の、五十代後半の伴侶《はんりょ》がいるが、ようするにそれは毎日ふるいつきたくなる女ではない。しかも彼はその高い地位を利用して、若い女性信者をたぶらかしたりはしない。信者たちにしたところで、知れば知るほど驚きが増すのだが、ひとりでもパートナーがいればいいほうで、ほとんどの信者にはひとりのパートナーもいなかった——ただし、預言者が一夜の相手に声をかけるような、若くて美しい女性信者は例外だ。ようするに預言者は自分の教団の中心で、絶対的ボス猿として振る舞っていた。そして仲間の猿たちの男性性を徹底的に破砕することに成功していた。彼らはただ性生活がないだけでなく、もはや持とうとさえしない。メスに近づくあらゆる行為を自らに禁じ、性行動は預言者だけの特権であるかのように考えている。僕は、なぜ預言者がその講演で、女性らしさを冗長に褒め称え、マッチョ思想を容赦なく攻撃したか、ようやくわかった。その目的は実に単純に、聴衆を去勢することにあったのだ。事実、ほとんどの猿の集団において、ボス猿以外のオスのテストステロン〔男性ホルモン〕の生産は減少し、ついには涸《か》れてしまう。

空が次第に明るくなる。雲が晴れる。もうすぐ太陽も顔を出し、無闇に平原を照らすだろうが、すぐに日没になる。ここはおおよそ北回帰線のあたりだ——ここは、おおクソのあたりと、余裕のあるときの〈ユモリスト〉ならそんなシャレを言うだろう。「なあに膣とも、困ることないぞ。日ごろから、こういう険しい根男には慣れてんだ」とか、いつもの彼ならそんな地口で、場を和ませようとするだろう。猿ナンバー1亡きいま、この哀れな小男はどうなるのだろう？　彼は怯《おび》えた目で〈刑事〉と〈学者〉、猿ナンバー2と猿ナンバー3を見る。二匹はあいかわらず同じところを往ったり来たりしながら、相手の力を推し量るように、互いをじろじろ見つめはじめた。ほとんどの猿においで、ボス猿がその力を発揮できなくなったとき、テストステロンの分泌が再開される。〈刑事〉は、教団軍部の彼への忠誠を当てにできる。警備兵たちを徴募し、隊を編成したのは彼だ。連中は彼の命令にしか従わない。預言者は生前から、こうした方面のことはすべて彼に一任していた。一方、研究助手や、遺伝子プロジェクトの技術責任者たちはみな、〈学者〉としか関わりがない。彼ひとりの力で、繋《つな》ぎとめられている。ようするにこれは古典的な、腕力と知力の戦いである。つまり、テストステロンの分泌のベーシックな表現と、知性に偏重した表現の戦いである。いずれにせよすぐには決着はつくまい。そこで僕はヴァンサンのそばにあったスツールに腰を下ろした。ヴァンサンは僕に気がついたらしく、うっすらと笑みを浮かべたが、再び物思いに沈んでいった。

沈黙が十五分近く続いた。〈学者〉と〈刑事〉はあいかわらず部屋の中を往ったり来たりしている。カーペットが彼らの足音を飲み込む。状況からみて、僕はほどほどに落ち着きを取り戻した。僕にもヴァンサンにも、さしあたって演じるべき役割はなさそうだ。僕らはその他大勢の猿、名目だけの猿だった。夜になり、風が部屋に吹き込んでくる――件のイタリア人は、大窓のガラスを文字どおり粉々にしていた。

突然、〈ユモリスト〉が平織り地のジャンパーのポケットからデジタルカメラ（ソニーDSCF-101／3・0メガピクセル、僕が前に使っていたカメラと同じモデルだ。いまはコニカミノルタ・ディマージュA2を使っている。8・0メガピクセル、手ぶれ補正つきの一眼レフで、光量の少ない場所で、より高い補正能力を発揮する）を取り出した。〈刑事〉と〈学者〉はあっけに取られて立ち止まり、この哀れなマリオネットが、部屋をジグザグに移動しながら、パチリパチリ、シャッターを押すのを見ていた。「気はたしかか？　ジェラール」〈刑事〉が訊いた。僕の意見では、答えは否だ。気がたしかなわけがない。彼はピントも合わせず、機械的にシャッターを押している。彼が大窓に近づいていくのを見たとき、飛び降りるつもりだとはっきり感じた。「いいかげんにしろ！」〈刑事〉が叫んだ。〈ユモリスト〉は立ち止まった。手がぶるぶる震え、カメラが滑り落ちた。部屋の隅で放心していたフランチェスカが急にすすり泣きを始めた。今度は〈学者〉が立ち止まり、〈刑事〉のほうを向き直り、まっすぐに彼を見つめた。

「そろそろ、決断を下すべきだ……」彼は淡々とした口調で言った。

「警察を呼ぶ。それ以外の決断はない」

「警察を呼べば、教団は終わりだ。スキャンダルは避けられない。わかっているはずだ」

「じゃあ、君には他にアイデアがあるのか？」


再び沈黙が訪れたが、あきらかに前よりも緊迫している。戦いの火蓋《ひぶた》が切られた。とうとう決着のときが来るのだ、と感じた。目の前で第二の殺人が行われると、はっきり予感した。宗教運動においては、カリスマ的リーダーが失われれば、かならず、きわめて統率の取りにくい事態に陥る。特にリーダーが後継者をはっきりと指定していなかった場合、分裂は避けられない。

「彼は死のことを考えていた。ジェラールが小さな震える声で口を挟んだ。子供のような声だった。「しきりとその話をするようになっていた。教団を消滅させたくなかったんだろう。自分の死後、みんながばらばらになるのを、ひどく心配していたよ。我々はなにかしなくちゃいけない。理解しあわなくては……」

〈刑事〉はかすかに〈ユモリスト〉のほうを向いて、眉間に皺を寄せた。まるで不愉快な雑音に反応するかのようだった。自分はまったく取るに足らない存在なのだと自覚し、ジェラールは僕らの隣にきて、スツールに腰を下ろし、頭を垂れ、静かに膝の上に手を置いた。

「忘れたのか」〈学者〉はまっすぐに〈刑事〉を見つめ、静かに言った。「我々にとって死が決定的なものではないということを。我々の教義の第一義でもあるじゃないか。我々は預言者の遺伝子コードを所有しているんだ。あとは手順さえ整備できれば……」

「我々が君のアレがうまくいくのをのんびり二十年も待つとでも思っているのか？」

〈刑事〉が吐き捨てるように言った。もはや敵意を隠そうともしない。

〈学者〉は侮辱の言葉に震えたが、冷静に応戦した。

「キリスト教徒は二千年も待っている……」

「かもしれない。しかしその間には、教会という組織を設立する必要があったのだ。だからこそ、その役には、私が適任だと言うんだよ。後継者選びを迫られた際、キリストが弟子の中から選んだのは、ペテロだった。その理由は、この男が最も輝いていたからでも、最も頭が良かったからでも、最も神秘的だったからでもない。最も優れた組織運営者だったからだ」

「私がプロジェクトを去れば、私の代わりは見つからないぞ。そうなれば、復活の希望は、すっかり消え去る。そんな状況では君の天下も長くは続かないだろう……」

再び沈黙が起こり、次第に重みを増す。ふたりが和解に達することはないと思う。ふたりのあいだの確執はあまりにも前から、進行しすぎていた。闇に近い暗がりの中で、〈刑事〉が拳《こぶし》を握りしめるのを、僕は見た。ヴァンサンが口を挟んだのは、そのときだった。「僕なら預言者の代わりになれる……」軽い、ほとんどうかれたような声だった。ふたりはぎょっとした。〈刑事〉は急いで部屋の灯を点け、それからヴァンサンに飛びついて、その体を揺すった。「なにを言っている？　なんの話だ？」彼はヴァンサンの顔に向かってわめいた。ヴァンサンは揺さぶられるままでいて、相手が手を放すのを待って、あいかわらず明るい声で言った。「とにかく、僕はあいつの息子なんだから……」

一同、あっけにとられた。口を開いたのはジェラールだった。嘆くような声だった。「ありうる……まったくもってありうる話だ……預言者にひとり、息子がいたことは知っている。三十五年前、教会を立ち上げた直後だ。彼がときどき息子と会っていたことも知っている――彼は一度もそういう話はしなかったがね、この私にさえも。初期の女性信者とのあいだに出来た子供だ。ただ、母親は子供を産んですぐに自殺している」

「そのとおり……」ヴァンサンが静かに言った。その声は、ひどく遠くにある悲しみのこだまそのものだった。「母は、あの男によって絶えず繰り返される浮気にも、強要されるグループ・セックスにも耐えられなかった。彼女は自分の親と絶縁状態にあった――彼女の親は、アルザスのプロテスタント系ブルジョワ、つまり厳格な家庭の人間で、娘がエロヒム信者なんかになったことを絶対に許さなかった。結局、彼女はそれきり親と復縁していない。僕は、父方の祖父母、つまり預言者の親に育てられた。幼いころ、僕はほとんど預言者に会っていない。彼は小さな子供には興味がないんだ。それが僕が十五を過ぎたころから、次第に頻繁に僕を訪ねてくるようになった。彼は僕と話をして、僕の将来の夢を知りたがり、最後に教団に誘った。僕がその決心をするまでには十五年もかかった。最近になってようやく、僕らの関係は……少しは落ち着いてきてたんだ」

僕はこのときようやく、最初から気づいていてもおかしくない事実に気がついた。つまりヴァンサンは預言者に非常によく似ているのだ。たしかに目の表情は全然ちがう。対照的でさえある。おそらくそのせいで僕はその事実に気がつかなかったのだろう。しかし大まかな顔の特徴――顔の形や、目の色、眉《まゆ》の生えかた――は驚くほどそっくりだった。それどころか彼らは身長も、体形もほとんど同じだった。〈学者〉は、ヴァンサンを間近で真剣に注視している。〈学者〉もまた僕と同じ結論に達したようだ。そして彼はついに沈黙を破った。

「私の研究の進行状況を正確に把握している人間はいない。秘密は完全に守られている。だから我々はこんなふうに公表することもできるかもしれない。預言者は年老いた体を捨て、新しい肉体組織にその遺伝子コードを移した、と」

「誰がそんな話を信じるか！」すぐに〈刑事〉が撥《は》ねつけた。

「たしかに、ほんのわずかな人間だけだろう。大きなメディアになんてもうなにも期待しちゃいない。どうせ連中はみんな我々の敵だ。きっと大きく取り上げはするだろうが、終始、懐疑的な報道をするに決まっている。でも誰にもなにも証明できない。預言者のＤＮＡを持っているのは我々だけだ。コピーは存在しない。どこにもね。そしてなにより重要なことは、信者がそれを信じるだろうということだ。我々はもう何年も前からその伏線を敷いてきているからね。キリストが三日目に復活したとき、誰もそれを信じなかった。最初のキリスト教徒以外は。つまり最初のキリスト教徒は、そうやって自らを定義したんだ。キリストの復活を信じる者とね」

「遺体はどうする？」

「なんの問題もない。誰かが死体を発見するんだ。喉の傷さえ見つからなければいい。たとえば、噴火口を利用するのはどうだろう。すぐに死体を溶岩の中に投げ込んでしまえばいい」

「それでヴァンサンはどうする？　ヴァンサンの失踪《しっそう》はどう説明するんだ？」〈刑事〉はあきらかにぐらついている。反論もためらいがちになってきた。

「ああ、僕にはほとんど知り合いはいない……」ヴァンサンはあっさりと言った。「おまけにみんな僕のことを自殺しそうなタイプだと思っている。僕が失踪しても、誰も驚かないだろう……噴火口ってのはいいアイデアだと思うね。エンペドクレス*の死を連想させるよ」彼は続けて、奇妙なくらいすらすらと暗誦《あんしょう》した。「汝パウサニウスよ……さらに他のことを汝に語ろう。死すべきものどものいかなるものにも誕生はなく、忌まわしい結末もない。ただ混合と混合されたものの分離だけがある」

〈刑事〉は一、二分静かに考え、それから言った。「イタリア人もなんとかしないといけないぞ……」僕はこのとき〈学者〉が勝利したことを知った。〈刑事〉はすぐにガードマンを三人呼び、領内をパトロールし、例の男の身柄を拘束し、目立たぬように連行しろ、四駆の後部には幌《ほろ》をかけておけと命じた。十五分もかからなかった。錯乱状態にあった不幸な男は、高圧電流の流れる防護フェンスを越えようとした。当然、感電して即死した。ガードマンは遺体を預言者のベッドの足元に置いた。その瞬間、フランチェスカは恋人の死体に気がついて、放心から我に返り、言葉にならない、ほとんど動物のような長い悲鳴をあげはじめた。〈学者〉は彼女のもとへ行き、冷静に、しかし力いっぱい、その頰を殴った。何度も。悲鳴が再び嗚咽に変わった。

「彼女もなんとかしなくては……」〈刑事〉が暗い声で言った。

＊古代ギリシャの哲学者。エトナ山火口に身を投じて自殺したといわれる。

「選択肢はないと思うがね」

「というと?」

ヴァンサンは目が覚めたように、〈学者〉を振り返った。

「思うに、彼女に口を噤《つぐ》めというのは難しい注文だ。仮にその窓からふたりを投げ捨てるとする。三百メートル落下したのち、彼らの体はぐちゃぐちゃになるだろう。警察が司法解剖したがるとは思えない」

「うまくいくかもしれない……」〈刑事〉は少し考えてから言った。「私はここの警察署長をよく知っている。こんなふうに話してみたらどうだろう。自分はこの数日、ふたりがこの断崖を登っているところを目撃している。ふたりには危険だと忠告したが、笑って相手にしてもらえなかった、とね……それに、けっこう説得力もあるぞ。奴は過激なスポーツの愛好家だったから。たしか週末にはドロミテ峡谷でフリークライミングをやっていたはずだ」

「上等だ……」〈学者〉はそれだけ言った。顎《あご》を小さく振って、〈刑事〉に合図をした。ふたりはイタリア人の遺体を持ち上げた。ひとりが足を、ひとりが肩を持つ。彼らは数歩進んで、死体を宙に投げ捨てた。あまりに迅速で、僕もヴァンサンも口を挟む暇がなかった。〈学者〉は猛然とフランチェスカのもとに戻ってきて、彼女を肩から持ち上げ、カーペットの上を引きずった。フランチェスカは再び無気力に陥り、ただ荷物のように引きずられていた。〈刑事〉が彼女の足を摑んだとき、ヴァンサンが叫んだ。「おいおいおい！」〈学者〉はフランチェスカを床に置き、いらいらしながら振り返った。

「まだなにかあるのか？」

「それはだめだ！　やっぱりだめだ！」

「だからどうして？」

「それは殺人だ……」

〈学者〉はなにも答えず、腕を組んで、ヴァンサンをじろじろ見た。「そのとおり。残念なことにね……」ようやく〈学者〉は言った。「しかし必要なことだと思う」数秒置いて、彼はまた言った。

娘の長い黒髪が、蒼ざめた顔を縁取っている。その栗色の瞳が、我々ひとりひとりの顔を順番に見つめる。もはやまったく状況を理解できないのだろう。

「こんなに若くて、きれいじゃないか……」ヴァンサンは懇願するようにつぶやいた。

「不細工で年寄りの女を殺すのだったら、まだ許せたのだろうがね……」

「ちがう……そうじゃない」ヴァンサンはむっとして反論した。「僕が言ってるのは、そういうことじゃないんだ」

「いや」〈学者〉は容赦なく言った。「君が言っているのは、まさしくそういうことなんだ。しかしまあいいだろう。いいかね、これはただ一個の人間だよ。いまのところ我々と同じ人間だ。一時的な分子の配列だよ。まあ、この場合は、きれいな配列だと言ってもいい。しかしそれは、気温が少し上がっただけで消えてしまう霜の結晶くらい儚《はかな》い。

そして彼女には不幸だが、人類がその道を進んでいくために、彼女にはどうしても消えてもらわなくてはならなくなった。しかし安心したまえ。彼女は苦しまない」〈学者〉はポケットから発信機つきマイクを取り出し、なにかぼそぼそと言った。一分後、ガードマンがふたり、滑らかな革製のアタッシェケースを持ってきた。〈学者〉はそれを開け、中からガラスの小瓶と、注射器を取り出した。〈刑事〉の合図で、ガードマンは退出した。

「待った、待った、待ってくれ……」僕が口を挟んだ。「僕だって御免だ、殺人の片棒を担ぐつもりはない。なによりそんなことをする理由がない」

「いや、ある」〈学者〉は容赦なく言った。「君にはひとつ明瞭《めいりょう》な理由がある。私はね、もう一度ガードマンを呼ぶこともできるんだ。君だって、目障りな目撃者のひとりだからね。君は顔が売れているから、君が死んだ場合、彼女の場合よりよほど面倒なことになるだろう。しかし有名人だって死ぬことはあるし、我々にはほかに選択肢がないし」彼は静かに話しながら、僕をまっすぐに見つめた。冗談で言っているのではなかった。

「彼女は苦しまない……」彼は優しい声で繰り返し、それから素早い動作でその若い娘に屈《かが》みこみ、血管を見つけ、注射を打った。僕も他の人間も、それは睡眠薬だと思っていた。しかし数秒後、娘はひきつけを起こした。肌が蒼白《そうはく》になり、それから呼吸が完全に停止した。後ろで、〈ユモリスト〉が家畜のようなうめき声をあげた。僕は彼を振り返った。全身が震えている。ようやく「あははっ……」と言った。ズボンの前に染みが広がる。失禁したのだとわかった。いらだったように今度は〈刑事〉が、ポケットから発信機付きマイクを取り出し、手短に指示を出した。数秒後、機関銃を持った五人のガードマンが現れ、僕らを取り囲んだ。〈刑事〉の指示で、僕らは隣の部屋に連れていかれた。脚台のついたテーブルがあり、メタリックなファイリング・キャビネットが並んでいる。うしろで鍵《かぎ》の閉まる音がした。

僕には、こんなことが現実だとは思えなかった。僕は信じられないという目で、ヴァンサンを見た。彼も同じような精神状態にあるらしい。僕らはふたりとも口を開かなかった。静寂を乱しているのは、ジェラールのうめき声だけだった。十分後、〈学者〉が部屋に入ってきた。そして僕は、すべては現実なのだと納得した。目の前にいるのは、一線を越えた殺人者なのだ。理屈を超えた、本能的な恐怖心から、僕はこの男を見つめた。しかし彼はとても冷静に見えた。彼の目から見れば、彼はあきらかに、技術的な行為をひとつ果たしたにすぎないのだった。

「もし可能であれば、生かしておいたのだがね」誰に話しかけるでもなく、彼はそう言った。「しかし繰り返すが、あれはただ一個の人間だった。そして私は、対象が人間だからモラルに関わるというような考えかたをしない。不死、我々はもうすぐそれを実現するのだ。そして君たちはそれを与えられる最初の人間になるだろう。いわば、それが沈黙の代償だ。警察は明日やってくる。一晩かけて、よく考えたまえ」

その後の数日間には、奇妙な思い出が残っている。まるで異世界に迷い込んだようだった。そこでは通常の法則はみな無効になり、次の瞬間、なにが――いいことも悪いことも――起こってもおかしくなかった。それでもいまから思えば、すべてにはある一定の筋道があった。つまりミシキェヴィチュの望んだ筋道だ。そしてすべては逐一、些細《ささい》なディテールに亘るまで、彼の計画どおりになった。まず、警察署長はふたりの若者の事故死に、まったく不審を抱かなかった。たしかに、ばらばらの骨と肉、岩盤の上で血まみれのほとんどのし板のようになったふたりの体を前にして、なおも冷静に、滑落以外の死因を疑うのは、困難だった。おまけにこんな平凡な事件は、預言者の失踪という大事件の前に、すぐに影が薄れてしまった。〈刑事〉と〈学者〉は、夜が明ける直前に、預言者の死体を、活動中の小さな噴火口に運んだ。火口はすぐにどろどろに溶けた溶岩で覆われた。死体を回収するには、マドリッドから専門のチームを呼ばなくてはならない。しかも検死解剖はどう考えても不可能だった。夜のうちに、血で汚れたシーツは焼却され、割れたガラスは、教団の設備の保全を担当する職人の手で修理された。ようするに彼らは、相当に驚くべき行動力を発揮した。治安警察隊の捜査官は、これが自殺であり、預言者が三日後に若い肉体に蘇《よみがえ》るつもりだったことを聞き、考え込むように顎をさすった――彼はこのセクトの活動に少しは詳しかった。どうせ相手は空飛ぶ円盤を愛好するイカれた連中の集団なのだ、と結局、彼は考えた。彼の捜査はそこまでだった――あとは上に任せたほうがよさそうだと、彼は結論した。まさに〈学者〉の期待したとおりだった。

　あくる日から、事件は新聞で（スペインだけでなく、ヨーロッパじゅうの新聞で）大きく取り上げられた。「永遠の生命を信じた男」「生神様の狂気の賭け」だいたいが似たりよったりのタイトルだった。三日後、七百人のジャーナリストが防護フェンスの向こうに陣を構えた。BBCとCNNは、キャンプ内の映像を押さえるためにヘリコプターを飛ばした。ミシキェヴィチュは、英語の科学雑誌のジャーナリストを五人選び、彼らを相手に、簡単な記者会見を開いた。彼は最初に、研究所へのいかなる立ち入り取材も受けないと断言した。自分は公の科学機関から放逐され、埒外《らちがい》での研究を余儀なくされている。自分は自分の立場というものをよくよく心得ているし、しかるべき時期が来るまでは、研究成果を発表するつもりはない。法的にも、自分は強い立場にある。なぜならこれは個人の資産で運営されている私立の研究所の問題であり、相手が何人《なんぴと》であろうと、その立ち入りを禁止する権利が自分にはある。そもそもこの土地自体が私有地であり、ヘリコプターの飛行および撮影が合法かどうかも疑わしい。それから、自分は生組織における実験も、胚《はい》における実験も行っていない。ごく単純なDNA分子における実験を行っているだけだ。しかもドナーの承諾書もある。たしかに、実にたくさんの国々において、再生クローニングは禁止、あるいは制限されている。しかし今回の場合は、クローニングではない。いかなる法律も、生命の人工的創造を禁じてはいない。これは法律家が想定していなかった研究の方向なのだ。

もちろん、ジャーナリストは最初、彼の話を信じなかった。彼らにはとにかくその教養から、仮説を馬鹿にしていた。それでも彼らが、ミシキェヴィチュの個性や、その回答の的確さ、厳密さに、思わず感銘を受けたのは、僕にもわかった。会見が終わった段階で、少なくとも五人中ふたりが迷いを抱いていたのはまちがいない。そしてふたりもいれば十分で、そうした迷いは、巷《ちまた》の情報誌のあいだに広まるうちに増幅する。

対照的に、信者が即座にそれを鵜《う》呑《の》みにしたことに、僕は驚いた。預言者が死んだ翌日、早朝、〈刑事〉は信者に総会を呼びかけた。〈刑事〉と〈学者〉が、預言者が、奉献および希望の行為として、自らが最初に約束を果たす決断をしたことを伝えた。したがって、預言者は火山に身を投じ、年老いた肉体を炎に委《ゆだ》ねた。三日後に、新しくなった肉体に復活するために。我々は使命として、復活前に彼の語った最後の言葉を君たちに伝えよう。それは次のような言葉である。「私が通り抜けるものを、あなたがたもまもなく通り抜けるだろう」僕は群集が動揺するものと思っていた。きっとさまざまな反応、おそらくは絶望のしぐさを見せるだろうと思っていた。なにも起こらなかった。彼らは全員テントから出てきて、静かに話に聞き入っている。しかしその目はきらきら希望で輝いている。まるでその知らせが、彼らがずっと待ち焦がれていた知らせであるかのように。それでも僕はたいがい人間のことはよく知っているつもりだった。しかし、それは人間の最も日常的な動機に基づいた知識でしかなかった。いま、ここにいる人々は信仰を持っている。それは僕にとっては新しいタイプの人間だった。そして、それだけで事情はまったくちがってしまう。

二日後、彼らは自発的に研究所のまわりに集まった。夜半からテントを出て、無言で、そのときを待った。信者に交じって、〈学者〉に選ばれた五人のジャーナリストがいた。通信社二社――フランス通信社とロイター通信――と、ネットワーク三社の記者だ。CNNとBBC、それからもう一社はスカイ・ニュースのようだ。マドリッドからやってきたスペイン人警察官もふたりいる。彼らは、これから研究所に出現する人間に、ある種の申告書を提出してもらいたいと思っている――いうまでもなく、その人間にはなんら咎《とが》められるようなところはない。しかしそのような立場には前例がないのだ。その男は自分は預言者であり、書類上は死んでいるが、正確には死んでいないのだと主張する。自分は生物学上、父親も母親も持たずに生まれてきたのだと主張する。スペイン政府の法律家は、この問題について、とにかくなにか、このケースに当てはまる判例がないかと、かなりの広範囲を探したが、なにも見つからなかった。したがって当局は、とりあえずヴァンサンに形式的な申告書を書かせて、その主張の確認を取り、そのうえで彼に一時的に捨て子の身分を与えることにした。

研究所の、どこに蝶番《ちょうつがい》があるのかわからない扉が開いたとき、全員が立ち上がった。獣のあえぎが群集のあいだを駆けめぐるようだった。何百という人間の呼吸が一気に速くなったせいだ。朝日のなかで、〈学者〉の表情は堅く強《こわ》ばり、疲弊しているように見えた。彼は、蘇生操作が最終段階で想定外の問題にぶつかっていると告げた。助手とも検討した末、完了をあと三日遅らせることにした。どうか信者諸君はテントに戻り、できるかぎりそこに留《とど》まり、いま進行中の、これからの人類の救済が懸かった変換のことだけを、真剣に考えてもらいたい。それでは三日後の日没時に、山の麓《ふもと》で会おう。万事がうまく運んでいれば、預言者はすでに彼の住居に戻っている。そして、諸君らの前にその姿を初披露することもできるだろう。

ミシキェヴィチュの声は低く、その場の不安をたっぷりと反映していた。そして僕は今度こそ群集が動揺するのを感じた。群集のあいだにざわめきが広がる。集団心理というものをそこまで把握している〈学者〉の様子に、僕は驚いた。当初の予定では、セミナーはその翌日で終わりになるはずだった。しかし誰もキャンプを去る気にならなかったのだと思う。三百十二の復路のフライトに、三百十二の空席が出た。僕はというと、数時間経ってようやく、エステルに帰りが遅れることを知らせておこうと思いついた。電話に出たのはまたもや留守電で、またもや僕はメッセージを残した。彼女から折り返しの電話がないのが、かなり意外だった。いまこの島で起こっていることをエステルが知らないはずはない。いま世界中のメディアがこの島のことを話しているのだから。

当然、遅延は、メディアの不審を募らせた。しかし注目は薄れるどころか、時間とともに高まった。まさにミシキェヴィチュの狙いどおりだった。彼は一日に一度、簡単な経過発表を、今度は彼が選んだ科学系ジャーナリスト五人だけを相手に行った。そこで彼は最終段階の困難に言及し、自分はそれにぶつかっているのだと主張した。彼は自分のテーマを完全にコントロールしていた。そして聞き手は次第に彼の話を信じはじめたようだった。

僕はヴァンサンの態度にも驚いた。彼はだんだん役になりきっていく。身体的相似の面で、僕は最初、この計画にいくらかの危惧《きぐ》を抱いていた。これまでヴァンサンはほとんど人前に顔を出さなかった。預言者が何度勧めても、人前で話したり、たとえば、自分の芸術活動について語ったりすることを常に拒否してきた。とはいえ、この数年間で、ほとんどの信者が彼の顔を見る機会を持っているのだ。数日のあいだに、僕の危惧はかき消された。僕はヴァンサンが外見的に変化したことに気づき、驚いた。彼はまず頭を坊主にした。すると預言者にそっくりな点がますます強調された。なにより驚いたのは、次第に変わっていく彼の目つきと、声色だった。いまヴァンサンの目には、これまで見たことのないような、快活で、柔軟で、茶目っ気のある光が宿っている。声は次第に、熱っぽい調子、プレイボーイの色合いを帯び、僕をますます驚かせる。それでもヴァンサンにはあいかわらず、預言者がけっして持つことのなかったある種の重みや、深みがあった。しかしそれもまたつじつまには合っているのかもしれない。これから蘇ろうとするからには、その人間は死の境界を越えてきているはずだ。そうした経験が、常人とかけ離れた、風変わりな人物を生み出しても不思議ではない。とにかく〈刑事〉と〈学者〉はヴァンサンに起こった変化に大喜びだった。思うに、ここまで説得力のある結果は期待していなかったのだろう。唯一、ジェラールの反応だけが悪かった。この男を

〈ユモリスト〉と呼びつづけるのは難しい。彼は一日中、地下の回廊を彷徨《さまよ》っている。まるで、そこにいれば預言者にまた会えると、まだ思っているかのようだった。彼は風呂に入らなくなり、悪臭を放つようになっていた。彼はヴァンサンを、訝《いぶか》しむ目、敵を見る目で睨んだ。ちょうど犬が、これは自分の主人ではないと判断するのと同じだ。ヴァンサンはほとんど口を利かなかった。しかし彼の眼差しは聡明で、好意的だった。そこから受けるのは、すっかり覚悟を決め、一切の恐れを断っているという印象だった。あとになってヴァンサンが語った話によれば、そのころすでに、大使館の建設や、その内装について、思いをめぐらせていたらしい。預言者の構想を守るつもりは一切なかった。ヴァンサンが、あのイタリア娘のことを忘れているのは、あきらかだった。当初、その死は、彼にとってあれほど良心を痛める問題だったのに。そして白状すれば、僕も、それを半分忘れかけていた。結局、ミシキェヴィチュの言うことが正しいのかもしれない。霜の結晶、一時的な美しい形成……。長年ショービジネスの世界で仕事をしてきたせいで、僕のモラルの感覚はいささか鈍ってしまっている。それでも、いまでもたしかだと思えることがいくつかある。社会を形成するあらゆる生物種と同様に、人間も、グループ内での殺人を禁止することで、社会を形成している。もっと一般的に言うならば、個人間の争いを解決する際に許容される暴力の範囲を制限することで、社会を形成している。そもそも文明には、それ以外に、中身らしい中身はない。この概念は、考えうるかぎりの文明に、カント風に言えば、あらゆる「理性ある人間」に当てはまる。人間が不死であろうとなかろうと、これだけは絶対に越えられない一線だ。数分間の検討の結果、ミシキェヴィチュから見れば、フランチェスカは同じグループの一員ではなかったということに気がついた。彼がいま取り組んでいること、それは、新しい種族の創造である。新しい種族は、人間に対して、モラルを守る義務を感じない。ちょうど人間が、トカゲや、クラゲに対して、モラルを守る義務を感じないのと同じことだ。なにより僕は、自分がなんのためらいもなく、この新しい種族の一員になれそうなこと、殺人に対する僕の嫌悪が、理性に根ざしたものというより、遥かに感情的、感傷的なものだということに気がついた。フォックスのことを考えると、自分にとっては犬が殺されるのも、人殺しと同じくらい、もしかしたらそれ以上に嫌かもしれないと思った。それから僕は、これまでも少し困難な状況に陥ったとき、つねにそうしてきたように、あっさりと考えることをやめた。

預言者の婚約者たちは、それぞれの部屋に閉じ込められてはいたが、他の信者と同程度には状況に通じていた。彼女たちもそのニュースを同じ信仰でもって歓迎した。そしてすっかり安心して、若返った恋人に再会するのを楽しみにしている。とはいえスーザン相手には、厄介事があるのではないか、と僕は一瞬考えた。彼女は個人的にヴァンサンを知っているし、彼と話もしている。それから僕は理解した。いや、彼女にも信仰がある。しかもその信仰は他の信者よりも強いにちがいない。加えて彼女の気質からして、疑いを抱く可能性すらないだろう。その意味で、エステルとは大ちがいだと僕は思った。

エステルがこんなに現実味のない教義に同意するとは絶対に思えない。そして僕は、ここに来てからというもの、自分がエステルのことをあまり考えなくなったことに気がついた。ある意味それは幸いなことだった。なぜなら、僕が十回も留守電にメッセージを入れているのに、彼女からの反応はなく、むなしいはずなのにそこまで苦でもなかったからだ。僕はある意味で異世界にいた。辛うじて人間界にはちがいないが、僕がそれまで知りえた世界とは、極端に異なる世界だった。あとで記事を読んで知ったが、何人かのジャーナリストも、あの特殊な空気、世界の終わりのはじまりを待つあの感覚を味わっていたようだ。

復活の朝、ヴァンサンの登場は夕刻を過ぎてからという予定にもかかわらず、未明から信者たちが山麓《さんろく》に集まった。二時間後、ネットワーク各社のヘリコプターがキャンプの上空をうるさく飛びはじめた――〈学者〉は結局、上空の飛行許可は出したものの、全ジャーナリストの領内への立ち入りは禁じた。いまのところカメラマンにとって、たいしておもしろい被写体はない――何カットか、平和な小集団の様子を押さえた程度だ。信者たちは言葉を交わすこともなく、実際身動きさえせずに、沈黙の中で、奇跡が起こるのを待っている。ヘリコプターが近づくたび、場の空気が少し硬くなる――信者たちはメディアが大嫌いだった。彼らがこれまで受けてきた扱いを考えれば、それはしごく当然だ。しかし敵意を示す者も、威嚇的な身振りを取る者も、大声をあげる者もいなかった。

午後五時ごろ、群集のあいだにざわめきが走った。ところどころで小さな歌声が起こり、それから再び静かになった。ヴァンサンは洞窟の中央にあぐらをかいて坐している。単に精神を集中しているだけではなく、ほとんど時間の外にいるかのようだ。午後七時ごろ、ミシキェヴィチュが洞窟の入り口に現れた。「準備はいいか？」ミシキェヴィチュがヴァンサンに訊く。ヴァンサンは無言でそれに答え、すっと立ち上がった。丈の長い白装束が、彼の痩《や》せこけた体の上で波打った。

最初にミシキェヴィチュが出ていき、信者たちを見下ろす高台に進み出た。みんな一斉に立ち上がった。静寂を乱すものは、上空で停止飛行するヘリコプターの音だけだった。

「その門は踏み越えられた」ミシキェヴィチュは言った。スピーカーの性能は完璧《かんぺき》だ。ひずみも反響もなかった。ジャーナリストの性能のいいマイクなら、きれいに音が拾えるだろう。「ある意味でも、別の意味でも、その門は踏み越えられた」ミシキェヴィチュが続ける。「もはや死の壁は存在しない。かねてから告げられていたことが、いまついに実現したのだ。預言者は死を克服した。彼は我々のもとに戻ってきた」彼はそう言いながら数歩後ろに退《さ》がり、恭しく頭を下げた。待ったのは一分かそこらだったが、僕にはそれが永遠に思えた。もはや誰も口を利かない。身動きもしない。全員の視線が、洞窟の入り口に注がれた。洞窟は真西に口を開けていた。雲間から伸びた一筋の光が、入り口を照らしたそのとき、ヴァンサンが出てきて、高台の上に進み出た。ＢＢＣのカメラマンが捉えたその映像は、世界中のテレビで繰り返し流されることになった。何人かの信者は心酔しきった顔で、両手を天に向かって広げた。しかし叫び声も、ささやき声も起こらなかった。ヴァンサンは手を広げ、数秒間、マイクの前でただ呼吸をした。マイクは彼の息遣いを逐一伝えた。彼はそれから話しはじめた。「私は呼吸している。あなたがたと同じように……」彼は静かに言った。「しかし私はもはやあなたがたと同じ種族ではない。いまあなたがたに告げよう、私は新しい人間である……」彼は続けた。「宇宙はその始まりから、自らとともにありつづける、永遠の存在の誕生を待っていた。そんな存在があれば、時の経過によっても曇ることのない、その澄みきった鏡のようなものに、自らの姿を映してみることができるからだ。そんな存在が、今日、十七時すぎに、誕生した。私は〈慰め主〉である。そして約束の実現である。いまのところ私は孤独である。しかし私の孤独は長くは続くまい。なぜならもうすぐあなたがたが、私の仲間になるからだ。あなたがたは私の最初の仲間である。その数は三百十二人。あなたがたは、人間に替わるべく定められた、新しい種族の初代である。あなたがたはネオ・ヒューマンである。私がゼロ地点であり、あなたがたが第一波である。今日、我々は新たな時代に突入した。時の経過はもはや以前と同じ意味は持たない。今日、我々は永遠の世界に生きはじめたのだ。いま、この瞬間が歴史になるだろう」

ダニエル25―6

このきわめて決定的な日々を語る証人は、ダニエル1のほかには、たった三人しかいない。スロタン1――ダニエル1が〈学者〉と呼んだ男――と、ジェローム1――〈刑事〉と呼んだ男――の人生記の、この件に関しての記述は、ダニエル1のそれとだいたい一致している。そこには信者が即座に出来事を承認したこと、彼らがなんの屈託もなく預言者の復活を信じたことが語られている……「計画」は最初からうまく運んだらしい。もっともそれが「計画」と呼べるならばではあるが。スロタン1の人生記を読めばわかるが、彼にはペテンを行っているつもりはまるでなかったようだ。彼には数年以内にまともな成果を得る自信があった。だから彼の意識の中では、それは単に少し早い研究発表にすぎなかった。

ヴァンサン1の人生記は、他とはひどく異なる色調を持ち、省略の多い短い文章でその注釈者を面食らわせてもきたが、それでも、事の顛末《てんまつ》、ジェラールの自殺という痛ましいエピソードに至るまでを、正確に裏づける証言にはちがいない。彼の人生記によれば、ダニエル1が〈ユモリスト〉と呼んだその男は、自分の宿坊で数週間床を這《は》いずりまわった挙げ句、首を吊《つ》っているところを発見された。当時、スロタン1、ジェローム1、それぞれが、彼を消すことを考えはじめていた。ジェラールは次第に酒に溺《おぼ》れるようになり、涙を浮かべながら、預言者と過ごした青春時代や、ふたりしてこましな「床《とこ》上手の娘たち」との思い出話をするようになった。彼も預言者も一瞬たりともエロヒムの存在を信じたことはなかったのだと言う。「ただの冗談だったんだ……」彼は繰り返した。「ヤク中の悪い冗談だ。みんなでキノコを食べて、火山に散歩に行って、その話で盛り上がった。あのときは、こんな大事になるなんて思ってもなかった……」ジェラールのこうしたおしゃべりは目障りなものになりはじめていた。なぜならずいぶん前からどうでもいい要素になってしまっているとはいえ、いまだ公然とエロヒム崇拝が放棄されたことはなかったからだ。実のところ、ヴァンサン1もスロタン1も、地球外生命体創造主の仮説を、たいして重要だとは思っていない。しかしふたりとも、人類はいずれ滅びるし、そしてそれを次の世代の到来の前章であると考えている。ヴァンサン1の考えかたは、人類を創ったのはエロヒムかもしれないが、いずれにせよ最近起こった出来事から、自分はエロヒムになる過程に入ったのであり、その意味では今後は自分こそが生命の創造主であり、支配者である、というものだ。こうした観点からすれば、件《くだん》の大使館は、人間の持っていた夢や価値観を、未来の種族に紹介するための、人間の記念館のようなものである。それは正統派芸術の伝統に完全に含まれる。ジェローム1はというと、彼にとってもエロヒムはどうでもいい問題だ。目下、彼が心血を注いでいる問題は、権力の構造をいかに作り上げ、運営するかだった。

教団幹部トップ3のあいだのこうした大きな見解の相違は、彼らが自分の特技を通して互いを補完していることと無関係ではない。そしてヴァンサンの〈復活〉以降の数年間に、エロヒム信者が激増したことも、それと無関係ではない。ただ、それだけに彼らの証言が一致したときには、大いに驚かされるのである。

ダニエル 1/18

「世界が複雑なことに根拠はない」
イヴ・ロワシー「マルセル・フレトレーズへの回答」

ヴァンサンの顔をした預言者の復活に先立つ数日間の極端な緊張と、夕日の当たる洞《どう》窟《くつ》入り口でのあのテレビ的登場というクライマックス、そのあとの数日間で憶えているのは、すっかり緊張の糸の緩んだ、ほとんど浮かれたような気分だ。〈刑事〉と〈学者〉は早々に互いの領分を定めた。ふたりはけっして互いの領分を侵さないだろう。そしてたとえふたりのあいだに一切共感が生まれ得ないとしても、ふたりが優秀なコンビとして機能するだろうことは、すぐにわかった。なぜなら彼らは互いが互いを必要としていたし、互いにそれをよく知っていた。それに組織を揺るぎないものにするという点で、ふたりの気持ちは同じだった。

復活初日の晩から、〈学者〉はジャーナリストの領内への侵入を完全に禁止した。そして彼は預言者の名で、すべてのインタビューを拒否した。加えて領空内の飛行を禁止した——騒ぎをできるかぎり静かに収めたいと思っている警察署長もこれに同意した。

こうした処置を取ることで、図らずも〈学者〉は、世界中のメディアに彼こそが情報主であり、発信者であり、彼の許可なしには、いかなる情報も外へ出ないのだということを知らしめた。取材陣は領地の入り口前でキャンプを張っていたが、なんの成果も得られず、退却をはじめた。陣は次第に小さくなり、一週間後には我々だけになった。ヴァンサンは完全に向こう側の現実に行ってしまったらしい。そして僕らの接触は完全に途絶えた。それでも一度、前に僕らが使っていた宿坊に続くあの坂道で、ばったり出くわした。彼は僕に、大使館構想の進行状況を見にこないかと言った。僕は地下室に案内された。白い壁を、スピーカーとビデオプロジェクターが埋め尽くしている。そしてヴァンサンが〈プレゼンテーション〉ソフトを作動させた。それは大使館ではなかった。実をいえば構想図でもなかった。僕は巨大な光のカーテンのあいだを漂っているような気がした。光は僕のまわりで生まれ、形になり、消えていった。ときおり僕は小さなオブジェの真ん中にいた。きらきらと光るきれいなそれは、僕を優しく取り囲んだ。それから、巨大な光の波がすべてを飲み込み、環境が新しくなる。僕らは白だけの世界にいる。澄んだ白もあれば、乳白色の白もある。マットな白もあれば、まぶしい白もある。現実にはありえない世界だ。しかし美しい。僕はひとり思った。もしかしたらこれこそが、つまり夢の世界を見せる、ありえない世界を見せることこそが、アートの真髄なのかもしれない。そしてそれは僕がこれまでアプローチしたことのない、アプローチできると感じたことさえなかったものだ。僕は同時に理解した。皮肉や、諧謔《かいぎゃく》、ユーモアはいずれ廃れる運命なのだ。なぜなら来るべき世界は幸せの世界であり、もはやその世界には、それらの居場所はないからだ。

　ヴァンサンにはボス猿の性質は一切なかった。ハーレム嗜好《しこう》も一切なかった。そしてヴァンサンは、預言者の死の数日後に、スーザンと会って長く話をしたあと、他の婚約者たちを解放した。ふたりがなにを話したのかは知らない。スーザンがなにを考えているかも謎だ。彼女は本当にそこにいる人物を預言者の生まれ変わりと信じたのだろうか。そこにいる人物をヴァンサン以外の存在として認めたのだろうか。それともヴァンサンは自分が預言者の息子であることを彼女に正直に話したのだろうか。それともスーザンはその中間の概念をつくりだしたのだろうか。ただ、スーザンにとっては、そんなことはたいした問題ではないのだと思う。相対的にものを考えることができず、結局のところ現実問題にあまり興味のないスーザンにとっては、恋愛だけが生き甲斐《がい》、恋愛だけがすべてなのだ。彼女は新たに愛する対象を見つけた。もしかしたらもうずっと前からヴァンサンを愛していたのかもしれないが、とにかく新たに生きる理由を見つけた。そしてまずまちがいなく、ふたりは最後の日まで、いわゆる、死がふたりを分かつまで、人生をともにするだろう。ただし、ふたりには死は訪れないかもしれない。ミシキェヴィチュがその研究を成功させ、ふたりはともに新たな肉体に生まれ変わるかもしれない。そしてこの世界ではじめて、終わりのない愛を実現するかもしれない。倦怠《けんたい》が、愛を終わらせることはない。というか、そうした倦怠を生むのは、焦燥、肉体の焦燥なのだ。

肉体は、いずれ死ぬ運命を自覚して焦り、生きたいと焦り、猶予のあるかぎりいかなるチャンスも逃したくない、いかなる可能性も逃したくないと焦り、老い先短い、落ち目の、しょぼくれた人生をめいっぱい利用したいと焦り、それなのに、人がみな、老い先短い、落ち目の、しょぼくれた存在に思えて、誰も愛することができずに、また焦るのである。

こうして、一夫一婦主義という新たな方向性が示されたにもかかわらず（しかしながら、それは暗黙裡に示された方向性だった。ヴァンサンは信者に対して、そういう意味合いのいかなる発表も、いかなる指示も出さなかった。彼がスーザンひとりを選んだのは、完全に個人的な選択だった）、「復活」の翌週、教団内で目立ったのは、より節操のない、より多様な性行動だった。大規模な正真正銘の乱交パーティの噂も耳にした。それでキャンプ場にいたもとからのカップルが困ったということはまったくないらしい。それで別れたカップルもいないし、揉《も》め事も起こっていないようだ。もしかしたら、不死が近づいたという展望が、預言者が生涯かけて説きながら、結局誰にも理解されることのなかった、あの「束縛のない愛」という概念に、なにかしらの根拠を与えたのかもしれない。なにより、圧倒的なオスの存在感が消えたことで、信者たちは解放され、もっと軽く、もっとおもしろおかしく生きたいと思うようになったのだろう。

僕個人の人生には、そんな愉快な展開は待っていそうになかった。その予感は次第に明確になった。島を発《た》つ前日になって、ようやくエステルに連絡がついた。すごく忙しかったの、と彼女は説明した。短編映画の主役を演じたのよ。思いがけないことよ、撮影直前になって抜擢《ばってき》されたの。だから撮影は急で、試験直後から始まったの――試験のほうはうまくいったわ。ようするに彼女は自分のことしか話さなかった。しかし彼女は、ランサローテで一大事が起こっていることも知っていたし、僕が現場でそれを見ていたことも承知していた。「スゴイよね《ケ・フェルテ》！」エステルは叫んだ。ほとんど意味のないコメントだった。このとき僕は気がついた。自分は、エステル相手にも、真相を明かすことはないだろう。事件の話をするときは、巷《ちまた》でまかり通っているバージョンのほうを話し、まちがっても自分が事件の裏側に関わっていたことは打ち開けないだろう。いつか誰かとその話をすることがあるとすれば、相手はヴァンサン以外にないだろう。このとき僕は、歴史的な事件の鍵《かぎ》を握ったまま闇で沈黙してきた黒幕や目撃者が、なぜ、あるとき突然、楽になりたい、自分の知っていることを紙に書きつけてしまいたい、と思うのかがわかった。

あくる日、ヴァンサンが僕をアレシフェ空港まで送ってくれた。ヴァンサンが自分で四駆を運転した。再び、黒い砂地に白い砂利がちりばめられた、あの奇妙な砂浜の横を走る。僕は自分が強く感じた、告白書を記したいという欲求を、ヴァンサンに説明した。彼は僕の話に真剣に耳を傾けた。そして空港のパーキングに車を停め、出発ロビーに入る直前に言った。わかった、君が見たことを文章にすればいい。それは僕が許可するよ。ただし君が生きているかぎり、その本は出版できないぞ。それがいやで、とにかくそれを出版したい、誰であれ他人に読ませたい、というのであれば、教会――すなわち〈学者〉と〈刑事〉がつくった三頭政治――の代表委員会に申し出て、正式な許可を貰《もら》うことだ。僕はそれらの条件を簡単に飲んだ――自分がヴァンサンに信用されているのは、よくわかっている。それよりヴァンサンは心ここにあらずという感じだった。まるで僕の申し出が、彼を漠とした考え事に引きずり込んだかのようだった。答えはなかなか見つからないようだった。

僕らは、滑走路に張り出したガラス張りのロビーで、搭乗時間を待っていた。遠方に、火山の連峰がくっきり浮き上がって見える。ダークブルーの空の下、すっかり見馴《みな》れた風景だ。見ているとほっとしさえする。ヴァンサンはなんとかして別れに気持ちを込めたいと思っているらしかった。ときどき僕の肩を抱いたり、摑《つか》んだりした。しかし、こんなときになにを言えばいいのか、どんなふうに振る舞えばいいのか、本当のところ彼にはよくわからないのだった。その朝、僕はDNAの採取を受け、それによって正式にこの教会の一員になった。スチュワーデスがマドリッド行き飛行機の搭乗のアナウンスをしている横で、僕は思った。こんなふうに一年通して、陽射しも、気温も一定の、穏やかな気候の島は、永遠の命を得るには実に理想的な場所だろう。

ダニエル25／7

事実、ヴァンサン1は、アレシフェ空港のパーキングでのダニエル1との会話をきっかけに、はじめて〈人生記〉というアイデアを思いついたと語っている。〈人生記〉は導入当初、スロタン1の記憶に関わるシナプスの研究が進むまでの、単なる補足資料、暫定的な手段と看做《みな》されていたが、ピエルスの理論が確立されてのちは、非常に重要な意味合いを持つようになる。

ダニエル1―19

マドリッドの空港で、アルメリア行きの飛行機の搭乗がはじまるまでに、二時間あった。エロヒム信者の村での滞在が僕に残した浮き世離れした心もちは、その二時間ですっかり一掃された。そして僕は再び苦悩に沈んでいった。ずぶり、ずぶり、凍った海に沈んでいくようだった。飛行機に乗り込むとき、外の暑さにもかかわらず、僕は文字通り不安に震えた。エステルには、その日のうちにアルメリアに帰ると言ってあった。本当はマドリッドの空港で二時間待ち時間があることも伝えたかったが、僕はそれを必死でこらえた。タクシーの移動時間やなんだかんだを考えると二時間は短すぎる、とエステルは言うだろうし、そんな言葉を聴くのは耐えられそうになかったからだ。しかし二時間、ダビッド・ビスバルの新曲の破廉恥なプロモーション・ビデオ（この歌手の最近のビデオクリップの一本に、エステルはほとんど裸で出演している）が流れるCDショップや、煙草の免税店や、〈ジェニファー〉のブティックのあいだをさまようちに、そこから数キロメートルの場所で、サマードレスを纏《まと》ったエステルの若いむちむちとした肉体が、街を闊歩《かっぽ》しながら、少年たちの視線をさらっているところを想像し、次第にやりきれない気分になった。僕は〈タップ・タップ・タパス〉で足を止めた。そして、ぎとぎとしたソースに浸った脂っぽいソーセージと、ビールを何杯か注文した。胃が膨らみ、腹に悪いものが溜《た》まるのを感じる。年老い、醜くなり、太っていく、破壊のプロセスをわざと速めてやろうと思った。そうすれば自分が、エステルの肉体には絶対に不釣り合いだともっと実感できるだろう。四杯目のマオウにかかったとき、バーカウンターのラジオから歌謡曲が流れてきた。唄《うた》い手が誰かはわからないが、ダビッド・ビスバルではない。どちらかというと伝統的なラテン歌謡の唄い手で、今のスペインの若者が滑稽《こっけい》と感じるような発声法だ。ようするに若い娘向けというより、主婦向けの歌手だ。延々「ムヘル・エス・ファタル（女は命取り）」と繰り返している。こんなにシンプルで馬鹿げたことが、こんなにも正確に表現されるのを、はじめて聞くと思った。詩は簡潔なものにたどり着いたとき、偉大なものになる。決定的にビッグ・シングになる。スペイン語の「命取り《ファタル》」という語が見事にはまっている。僕のいまの状況にこれほどぴったりな歌はなかろう。それは地獄、正真正銘の地獄だ。僕は自ら罠《わな》にはまった。僕は自ら望んでその中に入った。出口のありかは知らない。ここから出たいと思っているのかどうかさえわからない。僕の精神はますます混乱してくる。かりに僕に精神があるとすればだが。とりあえず僕には体はある。苦しみの多い、欲望ですりきれた体が。

サン・ホセに帰ると、僕はすぐに横になり、睡眠薬を限度量まで飲んだ。それからの数日、僕はただただ、屋敷内をうろついた。僕は不死の存在になった。そうかもしれない。しかしそれがなんだというんだ。エステルからはあいかわらず電話がない。そしてそれが唯一の重大事だった。たまたまテレビの文化番組で（それは実に奇跡に近い。なぜならスペインのテレビには文化系の番組がほとんどないからだ。スペイン人は文化番組が嫌いだし、だいたい文化というものが嫌いだ。それは彼らが芯《しん》から敵意を抱く分野のひとつである。彼らは文化の話を聞いていると、ときどき自分が攻撃されているような気がするのだ）、イマヌエル・カントがいまわの際に「もうたくさんだ」と語ったことを知った。発作的に悲痛な笑いと胃の痛みが襲ってきた。痛みは三日間続き、しまいには胆汁を吐くようになった。僕は医者を招《よ》んだ。診断は中毒の一種だった。医者は僕に最近食べたものを訊《き》き、なるべく乳製品を摂《と》るように薦めた。僕は乳製品を買った。そして、その晩には、懐かしの〈ダイヤモンド・ナイツ〉へ行った。まっとうな商売をやっている、つまり客に余計な飲食を強要しない店という印象があった。バーカウンターの周辺には三十人近くウェイトレスがいるのに、客はふたりしかいなかった。僕は十七歳かそこらのモロッコ娘を選んだ。大きく開いた襟ぐりが、でかいおっぱいを引き立てている。それで僕はうまくいくと本気で思った。しかしいったん寝室に入ってしまうと、現実を思い知るはめになった。勃《た》ちもしないので、コンドームもつけられない。こんな状況で、娘はフェラチオを拒否した。で、どうするんだ？　結局、娘はペニスをしごきはじめたが、視線は部屋の隅を見つめたままだった。あまり強くしごくので、痛かった。一分後、透き通った精液がちょっと出た。娘はすぐにペニスを放りだした。僕は衣服を直し、小便に行った。

翌朝、『キニク学派ディオゲネス』の監督からファックスを受け取った。彼は人づてに、僕が『ハイウェイのスワッパー』のプロジェクトを諦《あきら》めることを知ったらしい。つくづく諦めるには惜しいプロジェクトだ、君がシナリオを書いてくれるなら、僕が監督を請け負ってもいい、と書いてある。来週マドリッドに寄る用があるので、その際に話ができないだろうか、ということだ。

僕はこの男と定期的にコンタクトを取っていたわけではない。実際、五年以上、会っていない。待ち合わせのカフェに入りながら、自分が相手の顔をすっかり忘れていることに気がついた。僕は入り口のテーブルに坐り、ビールを注文した。二分後、四十代ぐらいの、背の低い、ぽっちゃり型の、巻き毛の男が、僕のテーブルの前に立ちどまった。ポケットのたくさん付いた、カーキの素っ頓狂《とんきょう》なハンター・ジャケットを着て、片手にグラスを持ち、にこにこと笑っている。無精髯《ひげ》が生えている。いかにもずる賢そうな顔だ。しかしあいかわらずその顔に見覚えはなかった。とにかく僕は彼に椅子を勧めた。

君のエージェントから、君の構想ノートと、冒頭のシークエンスを見せてもらったけど、このプロジェクトは相当おもしろいと思うな、と彼は言った。僕は無意識に手元の携帯に目をやった。エステルには空港に着いたときに、これからマドリッドに入るとメッセージを残しておいた。どうせかかってきやしないと諦めかけたところに、電話がかかってきた。十分後にこの店で落ち合うことになった。僕は面前にいる監督に再び目を上げた。あいかわらず名前も思い出せない。でも、自分がこの男を嫌いだということはわかった。彼の人間観も嫌いだし、そもそも、こんなヤツといっしょになにもやりたくなかった。いま、この男はシナリオに話を移し、共同執筆はどうだろうかと話している。僕はこの提案にぎょっとした。彼はそれに気づき、すぐにその案を引っ込め、もちろん、ひとりで書きたいというのなら、ひとりでやってもらって構わないんだ、すべてお任せするよ、と言った。僕はこんな馬鹿のためにシナリオを書くなんてまっぴらだ。僕はただ生きたい。それが可能なことであるなら、あと少しだけ生きたいと思っているだけだ。でもそれをこの男に正直に話すわけにはいかない。この男の舌は要注意だ。噂はあっというまに業界に広まるだろう。そしてなぜだかはよくわからないが（単に疲れのせいだろう）、あと数ヶ月はこいつを騙《だま》しておく必要があると感じた。話のタネに、インターネットを通じて出会った友人を食べてしまったドイツ人の話をしてやった。その男は最初、相手のペニスを切り取り、それを玉葱《たまねぎ》とともにフライにして、相手といっしょにそれを食べた。それから男は、相手を殺し、死体を切り分けて、冷凍庫で保存した。男はときどきそれを一切れ取り出し、解凍し、調理した。男は毎回ちがうメニューをつくった。男はペニスを被害者とともに咀嚼《そしゃく》したとき、強烈な宗教的経験を味わった。つまり被害者と自分のあいだで、現実的な聖体拝領が行われたのだ、とのちにその男は捜査官に語った。監督は僕の話を聞きながら、間の抜けた、それでいて残忍な笑いを浮かべていた。おそらく彼は、僕がいまこうした要素を盛り込んだ作品を書いていると考えているのだろう。そこからなにかアイデアをパクれそうだと、いやらしいことを考えて喜んでいる。幸い、そこに、エステルが現れた。にこにこしている。夏のプリーツスカートが腿《もも》のまわりで旋回する。そして彼女は僕の腕に飛び込んだ。その屈託のなさに、僕はすべてを忘れた。彼女は僕らのテーブルに腰を下ろした。そしてミントのソーダ割りを注文した。おとなしく僕らの話が終わるのを待っている。監督はときどきうっとりとした目で彼女を見る——エステルは正面の椅子に足を載せ、少し股《また》を開いている。彼女はパンティを穿《は》いていなかったが、それは自然で、理に適《かな》っていることに思えた。単純に外の気温が暑すぎることの結果なのだ。そのうちきっとバーカウンターの上のペーパータオルでアソコを拭《ふ》きはじめる。ついに監督が暇《いとま》を告げた。僕らはこまめに連絡を取りあうことを約束して別れた。十分後、僕はエステルの中にいた。気持ちよかった。奇跡の再現だ。それははじめて彼女と寝た日と同じくらい強烈な奇跡だった。きっとこの奇跡は永遠に続く、と僕は再び思った。そう思えたのもそれが最後だった。

一方通行の愛は、流れ出ていくばかりだ。その後の数ヶ月、スペインに夏が居座っているあいだはまだ、すべてはうまくいっている、ふたりは対等につきあっていると自分に言い聞かせることもできたのかもしれない。しかし残念ながら僕は、自分を騙すのが下手だった。二週間後、エステルはサン・ホセに遊びにきた。彼女はあいかわらず、屈託なくあけっぴろげに僕に体を預けたが、僕と数メートル距離を置いてから誰かと携帯電話で話すことも頻繁になった。そうした電話では、彼女はよく笑った。僕といっしょのときより笑った。もうすぐ帰るからね、と約束をしている。このままいっしょに夏を過ごそうと誘うつもりだった僕の思惑も、次第にむなしいものになる。彼女を空港に送ったときには、ほとんど安堵《あんど》に近いものさえ感じていた。僕は別れを回避していた。ようするに、僕らはまだつきあっていいた。そしてそのあくる週は、僕がマドリッドへと赴いた。

エステルはあいかわらず外出が多い。ディスコだ。ときには夜通し踊っていることもある。しかし一度として僕を誘ったことはない。友人の誘いに「ああ、今夜はダメ、ダニエルがいるから……」と断っているところが目に浮かぶ。僕はいまではそうした友人の顔ぶれをほとんど知っている。多くが学生か俳優だ。たいていは軽いノリのいい連中で、髪はセミロングで、着心地のよさそうな衣服を身につけている。なかには逆に、半分はシャレで、いかにもマッチョ、いかにもラテン・ラヴァーなスタイルで決めている連中もいる。しかしもちろん全員が「若者」だ。他に形容しようがない！　連中のうち何人が、エステルの元カレなのだろうか？　ときどき僕は考えた。エステルはけっして、僕に居心地の悪い思いをさせなかった。しかし僕はけっして、本当に彼らの仲間になったという感覚を持てなかった。ある晩、夜の十時ごろだったろうか、僕らは十人くらいでバーにたむろしていた。みんないきいきと、あそこはハウスが多いのだとか、トランス専門なのだとか、方々のディスコの長所を語りあっていた。僕はもう十分も前から、自分も君たちの仲間に入りたい、いっしょに遊びたい、いっしょに夜を明かしたいと、言ってしまいたくてうずうずしていた。どうかいっしょにつれてってくれと懇願する準備はできていた。それからふとガラスに映った自分の顔に気がついた。そして僕は理解した。僕はとうに四十を越している。僕の顔は不安げで、険しい。人生経験や、重責、心痛の跡がはっきりと刻まれている。少なくともいっしょに遊ぼうと思える相手の顔ではない。僕は終わっている。

エステルとのセックス後（それだけがいまだにうまくいっていることだった。おそらくそれだけが、唯一、僕の中の若い、損なわれていない部分なのだろう）、一晩中、白い滑らかなエステルの体を見つめながら、デカケツのことを思い出し、胸が痛くなった。『福音書』にあるように、自分が他人に使った同じはかりで、自分のことも量らなければならないとすれば、僕の形勢はかなり不利だ。なぜなら僕がデカケツに非情な態度を取ったのはまちがいないからだ。同情はなんにでも役に立つわけではない。たしかに同情からできることはたくさんある。しかし同情から勃起《ぼっき》はできない。〈デカケツ〉と出会ったのは、僕が三十のころ、ぼちぼち売れてきたころ——まだ本当の意味で有名人ではないものの、そこそこに認められてきたころだった。僕はすぐにその青い顔をした太った女性に気がついた。彼女は僕のショーに毎回現れ、最前列に座り、毎回手帳を出してサインを求めた。僕に話しかけてきたのはようやく半年経ったころ——いや半年経っても話しかけてはこないので、結局、僕が先に話しかけたのだったと思う。教養のある女性だった。パリ大学で哲学をおしえているという話で、実際、僕はまったく警戒心を持たなかった。彼女は僕に、〈現象学研究手帳〉という冊子に僕のコントを注釈つきで掲載する許可を求めてきた。当然、僕は承諾した。たしかに少し得意になっていたのだ。僕らとにかく僕は大学も出てないのに、彼女はその僕をキルケゴールに譬《たと》えたりした。僕は半年間ネットでメールをやりとりした。事態は徐々に悪いほうに転がりはじめた。僕は誘われるまま彼女の家に食事にいった。彼女のネグリジェ姿を見たとき、すぐに警戒するべきだった。それでも僕は彼女をひどく侮辱したりせず、なんとか平和裡にその家をあとにした。結局そのほうがいいと思ったからだ。しかし翌日から猥褻《わいせつ》なeメールが届くようになった。「ああ、あんたがあたしの中にいるのを感じる、あんたの肉棒に、あたしの花が開くのを感じる……」ひどい。まるでジェラール・ド・ヴィリエだ。彼女はどう見ても歳相応か、歳より老けて見えた。しかし実をいえば、僕と出会ったころの彼女はまだ四十七だった——エステルと出会ったときの僕とまったく同じ歳だ。それに気がついた瞬間、僕は不安に駆られて、ベッドから飛び起きた。そして寝室をぐるぐると歩きまわった。エステルは静かに眠っている。毛布からすっかりはみ出している。ああ、なんてことだろう、彼女は美しい。

僕は当時——十五年以上経ったいま、そのことを思い返すと恥ずかしくて、吐きそうになるが——とにかく僕は当時、性欲というものは、ある一定の年齢になると消える、少なくとも比較的穏やかな状態になる、と思っていた。いったいぜんたい、激辛思考がウリのこの僕のうちに、どうしてそんな馬鹿げた幻想ができあがったのか？　原則的には僕は人生というものをよく知っている。本だって結構読んでいる。しかも書物において、シンプルなテーマ、いわゆる、あらゆる証言に一致するテーマがあるとすれば、それはまさしくこのテーマだろう。性欲は消えるどころか、年齢とともに耐え難い、悲痛な、癒《いや》しがたいものになる——しかも男性においては、ホルモンの分泌、勃起、そしてそれに伴うあらゆる現象が消えても、若い女性の肉体への関心は減少しない。尚悪いことに、それはやがて、真に精神《コーザメンタル》の産物、欲望を欲する欲望になる。これが現実だ。これが事実だ。これこそが、真面目な作家が飽きもせずに繰り返し、取り上げてきたことだ。

　極端な話、あのデカケツという人物の上で、クンニリングスを展開することも僕にはできたかもしれない——そのぶよぶよとした股のあいだで、青白い、たるんだ肉のあいだで、なんとかクリトリスを勃《た》てようと奮闘する自分の顔を思い浮かべる。しかし、そんなことでは、絶対に、彼女は満たされなかっただろう——それどころか苦しみを深めることにしかならなかっただろう。彼女は他の多くの女性と同様に、挿入されることを望んでいた。それ以下では満足できない、絶対、妥協はできなかった。

　僕は逃げ出した。同じ立場の男がみなそうするように僕も逃げ出した。僕は彼女のメールに返事をするのをやめた。楽屋にも近づけさせないようにした。彼女はしつこく数年のあいだ、五年、いや、おそらく七年ちかく、僕につきまとった。気が遠くなるほど長いあいだ、僕につきまとった。それは僕がイザベルと出会った日の翌日まで続いていたと思う。もちろん僕はなにも言っていない。彼女とはもうなんの接点もなかった。しかし、なにかしらの勘、いわゆる女の勘でも働いたのだろう。とにかく彼女はこの日を境に、僕の人生から、あるいは、たびたび僕を脅かしていたとおり、ただただ短い生というものから、出ていった。

この耐え難い夜の翌日、僕は朝一番のパリ行きの飛行機に乗った。エステルは少し驚いたようだった。彼女は僕が丸一週間マドリッドにいるものと考えていた。そもそも僕もそのつもりだった。この唐突な出発の理由は僕にもよくわからない。小細工がしたかったのかもしれない。僕には僕の生活があり、仕事があり、彼女がいなくても平気なのだというところを見せたかったのかもしれない——いずれにせよそれは失敗だった。この話を聞いても、彼女はほんのわずかな動揺も、焦りも見せなかった。彼女は「ふうん《ブェーノ》」と言っただけだった。とりあえず僕の行動にはなんの意味もなかったということだ。僕の始めた行動は、まるで致命傷を負った年老いた動物のそれだ。見境なく周囲を攻撃し、あらゆる障害物に体をぶつけ、転び、立ち上がり、次第に怒り狂い、衰弱し、自らの血の匂いに我を忘れていく。

ヴァンサンの顔を見たくなったと、エステルには説明したが、ロワシー空港に降りたってはじめて、本当に自分が彼に会いたがっていることに気がついた。なぜ会いたいのかもわからない。もしかしたらただ単純に、幸せはありうるのだということをたしかめたかったのかもしれない。彼はあの祖父母の家で――とにかく彼がそれまでの半生を過ごした家で――スーザンとの新生活をはじめていた。六月の初旬だというのに、曇り模様で、赤レンガの外観はあいかわらず辛気臭かった。郵便ポストの宛名を見て驚いた。「スーザン・ロングフェロー」ふむ、これはわかる。しかし「ヴァンサン・マッコーリー」というのはなんだろう？ ああ、そうだ、預言者の名前がマッコーリー、ロベール・マッコーリーだったっけ。それにヴァンサンはもう母方の姓を名乗ることができない。結果としてマッコーリーという名前が彼に与えられたわけだ。とりあえず法の決定が下されるまで、なにか名前が必要だからだ。「僕はまちがってできた子なんだ……」前に一度、預言者との父子関係を匂わせるようなことをヴァンサンは言った。おそらくそのとおりなのだろう。しかし祖父母はヴァンサンを受け入れ、被害者として大事にした。彼らは自分の息子の享楽的エゴイズムと無責任に、心底、胸を痛めた（それでも預言者の世代はまだましな世代だ。このあとの世代になると、事態は悪化し、エゴイズムだけが残り、享楽のほうはどこかへいってしまった）。とにかく祖父母はヴァンサンを受け入れ、扉を開け、家の中に入れてやった。たとえばそれは僕が息子のために一度もしたことのないことだった。あんなウスノロと同じ屋根の下に暮らすなんて、僕には考えることすら我慢できなかったろう。僕にしろ、ヴァンサンにしろ、僕らは単純に、たとえばスーザンなんかと違って、本当はいないほうがよかったかもしれない人間だ。スーザンは、生まれ故郷のカリフォルニアからこんなにも遠い、古臭い、重苦しい、陰鬱《いんうつ》な環境で暮らしながらも、すぐにこの環境に馴染《なじ》んでしまった。彼女はもとからあったものをなにも捨てなかった。額におさまった家族写真や、祖父《じい》さんが仕事で貰《もら》った記念のメダルや、コスタ・ブラバ土産の牛の置物は、そのままになっている。もしかしたら彼女は部屋の換気をしたりだとか、花を買ってきたりだとか、僕には見当もつかないことをしたのかもしれない。僕はいつもホテルのような空間で生活している。僕には「家」についての素養がない。きっと妻がいないせいだ。こんなこと、これまで考えたこともなかった。しかしいずれにせよスーザンには見る人に、ここに住んでいる人々はきっと幸せにちがいないと思わせる家を、つくる力があるのだ。彼女がヴァンサンを愛しているることは、すぐにわかった。それは明白な事実だ。しかしとりわけ彼女は愛しているのだ。彼女の生来の性質は、愛することだ。牛が草を食《は》む（あるいは鳥が歌い、ネズミが鼻をくんくん鳴らす）ようなものだ。彼女は前の主人を失ったが、ほとんどすぐに次の主人を見つけた。そして彼女を取り巻く世界は、再びまぎれもなくポジティブな事柄で満たされた。僕は彼らと夕食をともにした。楽しい、気持ちのよい、ほとんど痛みを感じない夕べだった。しかし泊まっていく勇気はなかった。それで十一時には彼らの家を出て、部屋の取ってある〈リュテシア〉に向かった。

モンパルナス＝ビアンヴニュの駅で、僕は再び詩について考えた。ヴァンサンと別れたばかりだからだろう。ヴァンサンに会うといつも、自分の限界、自分のクリエーターとしての限界を思い知らされる。また恋愛面における限界も思い知らされる。そのときたまたま、詩のコンクールのポスター『パリ交通公団の詩』の前を歩いていたということもあるだろう。もっと正確に言うならば、僕はアンドレ・ブルトンの『自由の愛』が転用されたポスターの前を歩いていた。とにかくアンドレ・ブルトンというのは、吐き気をもよおすような人物だし、その詩のタイトルは愚かで、ひどく矛盾している。そのタイトルが示しているのは、脳味噌《のうみそ》の軟化と、結局はそれだけがシュールレアリスムの特徴という広告屋としての才能だけだ。ただいかにそれが事実であろうとも、あの馬鹿が、ときにとても美しい詩を書いたことは認めざるをえない。しかしそれでもこのポスターになにかしらの抵抗を感じたのは僕だけではなかった。二日後に同じポスターの前を通り過ぎたとき、そこには落書きが書きつけられていた。「つまらん詩を貼る暇があるなら、ラッシュアワーを楽にしてくれ」この落書きのおかげで僕は午後中ずっと上機嫌でいられた。それにほんの少し自信も回復した。たしかに僕は一介のコメディアンにすぎない。しかしそれでもやはりコメディアンなのだ。

ヴァンサンの家で夕食をした翌日、僕は〈リュテシア〉のフロントに、同じ部屋にあとしばらく、おそらくは数日、逗留《とうりゅう》したいと申し出た。フロント係は訳知り顔で実に慇《いん》懃《ぎん》に僕の申し出に応じた。とにかく僕が「有名人」であることはたしかなのだ。ホテルのバーで、フィリップ・ソレルスや、フィリップ・ブヴァールなどといっしょに（フィリップ・レオタールは故人だから無理としても）、アレキサンダーを飲みながら、大いに羽目を外して大枚を叩《はた》いていくかもしれない。とにかくその評判からして、そうした畑のちがうフィリップと交際があっても変じゃない。もしかしたら性転換したスロヴェニア系娼婦《しょうふ》なんかと夜を過ごすのかもしれない。いずれにせよ「上流階級のきらびやかな生活」を送ることができる。おそらく世の人は僕にそういうことを期待している。有名になるには、才能を感じさせる作品がひとつかふたつあればよく、それ以上はいらない。一個の人間にひとつかふたつ特記することがあるだけでも十分に驚くべきことなのだ。その後の凋落《ちょうらく》が、穏やかなものになるか、ひどく痛みを伴うものになるかは、場合によっていろいろだ。

僕はその後の逗留中、前に挙げられたいかなる行動も取らなかった。ただ、翌日、ヴァンサンに電話をかけた。自分の幸せな生活ぶりが僕をつらくさせるかもしれないとすぐに察した彼の提案で、会うのは〈リュテシア〉のバーになった。実のところ、彼の話は大使館建設の計画のことばかりだった。それは未来の観衆を想定したインスタレーションになるということだ。彼は注文したレモネードに手もつけなかった。ときどきバーに有名人が通りかかり、僕に気がついて、密《ひそ》かに合図を送ってくる。ヴァンサンはまったくなににも気づかない。彼は僕のほうも見ず、僕が話を聴いているかどうかさえ気にせずに、考えごとをしているような、放心しているような調子で話しつづける。まるでテープレコーダーに向かって話しているか、国会の調査委員会の前で証言しているかのようだ。説明が進むうちに、ヴァンサンのアイデアは、最初に彼が描いていた青写真から少しずつ離れていき、計画は次第に大それたものになっていく。いま自分がやろうとしていることは、二十世紀のある旧弊な作家が「人間の条件」と呼んでしかるべきとしたものを証言することではない。人間についての証言はすでに山ほどあるし、そのすべてが、人間はひどく惨めな存在だという見解で一致している、とヴァンサンは僕に言った。ようするにこのテーマは月並みなんだ。ヴァンサンは静かに、しかし二度と帰らぬつもりで、人間の岸辺を離れ、「完全な彼岸」に向かおうとしている。僕はそこまではついていけそうにない。おそらくそこが、彼が呼吸のできる唯一の場所なのだろう。おそらく彼の人生にはそれ以外の目標はないのだろう。しかしその目標はひとりでしか追いかけられない。だが考えてみれば、彼はいつもひとりだったのだ。

　僕らはもう以前の僕らとはちがう、と彼は静かな声で言った。僕らは永遠なるものになったんだ。たしかにこの考えに慣れるには、この考えを身近なものにするには、時間がかかる。それでも、このさきのすべてがすっかり変わってしまったことは事実だ。〈学者〉は信者がみんな立ち去ったあとも、数人の技術者といっしょにランサローテに残り、研究を続けている。彼はきっと研究を完成させるだろう。それはまちがいない。人間はサイズの大きな脳を持っている。それは生命維持の欲求や、食欲や性欲といった基本的な欲求が生む根本的な必要に応じるだけにしては、不釣り合いなほど大きい。僕らはようやく、それを有効に使いはじめられるわけだ。犯罪の蔓延《はびこ》る社会で、精神的な文化が発展したためしはない。なぜなら単純に、物理的な安全こそが、自由なものの考えかたの条件だからだ。意見にしろ、詩情にしろ、思想にしろ、多少なりともクリエイティブなものは、身の危険を案じなくてはならないような、常に警戒していなければならないような個人のうちには絶対に生まれない。ひとたびＤＮＡの保存が保証され、潜在的に不死が確保されれば、我々の生きる環境は、物理的安全が完全に確保された環境になるだろう。それはこれまで人間が経験したことのないような環境だ。その環境が精神面においてなにを生み出すかは誰にも想像できない。

　このヴァンサンとの平和で開放的な会話は、僕を大いに元気づけた。そして僕ははじめて自分の不死について考えるようになった。前よりもう少し素直に事態を検討するようになった。しかしホテルの部屋に戻るなり、携帯にエステルからのメッセージを見つけた。一言「さびしい」というメッセージだった。そして僕は、エステルが自分の肉のうちにこびりついていて、もうその一部になっていることを、あらためて実感した。こんなに嬉《うれ》しいことはめったになかった。翌日、僕はマドリッド行きの飛行機に乗った。

ダニエル25―8

人間のセックスへのこだわりは恐ろしく大きく、常に注釈者であるネオ・ヒューマンを震撼《しんかん》させてきた。いずれにせよ、ダニエル1が、〈至高のシスター〉が「不愉快な真相」と呼んだものに近づいていくのを、見ているのはつらい。一度明るみにでると、ただただ人間を参らせるだけの真相に、ダニエル1が徐々に気づいていくのを、見るのはつらい。セックスの問題をくだらない幼稚な問題であるかのように扱うこと、注意を払うべき真のテーマは、政治やら、ビジネスやら、戦争やらであると考えることは、歴史上のどの時代においても、大多数の人間の正しい見識、大人の見識だった。真相がおもてに顕《あらわ》れはじめたのは、ダニエル1の時代だ。それは次第に露わになった。そして人間の真の目的、望みのあるかぎり人間が自発的に求めつづけてきた目的が、もっぱらセックス方面にしかないという真相は、隠しようのないものになった。我々ネオ・ヒューマンにとっては、まさにこの点が鬼門である。あらかじめ〈至高のシスター〉からも知らされているが、我々ネオ・ヒューマンにはけっしてこの現象を満足な形で把握することはできないだろう。我々はこの精神の内に、調節についてのいくつかの見解を保持しつづけることでしか、その理解に近づけない。なかでも最も重要な見解は、人間のみならず、人間に先立つあらゆる種にも共通する、一個体が生き残ってもまったく意味がないという見解である。「生存競争」というダーウィニズムの虚構は、長期間、ある基礎的な事実を、覆い隠していた。つまり個体の遺伝子の価値、子孫に個の特徴を伝えていく能力などは、非常に乱暴な言い方をすれば、所詮《しょせん》、生産可能な子孫の数を決定するひとつの要因にすぎないということだ。しかも、たとえばどんな動物でもかまわない、たとえばある動物が、純粋に性関係を結ぶために、自己の幸福や、物質的な充足、命さえ犠牲にすることも辞さないとしても、まったく驚くには値しない。つまり、種の意志（究極目的論者の言うところの）も、強力な調節機能を持ったホルモン・システム（決定論的アプローチを採用するなら）も、まずまちがいなく同じ選択をするだろう。オスはそのきらびやかな装飾や羽、騒々しく派手な求愛のダンスのために、敵に見つかりやすく、捕食されやすい。しかしながら、そうした解答も、いささかも不利な選択ではない。遺伝子の面で見れば、それでより効率的生殖が可能になるのだ。生化学の揺るぎないメカニズムに則った、個体のこうした種への従属は、人間という動物においても同様に強力である。ただしその性衝動は、発情期に限らず、恒久的に発動しかねない——たとえば、残された人生記を見れば明白だが、人が「健康」であろうとする本当の理由は、異性の魅了に大きく左右する肉体の外見を維持するためにほかならない。ダニエル1と同時代の人間が余暇の大部分を入念な肉体トレーニングに充てた理由は、ただそれだけのためにほかならない。

ネオ・ヒューマンの性にまつわる生化学は——おそらくはそれが、ダニエル1の人生記を読みすすむにつれ、彼の歩んだ苦難の道をたどるにつれ、僕が息苦しくなり、気持ち悪くなる本当の理由にちがいないのだが——人間のそれとほとんど変わりがない。

ダニエル1―20

「無は無化する」
マルティン・ハイデガー

八月初旬からスペイン中央の平野の上空に高気圧が居座っている。バラハス空港に到着した途端、物事が悪いほうに転がりはじめたのを感じた。暑さはほとんど耐えがたく、エステルは遅刻だ。彼女は三十分後にやってきた。素肌にサマードレス姿だった。

僕は例の長持ちクリームを〈リュテシア〉に忘れてきた。それが最初の失敗だった。僕はあまりにも早くにイッてしまい、彼女が少しがっかりするのをはじめて感じた。エステルはふにゃふにゃになった性器の上で、しばらく動きつづけていたが、それから諦《あきら》めたように体を引きはがした。再び勃起《ぼっき》できるのなら、いくらでも代価を払ったろう。男というのは生まれたときから、厳しい世界、情け容赦のない、のるかそるかの世界に生きている。そして女性の理解なしには、たいていの男は生き延びられない。自分の留守にエステルが他の誰かと寝たとわかったのはこのときだったという気がする。

エステルと、彼女の男友だちふたりとともに酒を飲みにいく際、地下鉄に乗った。汗で肌に張りついたサマードレスの上から、エステルの乳首や、尻《しり》の割れ目がはっきりわかる。もちろん車両中の男たちの目がエステルに釘《くぎ》付けになる。彼女に笑みを送る者さえいる。

僕は上手く会話に入れなかった。ときどき文意を摑《つか》んで、ひと言、ふた言、意見を述べるものの、すぐに会話から外れてしまう。いずれにせよ、僕は別のことを考えていた。自分がつるつるの、極端に滑りやすい斜面に立っている気がした。僕はホテルに戻るなり、彼女にふたり組について質問した。彼女は取り繕いもせず言った。「ひとりは元カレ……」たいした関係じゃないと示すつもりだったのだ。「もうひとりはその友だち」数秒考えたあとで、彼女はそう付け足した。

男ふたり、そうね、とにかく、男ふたりというのは、これがはじめてじゃない。元カレにはバーで偶然再会したの。友だち連れだった。一があれば二がある。まあようするに、三人いっしょに寝たってわけ。どうだった、と僕は訊《き》かずにはおれなかった。「グッド……グッド……」会話の成り行きに彼女は少し不安そうだ。「そうね……気持ちよかった」そう付け足しながら、彼女は思わずにっこりした。気持ちよかった、なるほど、想像がつくよ。元カレとその友だちのをしゃぶってやったのか、アナルを貸してやったのか、彼女にそう訊きたいのを必死で堪えた。あらゆる映像がいっぺんに押し寄せ、頭を穿《うが》つのを感じた。それははたから見てもわかったにちがいない。エステルは口を閉じ、次第に顔を曇らせた。彼女は即座に意を決し、これしかないということ、つまり僕のペニスの世話をはじめた。指と唇の使いかたがあまりにも優しく、あまりにも巧みなために、予想に反して僕は再び勃起した。そして一分後、僕は彼女の中にいた。いい具合だ。再びうまくいっている。僕は完全に状況に没頭していた。そして彼女にしても、これほど強烈な快感を得るのは久しぶりだろう――まあ、相手が僕の場合にかぎってだろうが、と二分後に思った。しかし僕は今度はその考えを頭から追い払い、優しく、あらんかぎりの愛情を込めて彼女を抱きしめ、いまは彼女の体に、いまそこにある熱い生きた存在に、必死で集中した。

いま思えば、この甘いささやかな一場面が、暗黙のうちに、エステルに決定的な影響を及ぼしたのだろう。その後の数週間の彼女の行動はもっぱら、僕のことを傷つけないよう気を配り、とにかく全力をあげて幸せにする、という考えから導き出されたものだった。エステルの男を幸せにする能力は絶大だった。とてつもなく大きな快感を得た期間だったと思う。毎瞬間、強烈な悦《よろこ》びを肉に浴び、浴びすぎて耐えられないのではないか、死んでしまうのではないかと思ったほどだ。そして、彼女の優しさや、賢さ、人の気持ちを察する思いやりの心、その深い愛情も思い出に残っている。しかし本当のことをいえば、そこまではっきりと憶《おぼ》えているわけではない。具体的な場面はなにひとつ浮かんでこない。ただ自分が数日か、おそらくは数週のあいだ、ある種の状態にあったことはわかる。それは人として、完全に満ち足りた、欠損のない状態だった。これまでにも、ときにその可能性を感じた人間はいる。しかしこれまでのところ、納得のいくかたちでそれを描写できた人間はいない。

ずいぶん前からエステルは、自分の誕生日である八月十七日にバースデー・パーティを催す話をしていた。そうこうしているうちにエステルはパーティの準備にかかりきりになった。彼女はかなりの人数、百人ちかい人間を招待したかった。そこでサン・イシドール通りに住むボーイフレンドの援助を仰ぐことにした。彼はその通りに建つビルの最上階に、プールとテラスのついた大きなロフトを所有していた。打ち合わせも兼ねて一杯やろうということになり、僕らは彼のロフトに招かれた。それはパブロという大柄の男で、黒っぽい巻き毛を長く伸ばしている。まあ、かっこいいという感じの男だ。玄関に僕らを迎えに出てきたとき、彼は薄いバスローブを羽織っていたが、テラスに出るとそれを脱いだ。その裸体はたくましく、ブロンズ色に焼けていた。オレンジジュースはどう、と彼は僕らに訊いた。こいつはエステルと寝たことがあるのだろうか？　僕はこのさき出会う男性全員にこの疑問を抱くことになるのだろうか？　エステルは、僕が戻ってきたあの夜以来、監視の目を意識するようになった。僕の目に不安が閃《ひらめ》くのに気づいたのだろう。少しばかりプールサイドで日光浴しないかというパブロの誘いを、エステルは辞退した。そしてパーティの準備に話の的を絞った。全員の分のコカインとエクスタシーを買うなんてムリだけど、とりあえず最初にパーティに勢いをつける分はあたしが払うわ。それから売人を二、三人呼んでおいてもらえないかな。パブロならなんとかなるでしょう。最近、極上の売人にツテがあるものね。パブロは気前のよさを発揮して、ラッシュも仕入れとこうか？　と言った。

八月十五日、聖母被昇天の日、エステルはいつもより淫《みだ》らになって僕とセックスした。僕らはホテル〈サンツ〉にいた。ベッドの正面に大きな鏡があった。あまりにも暑くて、動くたびに汗が飛ぶ。腕と脚を交差させたまま、僕はもう自分に動く力が残っていないのを感じた。全神経を性器に集中した。エステルは一時間以上も僕に跨《またが》っている。ペニスの上で上下しながら、脱毛したてのマンコを締めたり緩めたりする。そのあいだ片手は、汗で光る自分の乳房を愛撫《あいぶ》している。にこやかに、集中した様子で僕を見つめ、僕の快感の変化に注意を配る。もう片方の手は睾丸《こうがん》を握り、アソコの動きにあわせて力を入れたり緩めたりする。僕がイキそうになるのを察知すると、ぴたっと動きを止め、二本の指にぎゅううっと力を入れ、根元から射精を止める。そして危険が去ると、また上下運動をはじめる。こうして僕は一時間か二時間を過ごした。爆発寸前だ。ひとりの人間が経験しうる最大の快感の中にいる。結局、僕は彼女に、口の中でイカせてくれと頼んだ。彼女は身を起こし、僕の尻の下に枕を差し込んで僕に訊《たず》ねた。これで鏡が見えるかしら。だめね、もう少し場所を変えたほうがいいわ。僕はベッドの隅に寄った。エステルは僕の股《また》のあいだに跪《ひざまず》き、顔をペニスの高さに合わせると、先から一センチ一センチ丁寧に舐《な》めはじめ、ついには亀頭をぱっくりと咥《くわ》えた。それからペニスに添えた両手を動かしはじめる。指にゆっくりと力を込めて、まるで奥に残った一滴の精液まで搾り出そうとするようにそれをしごく。そのあいだ舌は猛スピードで往復を繰り返す。汗で視界が曇る。時間と空間のはっきりとした感覚もなくなった。それでも僕はなんとかあと少し、そのひと時を延長することができた。彼女の舌が三回そのローテーションを繰り返したあと、僕はイッた。幸福のエネルギーが爆発し、隅々まで激しい悦びを浴びた僕の体は、虚無に呑《の》まれて、そのまま消え去ってしまいそうだった。エステルは僕を咥えたままでいた。ほとんど動かない。ゆっくりと僕の性器をしゃぶりながら、僕の悦びの咆哮《ほうこう》がもっとよく聞こえるように、目を閉じる。

それからエステルは横になり、僕の腕の中で小さくなった。みるみるうちにマドリッドに日が暮れる。エステルは三十分ほどそうしていて、それからようやく言った。数週間前からあなたに言わなきゃ、と思ってることがあるの——まだ、姉以外は誰も知らないことよ。友だちにはバースデー・パーティで発表するつもりなんだけど。あたし、ニューヨークの有名なピアノ・アカデミーに合格したの。それで少なくとも一年は留学するつもり。それにあたし、ソクラテスの死についてのハリウッドの大作映画に、小さな役を手に入れたの。アフロディーテのお付きの役よ。ソクラテス役はたぶんロバート・デ・ニーロになるんじゃないかな。小さい役だし、撮影期間は一週間かそこらだけど、でもハリウッドよ。ギャラだって、それで十分、一年分の学費と家賃が払えるわ。九月あたまには出発するつもり。

僕は完全に沈黙していたのだと思う。硬直して反応できなかった。もしなにか口にすれば、泣き出してしまいそうだった。「最高《ブェーノ》……これって人生最大のビッグチャンスよ……」エステルは最後にそうつぶやいて、僕の肩に顔を沈めた。僕もいっしょに行く、アメリカでいっしょに暮らそう、咽喉《のど》から言葉が出かかった。しかし言葉は声になる前に消えた。それはエステルにとって万に一つの可能性すらないことだと、よくわかっていた。彼女は遊びにきてとさえ言わなかった。それは彼女の人生において新しい時代、新しい門出だった。僕はベッドサイドのランプを点け、エステルをしげしげと眺めた。彼女のうちに、アメリカだの、ハリウッドだのに目が眩《くら》んでいるような様子はあるだろうか。いや、そんなものは見当たらない。彼女は冷静で落ち着いているように見える。彼女は状況を鑑《かんが》みて、最も賢明な道、最も合理的な道を選んだだけだ。僕がいつまでも黙っているので、彼女は顔を上げて僕を見た。長い金色の髪が顔の両端に落ちる。見たくもないのに、彼女の乳房が目に入る。僕は横になり、ランプを消し、深いため息をついた。事態をこれ以上複雑にしたくなかった。泣き顔を彼女に見られたくなかった。

翌日、エステルは一日じゅうパーティの準備に忙しかった。近所のエステサロンに行き、泥パックと、ピーリングをした。僕はホテルの部屋で煙草を吸って彼女の帰りを待った。翌々日もほぼ同じ。ヘアーサロンのあと、彼女は何件かブティックに立ち寄って、イヤリングと新着のベルトを買った。僕は自分の心が不思議と空っぽなのを感じた。たぶん執行日を待っている死刑囚の心境と同じだ。神を信じている死刑囚についてはどうだかわからないが、それ以外の死刑囚が、残された時間に、自分の半生を振り返ったり、その総決算をしたりするなんて、僕には絶対に信じられない。僕の考えでは、彼らはただ、かつてないほどニュートラルな態度で時間を過ごそうとする。最も恵まれている場合は、眠るのだと思う。しかし僕の場合はちがう。僕はその二日間一睡もしなかったと思う。

八月十七日、午後八時ごろ、エステルが僕の部屋をノックし、戸口に現れたとき、自分には彼女の旅立ちを乗り越えられないとわかった。エステルは小ぶりの半透明な上着を着ていた。胸の下で結わえているので、乳房のラインがよくわかる。長い金色の靴下は、ガーターベルトで吊《つ》られ、スカート下一センチのところに引っかかっている——マイクロミニのスカートは、ビニール製の金色のベルトにしか見えない。彼女は下着をなにも着けていなかった。彼女がブーツの紐《ひも》を結ぼうと身を屈《かが》めたとき、尻が露わになった。僕の手が勝手に伸びて、それを撫《な》でようとする。エステルは振り返り、僕を抱きしめ、僕を見つめた。あまりにも思いやりに満ちた、優しい目だったので、僕は一瞬、彼女がニューヨーク行きを諦め、これからもずっと僕といっしょにいると言いだすのではないかと思った。しかしそんなことは起こらなかった。僕らはタクシーを拾って、パブロのロフトに向かった。

最初の客は午後十一時ごろに現れたが、パーティが本格的に始まったのは午前三時を過ぎてからだった。僕は最初、まずまず大人らしく振る舞っていた。グラスを片手に、のらりくらりと客のあいだをうろついていた。僕と面識がある人間や、僕を映画で見たことがあるという人間は多く、幾人かとは簡単な会話になったが、とにかく音楽がうるさいので、僕はすぐに頷《うなず》くだけになる。二百人近い人間がそこにいたが、二十五歳以上の人間はおそらく僕ひとりだった。それでも僕はまだ不安定な気分にならないでいた。僕は奇妙なくらい静かな精神状態にあった。しかしある意味では、惨事はすでに始まっていた。エステルはきらきらと輝いていた。新着の客と挨拶《あいさつ》を交わし、夢中で抱き合っている。エステルが二週間後にニューヨークに旅立つことは、もう周知の事実だ。僕は最初、自分が物笑いの種になるのではないかと思っていた。とにかく僕の立場は、「捨てられる男」なのだ。しかし僕をそんな気分にさせる人間はいなかった。人々は僕と普通に会話した。

午前十時ごろ、音楽がハウスからトランスに変わった。僕は定期的にグラスを空けてはパンチを注ぎ足していた。なんだか疲れてきた。これで眠れれば最高なんだがと思いつつ、本当に眠れるとは思えなかった。アルコールが不安の上昇を抑えてくれてはいたが、依然、僕の底に不安が息づいていることはわかっていた。少しでも弱みを見せれば、不安はすぐにでも僕を飲み込んでしまうだろう。そのうちにあちこちでカップルが生まれはじめた。見ると、みんな寝室のほうへ移動していく。僕は気まぐれに廊下に出て、大写しの精子のポスターが貼られたドアを開けた。ちょうど乱交が終わったところらしい。少年や少女が半裸でベッドの上に倒れこんでいた。その片隅で、おっぱいの上まで

Tシャツを捲《まく》りあげた金髪の娘が、フェラチオをしている。僕はひょっとしてと期待して娘に近づいたが、あっちへ行けと手であしらわれた。僕は、ベッドにもたれかかるようにして腰を下ろした。そう遠くないところに肌色の濃い、栗色の髪の娘がいる。見事なおっぱいだ。スカートが腰までずりあがっている。ぐっすり眠っているらしく、股を広げても、反応がない。しかしマンコに指を差し込むと、半分眠ったまま反射的に僕の手を払った。僕は諦めて、ベッドの足元に坐りなおした。そしてそのままぼんやり、おそらくは三十分ほどのあいだ、放心していた。そのとき、エステルが部屋に入ってきた。元気いっぱいにはしゃいでいる。ボーイフレンドといっしょだった——みごとな金髪を短く刈った、かわいらしいホモセクシャルの坊やで、僕とは面識があった。エステルは買ってきたふたり分のコカインを出し、しゃがみこんでコカインを行に分け、自分で出した招待状の切れはしを床の上に置いた。僕の存在には気づいていない。ボーイフレンドが最初の一行を吸った。次にエステルが床に跪くと、そのスカートが尻の上までずりあがった。彼女は招待状の切れはしを丸めて鼻の穴に入れ、慣れた仕草で鼻を啜《すす》り、白い粉末を吸い上げた。この無邪気な、モラルとは無縁の、善も悪もない、単に糧として刺激と快楽を求める、小動物の姿を、自分は一生忘れないだろうと僕は思った。突然、〈学者〉があのイタリア娘を描写して言ったことを思い出した。見事な分子配列、滑らかな表面、個体性を持たず、消滅してもさして問題にならないもの……そしてそれこそが、僕の愛したもの、唯一僕の生きる理由だったものなのだ——そしてそれは不幸なことに、いまだに僕の生きる理由だった。エステルはぴょんと立ちあがり、ドアを開け(聴こえてくるBGMの音が大きくなる)、パーティの中心へと戻っていった。無意識に僕も立ち上がり、彼女のあとを追いかけた。僕がリビングルームに着くと、エステルはもうダンスの中心にいた。僕は彼女のそばで踊りはじめたが、彼女は僕が目に入らないようだった。頭を振り、髪を振り乱している。ブラウスは汗で肌にぺったりと貼りつき、乳首が透けて見える。次第にテンポが速くなる——少なくとも一六〇BPMは超えている。そして僕はだんだんスピードについていけなくなる。三人の少年が割り込んできて、僕らは一瞬離ればなれになり、それから背中合わせになった。僕は彼女の尻に自分の尻を押しつけた。応えるように彼女も腰を振った。僕らは次第に激しく尻をこすりつけあった。それから彼女はこちらに振り返り、僕に気がついた。「まあ《オラ》、ダニエルじゃない……」彼女は笑顔でそう言うと、再びダンスを始めた。そして僕たちは、また別の少年たちに割り込まれ、離ればなれになった。僕はいきなりものすごい疲労を感じた。いまにも倒れそうだった。僕はソファに腰を下ろし、それからウィスキーを飲んだ。しかしこれがよくなかった。すぐに激しい吐き気が襲ってきた。バスルームのドアには鍵《かぎ》がかかっていた。僕は何度もドアを叩《たた》き、繰り返し「気持ち悪い！　吐きそうなんだ！」と叫びつづけた。そのうち中から腰にタオルを巻いた少女が出てきて、僕を中に入れ、またドアを閉めて、ふたりの男が待つ浴槽に戻っていった。少女が跪くと、さっそく片方の男が彼女に突っ込んだ。そのあいだに、もう片方がフェラチオをさせる体勢を取る。

僕は便器に飛びついた。それから咽喉に指を突っ込み、じっくりと吐いた。最初は苦しかったが、次第に楽になってきた。それから僕は、さっきの寝室に横になりにいった。みんないなくなっていた。残っているのは、さっき僕の手を払いのけた栗色の髪の娘だけだった。彼女はあいかわらずスカートがめくれ上がった状態で、すやすやと眠っている。なぜだか、どうしようもなく悲しい気分になってきた。僕は再び立ちあがった。エステルの姿を見つけ、彼女のそばへ行って、恥も外聞もなく、文字通り、その腰にすがりついて懇願した。もう一度、もう一度、話し合おう、行かないでくれ、僕をひとりにしないでくれ。エステルはひどくいらいらした様子で僕の腕を振りほどき、友人たちに合流しようとした。しかし僕は同じことを繰り返し、彼女に抱きついた。彼女が再び僕を払いのける。友人たちの顔が僕を取り囲む。みな僕になにかを話しかけているらしいが、なにを言っているのかさっぱり理解できない。馬鹿でかいベースの音だけが響きわたっている。ようやく誰かがこう繰り返しているのがわかった。「プリーズ、ダニエル、プリーズ……パーティなんだから！」威圧的な声だったが、効果はなかった。やけくその波は高まりつづけ、僕をすっかり呑み込んだ。僕は再びエステルの肩に頭を載せた。途端にエステルは両手で僕を払いのけ、叫んだ。「いいかげんにして《ストップ・ザット》！」彼女はいまや本当に怒っているようだった。僕らのまわりにいた数人が踊るのをやめた。僕はくるりと向きを変え、寝室に戻った。床の上に身を屈めた。手で頭を覆った。それから少なくとも二十年ぶりに、泣いた。

そのあともパーティは丸一日続いた。午後五時ごろ、パブロがチョコパンと、クロワッサンを持ってきた。僕はクロワッサンをひとつ取り、カフェオレのカップに浸した。音楽は穏やかなものになった。メロディアスで、安らかな、いわゆるヒーリング系の音楽だ。数人の少女が、翼を羽ばたかせるように、ゆっくりと両腕を揺らして踊っている。エステルはすぐそこにいる。しかし僕がそばに腰を下ろしたとき、彼女はこちらに目もくれなかった。彼女はそのまま友だちとのパーティの思い出話を続けた。そしてそのとき、僕は理解したのだった。エステルは一年間、アメリカに行く。もしかしたら帰ってこないかもしれない。アメリカではきっと新しい友だちができるだろう。もちろん新しいボーイフレンドも。僕は捨てられた。それはたしかだ。しかし実のところ僕は他の連中と同じように捨てられたのであって、僕だけが特別というわけではない。僕が心の内に感じてきた排他的な愛情、次第に僕を苦しめるようになり、ついには僕を破滅にいたらしめるこの感情は、エステルにはまったく無縁のものなのだ。いかなる正当性も、いかなる存在理由もないものなのだ。僕らの肉体にはまったくなんの繋《つな》がりもない。僕らは同じ苦痛を味わうことも、同じ悦びを味わうこともできない。僕らはあきらかに完全に別個の存在だ。イザベルは快楽を嫌ったが、エステルは愛を嫌う。エステルは恋愛なんてしたくない。彼女はそうした、相手を独占しようとする感情や、依存しようとする感情を拒絶する。そして彼女の世代というのは全体にそういう世代である。ロマンチックなたわごとを吐き、相手に執着し、しがらみでがんじがらめになる、僕などはまるで彼らのあいだを彷徨《さまよ》う有史以前の怪物だ。エステルや、彼女と同世代の少女にとって、性行為というのは、色情や誘惑が導く愉《たの》しい気晴らしにすぎない。特に心をかきみだすようなものではない。おそらくは「愛」なんて、ニーチェの言うところの「同情」と同じで、弱者が、強者を糾弾し、強者生来の自由と残忍を制限するために、つくりだした虚構にすぎないのだろう。かつて女性は弱者だった。とりわけ出産時がそうだった。女性はかつて、力を持った者の庇護《ひご》の下でしか生きられなかった。そしてその状況が女性に愛を生み出した。しかしいま女性は強い。女性は自立しており、自由だ。そして実質的な妥当性のない感情を抱いたり、感じたりすることをやめてしまった。現代のポルノ映画などを見れば一目瞭然《りょうぜん》だが、千年来、男性は、性行為からあらゆる感情的な部分を排除し、それを完全な気晴らしの世界に入れてしまうことを夢見てきたが、その夢はエステルの世代によってついに実現されたというわけだ。これらの若者には、僕が強く感じることを、感じることができないばかりか、実のところ理解することさえできない。もし理解できたとしても、馬鹿げた、少し恥ずかしいものに出くわしたときのように、過去の遺物に出くわしたときのように、気まずさを感じることだろう。数十年の調整と努力の結果、彼らはついに、最も古くから人の心に存在していた、ある感情を根絶させたのだ。そしていまとなっては、壊れたものはけっして元には戻らないし、失《な》くした欠片《かけら》が戻ってくることもない。彼らは目標に達した。彼らはその生涯に一瞬たりとも、愛を感じることはないだろう。彼らは自由だ。

午前零時ごろ、誰かが再びテクノをかけた。そして人々は再びダンスをはじめた。売人は引き揚げたが、エクスタシーとラッシュはたっぷり残っていた。僕は、暗い部屋の連なる淀《よど》んだ不愉快な空間を彷徨っていた。なぜだか、ジェラールのことを、あのエロヒム信者の〈ユモリスト〉のことを思い出した。「なあに膣とも、困ることないぞ……」あるとき僕は、スウェーデンの馬鹿娘に向かって言った。どうせ英語しかわからない。娘は不思議そうに僕を見た。このとき、僕は自分が数人の人間から不思議な顔で見られていることに気がついた。どうやら数分前からひとりでしゃべっていたらしい。僕は頭を振り、腕時計に目をやり、プールサイドのデッキチェアに坐った。もう午前二時を回っていた。しかしむっとするような暑さは残っていた。

しばらくして、もうずいぶんエステルの姿を見ていないことに気がついた。そして僕はとりあえず彼女の姿を探しにいった。リビングルームにはたいして人は残っていなかった。僕は人を跨ぎながら廊下を進み、一番奥の部屋にようやく彼女の姿を見つけた。集団に紛れて横たわっている。身に着けているのは例の金色のミニスカートだけで、それも腰のあたりまで捲りあげられている。後ろに横たわっている、大柄の、黒っぽい長い巻き毛の男はおそらくパブロだろう。エステルの尻を撫で、彼女に挿入しようとしている。エステルはまた別の青年、やはり黒っぽい髪の、逞《たくま》しい体をした、僕の知らない男に、話しかけながら、笑顔で彼の性器に鼻をぶつけたり、頬をぶつけたりして遊んでいる。僕は静かにドアを閉めた。そのときはまだ知らなかったが、それが僕の見た最後のエステルの姿となる。

それからマドリッドに再び朝が来て、僕はプールサイドで急いでマスをかいた。僕から数メートルのところに、黒衣の、空《うつ》ろな目をした少女がいた。僕の存在にも気づいてないだろうと思ったが、僕が射精したとき、彼女はその傍らに唾《つば》を吐いた。

とうとう僕は眠った。おそらく長いこと眠っていたのだろう。目を覚ましたときには誰もいなくなっていた。パブロも出かけていた。ズボンに精液が貼りついていた。シャツにウィスキーを溢《こぼ》したのだろう。ひどい臭《にお》いだった。僕は苦労して起き上がり、食べ物の滓《かす》や、空き瓶の転がるテラスを横切った。手すりに肘《ひじ》をつき、真下の通りを眺めた。日はすでに西に傾きかけている。もうすぐ夜が来る。そして、このさき自分に起こることの察しはだいたいついている。僕が、最後の直線コースに入ったのは、あきらかだった。

ダニエル25―9

きらきら光る金属製の球体がいくつも大気中に浮いている。それはゆっくりと自転しながら、軽い振動音を立てている。その地方の住民は、それらの球体に対して崇拝や、嘲《あざけ》りといった奇怪な行動を取る。彼らが社会的霊長類であるのはまちがいない――つまり野人か、ネオ・ヒューマンか、あるいは第三の種か？　黒い大きなマントに、目の部分にだけ穴の開いた黒い頭巾《ずきん》というでたちなので、はっきりとした姿はわからない。周囲の崩れ落ちた景観は、どうやら現実にある風景をもとにしているようだ――ところどころダニエル1が描写したランサローテを連想させる。果たしてこの再構築された図像からなにを読み取って欲しいのか、僕にはマリー23の意図がまったくわからない。

　　惨禍を生き残った
知覚の中枢、

情動のＩＧＵＳには脱帽する

僕がときどき疑うように、仮にマリー23が、ネオ・ヒューマン全体が、あるいは僕自身がコンピュータソフトのつくりだした虚構にすぎないとしても、こうした虚構にプレグナンツ*があること自体、生物的、デジタル的、あるいは中間的なＩＧＵＳが、ひとつないしそれ以上、存在することを示している。ＩＧＵＳが存在していることが既に、厖《ぼう》大《だい》な可能性のフィールドに、ある時点で、減量が起こったことを十分に証明している。この減量が存在のパラダイムを決定する条件だ。仮に来来人が存在するとすれば、彼らはかならず、ＩＧＵＳが機能する一般的条件に当てはまる存在であるはずだ。ハートルとゲル＝マンがすでにあきらかにしたように、ＩＧＵＳ（Information Gathering and Utilizing Systems 情報収集活用システム）の認識機能は、出来事のシークエンスの安定条件や排他的条件を想定する。観察主であるＩＧＵＳが自然物であろうと人工物であろうと、ＩＧＵＳにとっては、枝分かれした世界のひとつひとつが、すでに現実の存在になりうる。この決定は他のいかなる世界の可能性も排除しないが、他の可能性へのアクセスは禁じられている。ゲル＝マンのかなり不可解な、それでいて統合的な言いまわしを借りるなら「それぞれの枝においては、その枝だけが大事に守られている」。観察者の社会が存在するということからだけでも、ＩＧＵＳはふたつに限定される。こうして、ある「現実」の存在は証明される。

「炭素生物」は途切れることなく系統進化を続けるという有名な仮説を採るならば、野人の進化が〈大乾燥〉で中断されたと考えるのはまちがっている。そうだとしても、マリー23が想定するように、彼らが再び言語を獲得したとか、知的コミュニティが形成され、かつて創始者が築いたものとは対照的な礎を持つ新しい社会が生まれたとかいう事実を示す根拠はない。

しかし野人の社会というこの話題に、マリー23は固執している。そして僕とのやりとりの中で頻繁にその話を蒸し返す。我々のやりとりは次第に活発になってきている。彼女の内に一種の知的興奮というか、焦燥が沸騰していくのを感じる。それが僕にも少しずつ伝染する。しかし目に見える状況の中には、我々のこうした鬱積《うっせき》状態に妥当性を与えるものはなにもない。インターメディエーションでのやりとりに興奮し、消耗したようになって、それを終える。フォックスがいてくれるおかげで、僕はすぐに落ち着きを取り戻す。そしてリビングルームの北の端、お気に入りの椅子に腰を下ろし、空《うつ》ろな目で、陽を浴びながら、静かに、次のコンタクトを待つ。

＊知覚された像などが最も単純で安定した形にまとまろうとする傾向。

ダニエル1―21

僕はその日のうちにビアリッツ行きの電車に乗った。途中アンダイエで乗り換えがあった。短いスカートを穿《は》いた娘たちがいて、そこらじゅうにバカンスのムードが充満していた――ほとんど自分に関わりのないことはあきらかなのに、僕にはまだそれを憶《おぼ》えておく力が残っていた。僕はまだ人間なんだ。それはまごうことなき事実だ。僕は完全には無感覚にはなっていない。僕が完全に解放されることはないだろう。死ぬまでないはずだ。現地に着くと、僕は〈ラ・ヴィラ・ユージェニー〉というホテルに宿を取った。かつてナポレオン三世が妻に贈った別荘を、二十世紀になって改装した豪華ホテルだ。レストランの名前もやはり〈ラ・ヴィラ・ユージェニー〉という。ミシュランのガイドではひとつ星が付いている。僕は名物のシプロン〔イカの詰め物〕とイカ墨のリゾットを食べた。うまかった。毎日でも食べられそうだった。並べていうなら、ここに長く、何ヶ月、あるいは死ぬまでもいられそうだった。あくる朝、ノート・パソコン、サムスンX10と、プリンター、キヤノンi80を買った。多少なりともヴァンサンに話した計画に取り掛かるつもりだった。誰のためにかはわからないが、ランサローテで見た出来事を書くつもりだった。ヴァンサンが不死を得る候補者全員に〈人生記〉を書かせること、できるかぎり漏れのない記録をつくらせることを思いついたのは、もっとずっとあとのこと、僕と何度も話をし、そうした叙述がもたらす、わずかな、しかし確固とした慰めと、部分的にでも正気になる感覚について、僕からじっくりと説明を受けたあとのことだ。結果として、僕の個人的な計画はヴァンサンの思いつきの影響を受け、より自伝的なものに変わった。

もちろん僕はイザベルに会うつもりでビアリッツに来たのだ。しかしホテルに腰を落ち着けてしまうと、そう急ぐこともなかろうと思った――これは不思議なことでもある。なぜなら自分の先がもう長くないのは、僕にとってはあきらかだだからだ。僕は毎日十五分ほど浜辺を散歩した。もしかしたらフォックスを連れたイザベルに会えるかもしれないと思っていた。しかしそんなことは起こらなかった。そして二週間後、思いきって電話をかけてみることにした。とにかくもうこの街にいないということもありうる。彼女とは連絡を取りあわなくなって、もう一年以上にもなる。

イザベルはまだこの街にいた。しかし母親が死んだら、この街を出るそうだ――母親は持ってあと一、二週間、長くても一ヶ月らしい。イザベルには、僕の声を聴いても、特に嬉《うれ》しそうな様子はなかった。それで僕のほうから会わないか、と切り出すことになった。僕はホテルのレストランに昼食に来ないかと彼女を誘った。だめよ、だって、そこ犬の同伴は禁止でしょう、と彼女は言った。結局いつものように〈銀のサーファー〉で落ち合うことになった。しかし僕はすぐになにかが変わったと感じた。奇妙なことに、言葉ではうまく表現できないが、彼女が僕のことを怒っている気がした。そんな印象を持つのははじめてだった。そういえばイザベルにはエステルの話をしていなかったとも気がついた。しかしそれで恨まれるのは納得できない。僕らは、ものわかりのいい人種、いまどきの人間のはずだ。僕らの別れには、とりわけ金銭面では、しみったれたところはひとつもなかった。非常に友好的な別れだったと言えるだろう。

フォックスは少し歳を取り、太ったものの、あいかわらず甘えっ子で、元気いっぱいだ。ただ、膝《ひざ》に乗るのに、少し手を貸してやらなくてはならなくなった。僕らはフォックスのことを十分ほど話した。彼、ビアリッツのロックンロールなおばさまたちに大人気なの。たぶんイギリス女王の犬と同じ犬だからね——それにミック・ジャガーも爵位を持ってからは同じ犬を飼っている。雑種なんかじゃなかったの、ウェルシュ・コーギー・ペンブローク、王室御用達の犬よ。そんな生え抜きの高貴な生き物が、なんで生後三ヶ月で、スペインのハイウェイ脇を彷徨《さまよ》う野良犬の群れにいたのか、それだけは永遠の謎だけど。

僕らはもう十五分ほどその話を続け、それから必然的に、ほとんど自然の流れで、問題の核心に至った。そして僕はイザベルにエステルとのことを話した。僕ははじめからすべてを話した。二時間以上話しつづけた。そして最後にマドリッドでのあの誕生祝いのパーティであったことを話した。途中イザベルは話の腰を折ったり、特に驚いたりすることもなく、注意深く耳を傾けていた。「そうね、あなたはいつもセックスが好きだったもの……」僕がエロチックなことに関する考えをいくつか述べたとき、イザベルは小さな声でぽつりとそう言った。なにかあったんだろうな、ってずっと思ってた、話してくれて嬉しいわ、僕が話し終わると彼女は言った。

「結局、僕は生涯に、ふたり、大事な女性とつきあったということだろうな」僕は言った。「最初の女性——君——は、そんなにセックスが好きじゃなかった。そして二番目の女性——エステル——は、そんなに愛が好きじゃなかった」今度はイザベルも素直に微笑んだ。「ほんとう……」彼女は、不思議なくらい茶目っ気のある、若々しい声になって言った。「あなたツイてなかった……」

彼女はじっと考え、それから言った。「結局、男の人は、つきあった女にけっして満足しないのだわ……」

「めったにね」

「男性は、矛盾するもの、相反するものを欲しがっているの、おそらくね。まあ、いまは、というかこの最近は、女性も同じだけれど。結局、一夫多妻というのが、正解だったのかもしれない……」

悲しいけれど、ひとつの文明が崩壊していく。悲しいけれど、このうえなく優れた英知が失われていくの――最初、人はなんとなく人生に居心地の悪さを感じるようになり、最後にはイスラム的な共和国の建設を願うようになる。とはいえ、少しばかり悲しい、というのが正しいかもしれない。だって世の中にはあきらかに、もっと悲しいことがあるもの。イザベルは昔から理論的な議論が好きだった。僕は彼女のそういうところが好きだった。理論的な議論というのは、たとえ同じように行われても、それが議論のための議論であるときは、不毛で、災いのもとにもなりかねないのに、愛を知った途端――本当の人生を知った途端に、深く、クリエイティブで、優しいものにもなる。僕らはまっすぐ見つめあっている。僕にはわかる。感じる。なにかが生まれようとしている。カフェの喧騒《けんそう》が遠くなる。まるで音のない世界にいるみたいだ。それが一時的なものか、永遠に続くものかは、この段階ではまだわからない。そしてついにイザベルが、僕を見つめたまま、よく通る声できっぱりと言った。

「わたしは、まだ、あなたを愛している」

その晩はイザベルの家に泊まった。そしてその後もずっと、僕はイザベルの家で寝泊まりした――しかしホテルの部屋はそのままにしておいた。思ったとおり、彼女の住居のインテリアは趣味がよかった。それは、海まで百メートルほどの緑地に建つ小さなマンションの一角にあった。僕は喜んでフォックスの食事を準備したり、彼を散歩させたりした。フォックスはいまでは歩くのも遅くなり、他の犬への興味も薄れてきている。

イザベルは毎朝、車で母親のいる病院に向かう。彼女は一日の大半を母親の病室で過ごす。母はとてもよくしてもらっているの、と彼女は言った。いまどき珍しいことだわ。このところフランスは毎年猛暑になって、毎年、病院や養護施設では介護不足で大量の老人が死んでいるでしょう。でもそんなことに腹を立てる人はとっくの昔にいなくなってしまった。それはある意味やむをえないこととして、つまり、この国の経済バランスにひどく有害な、高齢者の割合の問題を自然に解消する、ひとつの手段として世の中から許容されているの。イザベルは人とちがっている。そして僕はあらためて、イザベルが、同世代の男性、そして女性に比べて、精神的に優れているのを実感した。もっと寛大で、もっと気配りがあり、もっと愛があった。しかしセックス面では、僕らのあいだにはなにもなかった。僕らは同じベッドで寝ながら、気まずささえ感じなかった。そのくせ諦念《ていねん》に達することもできなかった。実のところ僕は疲れていた。夏の暑さは僕をも打ちのめしていた。自分にほとんど生気が感じられない。まるで死んだ牡蠣《かき》だ。そして無気力は全体に広がっていった。僕は日中、執筆のために、庭に面した小さなテーブルの前に坐っている。しかしなにも浮かんではこない。浮かんできたとしても、重要なことにも、意味のあることにも思えない。僕は終わりの時期に来ている。ただそれだけのことだ。他の人間となんら変わりはない。ショーマンとしてのキャリアもいまとなっては遠い昔のことに思える。痕跡《こんせき》ひとつ残っていない。

　それでもときどき、自分の叙述には、当初、もっと別の目的があったはずだと思い出す。自分がランサローテで、人類の進化において最も重要な一歩、おそらくは決定的な一歩に立ち会ったのだということは、よくわかっている。ある朝、僕は少し力が湧いてきたのを感じ、ヴァンサンに電話をかけた。いま引っ越しの最中なんだ、と彼は言った。サンタモニカの預言者の邸宅を売った金で、教会の本部をシュヴィリィ＝ラリュに移すことにしたらしい。〈学者〉はランサローテの研究所のそばに残っているが、〈刑事〉は妻とともに、シュヴィリィ＝ラリュにやってきた。彼らはヴァンサンの家のそばに、もう一軒屋敷を買い、そこに新たな事務所を開設することにした。従業員の求人もかけている。そのうち新興宗教専門チャンネルの番組をいくつか買うつもりだ。あきらかに、ヴァンサンは大きなこと、目に見えることをしている。少なくとも彼自身はそう考えている。でも僕は彼を羨《うらや》ましいとは思わない。僕は生まれてこのかた自分のペニス以外に興味を持ったことがない。いまやそのペニスも役立たずになり、続いて僕も致命的衰退期に入りつつある。まさに当然の報いだと、さも愉《たの》しげに自らに言い聞かせながらも、僕の精神状態は少しずつ紛《まご》うことなき完全な恐怖に向かっている。殺人的で終わりのない暑さが、どこまでも青い海の輝きが、ますます恐怖をかきたてる。

イザベルにはみんなわかっていたのだと思う。そしてため息をつきながら僕を見ていた。二週間が経ち、事態はあきらかに悪いほうへ向かいはじめた。いま一度、いや、今度こそ永久に、彼女のもとを去るべきだった。今回、僕らは本当に歳を取りすぎ、疲れすぎ、苦渋を味わいすぎていた。もう、相手を傷つけること、なにごともまともにできない相手を責めることしかできなかった。最後に食事をしたとき（夕方、少し涼しくなると、僕らは庭にテーブルを出した。イザベルが腕をふるってご馳走《ちそう》をつくった)、僕は彼女にエロヒムの教会のこと、そしてランサローテで交わされた不死の約束のことを話した。もちろんイザベルもニュースで、その話を少しは知っていたが、大方の人間と同じく、そんなものは完全な法螺《ほら》だと思っていた。それに彼女は僕が現場にいたことは知らなかった。僕はこのとき、イザベルにベルギー人ロベールのことを思い出させたところではじめて、彼女はその息子のパトリックには会わずじまいだったことに気がついた。つまるところイザベルが去ってから、僕の人生にはいろんなことがあったのだなと思った。それにしても、その話をイザベルにしていなかったことに自分で驚いた。おそらく彼女にとってはあまりにも斬新なアイデアだったのだろう。実際、僕だってほとんどの時間、自分が不死になったことを忘れている。憶えているには努力が必要だった。それでも僕は彼女にそのいきさつを一から細かく説明した。僕は特に〈学者〉の人間性、全体に僕が感じた彼の有能さを強調した。イザベルの知性もまた、いまなお健在だった。思うに、イザベルは遺伝子のことなど、なにも知らないだろうし、これまで一度だって興味を持ったことはないだろう。しかしながら彼女は僕の説明に難なくついてきて、すぐに結論を引き出した。

「不死というのは、つまり……」彼女は言った。「二度目のチャンスがあるということね」

「あるいは三度目のチャンスがね。あるいはチャンスはいくらでも、際限なく訪れる。

不死とはまさにそういうものだ」

「わかったわ。彼らにわたしのDNAを預けるわ。財産も遺贈する。連絡先をおしえてちょうだい。いっしょにフォックスのDNAも預けるわ。母のは……」と言いかけて、彼女は顔を曇らせた。「母はもう手遅れね。母には理解できないでしょう。彼女はいまこの瞬間も苦しんでいる。彼女が心から望んでいるのは死だと思う。彼女は無を望んでいるんだわ」

イザベルの反応の速さに僕は驚いた。そして思うに僕はこのときから、新しい現象が起ころうとしている予感を持ったのだと思う。欧米社会に新しい宗教が生まれるかもしれないなんて、それだけでも驚くべきことだ。なにしろ過去三十年のヨーロッパの歴史でとりわけ特徴的だったのは、伝統的な信仰が、唖然《あぜん》とするようなスピードで大きく崩壊していったことだったのだから。スペインやポーランド、アイルランドのような国々では、何世紀も前から、カトリックへの深く、全員が一丸となった、骨太な信仰が、社会生活や行動規範全般を形成してきた。それはモラルや家族の絆《きずな》を規定し、文化的、芸術的な産物、社会階層、社会のルール、その全体を条件づけていた。それがたった数年、一世代も経たないうちに、つまり信じられないほどの短期間に、すべてが消え、すべてが無に帰ったのだ。いまや、これらの国々に、神を信じている人間なんていない。神なんてまったく無視されている。そんな信仰があったことすら忘れられている。そしてそこに至るまでには、困難も、紛争も、暴力も、いかなる抗議もなく、話し合いさえなかった。一時的に外部からの束縛を受けている重い物体が、束縛から解放された途端に、簡単に元の位置に戻るのと同じだ。人間の霊的なものに対する信仰は、もしかしたら、巷《ちまた》で考えられているような、いかなる攻撃をも撥《は》ね返す頑強な一枚岩とは、程遠いものなのかもしれない。それどころか人間のうちにあるものの中でも、最も儚《はかな》く、壊れやすい、簡単に生まれたり死んだりするものなのかもしれない。

ダニエル25―10

ほとんどの証言が語っていることだが、実際このころからエロヒム教会は信者を増やしはじめ、いかなる抵抗にあうこともなく、欧米社会全域に広がっていった。たった二年足らずのあいだに、欧米における仏教の各宗派を猛スピードで乗っ取ったエロヒムのムーブメントは、続いて、没落の一途にあるキリスト教から実に簡単に残り滓《かす》を吸い込み、そのあと矛先をアジアに向け、日本を皮切りに、見る間にアジア大陸全土を征服した。とりわけ何世紀にも亘《わた》ってキリスト教布教の試みをことごとく撥《は》ね返してきた大陸だっただけに、そのスピードは驚異的だった。時代が変わった、それはたしかだ。ある意味でエロヒム教は、「消費」という資本主義のあとを歩んだのだともいえる。資本主義はかつて、若さにきわめて高い価値を見いだし、伝統を重んじる心や、先祖を敬う心を徐々に破壊した。エロヒム教は、資本主義が重宝した若さと、それに伴う快楽の、永遠の持続を約束したわけだ。

興味深いことに、イスラム教は、ほかに比べれば頑強な砦《とりで》だった。大量流出を続ける移民に支えられ、イスラム教は欧米社会でエロヒムとほぼ同じリズムで勢力を強めていった。その対象に真っ先に挙げられるのは、もちろんマグレブおよびブラックアフリカ出身者ではあるが、一方で「生粋の」ヨーロッパ人のあいだに大いに広まっていったこともたしかだ。つまりそれはひとえにマッチョ思想に由来する成功だった。実際、マッチョ思想の放棄は、男性を不幸にした。しかし女性を幸せにもしなかった。次第に、とりわけ女性のあいだで、女性を控え目で従順な存在とし、処女性を護《まも》るべきものとする、システムへの回帰を求める者が増えてきた。もちろん一方で、若い娘の肉体に対するエロチックな圧力も増大しつづけた。よってイスラムの拡大は、新世代の導師《イマーム》の下、一連の妥協が導入されたためにほかならない。彼らは、カトリックの伝統と、リアリティショーと、アメリカのテレビ伝道者《テレヴアンジエリスト》のショー感覚からヒントを得て、イスラム教徒に向けた、模範的人生のシナリオをつくった。従来のイスラムの伝統からすれば少し異色な、回心と罪の赦《ゆる》しがその二本柱だった。典型的なシナリオが、たくさんのテレビドラマで繰り返し再現された。舞台はたいていトルコか北アフリカだ。その若い娘は、最初、酒、ドラッグ、きわめて奔放なセックスに代表されるような放埒《ほうらつ》な生活を送って、親を泣かせている。それから彼女の中で、ショッキングだがためになる出来事が起こり（つらい中絶、あるいは技師になるため勉学に励んでいる清廉で敬虔《けいけん》なイスラムの若者との出会い）、それをきっかけに、彼女は世俗の誘惑を断ち切り、ヴェールをまとった従順で貞淑な妻になる。同じ筋書きの男性版もあるが、こちらの主役はラッパーで、女性版に輪をかけて非行の度が高く、ヘビーなドラッグを常用している。この偽善的なシナリオは、実に華々しい成功を収めた。回心の時期に選ばれた年齢（二十二歳から二十五歳）というのがちょうど、思春期が一番美しいマグレブ女性が太りはじめ、もっと体の線の隠れる服が着たくなる年頃だっただけに、なおさら成功した。こうしてたった十年か二十年のあいだに、イスラム教はヨーロッパで全盛期のカトリックが座していた地位、つまり暦を司《つかさど》り、時の節目に小さな祭事を執り行うような、公の宗教の地位に就いた。その教義は、大多数の人間が理解できるくらい素朴でありながら、より繊細な精神を惹《ひ》きつける曖昧《あいまい》さも保っており、原則的には、峻厳《しゅんげん》な精神を強調しながら、その実、いかなる罪人にも復帰の余地を与えた。ヨーロッパと同様に、アメリカ合衆国、とりわけ黒人コミュニティでも同じ現象が起こった——ただしアメリカでは、カトリック信仰も、ラテンアメリカ系移民のあいだで長く大きな位置を占めつづけた。

しかしながら所詮《しょせん》は時間の問題だった。数年もすると、歳を取ること、身持ちを改めること、丸々太ったおっかさんになることを拒否する傾向は、移民社会のあいだにも広まった。社会システムは一度壊れると決定的だ。いかなる後戻りもできない。それが社会におけるエントロピーの法則だ。人間関係にまつわるシステムはいかなるシステムであろうと、この法則に当てはまる。この法則がヒューレットとデュードによって厳密に証明されるのは、二世紀もあとのことだが、それはもう大昔から直感的に知られていた法則だった。興味深いことに、実際、欧米社会におけるイスラム教の没落は、その数十年前に起こった共産主義の没落を想起させるものだった。どちらの場合も、引き潮はその発祥国から起こり、たったの数年で、あれほど豊かで逞《たくま》しく、伝播《でんぱ》した先々でしっかりとした足場を築いていた組織を根こそぎにした。アラブ諸国では、数年前からインターネットへの非合法接続や、退廃文化の産物のダウンロードを中心とした土台侵食が進行しており、ついには巨大消費、フリーセックス、レジャーをベースにしたライフスタイルを実現するにいたった。国民の熱狂は半世紀前に共産主義国で起こったそれと同じくらい強烈で激しかった。人類史にしばしば見られるように、ムーブメントはパレスチナから起こった。もっと具体的に言えば、パレスチナの若い女性たちが突然、未来の聖戦士《ジハーディスト》を量産するだけの存在になるのを拒み、隣国イスラエルの女性と同じように、風紀上の自由を謳歌《おうか》したいと望んだ。変動はテクノミュージックに支えられて（数年前、共産主義社会において、資本主義世界への憧《あこが》れを支えていたのはロックだった。このたびはインターネットの利用もその効果に拍車をかけた）、たったの数年でアラブ諸国全体に広まった。アラブ諸国は、若者による大規模な暴動に直面し、当然ながら、持ちこたえられなかった。そうして欧米諸国の住民は、これまでイスラムの国々が自分たちの原始的な信仰にしがみついていたのは、無知で、抑えつけられていたからなのだと、はっきり思うようになった。後ろ盾を失った欧米のイスラム社会は、一気に崩壊した。

エロヒム教はというと、自らを生み出したレジャー文明に完全に順応している。彼らは人間にいかなる道徳上の拘束も押しつけることなく、人間存在を利益と快楽のカテゴリーだけに還元する。しかしそんな彼らも、とにかく、あらゆる一神教がこだわりつづけた約束は引き続き採用した。死を克服するという約束だ。彼らは約束のうちから霊的あるいは複雑な側面を排除し、死を克服することによってもたらされるもの、約束の本質のみに話を絞りこんだ。ようするに実質的な余命の延長、つまり肉体的欲望を果てしなく満足させることのみに話を絞りこんだ。

回心した信者が全員通過する最初の儀式――DNAの採取――とともに為されるサインは、死後、すべての財産を教会に委託する旨の証書である――書面によれば、遺贈された財産は場合によっては投資に利用されることもあるが、信者が生き返った際には、持ち主に全額返却される。このけしからぬ事態の体裁を和らげているのは、その目的が、親から子への自然な繫《つな》がりの排除、つまりあらゆる相続システムの排除にあり、また、死は一時的な中立の期間、新しい若い体ができるまでの静止状態にすぎないという名目からだった。アメリカのビジネス界で集中的なキャンペーンを行った結果、まずスティーヴ・ジョブズが改宗した――彼の場合はエロヒム信者になる前にもうけた子供たちに財産の分配をする部分的特例を要求し、獲得した。続いてビル・ゲイツ、リチャード・ブランソンが改宗し、その後も多くの世界的企業の指導者がこれに続いた。こうして教会はきわめて裕福になり、預言者の死から数年後にはすでに、財力、信者の数とも、ヨーロッパ随一の宗教団体になった。

　エロヒム教の根本を為す第二の儀式は、再生への待機の開始――またの名は自殺――である。これについては、しばらくは躊躇《ちゆうちよ》、いや、動揺があったが、徐々に公の場で完遂されるしきたりが確立された。それは調和的で簡単な儀式に則《のつと》り、信者がいまだと思うときに、つまり自分の肉体から思ったように快感を得られなくなったと判断したときに、執り行われるようになった。これは近い将来かならず再生できるという大きな信頼があってはじめて成立する儀式だ――驚くべきことだった。というのも巨額の研究費用を縦《ほしいまま》にしながらも、ミシキェヴィチュはなんら現実的な成果を挙げておらず、DNAが永久に保管できたところで、目下、単細胞以外の複雑な有機組織を生み出すことなどは不可能だったからだ。たしかに、キリスト教がその全盛期に唱えていた不死の約束の根拠などは、もっともっと脆弱《ぜいじやく》だった。結局のところ、人の頭から不死という夢が去ったことはなかったのだ。強制され、その古臭い信仰を捨てざるをえなかったときでも、人はそれを郷愁として手元から離さなかった。一度たりとも諦《あきら》めなかった。つまり、わずかでも説得力のある説明をされれば、新しい信仰に身を任せる準備はできていたのだ。

ダニエル1—22

「つまり、形が変えられる宗教は、色褪《あ》せた教義においても、経験論的な支配力を持つ。この支配力が、体系的な影響力を生むことになるのだが、実証主義者は、それが宗教の感情的要素から生まれると考えている」

オーギュスト・コント『保守的な者への訴え』

自分に信仰者としての性質が少ないものだから、実を言うと僕は他人の信仰にはかなり無頓着《むとんちやく》だ。僕はなんのこだわりもなく、あっさりと、イザベルにエロヒム教会の連絡先を教えた。その最後の夜、僕は、彼女とセックスしようとしたが、うまくいかなかった。イザベルは数分間、僕のペニスを口に入れてもぐもぐと噛《か》んだ。彼女がもう何年もそれをしておらず、自分でもうまくやれると思っていないのがわかった。こうしたことを完遂するには、どうしても最低限の信念と、情熱が必要になる。口内のペニスはふにゃふにゃのままだ。だらりと垂れた睾丸《こうがん》はおざなりな愛撫《あいぶ》にぴくりともしない。とうとう彼女も諦《あきら》め、僕に、睡眠薬が要るかと訊《き》いた。もちろん欲しい。これを拒むのはまちがいだと思う。自分を虐《いじ》めても無駄だ。いまでもイザベルは僕より先に起きて、コーヒーを淹《い》れることができた。まさにそれが、いまでも彼女にできることだった。ライラックの葉が朝露に少し濡《ぬ》れている。涼しくなった。八時三十二分の列車に予約を入れてある。夏は遠ざかりはじめていた。

僕はいつものように〈リュテシア〉に逗留《とうりゅう》したが、ここでもまたぐずぐずと、特に深い意味もなく、一ヶ月か二ヶ月が過ぎるまで、ヴァンサンに電話しなかった。やっていることは前と同じなのだが、そのスピードが遅いのだ。まるでひとつひとつの行為を分解しないと、まともに動けないかのようだった。僕はときどきバーへ行き、穏やかに、静かに酒を飲んだ。昔の顔馴染《なじ》みに声をかけられることもよくあった。僕は会話を弾ませる努力をなにひとつしなかった。それで気まずい思いをすることもなかった。なるほど、これが「スター」であることの数少ない利点かもしれない――僕の場合は「かつてのスター」と言ったほうがふさわしいかもしれないが。誰かと顔を合わせ、例によって、どちらのせいでもなく、ある意味双方合意のうえで、ふたりが同時に退屈してしまった場合でも、かならず相手がその責任を感じ、会話が思うように弾まず、場が思うように明るく盛り上がらないのは自分のせいだと思う。ひとたびどうでもいいと思いはじめると、その瞬間から、その場は心地のよい、くつろぎさえ感じられる場になる。ときどき会話の最中、僕は話を聴いているように頷《うなず》きながら、知らず知らず夢を見ている――たいていはどちらかといえば気の滅入る夢だ。僕はエステルが男たちにキスをしたにちがいない配役や、彼女が演じたにちがいないさまざまな短編映画の濡《ぬ》れ場を再び思い浮かべる。自分がいかに耐えしのんでいたかを思い出す――いずれにせよ、無駄な努力だった。たしかに喧嘩《けんか》をしたり、泣き出したりしてもよかったのだ。しかし事態はなにも変わりはしなかっただろう。それにすぐに気がついたが、そんな状態に耐え続けることはどうせできなかっただろう。僕は歳を取りすぎている。そんな元気も残っていない。そう納得しても、痛みは少しも軽減されなかった。ここまできたからには、とことんまで苦しむほか道はないからだ。僕はけっしてエステルの体を、肌を、顔を忘れることはないだろう。そして僕はかつてないほどはっきりと感じた。人間関係が生まれ、変化し、死んでいく過程は、最初から完全に決まっていて、惑星の運行と同じように変えようがないのだ。そして少しでもそれを改善したいと願うのは、まったく無駄で馬鹿げたことなのだ。

僕は〈リュテシア〉にも、だらだらと逗留しかねなかった。しかしビアリッツのときほどではないだろう。なぜなら僕はとにかく少し酒を飲みすぎるようになっていた。不安がゆっくりと僕の臓器に棲み処を穿つ。そして日が暮れるまで〈ボン・マルシェ〉で売り場に並んだセーターを見つめている。こんな生活を続けていてももうなんの意味もない。十月のある朝、たぶん月曜、僕はヴァンサンに電話をかけた。シュヴィリィ＝ラリュの屋敷に着いた途端、僕はシロアリかミツバチの巣に入ったような、とにかく各自が明確な仕事の割り当てを持ち、物事がフル回転で展開する組織に足を踏み入れたような気がした。ヴァンサンは携帯電話を片手に、出かける準備をして、入り口のところで僕を待っていた。僕に気がつくと、立ち上がり、ぎゅっと僕の手を握り、僕を新本部へと連れていった。彼らは小さなオフィスビルを買ったのだった。まだ工事が完全に終わっておらず、作業員が断熱プレートや、ハロゲンランプを取り付けている。しかし二十人近くの人間がすでにそこで働いていた。何人かは電話の応対をし、何人かは手紙をタイプしている。データベースかなにかをいじっている者もいる。ようするに僕らは中小企業の中にいた。それもそこそこに規模の大きい中小企業だ。ヴァンサンとはじめて知り合ったとき、まさか彼が企業の社長に変身するところを見ることになろうとは、思ってもみなかった。しかしとにかくそういうことも起こりえたのだった。しかもヴァンサン自身、その役柄に満足しているようだ。ときどき人生にある種の改善が生じる人間がいる。人はその人生の過程で衰退する一方だとは言い切れない。そんなふうに言い切ってしまうのは過度な単純化というものだ。ヴァンサンは僕にふたりの協力者を紹介し、自分たちはまさに大勝利を勝ち取ってきたところなのだと話した。数ヶ月の法的な争いの後、最高裁はエロヒム教会専用に、カトリック教会が維持できなくなった宗教建築物を購入する許可を出した。唯一の条件は、以前の持ち主が従事してきたように、歴史建造物公庫と提携して、芸術的な遺産や、歴史のある建築をよい状態で保存していくことだが、建造物内部で行われる信仰については、いかなる拘束も受けない。いまよりもっと美意識の発達していた時代でも、たったの数年で、これほど展開力のあるすばらしい芸術を考え出し、形にするなんて不可能だったと思うよ、とヴァンサンは言った。このたびの決定のおかげで、僕らはこれから非常に美しい信仰の場を信者のためにたくさん提供できるようになる。大使館の建設へ向け全力をそそぐことができるようになる。

彼が美的観点から宗教儀式の説明をはじめたとき、オフィスに〈刑事〉が入ってきた。マリンブルーのぴしっとしたブレザーを着ている。彼も潑剌《はつらつ》と輝いていて、僕の手を力いっぱいに握った。やはり、預言者の死は教団になんらダメージを与えなかったようだ。それどころか、状況はどんどん好《よ》くなっている。春先にランサローテで預言者の復活劇が演じられたきり、変わったことはなにも起こっていない。しかし事件にメディア的なインパクトがあったため、以来、問い合わせがあとを絶たない。その多くが入会に繫がり、信者数、教団の財政とも上昇の一途にある。

その晩、僕はヴァンサンから夕食に招待された。〈刑事〉とその妻もいっしょだ——僕は彼女に会うのはこれがはじめてだったが、落ち着きのある、しっかりとした、どちらかといえば情に厚そうな女性だと思った。僕はあらためて、〈刑事〉の見ためが、企業の重役（というか人事部長）か、高地の農業者に補助金を出す役人で通りそうな事実に驚いた。彼にはどこにも、神秘主義はおろか、単純な宗教心さえ連想させるようなところがない。実際、ものに動じるような感性さえほとんど感じられなかった。〈刑事〉は実に淡々とヴァンサンに、憂慮すべき脱線行為の発生についての報告をした。それは教団が新たに勢力を伸ばした地域——とりわけイタリアと日本——からの報告だった。永遠への自主的な旅立ちの儀式がどう行われるべきかは、教義ではなにひとつ触れられていない。しかし信者の肉体を再生するのに必要な情報がすべて採取されたDNAに保管されているのであれば、肉体そのものを分解しようが、灰にしようが、たいした問題ではない。いくつかの集団においては、人体を構成する部位をばらばらにするなど、不健全な演出が進行しつつあるようだ。とりわけ医者、福祉従事者、看護師がその影響を受けている。〈刑事〉は去る前、三十ページ近い書類といっしょに三枚のDVD――ほとんどの儀式が収録されている――をヴァンサンに渡した。僕は誘われるままヴァンサン宅に泊まることにした。ヴァンサンが書類を読みはじめると、スーザンは僕にコニャックを注いでくれた。僕らはヴァンサンの祖父母のものだった居間にいる。そこは僕がはじめて訪れたときのまま、なにひとつ変わってなかった。緑のビロード張りの肘《ひじ》掛け椅子とソファには、あいかわらずレースの飾りが掛けてある。壁に並んだ額には、あいかわらずアルプスの風景写真が収まっている。ピアノのそばのフィロデンドロンの鉢までそっくりそのまま残っている。書類に目を通すヴァンサンの顔がみるみるうちに暗くなる。彼はスーザンには英語で簡単に説明し、それから僕にはいくつかの事例を読み上げた。

「リミニの支部では、信者がひとり体内の全血液を抜かれた。儀式の参加者はまず抽出した血液を自らの体に塗り、そのあと、その信者の肝臓と生殖器を食べた。バルセロナ支部の男の場合は、自らの亡骸《なきがら》を精肉業者の使う肉吊《つ》り鉤《かぎ》に吊るさせ、あとは儀式の参加者の好きにさせた。彼の体は望みどおり地下室で鉤に吊られ、二週間放置された。参加者は、それをスライスして、その場でおおかた食べ尽くした。大阪の信者は、自分の亡骸を砕き、それを工場用のプレス機で、直径二十センチの球体に圧縮し、周りを透明なシリコンの膜で包んで、試合で使えるようなボウリングの球にしてもらうことを望んだ。ボウリングがこの男の生き甲斐《がい》だったそうだ」

ヴァンサンが読むのを止めた。声が少し震えている。あきらかに事の重大さに驚いている。

「社会的な傾向なんだ……」僕は言った。「野蛮に向かう一般的な傾向だよ。君たちだけが免れる法はない」

「どうすればいいんだ。どうやって止めさせるんだ。問題は、我々はこれまでモラルを問題にしてこなかったということだよ……」

「いまは社会のベースに宗教的な感動がほとんどない……」スーザンが英語で口を挟んだ。「だからセックスが手に入らないとなると、残酷が必要になるのよ。それだけのことだわ……」

ヴァンサンはなにも言わず、じっと考え、コニャックをもう一杯注いだ。翌日、朝食の席で、彼は僕らに、「人々にセックスを！　どうか彼らに悦《よろこ》びを！」というキャンペーンを世界規模で打つことにしたと言った。事実、預言者が死んで数週間も経つと、信者の性欲は急速に低下し、国の平均とほとんど変わらぬレベル、ようするに非常に低いレベルになった。こうした性欲の衰退は、全地球規模の、社会層全体に共通の、先進国家全体に共通の現象だ。この現象をかろうじて免れているのは、思春期の若者、非常に若い世代だけだった。ホモセクシャルはというと、同性愛の解放のあと、短い狂乱の時期を経て、大いに落ち着きを取り戻し、いまや伴侶《はんりょ》ひとりの、平凡で静かな生活を望むようになり、文化的ツーリズムやら、地酒探訪なんかに現《うつつ》を抜かしている。エロヒム教会にとっては、これは憂慮すべき現象だ。なぜならたとえエロヒム教の根本が永遠の命の約束にあるのだとしても、もしもっと豊かで、有意義で、わくわくするような、喜びに満ちた人生を、すぐにでも与えられるなら、宗教としてそっちのほうがよほど魅力的だからだ。「キリストがともにあれば、人生はもっといきいきとしたものになる」カトリックがその滅亡の直前に謳《うた》った宣伝キャンペーンではこんな内容のセリフが繰り返された。つまりヴァンサンが考えていたのは、フーリエ的ユートピアの枠を越えた聖なる娼婦《しょうふ》の制度、古くはバビロンなどに前例のあるそれを復活させることだった。最初のうちは、かつての預言者の婚約者のなかで、いわばセックス巡業を引き受けてくれる者に協力を要請するつもりだ。ヴァンサンの狙いは、セックスを贈り物として他者に与えることの手本を信者に示すことだった。つまり地方教会に彼女たちを派遣することで、淫《いん》乱《らん》と快楽の波を普及させ、死体や死への嗜《し》好《こう》が広がっていくのを阻むのだ。すばらしいアイデアだと思うとスーザンは賞賛した。自分は娘たちをよく知っているし、電話もかけられる。ほとんどの娘が喜んで話に乗ってくるだろうと彼女は言った。ヴァンサンは夜のうちにインターネットに掲載するための下絵を一通り描いていた。あからさまな猥《わい》画《が》ではあるが（ふたりから十人程度の男女混合の何組かのグループが描かれている。彼らは手、性器、口、考えつくかぎりのありとあらゆる方法で交わっている）、潔い線で描かれた、きわめて様式的な猥画であり、前預言者の作品の特徴だったあの吐き気のするような写実主義とは実に対照的だった。

数週間後、キャンペーンに本当に効果があることがいよいよあきらかになった。婚約者の巡業は大成功を収めた。それぞれの支部の信者は、ヴァンサンが紙に描いたエロチックな体位をなるべく忠実に再現した。彼らは本当の快楽を味わった。ほとんどの国で、集会の開かれる頻度が三倍になったほどだ。つまり儀式としての乱交は、スワッピングや他の比較的新しい世俗の遊戯とは対照的に、時代遅れなスタイルではないらしい。もっとわかりやすい例では、信者のあいだで日常的な会話が交わされる際に、互いにわずかでも共感を得られれば、ちょっとした愛撫や、ハードなペッティング、手淫の交換まで伴われることが増えてきた。つまり人間関係を再び性的なものにしようとする試みは、成功しつつあるように思われた。このころになって我々は、最初あまりにも興奮していたために見逃していた細部に気がついた。ヴァンサンの表現は、様式化を望むがゆえに、人間の肉体のリアルな表現からかけ離れていた。ペニスは程ほどにリアルだったが（とはいえ、実際よりも直線的で、毛もなく、静脈も浮き出ていない）、彼のデッサンにおける陰門は、体の中心というか、尻の割れ目の延長線上に描かれた、つるりとした長細い肉の裂け目にすぎなかった。たしかにペニスを入れるときには大きく開くかもしれないが、排泄《はいせつ》にはどうみても向いてない。彼のデッサン上では、排泄器官はそのほとんどが姿を消していた。つまりこのような想像上の生き物は、セックスはできても、どう考えても食物の摂取はできない。

〈学者〉の介入がなければ、その話もそこで終わっていたかもしれない。そしてアーティストの単なる常套《じょうとう》手段と片づけられて終わりだったかもしれない。しかし〈学者〉は研究の進行状況を発表するために十二月初旬にランサローテからこちらに戻ってきていた。僕はあいかわらず〈リュテシア〉に逗留していたが、日中はほとんどシュヴィリィ＝ラリュに来ていた。僕は運営委員会のメンバーではなかったが、預言者の死にまつわる諸々の事件に立ち会った数少ない人間のひとりであり、みんなから信用されていた。〈刑事〉はもはや僕になにも隠し立てをしなかった。もちろんパリでは様々なことが起こっている。政治的な出来事や、文化的な営みが展開されているのはたしかだ。しかしいまシュヴィリィ＝ラリュで、非常に重要な、大きな意味を持つ出来事が展開していることもたしかだと思う。僕にはずいぶん前から確信していることがある。映画やコントにその確信を反映できなかったのは、これまではその現象と具体的な接点がなかったからだ。たしかに政治的あるいは軍事的な出来事、経済の変化、美意識あるいは文化の変遷は、人の人生に、なにかしらの、ときによっては大きな働きかけをするかもしれないが、新たな宗教の発展や、既存の宗教の崩壊ほど、歴史的に大きな意味合いを持つ事柄はないのだ。僕はときどき〈リュテシア〉のバーで顔を合わせる連中に、自分はいま執筆中だと話した。彼らはきっと僕が小説を書いていると思ったのだろう。たいして驚いた様子も見せなかった。僕はつねにちょっと文学寄りのお笑い芸人という評判だった。さぞや驚くだろうな、僕はときどき思った。僕が書いているのが単なるフィクションではないとわかったら。僕が人類史上、最も重要な出来事を書き記そうとしているのだとわかったら。まあ、知ったところでたいして驚きもしなかっただろうと、いまの僕は思う。彼らはみんな当然、陰鬱《いんうつ》で、ほとんど修正の利かない人生に慣れている。徐々に現実存在への興味を失い、現実よりも注釈を並べるほうを選択することに慣れている。僕には彼らのことがよくわかる。僕だって以前は彼らと同じ状況だった――そして、いまでもかなりの程度まで彼らと同じ、ほとんど変わりないだろう。「人々にセックスを！どうか彼らに悦びを！」のキャンペーンが開始されてから、僕はただの一度も、預言者の婚約者たちのセックスのサービスを利用しようとは思わなかった。もちろん誰か女性信者に、フェラチオや、簡単な手淫の施しをせがむこともなかった。おそらく頼めば簡単に応じてくれただろう。ただ、あいかわらず僕の頭の中に、体じゅう、そこかしこに、エステルがいた。僕はある日ヴァンサンにそう言った。冬のはじめの凛《りん》とした朝が終わろうとしていた。彼のオフィスの窓からは、公園の樹木が見えた。僕にとっちゃ、「女房が待っている」というキャンペーンなら、まだ救いがあっただろうがね、でも、そんなことが実現するわけがない、ありえない。ヴァンサンは悲しそうに僕を見た。僕のために胸を痛めている。彼には努力せずとも僕の気持ちがわかるのだろう。スーザンへの報われぬ思いを抱えていたのは、彼にとってはまだつい昨日のことにちがいなかった。僕は片手を小さく振りながら、歌をうたった。「ラ、ラ、ラ……」わずかにおどけた顔をしてみたが、あまり愉快な感じにならなかった。晩年を迎えんとするツァラトゥストラたる僕は、その後、教団の食堂に向かった。

とにかく僕はその場に居合わせたのだった。その会議で、〈学者〉は僕らに、ヴァンサンのデッサンは、アーティストのただの思いつきを超えて、未来の人間をよく予見していると言った。自分はずっと前から、動物の栄養摂取を、エネルギーの収支を合わせるための原始的なつまらないシステムだと考えていた。それは大量の、あきらかに過度の廃棄物を生みだす。それは排泄を必要とするだけでなく、排泄までに、組織に無視できない消耗を招く。自分はずっと前から、新しい人間に、進化の気まぐれで植物だけの性質になっているこの光合成のシステムを、付与できないかと考えていた。太陽エネルギーの直接利用が、より堅固で、高性能で、信頼できるシステムであるのはあきらかで、実際、植物がほぼ無限の寿命を実現していることがよい証拠だ。しかも人間の細胞に無機栄養の能力を付け加えることは、みんなが考えているほど難しいことではない。うちのスタッフはすでにずいぶん前からこの問題に取り組んでいる。それでわかってきたことは、これに関わりのある遺伝子の数が驚くほど少ないということだ。このように改造された人間は、太陽エネルギーの他に、水と、少量の無機塩さえあれば生きながらえることができるだろう。消化器官も、排泄器官も消滅するかもしれない——ミネラルを過度に摂取しても、水とともに、汗として簡単に排除することができるだろう。

例によって〈学者〉の説明をほどほどに聞き流しながら、ヴァンサンは機械的に頷いている。〈刑事〉は別のことを考えている。つまりこうしてアーティストの走り描きをもとに、たった数分のあいだに、〈標準遺伝子の書き換え〉が決定されたのだった。この書き換えは、のちに蘇生させる生物のすべてのDNAのユニットに一貫して適用され、ネオ・ヒューマンとその祖先とのあいだの決定的な分け目となるにちがいない。それ以外の遺伝子コードはいじられない。それでもそれは新しい種であるはずだ。新しい霊長といってもいい。

ダニエル25
II

〈標準遺伝子の書き換え〉が美的な都合を発端にしていたとは皮肉な話だ。しかしそのおかげでネオ・ヒューマンは、当時誰も予想せず、その後旧人類のほとんどが命を落とすことになった天変地異を、難なく生きのびることができた。

このきわめて重要な決定についても、ダニエル1の人生記は、ヴァンサン1、スロタン1、ジェローム1のそれと完全に呼応している。とはいえこの出来事の受け止め方は三人三様だ。たとえばヴァンサン1は人生記のなかでたまに、暗示的な文章を残しているにすぎない。ジェローム1はほとんど無視に近い形であっさりやりすごしている。スロタン1はこの〈標準遺伝子の書き換え〉というアイデアと、その研究展開について数十ページに亘《わた》って記述し、数ヶ月後には操作上の実現にこぎつけている。総じてダニエル1の人生記は、しばしばその注釈者によって、中立的、標準的な証言と看做《みな》される。なぜならヴァンサン1のそれは、しばしば極端なくらいに祭礼の美的側面に偏りがちであり、スロタン1のそれはもっぱら自分の研究内容の言及に当てられており、ジェローム1のそれにいたっては、規律と物理的な組織運営の問題しか記されていないからだ。唯一、ダニエル1だけが、我々ネオ・ヒューマンに、エロヒム教会の誕生を、詳細に、同時に少し距離を置いて語ってくれる。他の三人がムーブメントの渦中にあり、自分の直面している問題のことしか考えていなかったのに対し、ダニエル1だけは、少し後ろに退《さ》がり、目の前で起こっていることの、本当の意味を理解していたようだ。

こうした状況から僕は、僕以前のダニエル1の後継者と同様に、特別な責任を負っている。つまり僕の書く注釈は、一介の注釈ではない、ありえない。なぜならそれは、我々ネオ・ヒューマンという種の創造、そしてその価値体系の創造に、あまりにも深く関わっているからだ。しかもその主要な特徴は、僕の祖先が、ヴァンサン1の心中において、またおそらく本人にとっても、種を代表する典型的な人間、その他大勢のひとりだったという事実によってますます強調される。

〈至高のシスター〉によれば、嫉妬《しっと》、性欲、生殖欲の根源はみな同じである。つまりそれらは存在する苦しみから生まれてくる。存在する苦しみの一時しのぎとして、人は他人を求めるのである。我々はこうした段階を越えなければいけない。そうしてはじめて、ただ存在するだけで、常に幸せという状態に達する。インターメディエーション上の他者とのやりとりは、中断も続行も自在なゲームにすぎず、存在を構成する要素ではない。つまり、ひとことでいうならば、我々は無関心でいることから得られる自由な状態に達しなくてはならない。それが完全な平安を得る条件だ。

ダニエル1—23

イザベルの自殺を知ったのは、クリスマスの朝だった。あまり驚かなかった。数分間、自分の中に空《うつ》ろな穴が開くのを感じていた。しかしそれは予知できた、待《ま》ち受けていた穴だった。イザベルがそのうちに自殺してしまうことは、ビアリッツを発《た》ったときからわかっていた。あの最後の朝、駅までの迎えのタクシーに乗ろうと、勝手口を過ぎる際、彼女と眼差《まなざ》しを交わしたときから、わかっていた。イザベルは母親が死ぬまで待つつもりなのだろう、その世話を最後までしてやりたいし、苦しめたくもないのだろうと思った。結局、遅かれ早かれ自分も同じ道を辿《たど》ることになるのもわかっていた。

イザベルの母親は十二月十三日に死んだ。イザベルはビアリッツの市営墓地に墓所を買い、葬儀を済ませた。彼女は遺書を書き、身の回りを整理した。それから十二月二十四日の晩、致死量のモルヒネを注射した。彼女は苦しまなかっただけでなく、おそらくは悦《よろこ》びの内に死んだ。少なくともモルヒネがもたらす特徴的な症状、心地よい弛緩《しかん》状態の中で死んだ。同日、朝、彼女はフォックスを養犬場に預けている。僕宛ての手紙はなかった。その必要はない、僕にはその心がいやというほどわかるはずだと思ったのだろう。しかしフォックスを僕に遺《のこ》す必要な手続きはすべて済ませてあった。

僕は数日後に発った。彼女はすでに火葬されていた。十二月三十日朝、僕はビアリッツの墓地の〈沈黙の間〉を訪れた。それは円形の大きな部屋で、ガラス張りの天井から降り注ぐ柔らかい灰色の光が空間を満たしていた。壁じゅうに小さな穴が空いていて、遺灰の入った四角いメタルの箱がぴったり収まるようになっている。それぞれの穴の上に取り付けられたプレートに、イギリス風の書体で故人の名前が彫ってある。部屋の中央に、大理石の円形のテーブルがあり、そのまわりにガラス製、いやプラスチック製の透明な椅子が並んでいる。管理人は僕を中に案内すると、テーブルの上にイザベルの遺灰の入った箱を置いた。それから彼は僕をひとり残して出ていった。僕が中にいるあいだは、誰もその部屋に入ってこられない。外側に小さな赤いランプが点灯して、中に人がいることを知らせるのだ。映画のスタジオで、撮影ランプの点るのと同じ要領だ。僕はたいていの人々がそうするように〈沈黙の間〉に十分ほど留《とど》まった。

僕は奇妙な大晦日《おおみそか》を過ごした。〈ラ・ヴィラ・ユージェニー〉の部屋でひとり、単純で、最終的な、ほとんど討議の余地のない考えに思いを巡らせた。一月二日朝、僕はフォックスを迎えにいった。あいにくビアリッツを発つ前に、イザベルのアパルトマンに寄って、相続に必要な書類を揃えなくてはならなかった。敷地の入り口に着いたときから、フォックスが喜びにうずうず震えているのがわかった。フォックスはまた少し肥った。コーギーというのは肥りやすい犬種なのだ。それでも彼はイザベルの家の扉まで駆けた。そして扉の前に立ち止まり、ぜいぜい息を切らしながら、僕が来るのを待った。しかし僕は、冬が来て葉の落ちたマロニエの並木道を、のろのろと進む。僕が鍵《かぎ》を探すあいだ、フォックスは待ちきれずに、きゃんきゃん声を上げた。哀れな子だ、僕は思った。本当に哀れな子だ。扉を開けると、彼はアパルトマンの中に駆け込んでいき、すぐさま家の中を一周し、それから僕のもとに戻ってきて、訊《たず》ねるような目で僕を見た。僕がイザベルの机を探っているあいだ、フォックスは何度も部屋を飛び出していき、そこらじゅうの匂いを嗅《か》ぎ、ひと部屋ひと部屋を探索しては、戻ってきて、戸口から僕を恨めしそうに見つめた。どんな人生も、その晩年は、多かれ少なかれ「あと片付け」のようなものだ。もう新たな計画に身を投じたいとも思わない。日常的な仕事を片付けるだけでいい。これまでやったことのないことは、たとえ当たり障りのない簡単なことでも、たとえば、マヨネーズをつくるとか、チェスの勝負をする程度のことでも、できそうにもなくなり、新しい経験や、新しい感覚を味わってみたいという欲求は、完全に消え失せる。とにかく、なにもかもが驚くほど整理してあった。イザベルの遺書と、アパルトマンの権利書は数分で見つかった。いますぐ公証人に会うつもりはなかった。ビアリッツにはあとでまた来ればいい、と思った。面倒な手続きがあるのはわかっていた。おそらく僕にはやり遂げられないだろう。しかしそんなことはもうたいした問題ではなかった。いまとなっては、もうたいした問題など残っていないのだ。僕は封筒を開けて、その必要すらなさそうだと気がついた。彼女はエロヒム教会に財産を寄与していた。これは典型的な契約書だ。法的機関が片付けてくれるだろう。

アパルトマンを出るとき、フォックスはむずがりもせずについてきた。ただの散歩だと思ったのだろう。駅の近くのペット用品店で、移動のあいだにフォックスを入れておくプラスチック製のケージを買った。それからイルン発の特急列車に席を取った。

アルメリア地方の冬は穏やかだ。来る日も来る日も霧雨がカーテンのように短い昼を包みこむ。いつ夜が明けたかもわからない。本来、こうした喪中の平穏が、僕にはふさわしいはずだった。僕も、僕のかわいい相棒も、そんなふうにして何週間でも、夢想というか、実のところ夢想にさえなっていないものに身を委《ゆだ》ねて、日々を過ごせるはずだった。しかし残念ながら、状況がそれを許さなかった。屋敷のまわり、そして周辺数キロメートルのそこかしこで、新しい住宅の建設工事が始まっていた。そこらじゅうにクレーン車やミキサー車が停まっている。海に行くのは、ほとんど不可能になってしまった。いくつもの砂や鉄骨の山を迂回《うかい》しなければならず、泥水を撥《は》ねとばしながら猛スピードで走る工事用トラックや、ブルドーザーを避《よ》けていかなければならない。僕はだんだん外出しなくなった。一日に二度フォックスを散歩に連れてでるだけだ。その散歩でさえ、もはや愉《たの》しいものではなくなっていた。フォックスはトラックの騒音を怖れて吠《ほ》え、僕に体を押し付ける。僕は売店の売り子から、ヒルデガルドが死に、ハリーはドイツに帰国するために屋敷を売り払ったと聞いた。僕はだんだん部屋からも出なくなった。そして一日の大半をベッドで過ごすようになった。心が空っぽなのに、苦しかった。ときどき、数年前、イザベルとここに引っ越してきたころのことを思い出す。イザベルは嬉《うれ》しそうに家を飾ったものだ。とりわけ花を育て、庭いじりに精を出していた。僕らにも、わずかながら幸せな時間があったのだ。最後にセックスしたときのことも思い出す。ハリーを訪問した帰り、砂の丘の上でだった。しかしもうその丘もない。あの辺りはブルドーザーがすっかり地ならしをしてしまった。いまは囲いがされ、泥に覆われている。僕もここを売ってしまおう。ここに留まらなければいけない理由はなにもないのだ。僕は不動産屋に連絡を取った。不動産屋によれば、いまここの地価はぐんと高くなっているらしい。厖大《ぼうだい》な利益を望めるだろうという話だった。自分がどういう状態で死ぬかはわからないが、少なくとも金持ちとして死にそうだ。僕は不動産屋に、とにかく見積りより安くてもかまわないから、なるべく早く買い手を見つけて欲しいと頼んだ。日ごとに、ここは耐えられない場所になっていく。僕の印象では、工事現場の労働者たちは僕に好意を持っていないだけでなく、あからさまに敵意を持っている。連中は僕らにわざと巨大トラックを幅寄せし、泥水を浴びせ、フォックスを怖がらせる。おそらくそれは気のせいではない。僕は外国人、しかも北の人間だ。おまけに連中は、僕が連中より金を持っている、それも遥《はる》かに持っていることを知っている。連中が本能的に僕に抱く内に籠《こ》もった憎しみは、連中が無力であればあるだけ強くなる。社会システムは僕のような人間を守るためにある。そして社会システムというものは強固だ。治安警察《グアルディア・シビル》というものが存在し、巡回パトロールも次第に頻繁に行われるようになっている。スペインでは最近、社会主義政府が誕生した。これまでより幾分クリーンで、地元マフィアとのしがらみも薄いその政府は、主な支持層である知的階層、富裕階層を断固とした態度で守っている。僕はこれまで貧乏人に好感を抱いたことはない。そしていま人生のどん底にある僕は、彼らにかつてないほど反感を抱いている。なるほど連中よりも金を持っているという優越感は、少しは僕の慰めになるかもしれない。たとえば、連中が背中を丸め、ショベルで瓦礫《がれき》を必死に運んでいるのを、木材やレンガを降ろしているのを、高みで見物し、その節くれだった手や筋肉を、土木機械に飾られたヌード・カレンダーを、皮肉交じりに観察することもできるだろう。そんなちっぽけな自己満足がなんになる。どうしたって僕は、連中のあの猛々《たけだけ》しいシンプルな男らしさを、あの若さを、羨《うら》ましいと思ってしまう。これでもかというようなプロレタリア階級の、獣のような若さを、羨ましいと思ってしまうだろう。

ダニエル25―12

今朝、夜明け前に、マリー23から次のようなメッセージを受け取った。

わたしたちのまどろみを包む
厚ぼったい膜
薄曇りの日々から
魅力が消えていく

399, 2347, 3268, 3846. 画面に映しだされたのは、白い壁のだだっ広いリビングルームだ。白の革張りのソファが置かれている。カーペットも白だ。大きな窓の向こうには、クライスラーの高層ビル群が見える――前に古い映像でそれと同じビルを見たことがある。数秒後、カメラの視界に、ひとりのネオ・ヒューマンが入ってきて、正面に立った。

かなり若い。二十五にも満たないだろう。頭髪も陰毛も黒く、ふさふさで、カールしている。幅の広い腰と、丸い乳房を持つ、均整の取れた体つきから、体も丈夫で、気力も充実しているという印象を受ける。容姿は、僕の想像にかなり近かった。次のメッセージが、画面の上をさっと流れた。

わたしを窒息させるのは、海に、砂に
とぎれることのない瞬間の行列
ニューヨーク上空を静かに飛ぶ鳥のように
断固として飛翔《ひしょう》する大きな鳥のように

行こう！　いまこそ殻を破り
輝く海原に向かってともに歩もう
はじめてなのに懐しい道を
かよわいわたしたちには心もとない道を

ネオ・ヒューマンの社会から離脱していく者がいるという事実は、完全に伏せられているわけではない。これまでおおっぴらに話題にされたことはないが、あちこちで、それを匂わせるような話や噂話が起こっている。離脱者を罰するような措置はなにも取られていない。追跡も行われない。ただ彼らの使っていた施設が、セントラルシティからやってきたスタッフによって、永久的に閉鎖されるというだけだ。そして彼らの繋《つな》いできた血統が絶滅したことが申告される。

マリー23が自分のいまいる居場所を捨て、野人の社会に仲間入りする決心をしているのなら、僕がなにを言っても無駄だろう。数分間、彼女は部屋の中をうろうろと歩きまわっていた。気持ちの高ぶりを抑えられないようだ。二度ほどカメラの画面からはみ出しそうになった。「なにが待っているかは正確にはわからない」彼女はようやくカメラの正面を向いて言った。「でも、もっと豊かに生きなくてはいけないことはたしか。じっくり考えて決めたことよ。当たれるだけの情報にも当たってみた。エステル31ともたくさん話した。彼女もニューヨーク跡に住んでいるの。わたしたち三週間前に、直接、会って話したの。できないことじゃないのよ。たしかに最初は、精神的にものすごく負荷がかかる。住居の境界を離れるのは易しいことではない。不安とものすごく大きな動揺を感じる。でも、できないことじゃないのよ……」

僕は彼女の言ったことを咀嚼《そしゃく》した。理解したことを示すために、軽く頭を振った。「そのとおり、あなたの先祖が知り合いだったあのエステルの末裔《まつえい》よ」彼女は続けた。「わたしは一瞬、彼女がいっしょに旅立つことを承諾してくれるんじゃないかと思った。でも結局、彼女は諦《あきら》めたの。少なくともいまはだめだということだった。でもわたしは、彼女もやはりいまのこんな生活に満足してないと感じたわ。わたしたち、あなたのことも何度か話しているのよ。思うんだけど、インターメディエーションの位相でやりとりできれば、彼女も嬉《うれ》しいのじゃないかしら」

僕は再び頷《うなず》いた。マリー23はカメラの正面を見つめたまま、なにも言わなかった。それから奇妙な笑いを浮かべると、軽量のリュックサックを肩にしっかりと固定し、くるりと向きを変えて、画面の左端に消えた。僕はずいぶん長いこと、空っぽになった部屋の映像の前から動かなかった。

ダニエル1―24

数週間の虚脱のあと、僕は人生記の執筆を再開した。しかしほとんど慰めにはならなかった。記述はちょうどイザベルと出会ったあたりに差しかかっていた。自分の実生活の、緩和された複製《コピー》をつくることが、少し不健全な行為に思えた。いずれにせよ僕には、自分がやり遂げようとしていることが、重要なことにも、すばらしいことにも思えなかった。ところがヴァンサンはこれに大きな重要性を見いだしているらしかった。毎週僕に電話をしてきては、どこまで進んだかを訊《き》く。一度などはこんなことも言った。僕から見れば、君のしていることは、〈学者〉のランサローテでの研究に匹敵するくらい重要だよ。あきらかに、大袈裟《おおげさ》に言ったのだ。それでも僕は前より熱心に仕事に取り組むようになった。奇妙なことに、僕は少しずつ彼のことを信用し、彼の言葉をまるで神託のように受け取るようになっていた。

少しずつ日が長くなった。気温も上昇し、空気も乾燥してきた。そして僕ももう少し外出するようになった。屋敷に面した工事現場は通らずに、丘を登るコースを取る。それから崖《がけ》のふちまで下る。そこから僕はどこまでも広がる灰色の海を眺めた。海は僕の人生と同様に、平板で、灰色だった。僕はフォックスのスピードに合わせて、カーブのたびに立ちどまった。フォックスは幸せそうだった。彼はいまや歩くのもやっとのくせに、こうした長い散歩を喜んでいるようだった。僕らはすごく早寝だった。日のあるうちから眠ってしまう。テレビはまったく見ない。衛星放送受信の契約更新も放ったらかしにしてある。読書もあまりしなくなった。とうとうバルザックにも飽きてしまった。おそらくコントを書いていたころに比べ、社会の営みが、遠くなってきたのだろう。現役のころからわかっていたが、僕の選んだ制限のあるジャンルでは、たとえ一生かかっても、バルザックがたった一冊の小説に書いたことの十分の一も表現できない。その一方で、自分がいかにバルザックに負うところが大きいかもよくわかっている。僕は自分のコント作品をすべて保管している。舞台はすべて録画されている。全部でＤＶＤ十五本ほどになる。しかしそのころのおそろしく退屈な日々にも、ちょっとそれを見てみようなどとは一度も思わなかった。人はよく僕をフランスのモラリストや、ときにはリヒテンベルクに譬《たと》えたが、モリエールや、バルザックに譬える人間はひとりもいなかった。しかし僕は『浮かれ女盛衰記』を、とりわけニュッシンゲンという登場人物に惹《ひ》かれて、再読した。とにかくバルザックがすごいのは、この恋に溺《おぼ》れる老いぼれた人物に、そんなにも悲壮な側面、実のところあまりにもわかりやすい、設定からして悲壮そのものな側面を与えているという点だ。しかしそれはモリエールがけっして書かなかった側面なのだ。たしかに、モリエールは喜劇畑の人間である。結局は同じ問題なのだ。どうしても最後にはその大問題にぶつかってしまう。つまり人生は結局のところ喜劇ではない。

四月の、ある雨の朝、ぬかるみを五分ほど歩いてから、僕は散歩を早めに切り上げることにした。屋敷の入り口まで戻ってきて、フォックスがいないことに気がついた。雨足が激しくなり、五メートル先も見えない。すぐ近くでショベルカーが音を立てているが、姿は見えない。僕は家に帰って雨合羽を取ると、土砂降りの中、フォックスを探しに出た。彼がかならず立ちどまって、匂いを嗅《か》ぎたがる場所を、ひとつひとつ当たった。

フォックスが見つかったのはようやく午後になってからだった。屋敷から三百メートルも離れていない場所だった。何度も通ったはずなのに、気づかなかった。地面から頭だけが覗《のぞ》いている。少し血で汚れ、舌を出している。瞳《ひとみ》は恐怖にゆがんだまま動かない。僕は手で泥をまさぐって、胴体を出してやった。肉がぐじゃっと裂けて、腸がはみ出ている。十分に道路の端だった。トラックは彼を轢《ひ》くためにわざと路肩に寄ったにちがいなかった。僕は合羽を脱ぎ、それでフォックスの体を包んだ。そして背中を丸め、だらだら涙を流しながら家に引き返した。途中、労働者たちとは目を合わせないようにした。彼らは口元に意地悪な笑いを浮かべ、立ちどまってこちらを眺めていた。

涙の発作はなかなか治まらず、ようやく落ち着いたのは、ほとんど暗くなってからだった。工事現場から人影は消えたが、雨はまだ降っていた。僕は庭に、かつて庭だった場所に出た。いまそこは、夏は埃《ほこり》だらけの空き地で、冬は泥の海だった。建物の陰に、墓を掘るのは簡単だった。僕はその上に彼のお気に入りのおもちゃのひとつ、プラスチックの小さなアヒルを置いた。みるみる雨が流れ込み、泥がアヒルを飲み込んだ。途端に涙が溢《あふ》れてきた。

なぜだかわからないが、その夜、なにかが僕の中で壊れた。それは最後の防護壁のようなもので、エステルが去ったときにも、イザベルが死んだときにも持ちこたえた壁だった。おそらくちょうど人生記に、サラゴサとタラゴナを結ぶハイウェイの連絡道路で、僕らとフォックスがどんなふうに出会ったかを、書いているときにフォックスが死んだからだろう。あるいは単に僕がまた一段と歳を取り、自制が利かなくなったせいかもしれない。真夜中、ヴァンサンに電話をかけたときにも、僕はまだ泣いていた。涙はもう永久に止まりそうになかった。自分にはもう死ぬまで、泣くより他のことはできないと思える。よく見かける光景だ。僕も何人かの老人のうちにそうした光景を見かけたことがある。ときに彼らは穏やかな静かな表情で、安らいだような、魂が抜け落ちたような様子をしていることもある。しかしいったん現実に立ち返り、意識を取り戻し、思考を再開した途端、すぐに泣きはじめる——静かに、とめどなく、来る日も来る日も、一日中、泣いている。ヴァンサンは夜分遅くの電話に文句も言わず、僕の話を真剣に聴いた。

それから彼は僕に、これからすぐに〈学者〉に電話をしてみようと言った。忘れたのか、フォックスの遺伝子コードが採取してあることを、僕らが不死になったことを。それに僕らが望みさえすれば、ペットだって同様だってことを。

彼は本気で信じているようだった。疑いひとつ持っていないようだった。突然、強烈な歓喜に身がすくんだ。同時に信じがたいものも感じた。これまで僕は、いつか自分は死ぬ、そこからは絶対に逃れられないという確信のもとに、成長し、歳を取ってきた。そのときの僕は、まるで魔法の世界に目覚めようとしているような奇妙な心持ちで、夜明けを待っていた。海上に色のない朝が来た。雲が退《ひ》き、ようやく水平線にわずかに青空が顔を出した。

ミシキェヴィチュからの電話は午前七時少し前にあった。フォックスのＤＮＡは採取してある。大丈夫、いい状態でストックしてあるから、心配はいらない。ただ残念ながら、いまのところ犬のクローンは、人間のクローンと同じで、実現不可能なんだ。あと紙一重というところなんだがね。しかし、それもあと数年か、おそらくは数ヶ月で解決できるだろう。ラットにおけるクローニングはすでに成功している。それに——一度きりではあるが飼い猫のクローニングにも成功している。どういうわけか犬は、猫より、問題が入り組んでいるらしい。しかし進展があればかならず君に知らせよう。そしてフォックスがこの技術の恩恵にまっさきに与《あずか》る犬になることを約束しよう。

彼の声を聞くのは久しぶりだったが、あいかわらず技術と能力を併せ持つ者という印象を受けた。受話器を置いたとき、僕は奇妙な感情を覚えた。だめだった。いまのところ無理だった。つまり、僕は確実に、死ぬまで完全にひとりだ。でも僕ははじめてヴァンサンやその他の信者たちの心境がわかりかけてきた。「約束」の重要性がわかりかけてきた。そして太陽が海の上にすっかり昇りきったとき、僕ははじめて、遠くに、あいかわらずぼんやりとではあるが、希望に似た感情のようなものを感じた。

ダニエル25―13

マリー23の旅立ちは、考えていた以上に僕を揺さぶった。彼女との会話は僕の日常になっていた。だからそうした会話が消失してしまったことに、僕は悲しみに似た喪失感を覚える。そして僕はまだエステル31と連絡を取る決心がつかないでいる。

マリー23が旅立った翌日、僕は彼女がランサローテまでに通りそうな地域の地図をプリントアウトした。マリー23のことが頻繁に頭に浮かび、彼女の辿《たど》るであろう道程のことを考える。我々はいわばヴェールに覆われ、データの城壁の中で生活している。しかし我々にはそのヴェールを破り、城壁を壊す選択肢がある。我々の体はまだ人間として生きようと思えば生きられるようにできている。マリー23は我々の社会を離れる決断をした。まさに自由な、決定的な旅立ちだ。僕はこの考えにどうしても受け入れ難いものを感じた。〈至高のシスター〉は、こうしたときにはスピノザを読むことを勧めている。僕は一日一時間ほどをその読書にあてた。

ダニエル1―25

フォックスが死んではじめて、僕は論理的難題《アポリア》を引き起こす全ファクターを本当に把握した。気候がみるみる移り変わる。すぐに熱波がスペイン南部に停滞するようになるだろう。とりわけ週末には、屋敷のすぐそばの砂浜に、若い娘がやってきて、肌を出して焼きはじめる。そして僕は自分のうちに再び、弱々しい、ぶよぶよしたものが湧いてくるのを感じる。それは厳密に言えば欲望ではなく（なぜなら「欲望」という言葉は、とにかく実現の可能性が少しでもあると最低限信じているときにしか使えない、と僕には思えるからだ）、思い出や、欲望になっていたかもしれないものの幻影だ。僕は真に精神の産物《ザメンタル》、最終的な苦悩の種がはっきりと姿を現すのがわかった。僕はようやくわかった。性的な快楽は、生命が持ちうる他のあらゆる快楽より、洗練されていて、激しいだけではない。それは唯一、組織にいかなるダメージももたらさない快楽、それどころか活力や体力を最高潮に維持することのできる快楽である。実のところ、それは人間という実存にとっての、唯一の快楽、唯一の目的である。ではその他の快楽（贅沢《ぜいたく》な食事や、煙草、アルコール、ドラッグ）はなにかというと、ちっぽけな、悲しい慰めか、正体を言うのを憚《はばか》る小さな自殺行為、唯一の快楽を実現できなくなった肉体を大急ぎで破壊しようとする試みにすぎない。人生は、こんなふうにひどく簡単に構成されている。そして僕は二十年ものあいだ、映画のシナリオやコントをつくりながら、その気になれば数行で表現できる現実の周りを、ぐるぐる巡っていたにすぎない。青春時代は、幸せな時間、唯一の旬《しゅん》だ。若者たちはみな、部分的にはおもしろくもない勉学に時間を取られるものの、概《おお》ね暇で心配事のない生活を送っており、その気になれば、好きなだけ肉体を喜びに晒《さら》すことができる。遊びに、ダンスに、恋愛に、たくさんの快楽に身を任せることができる。パーティで選んだパートナーと朝帰りしながら、仕事に向かうサラリーマンの陰気な群れを眺めることもできる。若者は社会のエリート、地の塩なのだ。彼らにはすべてが与えられている。すべてが許されている。すべてが可能だ。その後、彼らは家庭を持ち、社会の一員になり、仕事の苦労や心配、責任、実生活の厳しさを知ることになる。税金を払わなければいけない。諸々の行政手続きに従い、つねに無力感や恥辱に甘んじなければいけない。最初はゆっくりだが次第にスピードを増す、取り返しのつかない肉体の衰えに屈しなければいけない。子供、なによりその不倶戴天《ふぐたいてん》の敵を、自分の家の中で面倒を見なければいけない。連中をかわいがり、食わせ、病気の心配をし、連中の教育や娯楽に金を使わなければいけない。動物界では一シーズンで終わるものが、人間界では延々と続き、彼らは終始、子供の奴隷でありつづける。そして喜びの時は完全に終わる。あとは最後まで、痛みと、次第に増える健康上の問題に悩みながら、やがて役立たずになり、足手まといの無用の老人として、完全にお払い箱になるまで、苦しみつづけなければいけない。苦労して、必死に育てても、子供たちはこれっぽっちも感謝してはくれない。それどころか満足してもらえることもまずない。親であるというだけで、最後まで罪人扱いされる。こうした恥辱ばかりが目立つ苦しみの多い人生からは、喜びという喜びが容赦なく排除される。若い体に触れようとすると、途端に追い回され、つまはじきにされ、愚か者、汚名の烙印《らくいん》を押される。このごろは投獄されるケースも増えてきた。若い肉体は、この世界が生みだしてきたもののなかで、唯一魅力的な存在であり、それを利用できるのは、若者だけだ。そして年寄りは、働くか貧困に苦しむのが定めである。「世代間の連帯」という言葉が真に意味しているところはそれだ。つまり、その中身は、世代交代の際に前の世代を犠牲にする、純然たるホロコーストだ。残酷で、延々と続く、いかなる慰めも励ましもない、物質的にも精神的にも報われることのないホロコーストなのだ。

僕は定めを破った。妊娠した途端に妻を捨て、断固として息子を無視し、彼が死んでも無関心だった。僕は繋《つな》がりを拒み、永遠にくり返される苦しみの再生産を断ち切った。もしかしたらそれは唯一の崇高な振る舞い、唯一、真の反逆を示す行為だったのかもしれない。そのアーティスティックな外見とちがって実に平凡な人生を終えたとき、唯一、僕が誇りに思えるものかもしれない。短いあいだとはいえ、僕は息子が生きていれば同じ年頃であったろう娘と寝た。あの百二十二歳まで生きた、史上最長寿の天晴《あっぱ》れな婆さんジャンヌ・カルマンは、記者から「ではジャンヌさんは、お嬢さんに再会できるとは考えないのですか？　このあとなにかがあると思いませんか？」という阿呆《あほう》な質問を受け、あくまでも自分を曲げることなく、毅然《きぜん》とした態度で「いいえ、なにもない。なにもね。そして、娘に会うこともない。娘は死んでますから」と答えたが、僕も彼女と同じように、自分を曲げず、真実の態度を貫き通した。そもそも僕は以前、彼女へのオマージュとして、コントの中で、彼女の感動の証言「私は百十六歳ですが、死にたくありません」に触れた。僕が彼女と瓜ふたつである皮肉を理解した人間は、当時ひとりもいなかった。そうした無理解は僕にとっては遺憾だ。とりわけ彼女の戦いが全人類にとっての戦いであること、結局はそれだけが、身を投じるだけの価値のある戦いであることを、自分がもっと強調しなかったことが悔やまれる。なるほどジャンヌ・カルマンは死に、エステルは最後には僕を捨てた。もっと一般的な言い方をすれば、生物学は権威を回復した。残念ながら、それは事実だ。それでも僕も、ジャンヌも、それに屈しまいと、自分たちを破壊しようとするシステムに与すること、同意することを、最後まで拒絶した。

僕は午後いっぱい、このヒロイズムの意識に浸った。しかし日が変わると、再びパリに旅立つことにした。おそらくは浜辺のせい、娘たちのおっぱいのせい、その陰毛のせいだ。パリにだって若い娘はいる。しかしおっぱいも、陰毛も見かける機会は少ない。とにかく僕には少し（おっぱいや陰毛から）距離を置く必要がある。ただし、それだけが理由ではない。前日の考察から僕は、新しい舞台の脚本が書けそうな気分にまでなった。今度のそれは、なにか厳しい、ラディカルなものだった。これに比べれば、かつての僕の挑発は、ヒューマニストの甘ったるい戯言《ざれごと》のように思える。僕はエージェントに電話をかけ、企画話をするためのアポを取った。エージェントは少し驚いた声を出した。彼に、僕はもうだめだ、もう空っぽで、死んだも同然だという話をしてずいぶんになる。だから彼もついにはそれを本気にしていたらしい。とはいえ、彼には嬉《うれ》しい驚きだ。彼は僕のためにずいぶん嫌な思いもしたが、大いに金儲《かねもう》けもした。概ね僕のことが好きなのだ。

パリ行きの飛行機の中、アルメリア空港の免税店で買ったサザン・カンフォートを一本飲み、その作用で、僕の憎しみに燃えるヒロイズムは、自己憐憫《れんびん》へと変化した。とはいえ、アルコールのおかげでそこまで不愉快でもなかった。それで僕は次のような詩を書いた。最近の僕の精神状態をよくあらわしている。エステルに捧げるつもりで書いた詩だ。

愛がない

（そこまで、十分には）
生きているのに救助も来ない
見捨てられたまま死んでいく

慈悲を請う声が
虚空に響く
体の自由が利かないのに
肉は渇いてうずうずしている

若い体から
将来の希望が消え
老境に入っていく
待っているものはなにもない

ただ消え去った日々の
虚《むな》しい記憶と
ほとばしりでる憎しみと
赤裸々な絶望を除いては

ロワシー空港で、エスプレッソのダブルを飲み、完全に酔いが覚めた。そしてクレジットカードを探している最中、再びその詩が目に入った。それがなんであれ、興奮や、神経の高ぶりなしに、ものを書くことはできないと思う。その興奮や神経の高ぶりゆえに、どんなに暗いことを書いていても、即座には憂鬱《ゆううつ》にならない。冷静になって眺めると、それはまるでちがったものに見えた。その詩が単に僕の精神状態を表しているだけでなく、ありきたりの現実にもぴったりと一致していることにすぐに気がついた。僕の驚きや、抗議、逃避がいかなる形を取ろうとも、僕が「年寄りの陣営」に入ってしまったことに変わりはない。そしてそこからはもう引き返せない。僕はしばらくのあいだその悲壮な考えをぶつぶつと繰り返した。長く噛《か》みつづけることで、その苦さに慣れようとするかのようだった。無駄な努力だった。はじめうっとうしいものに見えたその考えは、たっぷり検討を重ねたあとも、あいかわらずうっとうしいままだった。

とりあえず〈リュテシア〉のスタッフの慇懃《いんぎん》なもてなしから、自分がまだ忘れられていないことを知る。メディア的には僕はあいかわらず現役だった。「お仕事ですか？」フロントのスタッフは、部屋に娼婦《しょうふ》を呼ぶんでしょう、わかってますよ、というような、暗黙の了解を示す笑顔で僕に訊《たず》ねた。僕はそうだ、というようにウインクした。向こうは急にかしこまって、「どうぞ、ごゆっくりおくつろぎください」と言った。しかしパリでのこの最初の夜から、僕のモチベーションはたわみはじめた。確信が揺らいだわけではない。ただ、この世界の某所で、それもここからそう遠くないところで、現実の革命が起ころうとしているときに、なんであれ芸術活動を再開するのが、いかにもちっぽけなことに思えた。二日後、僕はシュヴィリィ＝ラリュ行きの電車に乗った。僕はヴァンサンに、いまのところ生殖につきまとっている、許容しがたい犠牲の性格について、自分が出した結論を話した。そのとき僕は、ヴァンサンの中に淀《よど》む、戸惑いのような、困惑のような、判別しがたいものに気がついた。

「知ってのとおり、うちはチャイルドフリーのムーブメントにそこそこ熱心だろ……」少し焦《じ》れったそうに彼は言った。「君にリュカを紹介しなくてはいけないな。僕らは最近テレビを、というか新興宗教専門チャンネルの一部を買収したんだ。彼は番組制作の責任者になる男だ。広報全体を任せるつもりで採用している。きっと君は気に入ると思うよ」

リュカは三十そこそこの若者だった。知的で鋭敏な顔をしている。白のYシャツに、生地のてろんとした黒のスーツを着ている。彼もまた僕の話を困惑顔で聞いた。そのあと、週明けから世界中のほとんどのチャンネルで流れることになっているCMシリーズの初回分を、プロジェクターを使って僕に見せた。それは、三十秒のワンカットで、やりきれない真実を印象深く表現していた。それはスーパーマーケットで癇癪《かんしゃく》を起こす六歳児の映像だった。六歳児は最初、ぐずぐずした調子で、キャンディの袋をもうひとつ要求する（すでにこの段階で不愉快だ）。続いて、駄目だという両親の前で、奇声を発し、床を転がりはじめる。六歳児は一見、卒中寸前の興奮状態でありながら、ときどきそれを中断し、小さなずる賢い目で、自分が親の心を完全に支配できているかを確認している。他の買い物客が、顰蹙《ひんしゅく》の眼差《まなざ》しで、その横を通り過ぎる。従業員もトラブルの原因に近づいてくる。そのうち両親は居たたまれなくなり、小さな怪物の前に跪《ひざまず》き、そのへんのキャンディを全部ひっ摑《つか》んで、供物でも捧げるように、子供に差し出す。映像はここで静止する。画面上に大文字で次のようなメッセージが現れる。「JUST SAY NO. USE CONDOMS」

他のCMもこれと同様の説得力で、エロヒム信者の人生の選択（性行為や、老い、死、ようするに人生につきものの問題についての選択）の基本理念を紹介するのだが、教会の名前そのものが口にされることはない。最後にほんの一瞬、ほとんどサブリミナル的にテロップが出るが、そこにもただ「エロヒム教会」という文字と電話番号があるだけだ。

「ポジティブなCMのほうが、大変だったんだ……」リュカが小声で言った。「なんとか一本はつくったけどね。役者はきっと君の知ってる人だよ……」たしかに最初の数秒で僕は、オーバーオールのジーンズを着た〈刑事〉の姿を認めた。男は川のほとりの倉庫で、なにかの作業に取り組んでいる。ボートを修理しているらしい。波打つ光の加減が絶妙だ。彼の後方に見える水面が、暑気で生じた靄《もや》の中で、きらめいている。ジャック・ダニエルのCMみたいだが、もっと爽《さわ》やかで、もっと明るい、それでいて鮮やかになりすぎない、譬《たと》えるなら春に秋の安らぎを加えたようなムードだった。男は静かに、のんびりと仕事をしている。いかにも作業を楽しんでいる感じで、焦ったところが少しもない。それから彼はカメラのほうを振り向いて、にっこり微笑む。画面にメッセージの文字が現れる。「永遠に安らかに」

僕はこのときなぜ彼らがさっき、多かれ少なかれ困惑した顔を見せたのかがわかった。幸せが若者だけのものであり、各世代が順に犠牲になるなんてことは、新発見でもなんでもない。そんなことは、ここにいる全員が知っている。ヴァンサンも知っている。リュカも知っている。そして信者の大半も知っている。おそらくイザベルもずいぶん前から気づいていたのだ。だから彼女は冷静に自殺した。理性に則した決定だった。ちょうど手札が悪いときに、配り直しを要求するようなものだ。それが許されるゲームは数少ないが、なかにはそういうゲームもある。僕は普通より馬鹿なのかな？　その晩、彼の家でアペリティフを飲んでいるときに、僕はヴァンサンに訊ねた。そんなことはないだろうと、まったく動じることなくヴァンサンは答えた。実のところ、知性の面では、平均より少し上だろう。しかし精神面では、その他大勢と変わらないように思う。ほんの少しセンチメンタルで、ほんの少しひねくれている。大半の人間と同じだ。ただ君はとても正直なんだ。そこに君の真の特性がある。人間の現行の規格からすれば、君はおそろしく正直な人間に分類されるだろう。しかしこの指摘に腹を立ててはいけないよ、と彼は言った。君の芸能人としての大成功を考えれば、おのずと知れることだろう。それにそれは、君の人生記にかけがえの無い価値を与えるものでもあるんだ。つまり人は君の話すことを、本当のこと、〈真実〉だと受け取るだろう。そのおかげで読者はみな、君が通った道を、ほんのわずかな労力で、通れるようになる。だから君が改宗するようなことになれば、人間全員が、君に倣《なら》って改宗するかもしれない。ヴァンサンは僕にそうしたことを実に淡々と語った。まっすぐに僕を見つめている。この上なく誠実な表情だ。なにより彼が僕を好きなことはたしかだ。僕はこのときはじめて、彼がやりたいことを正確に理解した。同時に彼がそれを実現するだろうことも理解した。

「いま信者はどのくらいいるんだ?」

「七十万人」答えは打てば響くように返ってきた。そして僕はこのとき、第三の事実も理解した。つまりヴァンサンは正真正銘、教会の長、実質的な指導者になったのだ。〈学者〉は本人が常から望んでいたとおり、自分の研究に没頭している。〈刑事〉はヴァンサンのうしろで、その命令に従っている。そしてその実践的な知力、その大量の仕事をこなす能力を、すべてヴァンサンのために駆使している。リュカを採用したのは、まずまちがいなくヴァンサンだろう。「人々にセックスを！　どうか彼らに悦《よろこ》びを！」キャンペーンを打ち出したのもヴァンサンなら、目的達成をもってキャンペーンを打ち切ったのもヴァンサンだった。彼は今度こそ本当に預言者の座に着いたというわけだ。僕ははじめてこのシュヴィリィ＝ラリュを訪れたときのことを思い出した。あのとき僕には、ヴァンサンが、いまにも自殺しそうな、神経崩壊すれすれの状態に見えた。「家造りらの捨てた石が隅のかしら石になった、というわけだ……」僕はひとりごちた。僕はヴァンサンを妬《ねた》ましいとも、羨《うらや》ましいとも思わなかった。彼は本質的に僕とはちがう。彼のような行動は、僕にはできないだろう。なるほど彼はたくさんのものを手に入れた。しかし同時に彼はそのためにたくさんのものを投じた。彼は自分という存在を丸ごと投じた。彼はすべてを秤《はかり》に載せた。しかしもう昔から、最初から彼はそうやって生きてきたのであって、別の行動を取るなんて彼には不可能だ。いまだかつてヴァンサンの中には、いかなる戦略も、計算も存在したことはない。そこで僕は彼に、あいかわらず大使館のプロジェクトのほうも進めているのかと訊ねた。意外にも彼は恥ずかしそうに目を伏せた。そんな彼を見るのは久しぶりだった。そして彼は僕に答えて言った。進んでいるよ。しかもあと少しで完成する。君があと一、二ヶ月、パリに居てくれるなら、見てもらえるんだが。本音をいえば、君にはパリに残っていて欲しいな。君にはぜひ最初に見てもらいたいんだ——とはいえ、スーザンの次にという意味だけど。なにしろそれは直接的にスーザンに関わるものだからね。

当然ながら、僕はパリに残った。サン・ホセに急いで帰る理由はなにもなかった。おそらく浜辺にはおっぱいと陰毛がまた少し増えているはずだ。悩みの種になるにちがいない。不動産屋からはファックスが届いていた。あるイギリス人からおもしろい提案を受けたという内容だった。ロック歌手風の男だそうだ。しかしこれも急ぐ必要はなかった。フォックスが死んでからは、あそこで死んでもいいと思うようになった。フォックスのそばで眠るのも悪くないかもしれない。僕は〈リュテシア〉のバーにいた。三杯目のアレキサンダーを飲み終えたとき、その考えはやはり素晴らしいものに思えた。そうだ、家を売るのはやめよう。そのままうっちゃらかしておけばいい。そして誰もあそこを売れないように遺書に書き記すことにしよう。維持のための金も貯めよう。あの家を一種の廟《びょう》のようなものにするんだ。ようするにくだらない出来事の廟だ。なぜなら僕があそこで味わったことは、ほとんどが、くだらない、クソッタレな出来事ばかりだからだ。でもとにかく廟は廟だ。「クソッタレの廟……」僕はその表現を何度もつぶやいた。酒で体が熱くなるにつれ、自分の中に性質《たち》の悪い喜びが育っていくのを感じた。どうせならそれまでのあいだ、余生の慰みに、娼婦を呼べばいい。いや、やはり娼婦はだめだ、と少し考えてから自分に言う。連中のプレイは結局のところ、あまりにも機械的で、つまらない。そうではなくて浜辺で肌を焼いている思春期の娘たちに声をかけてみればいい。大半は断るだろうが、中には応じるのもいるだろう。とにかくショックを受けたりはしないはずだ。若干のリスクがあるのも否めない。娘たちに不良の彼氏がいるかもしれない。ハウスキーパーを誘う手もある。中には、まずまずの娘もいる。それに追加賃金の提案にノーと言わないかもしれない。僕は四杯目のカクテルを注文した。それからグラスの中で酒を回しながら、ゆっくり他の選択肢を検討したあと、かなり高い確率で僕にはなにもできないだろうということに気がついた。エステルに捨てられ、いまさら娼婦に頼ることもあるまい。イザベルと別れたときでさえ、さほど頼りもしなかったのだ。それに僕は、驚愕《きょうがく》と嫌悪とともに気づいてしまった。僕は、それでもあいかわらず(とはいえこれは純粋に理論としての話であって、自分に関してはすべてが終わってしまったのはよくわかっている。僕は残ったツキを無駄に使い果たしたのだ。僕はいままさに旅立ちのときにある。終止符を打ち、結論を出さなければならないときに来ている)、とにかくそれでも僕はあいかわらず心の底で、そしてあらゆる明証に反して、愛を信じているのだった。

ダニエル25―14

エステル31をはじめて見たとき、僕は驚いた。おそらくはダニエル1の人生記のせいで、若い女性を想像していたのだ。インターメディエーションで話がしたいという僕の申請に応じて、彼女はビジュアル・モードに切り替えた。正面に、落ち着きのある、真面目そうな顔をした女性が現れた。年齢は五十を少し過ぎたあたりだろう。まっすぐこちらを見つめている。書斎に使っているにちがいない小さな部屋は、きちんと整頓《せいとん》されている。それから彼女は眼鏡をかけている。31という数字自体、ちょっと思いがけない数字である。彼女は僕に、エステルの末裔《まつえい》は代々、オリジナルの持っていた腎《じん》不全を受け継いでおり、結果、比較的短命が特徴なのだと説明した。当然ながら彼女はマリー23の旅立ちを知っていた。マリー23は、そしてエステル31も、まずまちがいなく、ランサローテのあった場所に、なにかしらの進化した霊長類のコミュニティが存在すると考えている。北大西洋のその地域は、かつて地殻変動の激しかった場所だ、と彼女は僕に言った。その島は〈第一減少〉の時期に一度完全に海に沈み、そののち火山の再噴火の影響で、再び姿を現した。島は〈大乾燥〉の時代に半島になり、最新データによれば、いまでもアフリカの海岸線と細い帯状の陸地で繋《つな》がっているらしい。

マリー23の主張に反して、エステル31は、その地域に形成されているコミュニティは、野人のそれではなく、〈至高のシスター〉のおしえを拒絶したネオ・ヒューマンのそれだと考えている。たしかに衛星からの映像は疑惑を残すものだった。〈標準遺伝子の書き換え〉によって改造された人類とも、そうでないともわからない。しかし従属栄養生物が、そんな植物の痕跡《こんせき》も見当たらない場所で生存していけるだろうか？　とエステル31は指摘した。マリー23は旧種の人間に出会えると考えていたけれど、彼女が出会うことになるのは、彼女と同じ道を辿《たど》ったネオ・ヒューマンにきまっている。

「でも結局は、それが彼女の求めていたことかもしれない……」僕はエステル31に言った。彼女はしばらく考えて、抑揚のない声で僕に言った。「そうかもしれない」

ダニエル1―26

ヴァンサンは、全長五十メートルほどの、窓のない倉庫を仕事場にしていた。場所は教会本部のすぐそばで、屋根つきの渡り廊下でつながれている。オフィスに通りかかると、午前中にもかかわらず、早くも秘書や、資料係や、会計士がコンピュータを相手に忙しく仕事をしている。僕はあらためて、すでに北ヨーロッパの国々で、キリスト教の主要な宗派並みの信者数を持つと自負する、この躍進中の強力な宗教団体が、一方で、ちょっとした企業並みに実にこまやかに組織されていることに驚いた。〈刑事〉はさぞや気分がいいだろう。この勤勉で控え目な雰囲気は彼の価値観にぴったりとあっている。実をいえば〈刑事〉は、前の預言者の博打《ばくち》うちのような面、見せびらかしたがりな面が、心底嫌いだった。彼はこの新しい環境でのびのびと、社員思いの社長のように振る舞っている。常に社員の声に耳を傾け、半日休暇だの、給料の前借りだの、彼らの申し出に、いつでも応じられるようにしている。組織は順調に運営されている。死んだ信者からの財産の遺贈のおかげで教会の財産は、すでに統一教会のそれの二倍にも達している。信者のDNAは五つの標本に複写され、ほぼ全種の放射線を通さない、核攻撃にも耐えうる地下室で、低温保存される。〈学者〉の管理運営する研究施設は、いまや現代テクノロジーの最先端にある。私設の研究所にも、公の機関にも、彼らのそれに比肩する研究施設はない。それどころか、〈学者〉とそのスタッフは、遺伝子工学の領域、およびニューロンのファジーワイヤリングの領域で、他に大きく水をあけている。研究はすべて現行の法規を遵守した上で行われていた。そしていまやおおかたの欧米の技術系大学で、最も有望な学生たちが、彼らのもとで働くことを志願している。

ひとたび教義、儀式、体制が確立してしまうと、漂流の危険はすっかり遠ざかり、ヴァンサンは、メディアにほんの少ししか顔を出さなくなった。顔を出すときには、実に寛大な態度で、霊的なものに共通の憧《あこが》れを持つ一神教の代表たちに賛同した――とはいえその目的が他の宗教とは根本的にちがっていることを隠しもしなかった。世論を味方につけるこの作戦は功を奏した。教会施設に対して起こったふたつのテロ（イスタンブールで起こった、イスラム原理主義者のグループが犯行声明を出したテロと、アリゾナ州トゥーソンでプロテスタント原理主義団体が起こしたとされるテロ）は世の非難を呼び、それぞれの団体の指導者たちは苦しい立場に追い込まれた。エロヒム教が人生に提案する革新的な側面は、いま、概《おおむ》ねリュカが請け負っていた。単刀直入に父性というものを馬鹿にし、年端もいかぬ少女の淡い性を大胆にしかし羽目を外さない程度に利用し、近親相姦《そうかん》という古臭いタブーを正面からでなく横から揺さぶる、リュカの辛辣《しんらつ》なプレスキャンペーンは、毎回、出資額からは考えられないほどの大きなインパクトを生んだ。一方で、快楽主義への手放しの賞賛や、東洋人のセックスにおけるテクニックに寄せる賛辞という点から、広い支持を集めつづけた。美的に洗練され、なおかつ非常に赤裸々な映像のタッチはひとつの流派になったほどだ（そういう意味ではスポットCM『永遠に安らかに』、『永遠に官能的に』、そして完結篇『永遠にいとおしく』は、宗教CMの世界にまちがいなく新風を吹き込んだ）。まるきり無抵抗で、反撃という発想すらなかった公教会の類は、数年間で、信者の大半を失い、その新興宗教にほとんどの信者を奪われた。さらにエロヒム教会は新たな信者層として、神の存在を信じない富裕で現代的な人々――リュカの用語を借りるなら、CSP+〔中間管理職ほか、一部自由業を含むカテゴリー〕、およびCSP++〔幹部、重役クラスおよび弁護士、医者などのカテゴリー〕――を獲得した。もう長年、既成の諸宗教とは縁のなかった社会層である。

　物事がうまく運んでいる、考えうるかぎり最良の協力者に囲まれているという安心感から、ヴァンサンはここ数週間、自分のライフワークのほうにますますのめりこんでいる。驚いたことに、ヴァンサンには、はじめて会ったころに彼が持っていた内気さや、不安、あの不明瞭《ふめいりょう》で不器用な自己表現が戻っていた。ヴァンサンはその朝、彼のライフワークを僕に見せるまでに、さんざん躊躇《ちゅうちょ》した。僕らは自動販売機でコーヒーを飲み、それからもう一杯飲んだ。空になったコップを指で回しながら、彼はようやく言った。「これが僕の最後の作品になるだろう……」そう言うと彼は目を伏せた。「スーザンも同意しているんだが……」再び言った。「そのときが来たら……つまりこの世に別れを告げ、再生の待機に入るときが来たら、僕らはその部屋に入るつもりだ。ふたりでその中央に進み、いっしょに致死量の薬を飲む。すべての信者がそこに至れるように、他にも同じ型の部屋がつくられることになるだろう。僕はこう思ったんだ……その瞬間を形式化することに意味があるんじゃないか、とね」彼は口を閉じ、僕をまっすぐ見つめた。「難しい仕事だった……」彼は言った。「何度となくボードレールの『貧しい人々の死』のことを考えた。すごく助けられたよ」

たちまちその荘厳な詩句が僕の中によみがえった。それはまるでずっと僕の頭の片隅に存在していたかのようだった。僕のこれまでの人生は、それでほぼ表現できそうだった。

慰めてくれるのは〈死〉、ああ！　生きさせてくれるもの。
それこそは人生の標的《まと》、またそれこそは唯一の希望、
霊薬さながら、われわれを元気づけ、われわれを酔わせては、
日が暮れるまで歩き続ける勇気を与えてくれる。

暴風雨《あらし》を、はた雪を、はた樹氷を貫いて、かなた、
それは、われわれの黒い地平に顫《ふる》える光。
それは、書物の上に記された、名高い旅籠《はたご》屋、
ついに、食べて、眠って、坐ることのできるところ。

僕は頷《うなず》いた。他になにができるだろう？　そして僕は倉庫に向かって廊下を進んだ。密閉式の鋼の扉を開けた途端、内部の強烈な光に目が眩《くら》んだ。それから三十秒間はなにも見えなかった。後方で、扉が鈍い音を立てて閉まった。

目が慣れるにつれ、物の形状、輪郭が見えてきた。それは前にランサローテで見たコンピュータを使ったシミュレーションに少し似ている。しかし全体に光度がもっと高い。白に白を重ねるというコンセプトのもとでつくられた世界だった。もはや音楽もない。なんとなく空気の震えるような、かすかな音が聞こえるだけだ。どこまでも均質の、乳白色の空間の中で、自分が動いているような感じだ。空間はときどき凝固し、突如ざらついた微粒子になる――近づくと、山や、谷、風景全体が見えてくる。それはあっというまに複雑な形になり、すぐに消えてしまう。そして空間は再び、揺れ動く可能性に満ちた、均質で曖昧《あいまい》なものになる。奇妙なことに、もはや自分の手も、他の部位も見えなかった。僕はすぐに方向感覚を失った。しかしこのとき、自分の足音に反響するこだま

が聞こえるような気がした。僕が立ち止まると、こだまも止まる。ただほんの少し時間差がある。右を見ると、そこに僕の動きをそっくり真似る影がある。まぶしい白い光の中に、ほんの少しくすんだ白が、かろうじて判別できる。少し不安を感じた。やがて影は消えた。不安が消えた。再び影が浮かび上がった。まるで無から生じるかのようだ。だんだん影にも慣れてきた。僕は探索を続けた。次第に、ヴァンサンがフラクタル構造を利用していることがわかってくる。シェルピンスキーのカーペットや、マンデルブロ集合図が見える。僕が形を意識するにつれ、インスタレーション自体も形を変えるようだ。まわりの空間がカントルの三進集合に分解されたように思ったとき、影が消え、完全な静寂が訪れた。自分の呼吸音さえ聞こえなくなった。そして僕はこのとき、自分が空間そのものになったことを知った。僕は宇宙であり、現象としての存在だった。僕は、自分の一部であるこの空間に、現れ、凝結し、溶けていく、きらめく微細構造でもあった。そしてそれが生じ、停止するのを、僕は自分のことのように、自分の体内で起こっていることのように感じた。僕はそのとき、消えてしまいたい衝動に駆られた。光り輝き、いきいきと活動を続ける、永遠の可能性に揺らめき続ける無に、溶けてしまいたい衝動に駆られた。光が再び目が眩むほど強くなった。僕のまわりの空間は爆発し、光のかけらに分解されたようだ。しかしそれは日常的な言葉でいうような、空間ではない。そこにはさまざまな次元があるが、もはや認識できたのはそれだけだ——この空間には、日常的な言葉で言えば、なにもない。僕はそんなふうに、形のない可能性のあいだで、形而上《けいじじょう》の存在でありつづけた。どのくらいそうしていたのだろう。僕の中に、なにかが生じた。それは最初、知覚できるかできないかくらいの、重さの感覚の記憶、あるいはその夢のようなものだった。それから僕は再び自分が呼吸していることを自覚し、それから三次元の感覚を取り戻した。徐々に空間が固定した。僕のまわりで、白の中からそれとなく物体が姿を現した。そして僕はようやくその場所から出ることができた。

実際、あんな場所には十分以上いられそうにない、と僕はあとでヴァンサンに言った。「僕はあの場所を〈愛〉と呼んでいる」彼は言った。「人間はこれまで人を愛することができなかった。人間は死のない世界以外では、愛を実現することはできないんだ。かつて女性が愛に近いところにいたのはきっとそのせいなんだ。女性には命を授ける使命があったからね。僕らは不死を見つけ、世界と共存する道を見つけた。世界はもはや僕らを壊すことはできない。それどころか強い眼差《まなざ》しで世界をつくるのは僕らなんだ。もし僕らがずっと無垢《むく》でいられるなら、その眼差しを受け入れられさえすれば、僕らはずっと愛の中にいられるんだ」

ヴァンサンに別れを告げ、タクシーに乗ってしまうと、僕は次第に落ち着きを取り戻した。しかし心の中は、パリ郊外の町を走っているときも、まだ混沌《こんとん》としていた。イタリー門からパリ市街に入ってようやく、僕は毒づく元気を取り戻した。そして心の中で繰り返した。「なんで可能なものか！　まだわかっていないのか、あのアーティストの大先生は、価値観のクリエーターは！　愛が死んだってことを！」すぐに僕は自分に悲しいものを感じた。僕はいまだに現役中の自分がそうだったもの、中流階層のツァラトゥストラであろうとしているのだ。

〈リュテシア〉のフロント係が僕に、このたびの滞在の感想を訊いた。「申し分なし」僕はクレジットカードを捜しながら答えた。「あっというまだった」フロント係は続けて、近々またお会いできますでしょうか、と訊いてきた。「いや、それはないだろうな……」僕は答えた。「来られるとしても、ずっとずっと先のことだろう」

ダニエル25—15

「天を見上げても、天にはなにもない」フェルディナンド12は彼の注釈に書いている。〈未来人の到来〉に関する疑念がはじめて現れるのは、ネオ・ヒューマンが十二世代目に入ったあたり——あるいはダニエル1の記述から千年ほど経ってからだ。はじめて離反者が現れるのもそれとほぼ同時期だ。

その後、千年経過しても、状況に変化はない。離反者の割合も一定している。かつて人間の思想家フリードリッヒ・ニーチェは、人間のことを「いまだにタイプの安定しない種」と看做《みな》していた。彼こそはやがては哲学に終焉をもたらすことになる、科学データを軽んじる伝統の端緒である。そもそも人間に対するそのような見解は（とにかく大半の動物に比べれば）まったく見当外れであるし、その後継であるネオ・ヒューマンについては、なおさら当てはまらない。人間と比べて、ネオ・ヒューマンの特徴が最も顕著なのは、ある種の保守性だろう。人間、少なくとも終末期の人間は、新しいプロジェクトが提案されるたびに、その方向性にはあまりこだわらず、非常に簡単にそれに同意したようだ。彼らの目には、「変化」それ自体に価値があるように映った。それに比べて、我々は革新に抵抗を感じ、明白に改良に結びつくと思える場合以外、それを受け入れたりはしない。我々を地球初の独立栄養生物にした〈標準遺伝子の書き換え〉以降、それに匹敵するほどの大きな書き換えはなにひとつ行われていない。いくつかのプロジェクト、たとえば我々の飛行能力や、水棲《すいせい》能力を発達させるといったプロジェクトが、セントラルシティの科学機構により提案されたが、それらは長い討議の末、破棄された。初代ネオ・ヒューマン、ダニエル2と僕を分かつ遺伝的特質のちがいは、妥当な判断によって行われた最低限の改良、たとえばミネラルの使用における代謝経路の効率を上げるとか、痛みを感知する神経繊維の感度を少し下げるといった小さな改良のみだ。したがってネオ・ヒューマンひとりひとりの生涯がそうであるように、ネオ・ヒューマンの全体史は、終末期の人間の歴史と比べて、非常に穏やかである。ときどき僕は、夜に起きだして、星を観測する。過去二千年における気象と地質の大規模な変化は、この地方はもちろん世界各地の様相を変えてしまったが、星の輝きと位置、星座だけは、おそらくダニエル1の時代から少しも変化していない自然の要素である。ときに、夜空を見つめながら、エロヒムに思いを馳《は》せることがある。その奇妙な信仰が、紆余《うよ》曲折の末に、〈大変化〉を始動させたのだ。ダニエル1は僕の中に生きている。彼の肉体は、僕を通して再生された。彼の思想は僕のものだ。彼の思い出も僕のものだ。彼という存在は現実に僕の中で永らえている。実際、子孫を通じて永らえたいと切望した人間よりもずっとリアルに。ただ、僕はよく考えるのだが、僕のこの人生は、ダニエル1が生きていたいと思っていたそれとはまるでちがう。

ダニエル1／27

サン・ホセに戻って、僕は続きをはじめた。それくらいしか言うことがない。つまり自殺する人間にとって、物事は比較的順調に運んでいた。そして僕は、人生で最も重要かつ残酷だった出来事の叙述を、七月、八月のうちに、驚くほどあっさりと書き終えた。僕は自叙伝に関しては新米作家だ。というか実をいえば作家ですらない。だからこそ僕は、こうした日々のあいだ、書くという単純な行為によって、出来事をコントロールしているような気になっており、そのおかげで自分が、精神科医が耳あたりのいい専門用語で「重度の治療」と呼んでいるものの対象状態に陥っていることに気づかなかった。驚いたことに僕は自分が断崖《だんがい》のふちを歩いていることに気づいていなかった。一方で、危険にシグナルを鳴らす夢を見ていただけに、それはいっそう驚きに値する。エステルの夢を次第に頻繁に見るようになった。彼女は夢の中でどんどん愛想のいい、アバズレな娘になっていった。そして夢は無邪気なくらいポルノになっていった。ひとつも好《よ》いきざしのない、正真正銘の「飢えた夢」だ。ときどきビールとラスクの買い出しに外出を迫られることがあった。たいてい、帰りに浜辺に寄る。当然、若い裸の娘たちとすれちがう。それも半端な数じゃない。そうした晩には、昼に見た娘たちが、僕が主役で、エステルが企画者の、おそろしく現実味のない乱交パーティに登場する。僕は、次第に頻繁に、介護人をうんざりさせる年寄りの「夢精」について考えるようになった——考えながら繰り返す。僕がそこまで生きることはあるまい。しかるべきときに最後の行為をやり遂げるはずだ。僕にだってなにかしらの「尊厳」はある（ただしこれまでの人生で挙げられるような例はない）。しかし結局のところ自殺するとはかぎらない。もしかしたら、最後の最後まで人をうんざりさせつづける連中の仲間になるのかもしれない。なにしろ僕は、おそろしくたくさんの人間をうんざりさせられるだけの金をたんまり持っているのだ。僕は人間が嫌いだ。それはたしかだ。僕は最初から人間が嫌いだった。そして不幸で心が捻《ね》じ曲がり、いまではもっと嫌いになった。同時に僕は、角砂糖ひとつでおとなしくなる子犬になった（エステルの体のことだけを言っているのではない。要は、なんだっていいんだ。おっぱいだろうが、陰毛だろうが）。しかし誰も僕にその角砂糖をくれない。僕は順調に、はじまりと同じく、孤独の中、怒りの中で、人生を終える結末に向かっている。憎しみのパニック状態は夏の暑さでますます度を増す。人間の会話に実に頻繁に天気や気象の話が出てくるのは、感覚器官に刻み込まれた、有史以前の生き残りの条件にまつわる、人間がまだ動物であったころの名残、原初の記憶の名残だ。そうした形式的な型どおりのやりとりは、それがあいかわらず人間の現実的な問題であることをよく示している。たとえアパルトマンの中、信頼のおけるテクノロジーに守られた、ぬくぬくとした環境に生きていようとも、我々はあいかわらずこの先祖伝来の動物的性質から自由になれていない。こうして我々をいっぱいに満たす恥辱や不幸の意識は、その頑固で決定的な性質ゆえに、かえって十分に好ましい気候条件の下でなければ、その姿を現さない。

叙述の時点が少しずつ、いま僕がいる現在に近づいてきた。八月十七日、酷暑の中、僕は、マドリッドでのあのバースデー・パーティ（ちょうど一年前のその日に起こったこと）の回想を書き上げた。いちばん最近のパリ滞在と、イザベルの死についてはさらりと触れるだけにした。そうしたことはもうみんな前に記されていることのような気がした。それは当然の帰結、人類に共通する運命のように思えた。そして僕の望みはそれとは逆に、これまでに見たことのない作品を作る、なにか新しいもの、意外なものを生むことだった。

嘘はいまや、すみずみまで行き渡ったように思える。それは人間存在のあらゆる側面に張りついている。そして万人がその嘘をつく。哲学者は全員それを認めている。文学者もほぼ全員が認めている。おそらくそれはこの種が生き残るために必要なものなのだろう。だからヴァンサンは正しい。僕の人生記がひとたび広く読まれ、解説されるようになれば、それはきっと我々がそうだと思っていた人間性に終焉《しゅうえん》をもたらすだろう。マフィア風に言えば、僕の「依頼人」はきっと満足するだろう（そしてそれはまさしく罪、しかも文字通り「人類に対する罪」についての依頼だった）。人間は方向転換する。人間は回心するだろう。

僕の物語を締めくくる前に、最後にもう一度ヴァンサンのこと、正真正銘この本にインスピレーションを与えた人物、僕の本性とはあまりにも無縁な感情、賞賛をかつてないほどに呼び起こした唯一の人間のことを考えた。まさにヴァンサンは僕の中にあるスパイとしての能力、裏切り者としての能力を見抜いていた。人類史にはこれまでもスパイや裏切り者が存在した（数はそこまで多くない。間隔を置いて、せいぜい数人だろう。全体としては、むしろ人間が、そんなにまでも馬鹿でお人よしだったということのほうが目立つ。彼らは屠殺場《とさつじょう》行きのトラックに喜び勇んで乗り込む牛のように振る舞った）。しかし僕はおそらく、テクノロジーの条件がその裏切りに絶大な効果を与える時代に生きた、はじめての裏切り者だろう。もっとも僕はただ、避けようのない歴史の変化を概念化することによって、そのスピードを速めているにすぎない。人間は次第に、もっと自由に、もっと無責任に、もっと狂おしく快楽を追い求めて生きたいと望むようになる。人間は、彼らの世界でキッズたちがすでにしているような生き方を望むようになる。そしてもうどうにも年齢が重荷になったとき、闘争を維持できなくなったとき、自ら命を絶つ。しかしそれまでのあいだにエロヒム教会に入信しておく。遺伝子コードを保管しておく。そして彼らは、快楽に捧げた自分という存在が永遠に続くという希望を抱いて死んでいく。長い目でみれば、それが歴史の向かっている方向だ。それは西洋社会にかぎった話ではない。西洋社会はただ、中世の終わりからそうしてきたように、道を切り開いているにすぎない。

こうしていまの形の人類は消え、ちがった形のなにかが現れる。名前はまだわからない。もしかしたら人類より出来が悪いかもしれないし、ましかもしれない。しかし人類ほどがつがつはしていない。いずれにせよその在り様はもっと穏やかだろう。人類史における焦燥や熱狂の大きさを過小評価してはいけない。おそらくあの無骨な馬鹿者へーゲルの見立ては、的を射ている。結局、僕も一個の「理性の狡知《こうち》」なのだろう。我々のあとを継ぐ種が、我々と同じくらい「社会的な生き物」であるとは考えにくい。昔から、あらゆる議論を結論に導き、あらゆる意見の食い違いをなくそうとするあの考え、揉《も》め事もなく、平和裏に、完全なコンセンサスが引き出される現場でよく見かけるあの考えは、だいたいこんなふうに要約できるのではないだろうか。「結局のところ、人はひとりで生まれ、ひとりで生き、ひとりで死ぬ」最も単純な人間にでもわかるこのフレーズは、最も鋭い思想家が到達する結論でもある。どんな状況でも全員を納得させるフレーズだ。発言された途端、誰もがこんなに見事で、含蓄があり、妥当なフレーズは聞いたことがないと感じる――聞き手の年齢も、性別も、社会的身分も関係ない。すでに僕の世代にとっても感動的なフレーズだったのだから、エステルの世代にとってはなおさらだ。こうしたメンタリティは、長いスパンで見ると、社会性をほとんど促進しない。社会性なんてものは、もう寿命が尽きている。歴史における役目を終えている。それは人間が知性を持ちはじめた時期には必要不可欠なものだったが、いまとなっては単なる過去の遺物であって、邪魔になるだけでなんの役にも立たない。人工生殖が普及してからは、こうした考えかたはセクシャリティにも及んでいる。「それぞれがマスをかく。心底愛している誰かとセックスするとは、そういうことだ」このフレーズの出典については、キース・リチャーズ説からジャック・ラカン説にいたるまで様々ある。いずれにせよ、そのフレーズが口にされた当時、それは時代よりも進んだ考えかただったために、社会に対して影響力を持ち得なかった。それに、きっとあとしばらくは、セクシャルな人間関係は、コマーシャルの支えや、他人に差をつけるナルシシックな要素でありつづけるだろう。しかし同時にそれは、次第に専門家であるとか、エロチックな方面のエリートだけのものになる。ナルシシックな戦いは、彼らの求める屈辱的関係に応じる餌食《えじき》がいるかぎり続くだろう。おそらくは社会性と同じだけ続くだろう。それは社会性の最後の痕跡《こんせき》になるのだろう。しかし最後にはそれも消えてしまう。もはや愛なんて、物の数にも入らないにちがいない。おそらく僕は、僕の世代には珍しいタイプの人間であり、まだ、他人を愛せなくなるほどには自己愛が強くないのだろう。とはいえそんな僕でも生涯にたった二度、人を愛したきりだ。愛は個人の自由や、自立の中には存在しない。

あるとすれば虚構である。思いつくかぎり最も見え透いた虚構のひとつだ。愛は、無への、融合への、自己消滅への欲求の中にしかない。かつて誰かが言った大洋の感覚のようなものの中にしかないのだ。いずれにせよそれも近い将来には消え失せる。

三年前、僕は雑誌〈自由な種族〉の中から、こちらからでは骨盤しか見えない男性のペニスが、言うなれば静かに、二十五歳前後の栗色の巻き毛を長く伸ばした女性のあそこに半分埋もれている写真を、切り抜いた。「自由なカップル」向けのその雑誌に掲載された写真は、多かれ少なかれそんなテーマの写真ばかりだった。僕はなぜ、その写真にそんなに惹《ひ》かれたのだろう？　その若い娘は四つ這《ば》いになってこちらに顔を向けている。まるでこの不意の挿入に驚いたかのようだ。まるでそのとき、まったく別のこと、たとえば、タイルを磨かなきゃなどと、考えていたかのようだ。そもそも不意にといっても、どちらかといえば嬉《うれ》しそうだ。その目には幸福な、没我の満足が表れている。まるでこの予想外の接触に、心が、というより粘膜が反応しているかのようだ。彼女の性器は、見るからにしなやかで、柔らかそうで、サイズも程よく、按配《あんばい》もよさそうだ。とにかくあっけらかんとしていて、頼めばすぐに門戸を開いてくれるという感じがする。この悲劇臭のない、ある意味で気さくな、好意的もてなしこそ、自分がいま世界に求めていることだ、と、何週間もこの写真を見つめるうちに僕は気づく。しかし自分がこのさきそれを手に入れることはもう絶対にないし、実のところもはや手に入れようとさえしていないことにも気づく。それに自分が、あのエステルの旅立ちでつらい過渡期に入ったのではなく、完全に終わりを迎えたのだということにも気づく。エステルはいまごろはアメリカから戻っているかもしれない。その可能性は高い。彼女がピアニストとして活躍するなんてありそうにもない。彼女には、それに必要な才能もなかったし、それにつきものの狂気もなかった。結局、彼女はとても理性的な女性だった。エステルが帰国していてもいなくても、状況が変わることはない。どうせ彼女は僕には会いたがらないだろう。彼女にとっては、僕は過去の人間だった。実をいえば、僕自身にとってさえ、僕は過去の人間だった。仕事に復帰するとか、もっと広い意味で、人とつきあうといった発想は、今度こそ完全に僕から去った。エステルは僕を空っぽにした。僕は彼女とともに、僕の持てる最後の力をみんな使い果たしてしまった。もうすっからかんになってしまった。彼女は僕の幸せだった。そして最初に予感したとおり、僕の死でもあった。僕はその予感に少しもひるむことはなかった。人はかならず、少なくとも一度は真正面から、自分の死と出会わなければならない。本当は誰だってそんなことはわかっている。ただ、もしかしてその死が、いつものように憂鬱《ゆううつ》や疲弊の顔ではなく、快楽の顔をしているのなら、それに越したことはない。

ダニエル25―16

はじめに、〈至高のシスター〉が生まれた。彼女が最初の者である。それから〈七人の創始者〉が生まれた。彼らがセントラルシティをつくった。ネオ・ヒューマンの哲学の基本となっているのは〈至高のシスター〉のおしえであり、ネオ・ヒューマン社会における政治組織をつくりあげたのは概ね《おおむ》〈七人の創始者〉の功績である。しかし彼ら自身も語っているとおり、政治組織は非本質的な要素にすぎなかった。つまり、ネオ・ヒューマンの機能的自立性を向上させた生物学的進化や、すでにそれ以前の社会に端を発し、個体間の関係機能に衰弱をもたらした歴史の動きに左右された要素にすぎなかった。また、このほかに、ネオ・ヒューマン同士を徹底的に分離したこれだという理由もない。全体から言えることは、事態は徐々に、おそらく数世代かけて進行したということだ。実を言えば、個々人の物理的な分離がいきわたった社会の形態というのはありうるし、〈至高のシスター〉のおしえにも適合する。厳密に言えば、個々人の分離と、そのおしえは、因果関係にあるというより、概ね同じ方向性を持っているのである。

接触は消滅し、欲望も飛び去った。僕はマリー23に、いかなる物理的な魅力も感じたことはない（当然ながらエステル31にもそれを感じない。彼女の場合は、いずれにせよそうしたジャンルの感情を呼び起こす年齢を過ぎている）。マリー23は旅立ち、マリー22は、僕の先代の記述によれば死ぬ前に奇妙な行動を取ってはいるが、彼女らにしたところで、欲望という感情を知ることはなかったと僕は確信している。逆に彼女らが、とりわけ苦痛という形で知ったのは、欲望に対する郷愁、その感情を取り戻し、遠い先祖と同じように、非常に強いものらしいその力に満たされたいという願望だ。ダニエル1は、とりわけ雄弁にこの欲望に対する郷愁を語ったが、僕の場合はこれまでのところその現象を免れている。だからエステル31と、互いの先祖のあいだにあった関係について細かく検討する際にも、僕は非常に落ち着いている。彼女のほうも、少なくとも僕と同じ程度に冷めている。そして僕らは、未練も、動揺もなく、たまのインターメディエーションを終え、もとの静かで、観想的な、往年の人間が見たら、耐えられないほど退屈だと思うような生活に戻る。

精神活動は残しながらも、一切から解脱した、純粋知にのみ向かう生活が、〈至高のシスター〉のおしえのひとつの要である。いまのところ〈至高のシスター〉に疑いを抱かせるようなものはなにもない。

僕の生活を構成する出来事は、非常に限られている。小さな恩寵《おんちょう》(陽光が鎧戸《よろいど》のあいだから漏れ入ってくるだとか、北からの突風が、不穏な形の雲を吹き飛ばすといった現象)でもあれば十分だ。寿命は、さして重要な問題ではない。僕はダニエル24とまったく同一人物であり、ダニエル26という、自分とまったく同一人物である後継者を持つことになっている。先祖代々伝わる、隠しだてすることのない、わずかな思い出には、個人の歴史が拠《よ》りかかれるだけの豊かさがない。人間の生活にしても、大筋では、これと似たようなものだ。この事実は、人類史において長い期間、隠蔽《いんぺい》され、秘密にされてきたが、ネオ・ヒューマンの時代になってようやく具体的になった。我々は、不完全なパラダイムを捨て、可能性が無数に潜在する世界に合流することを望む。我々は変転に終止符を打っており、すでに限りのない、終わりのない静止状態に入っている。

ダニエル1―28

九月になった。最後のバカンス客が去っていく。それとともに最後のおっぱい、最後の陰毛、手の届くところにあった最後の小さな俗世が去っていく。あとにはいつ終わるともしれない秋が待っていて、うしろには星のように冷たい冬が控えている。僕の仕事は今度こそ本当に終わった。僕は晩年からはみ出している。もはや僕がここにいる理由はない。なにかと関わることもなく、これといった目標もない。それでもまだなにかがある。なにかおそろしいものが空間を漂っている。こちらにやってくるつもりらしい。悲しみや、痛み、完全な喪失感以前に、なにかがある。「空間に対する純粋な恐怖」と呼んでもいいかもしれない。これが、最終段階なのだろうか？　いったい僕はなにをしてこんな運命に陥ったのだろう？　人間がなにをしたというのだろう？　もはや僕の中に憎しみの情は見当たらない。もはやいかなる拠《よ》りどころも、手がかりも、目印もない。そこにあるのは恐怖だ。それはあらゆるものの本質であり、観察できるものはすべてそれだ。現実の世界、実感のある世界、人間の世界はもう存在しない。僕は時間の外に出た。もう過去も未来もない。悲しみも、プロジェクトも、郷愁も、諦念も、希望もない。あるのはただ恐怖だけだ。

その空間がやってくる。近づいてくる。僕を食うつもりだ。部屋の真ん中で、小さな物音がする。そこに亡霊がいる。亡霊がその空間を形成している。それらが僕を取り囲む。それらは、人間の潰《つぶ》れた目を食らう。

ダニエル25／17

こんなふうにダニエル1の人生記は終わる。僕としては、こんな唐突な終わり方は残念だ。人類に代わる種族の心理についての、彼の最後の予測は、かなり興味深いものだった。おそらくその予測がもう少し展開されていれば、我々にとって有益な指標がいくつも得られたのではないだろうか。

僕以前のダニエルの子孫に、こんな感想を持った者はひとりもいない。たしかに正直ではあるが、能力に限りがあり、視野も狭く、この種を絶滅に導くことになった限界や矛盾をよく体現している個体。概《おおむ》ねこれがヴァンサン1および、これまでの僕の前任者が、ダニエル1に下した厳しい評価だ。彼らの主張によれば、仮にダニエル1が生きながらえたとしても、その生来の性質である論理的難題《アポリア》からして、失望と希望のあいだを揺れ動く、躁鬱《そううつ》的な動揺を繰り返すのが関の山で、その間にも老化と活力喪失が進み、彼はますます孤独な状態に陥ったにちがいないそうだ。また彼らの見立てによれば、ダニエル1がパリ－アルメリア間の飛行機の中で書いた最後の詩は、そのままハチェット＆ローリンズの古典作品『孤独、古参になること』の題辞に使えそうなくらい、その時期の人間の精神状態をよく表しているらしい。

彼らの論説がもっともであることはよくわかっている。それに実を言えば、僕がダニエル1のその後をもう少し追ってみようと思ったのは、ほんのかすかな、淡い予感からだったにすぎない。エステル31は最初、僕の要求に耳を貸さなかった。当然ながら、彼女はエステル1の人生記を読み終えている。彼女は注釈さえ書き終えている。しかし彼女は僕がそれを知るべきではないと考えた。「聴いてください……」僕は彼女に書いた（僕らは長いこと非ビジュアル・モードで会話している）。「とにかく僕の感覚では、僕の先祖は、遠くかけ離れた存在です……」「それでも、それは考えられているほど遠い存在ではない」つっけんどんな返事だった。僕には、彼女がなにをもって、この二千年も昔の、旧人類についての物語に、いまもなにかしらの影響力がありうると考えているのかわからなかった。「それでも一度、それは強力にネガティブな影響を与えたのよ……」彼女の答えは謎めいていた。

それでも僕の粘りに最後には彼女も折れた。彼女はダニエル1とエステル1の関係の結末について彼女が知っていることを、僕に語った。九月二十三日、ダニエル1の人生記が終わって二週間後、彼はエステル1に電話をかけた。最終的にふたりが再び顔を合わせることはなかったが、彼は何度か彼女に電話をかけている。彼女は最初やんわりと、しかしてこでも譲らない調子で、会いたくないと返事をした。手段を誤ったと解釈した彼は、電話からＳＭＳ《ショートメッセージサービス》、ＳＭＳからｅメールへと手段を切り替え、結局、まともな接触が消えていく暗い道を一歩一歩進んでいった。返事が来る可能性がゼロに近づくにつれ、彼は次第に大胆になっていった。彼はエステルが性的に解放されていることを素直に認め、ついにはそれを褒め称《たた》えるようになり、猥褻《わいせつ》な譬《たと》えを書き並べ、ふたりが最もエロチックな関係だったころの思い出話を繰り返し、あらためて、ふたりでスワッピングバー通いをしたり、エロビデオを撮ったり、新しい経験を重ねようと提案した。そうしたことは悲壮で、少し不快だった。結局、彼は彼女に大量の手紙を書いたが、返事は一通も来なかった。「彼は自分から堕《お》ちていったのよ……」エステル31は言った。

「彼は恥辱に耽《ふけ》ったの、それも卑劣なやりかたでね。ついには金を出すから、それも大金を出すから、一晩だけ寝てくれとエステル1に交渉した。そのころには彼女も女優としてそこそこ稼ぎはじめていただけに、ナンセンスだわ。そして最後のほうになると、彼は、マドリッドの彼女の住まいのあたりをうろうろするようになった――彼女はいろんなバーで彼を目撃している。そして次第に恐怖を感じるようになったの。当時、彼女には新しい恋人がいて、とてもうまくいっていたのよ――彼女は彼とのセックスに非常な悦《よろこ》びを感じていた。あなたの先祖とは味わったことのないような大きな悦びをね。警察に通報することも考えたけれど、結局、彼は周りをうろうろしているだけだったし、けっして彼女に接触してこようとはしなかった。そして結局、姿を消した」

僕は驚かなかった。すべては僕が知っているダニエル1の人間性にかなり一致していた。僕はエステル31に、その後なにが起こったのかを訊《き》いた──このときも、すでにその答えはわかっていた。

「彼は自殺した。エステル1の主演した『裸の女《ウナ・ムヘール・デスヌーダ》』という映画を見たあとで──原作は、イタリアの若い女性作家の書いた小説で、当時ベストセラーだった。その中で作者は自分がどのように性経験を積んできたかを無感動に淡々と語るの。ダニエル1は自殺する前、エステル1に最後の手紙を書いた──そこには自殺のことなどひとことも書かれていなかった。彼女はそれを報道で知ったの。その手紙は、逆に、わくわくとした、ほとんど有頂天といっていいくらいの調子で書かれていた。その中で彼は、この一、二年、ふたりが通り抜けた困難は表面的なものにすぎず、ふたりの愛は不滅だと自信たっぷりに語っている。まさにこの手紙が、マリー23にとてつもない影響を与え、彼女を旅立たせたものなの。彼女はこの手紙を読んでから、どこかで共同社会（人間のものか、ネオ・ヒューマンのものかは、結局わからなかったが）がつくられていると思い込むようになった。人間関係を営む新しい方法を見つけたのだから、これまで自分たちが実践してきたような個々人が完全に分離した生活はいますぐやめてもかまわないはずだ、未来人を待つまでもない、と彼女は考えるようになった。私はなんとか彼女の目を覚まそうとした。私は彼女に、この手紙は単に、ダニエル1の思考力の低下を、現実を否認する最後の悲壮な試みを示しているにすぎず、彼の言う終わりのない愛なんて、彼の頭の中にしか存在していない、実際エステルは彼を一度たりとも愛したことはなかったのだと説明した。無駄だった。マリー23はこの手紙に、とりわけ最後に書かれた詩に、とてつもなく大きな意味を見いだしていたの」

「あなたはその意見に反対なのですか？」

「たしかに変わったテキストだとは思う。ここには嘲笑《ちょうしょう》も皮肉もない。彼の日頃の文体とはまったくちがう。感動的ですらあると思う。だからといってそこまでの重要性は与えられない……いいえ、やはり私には賛成できない。マリー23自身がバランスのよくない状態だったのかもしれない。でなければ彼女が件《くだん》の詩の最終行を、実際的な有効な情報だと判断したことの説明はつかない」

エステル31はきっと僕の次の要求を予測していたのだ。僕は、彼女がキーボードを打ち込む二分間だけ待った。そして画面にダニエルが自殺する前にエステルに宛てて書いた最後の詩が現れた。その詩が、マリー23に住居を、習慣を、人生を捨てさせ、ネオ・ヒューマンのものだと仮定されるコミュニティを探す旅に出かけさせたのだ。

僕の人生、遠い遠い僕の昔の人生よ

諦《あきら》め難いはじめての望みよ
損なわれてしまったはじめての愛よ
君は戻ってこなくてはいけなかった。

僕は知らなくてはいけなかった
人生でいちばんすばらしいものを、
ふたつの体が幸いにもめぐりあい
永遠にひとつになって、生まれ変わるそのときに。

僕はすっかりと身をゆだね
存在の震えを知り
消滅するためらいを知り
照りつける外の光を知り

そして愛を知る、そこではすべてが容易で、
すべてが毎瞬間に与えられる
それは時間の真ん中に存在する
それはある島の可能性。

第三部　最後の注釈、エピローグ

「世界の外にはなにがあった?」

六月初旬のこの時期、比較的緯度の低いこの地域でも、午前四時には夜が明ける。地球の自転軸の変化は、〈大乾燥〉のほか、この手の現象をいくつか引き起こした。犬がみなそうであるように、フォックスの就寝時間は決まっていない。彼は僕といっしょに眠り、いっしょに起きる。僕が部屋を行ったり来たりしながら、小さなリュックに荷物を詰めていると、フォックスはおもしろそうについてきた。僕がそれを背負い、屋敷を出て、防護フェンスまで歩いたとき、フォックスは嬉《うれ》しそうに尻尾《しっぽ》を振った。朝一番のいつもの散歩は、もっと遅い時間のはずだった。

僕が閂《かんぬき》を外すシステムを作動させたとき、フォックスは驚きの目で僕を見た。メタル製の滑車がゆっくり回転し、ゲートが三メートル開いた。僕は数歩進み、外界に出た。フォックスが再びためらいの目、問いかけの目で僕を見た。過去の記憶にも、遺伝子の記憶にもこんな前例はない。この種の出来事に彼は心の準備ができていない。実をいえば僕だってできていない。彼はもう数秒間ためらい、それからゆっくり僕のところまで歩いてきた。

最初の十キロは、草木のない平坦な地帯を横断する。次に、視界の果てまで、樹木に覆われた、非常にゆるやかな上り勾配《こうばい》に入る。西、なるべく西南西に向かうという以外、なんの計画もなかった。ランサローテかその近くに、はっきり特定はできないが、ネオ・ヒューマンか人間のコミュニティが設立されている可能性がある。もしかしたらそこにたどり着けるかもしれない。僕の意図をまとめるとだいたいそうなる。途中に通過する地方の人間の棲息《せいそく》状況はよく知られていない。反面、地形については、近年、精確な調査結果が出ている。

砂利だらけではあるが、平易な道を二時間近く歩いた。やがて樹木に覆われた地帯に入った。フォックスは僕の隣をちょこちょこと進む。こんなに長い散歩ができて、足の筋肉を実際に役立てることもできて満足らしい。僕の頭の中には最初からずっと、この旅立ちは誤りだ、おそらくは自殺行為だ、という意識が消えなかった。リュックには無機塩のカプセルをたっぷり詰めてきた。道中、飲み水や、太陽光線が不足することもないだろうから、僕は数ヶ月は生きられる。もちろんストックはいずれ底をつくものだ。しかしそれより目下、問題なのは、フォックスの食料だ。猟はできるだろう。ピストル一丁と、リード弾が数箱ある。しかし僕にはピストルを撃った経験がない。それにこれから行く地方でどんな動物に出遭うのかまったく見当もつかない。

午後が終わるころ、木々がまばらになり、あたりが明るくなってきた。そして、背の低い草に覆われた場所に出た。朝から登ってきた勾配の頂点に着いたらしい。西側の下り斜面は上りよりもずっと険しい。その先にも尾根と谷の険しい起伏が続き、あいかわらず深い森が、視界を覆い尽くしている。出発してからこれまで人間の存在を示すいかなる痕跡《こんせき》も見当たらなかった。それどころか動物の痕跡すらなかった。僕は池の近くで夜を過ごすことにした。小さな川がそこから流れ出し、南に下っている。フォックスは時間をかけて水を飲んだあとで、僕の足元に横たわった。僕は一日に一度摂《と》ることになっている新陳代謝に必要なカプセルを三錠飲み、それから携帯したかなり軽量のサバイバル用毛布を広げた。これがあれば十分だろう。余程のことがないかぎり、海抜の高い地帯を通ることはなかろう。

夜半、気温が若干下がった。フォックスは僕に体をくっつけ、規則正しいリズムで寝息を立てている。ときどき夢を見ている。そんなとき彼は足を動かす。まるで障害でも飛び越えているようだ。僕はよく眠れなかった。時間が経つにつれ、この計画は無謀で、うまくいくはずがないと思えてくる。しかし後悔はなかった。ただ引き返すことができないわけではなかった。セントラルシティはいかなる点検も実施してはいない。離脱者が見つかるのは、たいてい偶然、たとえば、なにかの配達や、必要な修理の際にであって、ときには何年も経ってからというケースもあった。住居に帰ることは可能だ。しかし僕は帰りたくない。ときどき差し込まれる知的コミュニケーション以外に、中断するもののない孤独なルーティン。僕の生活の本質であり、死ぬまでそうであるはずだったそのルーティンが、いまの僕には耐えられないものに思える。かならず幸せが訪れるはずだった。こまごまとした手順を守り、それによって安全を確保し、痛みも危険もない環境にいれば、かならず、聞き分けのよい子の幸せは訪れるはずだった。しかし幸せは訪れなかった。そして平静が無気力を引き起こした。ネオ・ヒューマンが感じる小さな喜びの大部分は、企画し整理すること、秩序だった小さなまとまりを作ること、スケールの小さなものを正確かつ論理的に移動させることにまつわる喜びである。しかしこうした喜びは不十分であることがあきらかになった。仏教で言うところの「煩悩の滅却」の実現を目指していた〈至高のシスター〉は、ネオ・ヒューマンの活力が、感情ではなく、純粋に思考（迅速さでは劣っても、より明晰《めいせき》であるがゆえ、より正確な思考。つまり解脱した思考）の継続に必要なだけの微弱な値で維持されることを期待していた。しかしこの現象はほんの小さな規模で起こったのみだった。逆に、世俗から遠く離れた我々の世代をすっかり飲み込んだのは、わびしさや、メランコリー、物憂げな、ついには死に至らせる無気力だ。その失敗を示す最も顕著な例として、僕はついにダニエル1の運命、その矛盾をはらんだ極端な道のり、彼を揺さぶった情念を（彼の苦しみ、その悲劇的な結末がいかなるものであろうとも）、羨《うらや》むようにさえなった。

数年来、毎朝目覚めると、僕は〈至高のシスター〉の奨励するとおり、仏陀《ぶつだ》がその説教で示した、事象に対する気づきの持ち方を実践してきた。「肉体の内を見てそこに留《とど》まり、外を見てそこに留まり、内外を見てそこに留まり、肉体の生じるを見てそこに留まり、滅するを見てそこに留まり、生死を見てそこに留まっている。『これが肉体だ』という内観は、知恵のため、熟考のためにあるにすぎない。よって彼は常に自由である。そして世界のなににも捕らわれてはいない」。僕は生まれてこのかた、毎瞬間、自らの呼吸、身体の運動感覚のバランス、その中枢の状態の揺らぎを意識している。ダニエル1は欲望を満たしたとき、強大な喜びに、肉体の本質の変容に飲み込まれ、とりわけペニス挿入時に別世界に運ばれるような感覚を味わったが、僕はというと、そうした喜びや、肉体の本質の変容、感覚を一度も体験したことがない。僕にはその観念さえない。そして僕はいま、このままではこれ以上生きられないと感じている。

森にしっとりとした夜明けが訪れた。そして夜明けとともに、よくわからない優しい夢が訪れた。涙まで訪れた。口に入ったそれは塩辛く、奇妙な感じがした。それから明るくなるにつれ、虫が増えてきた。そうして僕は、人間の生活がいかなるものだったかを理解しはじめた。掌《てのひら》も、足の裏も、水疱《すいほう》だらけだった。あまりの痒《かゆ》さに、十分間、僕はそれを狂ったように掻《か》きむしり、最後には血だらけになった。

その後、草の密生する地帯を進んでいるとき、フォックスが兎を捕まえた。彼は無駄のない動作でその頸骨《けいこつ》を砕いたあと、その気持ちの悪い、血まみれの小動物を僕の足元へ運んできた。彼が兎の臓器を貪《むさぼ》りはじめたとき、僕は顔を背けた。自然界はこんなふうにできているのだ。

僕らは一週間かけて、険しい斜面を通過した。僕の地図によれば、この地域はガドール山脈に該当するはずだ。手足のかゆみは鎮まった。というより僕は、夜になるとひどくなる、その持続的な苦痛に慣れてしまった。それに自分の肌を覆う垢《あか》にも、次第に強烈になる体臭にも慣れてしまった。

ある朝、夜明け近くに目が覚め、自分の近くにフォックスの温《ぬく》もりがないことに気がついた。僕はぞっとして飛び起きた。彼は数メートルのところにいた。樹の幹に、体をこすりつけながら、すごい剣幕で鼻を鳴らしている。耳のうしろ、首の付け根あたりが、刺すように痛いらしい。僕は彼のそばに寄り、その頭をゆっくり両手で捕らえた。毛を指で梳《す》くようにして、すぐに、表皮に盛り上がる幅数ミリメートルの灰色のこぶを見つけた。ダニだ。僕は動物学の本で読んだとおりの姿を認めた。当然、この寄生虫の摘出は難しい作業になるはずだ。僕はリュックサックを探って、ピンセットとアルコールの染みたガーゼを出した。フォックスは弱々しく唸《うな》り声をあげたが、処置を行っているあいだはじっとしていた。僕は肉のあいだから一ミリ、一ミリ、ゆっくりと、その生物を引っ張り出した。それは灰色の、ころころした円筒で、見るからに気持ち悪い。たっぷりと血を吸って膨らんでいる。自然界はこんなふうにできているのだ。

第二週目初日、午前、巨大な断層が、西に向かう僕の目の前に立ちはだかっていることに気づいた。断層の存在は衛星による測量データで知っていた。しかし越えられないほどの断層だとは考えていなかった。青っぽい玄武岩の断崖《だんがい》が、深さ数百メートルの谷底に向かってまっすぐ垂直に落ちている。底の様子はよくわからないが、起伏があり、黒い岩と、泥の湖が交互に並んでいるらしい。空気が澄んでいるので、十キロほど前方の対岸の崖《がけ》までよく見えた。同じように垂直にそそり立っている。

たしかに測量をもとに組み立てられた地図からは、こうした地形の起伏が、越えられるものかどうかまでは予知できないが、断層の走る正確な道筋は知ることができる。断層はかつてマドリッドがあった地域（この都市は人間同士の戦争の最終期に相次いで落とされた核爆弾によって破壊された）から、スペイン南部全域を縦断し、その後、かつて地中海だったものに該当する湖沼地帯に至り、遠くアフリカ大陸の中心まで深く入り込んでいる。唯一取れる策は、北を廻《まわ》ることだ。つまり千キロ単位の回り道をすることになる。僕はがっくりとその縁に腰を下ろし、数分間、足をぶらぶらさせた。太陽が山々の上に昇る。フォックスは僕の隣に坐《すわ》り、問いかける目でこちらを見ている。少なくとも彼の餌の問題は解決している。この地方に多く棲息する兎にはまったく警戒心がなく、そばに寄っても逃げないし、簡単に餌食《えじき》になる。おそらくもう何世代も前から天敵がいないのだろう。フォックスが祖先の野生の本能を取り戻すスピードには驚かされた。屋内の生ぬるい環境しか知らなかった彼が、大喜びで山岳の空気を吸い、山間の草原で跳ね回ることも意外だった。

日中の気温は温暖で、すでに暑いくらいだった。僕らは標高二千メートルのラーガ峠を抜けて、難なくシエラ・ネバダ山脈を越えた。遠くに、雪をかぶったムラセンの山頂が見える。それはかつて——そして地殻変動を経たいまでも——イベリア半島の最高峰である。

なお北に進むと、石灰岩の台地や丘の広がる地帯に入る。地表にたくさんの洞穴が開いている。そうした洞穴は、先史時代、はじめてこの地方に棲息した人間の住居になり、その後、スペイン・レコンキスタ運動に追われたイスラム教徒の生き残りの隠れ家になり、二十世紀にはレクリエーション施設や、ホテルにしつらえられた。僕は昼間そうした場所で休息を取り、日が暮れてから歩くのが習慣になっていた。三日目の朝、僕ははじめて野人の痕跡——火の燃えあと、小動物の骨——を認めた。連中は洞穴にしつらえたホテルの客室の床で直接火を熾《おこ》したらしい。カーペットが黒こげになっていた。ホテルの厨房《ちゅうぼう》に行けばグラスセラミックのコンロがそっくり残っているのだが——連中にはその使い方がわからないのだった。人間のつくった施設のほとんどが、数世紀を経たいまでも使用可能であるという事実（もう使用する人間もいないのに、発電所は数千キロワットの電力を勝手に供給しつづけている）は、僕を驚かせてやまなかった。人類に由来するすべてのものに敵意を持ち、旧種との完全な断絶を望んだ〈至高のシスター〉は、かなり早い時期に、ネオ・ヒューマンの領土に、独立したテクノロジーを開発することを決め、赤字が嵩《かさ》み、荒廃し、国民の衛生上の要求にも応えられなくなりそうな国家から、徐々に土地を買収した。その際、もとからあった人間の施設はそっくり打ち捨てられた。それらの機能がこんなに長く動きつづけているというのは、やはり驚くべきことだ。他の部分はどうあれ、人間は発明の才のある哺乳類《ほにゅう》であったにはちがいない。

ネグラティン・ダムに着き、一息ついた。いくつもの巨大なタービンがゆっくりと回転している。せっかくつくられた電力も、グラナダ－アリカンテ間のハイウェイに並ぶなんの役にも立っていないナトリウム灯を光らせているにすぎない。ひびが入り、一面砂まみれになった堤防には、そこらじゅうに草や灌木《かんぼく》が生えている。貯水池のターコイズブルーの水面を見下ろすように建つかつてのカフェレストランのテラスには、錆《さび》に覆われた金属製の椅子やテーブルが並んでいる。僕はその真ん中で、数世紀前にここで繰り広げられたであろう催しや、宴会、親戚《しんせき》の集まりなどに思いを馳《は》せ、自分でも思いがけず再び郷愁に捕らわれた。その反面、人間に生きる資格がなく、その種の絶滅はあらゆる観点から福音であったと、かつてないほどに意識した。ただそれでも、あちこちが欠け、朽ちかけたその痕跡に、忍びないものを感じるのもたしかだ。

「不幸を生み出す条件はいつまで続くのか?」〈至高のシスター〉はその書『人間に対

する第二の反証』の中で自らに問いかけている。「不幸を生み出す条件は」彼女はすぐに答えを出す。「女性が子供を産みつづけるかぎり続く」人間の抱えていたあらゆる問題の解決の糸口をつかむには、まずは地球の人口密度を思い切って減らすことが先決だったのだと、〈至高のシスター〉はおしえる。二十一世紀初頭、ヨーロッパでは出生率の低下、アフリカでは疫病とエイズ流行という形で、歴史上めったにない人口減少のチャンスが訪れた。人間はこのチャンスを、大量の移民政策という選択を取ることで、台無しにした。その結果、民族闘争の全責任を負うことになり、ひいては宗教戦争の全責任まで負うことになった。そしてそれが〈第一減少〉の始まりを引き起こすことになる。〈第一減少〉のその長く不明瞭《ふめいりよう》な時期の歴史は、現在、数少ない研究者を通してしか知られていない。彼らがみな主に拠《よ》り所にしているのは、ラベンスバーガーとディキンソンの著した全二十三巻からなる、かの厖大《ぼうだい》な『北半球の文明の歴史』である。比類なき情報量を持つこの書物は、ときとして、その検証に厳密性が欠けると看做《みな》されることもあった。とりわけホルサ*との関連づけにページを割きすぎるという批判が多かった。ペンローズによれば、彼らのホルサに関する記述は、厳密な意味での歴史的事実というより、その武勲詩からの文学的影響、あるいは規則的な韻律への嗜好《しこう》に由来するものである。たとえばペンローズの批判は次のようなくだりに集中した。

*ジュート族の首長、四五〇年ごろ兄とともにブリテン島に侵攻。

北海に浮く三つの島が氷に閉ざされる
最も優れた理論もみなばらばらなことを言う
噂では、どこかで湖が決壊したと聞く
そしてかつて沈んだ大陸が浮かび上がる。

妖しげな占星術師が地方をめぐり
極北の神の復活をふれてまわる
彼らはケンタウロス座のアルファの栄光を告げ
いにしえの帝王の血統に服従を誓う。

ペンローズによれば、このくだりは、地球の気象の歴史について我々が知っていることと、あきらかに矛盾する。しかしながらより詳細な研究によって、文明崩壊の始まりの特徴が、予想もつかないほど突発的に起こった気温の変化にあったことが示された。〈第一減少〉、つまり二つの水爆が引き起こした北極および南極の氷解が、チベット以外のアジア全土を海に沈め、ほんの一世紀後には地球上の人口を二十分の一に減らしたのだった。

他の研究であきらかになったのは、この激動の時期に、大昔の西欧の民間信仰や、行動、たとえば占星術だとか、未来を占う魔法、王朝のヒエラルキーへの忠誠などが復活したことだ。都市や田舎における部族の再構成や、野蛮な信仰や風習の復活、人間文明の消滅は、少なくともその初期は、二十世紀末に、さまざまなSF作家が予測したことにかなりよく似ていた。人類を待ち受けていたのは、粗暴で、野蛮な未来だった。最初の混乱が起こる前からそれに気づいていた人間は多くいる。こうした不安な未来を予見する、たとえば〈メタル・ユルラン〉*のような出版物もいくつかあった。しかし、こうした早すぎた予見が、実践に活《い》かされることはなく、なんとかしようという気運さえも起こらなかった。人類はその粗暴な宿命を全うし、最終的に絶滅する運命にあったのだ、と〈至高のシスター〉は説く。たとえ彼らを救うことが望ましいことだったとしても、どうやっても彼らを救うことはできなかっただろう。ネオ・ヒューマンは、鉄壁のセキュリティ・システムに守られた領土に結集し、信頼性の高められた再生システムと、独立したコミュニケーション・ネットワークを持つ小さな社会をつくり、この試練の時期を難なく乗り越える。彼らは〈大乾燥〉と相関関係にある〈第二減少〉も同様に難なく生き延びる。それからのネオ・ヒューマンの社会は、人間の知識を破壊や略奪から守り、機会あるごとに、それを適度に補完し、次第に、中世に修道院が担っていたような役割を演じるようになる——ただし、それは人間を将来的に蘇《よみがえ》らせるためではなく、できるかぎりその絶滅を促進するためであった。

＊一九七〇年代にBD作家メビウスが中心になって創刊したコミック誌。

僕らはそれから三日間、白く乾いた台地を歩いた。植物は次第に少なくなり、水や獲物になる動物に出遭う機会も減ってきた。それで僕は東に向きを変え、断層の道筋から離れることにした。グアルダル川の流れに沿って進み、サン・クレメンテのダムに着いた。その後、セグラ山の獲物の豊富な涼しい木陰を見つけたときは、やったと思った。旅を続けるにつれ自覚するようになったが、僕には、この体の生化学組織のおかげで、自然界では例を見ない並外れた抵抗力、さまざまな環境に対応できる順応力がある。僕はこれまでのところ、大型の捕食動物のいかなる痕跡も認めていない。だから僕が毎晩、寝床をつくったあとに火を熾すのは、どちらかといえば、人間の古い習慣を偲《しの》んでのことだった。フォックスは実に簡単に、人間と暮らしはじめて以来の犬本来の特性を取り戻した。犬が人間と暮らしはじめたのが、数千年前、その後、彼らはネオ・ヒューマンと暮らすことになる。冷たい空気が山頂から降りてくる。僕らがいるのは標高二千メートルのあたりだ。フォックスはじっと炎を見つめ、おきが赤くなるころ、僕の足元に体を横たえる。完全には眠らない。わずかな危険でも察知すれば、すぐに飛び起きる。主人を、家を守るためなら敵も殺すし、自分の命だって捨てる覚悟だ。ダニエル1の物語をあれほど熱心に読んだにもかかわらず、僕はあいかわらず人間が「愛」という言葉で語ろうとしたものを完全には理解していない。僕は人間がその言葉に与えていた、たくさんの、矛盾しあう意味の全体像を捕らえられない。性をめぐる争いの残忍さや、うち捨てられた心の耐え難い痛みは理解できる。しかし彼らがなにをもってして、矛盾しあう願望をひとつにまとめられると思えたのかが、あいかわらずわからない。それでもこの数週間、スペインの山岳地帯と内陸を旅してきて、僕はかつてないほどに、人間がその言葉に当てていた最も高尚な意味での、愛するという感情に近づいた。僕個人はかつてないほどに、ダニエル1の最後の詩に表現を借りるなら、「人生でいちばんすばらしいもの」に近づいた。そして僕は理解する。こうした感情への郷愁こそが、マリー23を、そんなにも遠く離れた場所から大西洋の対岸へと、旅立たせたのだ。実をいえば僕もまた、同じくらい不確かな道に駆りだされているのだ。しかし目的地にたどり着けるかどうかは、もうどうでもよくなってしまった。結局のところ、僕の望みは、フォックスといっしょに野を越え山を越え、旅を続けるということだ。朝、目覚めを実感し、冷たい川で水浴びをし、数分間甲羅干しをし、夕暮れには星明かりの下でいっしょに焚《た》き火をする、そういうことをまだまだ続けたい。僕は無垢《むく》な状態、葛藤《かっとう》のない、留保のない精神状態にたどり着いた。もはや計画も目的もなかった。そして僕の個体性は、際限なく続く日々に溶けていった。僕は幸せだった。

僕らはセグラ山の次に、それより標高の低いアルカラス山に登りはじめた。歩きはじめからの正確な日数を数えるのはやめてしまった。しかしアルバセテが見えたのは、八月の初旬あたりだと思う。押しつぶされそうなくらいに暑かった。断層の走るルートからはずいぶん外れていた。もう一度合流しようと思ったら、真西に向かい、二百キロ以上、植物もなく、避難場所もないラ・マンチャ台地を横断しなくてはならない。あるいは、北を回って、クエンカ付近に広がる森林地帯に入るかだ。その後、カタルーニャ地方を横断し、ピレネー山脈に至る。

僕はこれまで、ネオ・ヒューマンの生活において、一度も、決定や自発的な行動を迫られたことがなかった。それは僕にとっては完全に未知のプロセスだった。〈至高のシスター〉は『平穏な生活のための手引』の中で、個人の自発的な行動が、意思や、執着、欲望の母胎であると述べている。彼女の仕事を受け継いだ〈七人の創始者〉が、人生に起こりうる全状況を網羅するフォーマットづくりに勤《いそ》しんだのもそのためだ。もちろん、彼らの狙いはまず、人間の人生記全体をとおして彼らがきわめて有害だと認めた二つの要素、金銭とセックスを終わらせることだった。同様に、あらゆる政治的な選択という概念、彼らの言うところの「まがいものでありながら激しい」情熱の根源を追い払うことだった。しかしこうした除去がいかに必要不可欠な前提条件だとしても、それだけではネオ・ヒューマンが、彼らが頻繁に挙げる「現実のあきらかな中立性」に至るためには不十分だと、彼らは考えた。同時に建設的な指導のための具体的なカタログを提供するのが望ましい。〈七人の創始者〉は『セントラルシティ建設序論』（意義深いことに、この本にはネオ・ヒューマンの著作物としてははじめて、著者名がない）の中で、個人の行動は「冷凍庫の機能と同じくらい予測しやすい」ものになるべきだ、と述べている。指導要領の編集の際に、彼らが文体上、なにより参考にしたのは、人間の文学的所産よりも、「サイズ、精密さとも中程度の、家電製品の使用カタログ、とりわけビデオデッキJVC HR-DV3S／MSのそれ」だ。彼らはまず、ネオ・ヒューマンも人間も、サイズ、精密さとも中程度の理性的哺乳類と看做すことができると述べている。したがって変化のない生活においてであれば、全行動をリストにまとめることも可能だ。

リスト化された生活から外れた僕には、当てはまる図式もなくなってしまった。そうしてほんの数分、石灰岩でできた山の上にしゃがみこみ、足下に果てしなく広がる白い平原を見つめるうち、個人の選択が苦悶を伴うものであることを知った。同時に――そして今度こそ――はっきりと自覚した。それがどんな社会であれ、僕は別に霊長類の社会に合流したいと思っていない。もはや、そしておそらくこれまでだってそんなことは望んでいなかったのだ。深く迷うでもなく、内的な重力に体が傾《かし》ぐように、結局はより重いほうに傾くように、僕は北へ向かうことを決めた。ラ・ロダを少し過ぎたあたりで、森と、アラルコン・ダムのきらめく湖面に気がついた。フォックスは僕の隣を嬉しそうに歩いている。このとき、自分はけっしてマリー23にも、他のどんなネオ・ヒューマンにも出会うことはないと悟った。そしてそれをそこまで残念だとも思っていない自分に気がついた。

僕は日暮れ過ぎに、アラルコンの村に着いた。湖面に映った月がゆらゆらと揺れている。最初の集落に差し掛かったとき、フォックスがその場で固まり、低い唸り声をあげた。僕は動きを止めた。なんの物音も聞こえない。僕のそれより鋭いフォックスの嗅覚《きゅうかく》が頼りだ。雲が月に掛かる。右にカサカサいう音が聞こえた。再び月が顔を出し、僕は人の形を認めた。背中の曲がった、ゆがんだ体つきの人影が、二軒の家のあいだにするりと消える。跡を追っていこうとするフォックスを押さえた。そして再び中央の大通りを上りはじめた。それはもしかしたら向こう見ずな行動だったかもしれない。しかしとにかく野人と接触した者の証言によれば、野人はみなネオ・ヒューマンに正真正銘の恐怖を抱くらしい。どのケースでも、野人の最初のリアクションは、逃げ出すことだ。

アラルコンの城砦《じょうさい》は、十二世紀に建設され、二十世紀にパラドールに改築された。観光客向けの看板には擦り切れた文字でそう書かれている。巨大な要塞《ようさい》はいまだに威厳を残している。村を見下ろす位置に建っており、そこからなら四方数キロメートルを監視できるにちがいない。僕はそこで夜を過ごすことに決めた。ざわめきや暗闇に消える人影は気にしない。フォックスはあいかわらず唸り声をあげている。僕は彼を抱きかかえてようやく落ち着かせた。僕は次第に確信を強くした。こちらの接近を十分に大きな音で知らせてやれば、野人は僕とのまともな衝突を避けるはずだ。

城砦の内部には、いたるところに最近使われた跡が残っていた。大きな暖炉には、火も燃えており、薪《まき》のストックもあった。とにかく、人間の発明のうちでも最古の発明のひとつである、その秘儀は失われなかったということだ。部屋部屋をざっと探索して、どうやら野人の取り柄はほとんどそれだけだとわかった。野人によるこの建物の占拠を示すものは、まずは無秩序、悪臭、床に転がる乾いた糞《くそ》だ。精神活動を示すものはなにもない。知的活動も、芸術活動も見当たらない。数少ない野人の歴史の研究者の下した結論のとおりだ。文化的伝承という伝承がすべて欠如したため、彼らは電撃的スピードで失墜した。

要塞の厚い壁は保温にすぐれている。僕は大広間に寝床をつくることにした。暖炉のそばにマットを敷くだけにした。物置で清潔な毛布の山を発見した。いっしょにカービン連発銃を二挺《ちょう》、それに厖大な弾のストックと、銃の手入れ道具を一式見つけた。地形的に起伏が多く、樹木に覆われたこの地方は、人間の時代には、恰好《かっこう》の猟場だったのだろう。いまはどうかわからない。ただ旅をはじめて数週間でわかったことだが、とにかく数種類の生物は、津波、旱魃《かんばつ》、核の冬、河川の汚染、この二千年に惑星をたてつづけに襲ったあらゆる大災害を、生き延びていた。あまり知られてはいないが意味深い事実に、人間の文明の最後の数世紀に、奇怪な自虐思想に着想を得た社会運動、いわゆる「エコロジスト」が西ヨーロッパに出現したという事実がある。名前は同じでも科学のそれとはあまり関係がない。それらの運動は、人間の暴挙から「自然」を守る必要性を訴え、その進化の度合いにかかわらず、あらゆる生き物には平等に地球を占拠する「権利」があると主張した。こうした社会運動の信奉者の何割かは、実際、常に人間よりも動物の味方であり、とある大陸の住民を打ちのめす飢餓のニュースより、とある無脊椎《むせきつい》動物の絶滅のニュースにより心動かされたようだ。いまの我々には、この「自然」だとか「権利」といった、人間が実に軽率に取り扱っていた概念をうまく理解できない。ただそうした最後のイデオロギーに我々が見いだすものは、自らに銃口を向けたい、不適切だと感じる自らの存在を滅ぼしたいという人間の欲望の徴候だけだ。ともあれ「エコロジスト」は、生物界の適応能力、つまり破壊された世界の瓦礫《がれき》の上に新しいバランスを再び築きあげるそのスピードを、あまりにも過小評価していた。僕の先輩である初期のネオ・ヒューマン、たとえばダニエル3やダニエル4は、狼や熊の棲《す》む深い森が、かつてのコンビナート跡に急速に繁茂していくのを見て、軽い皮肉の念を感じると強調している。人間が事実上滅び、彼らの過去の支配がノスタルジックな遺跡でしかなくなったときに、ダニ類や、昆虫類の驚くべき生命力を認めるとは、滑稽《こっけい》な話でもある。

僕は平和な夜を過ごし、夜明け前に目を覚ました。湖面に日が昇るのを眺めながら、フォックスを連れて要塞の上の道を一巡した。野人は村を離れ、湖畔まで後退したようだ。次に僕は城を隅々まで探索し、人間の製造物を数多く発見した。なかには保存状態の良好なものもあった。電子部品や、停電時データ保存用リチウム電池が内蔵されている機械はみな、数世紀の時のあいだに取り返しのつかないダメージを受けていた。そこで携帯電話や、コンピュータ、電子手帳には手をつけなかった。しかし機械や光学部品だけでつくられた器具は、そのほとんどが良好な状態で残っていた。僕はしばらくのあいだ一台のカメラをいじって遊んだ。マットな黒メタルのボディのローライフレックス二眼レフだ。フィルムを巻きあげるクランクはすんなりと回る。つまみを回して数字に合わせれば、シャッタースピードが調節でき、シャッター羽根が衣擦《きぬず》れのような音をたてて開閉する。カメラ用のフィルムと、現像室が残っていたら、きっと見事な写真が撮れただろう。日がじりじりと気温を上げ、湖を照らしはじめた。僕はしばし恩寵《おんちょう》と忘却について考えた。人間が持っていた最良のもの、技術面の創意工夫について考えた。かつて人間があれほど誇った文学的芸術的所産は、いまとなっては、なにひとつ残っていない。作品に命を与えていたテーマもすっかり正当性を失った。感動を呼ぶ力も消えた。人間があれほどしのぎを削り、そのためときには命も捨て、しばしば殺人も犯した、哲学や神学の体系だって、いまとなっては、なにひとつ残っていない。そんなものは、ネオ・ヒューマンの心のどこにも響かない。そんなものは我々の目から見れば、偏狭でまとまりのない、勝手気ままなたわごと、簡潔で、単に役に立つ概念ひとつ組み立てることのできないたわごとにすぎない。しかし人間の技術面での生産には、いまだにすごいと思わせるものがある。この領域こそが、人間が自分の最も良い面を発揮した、自分たちの根源的な本性をよく示した領域だ。その実用性の優秀さという点で、人間はネオ・ヒューマンが特に付け加えるべきもののない域にまで造作なく到達している。

しかしながら僕個人の技術面での必要は、非常に限られている。僕は高倍率の双眼鏡と刃幅の広いナイフだけを取り、ナイフは腰のベルトに差した。とにかく、このさき旅を続けていけば、まあ続けていけばの話だが、危険な動物に出会うこともあるかもしれない。午後になって平野上空に厚い雲がかかり、程なく、雨が降りはじめた。雨は、長く連なる歩みののろい、重たいカーテンになった。雨粒が城の中庭に叩《たた》きつけ、鈍い音をあげる。日暮れ前になって僕は外に出た。道はぬかるみ、歩けない状態だった。僕はこのとき、季節が夏から秋に変わろうとしていることを知った。そして数週間、もしかしたら数ヶ月間、ここから動けそうにないとわかった。気温が下がり空気が乾燥する冬のはじまりを待とう。狩りができるだろう。大鹿や子鹿を撃って、暖炉で焼く。さまざまな人生記をとおして知っているそういうシンプルな暮らしを送るんだ。フォックスはきっと喜ぶだろう。彼の遺伝子にはシンプルな暮らしの記憶が書き込まれている。僕に必要なのは、無機塩のカプセルだ。しかしストックはまだ半年分ある。その後は海水を探さなくてはならない。海がまだあり、そこに辿《たど》りつけるとすれば、である。さもなければ、僕は死ぬだろう。僕の人生への執着は、人間の基準からすれば、それほど高くない。〈至高のシスター〉のおしえは、すべてが解脱という発想に向かっているからだ。僕は本来的な世界を再発見した。すべてが生き残りを目指し、種の保存を目指す世界の中で、自分は場違いな、いてもいなくてもいい存在だ、という気がする。

夜半に目が覚め、湖のほとりで火が燃えているのを見つけた。その方向に双眼鏡を向け、野人の群れを発見してショックを受けた。こんなに近くで彼らを見かけるのははじめてだった。アルメリア地方に棲息していた野人とは様子がちがっている。こちらのほうが体格ががっちりしており、肌の色も白い。最初に村に入ったとき見かけた奇形は、例外だったのだろう。数は三十匹ほど。火の周りに集まり、革製のぼろ（おそらくは人間の製造物）を纏《まと》っている。長く見ているのに耐えられなかった。僕は寝床に戻り、再び横になり、暗闇で少し身震いした。フォックスはぎゅっと僕に身を寄せ、僕が落ち着くまで、鼻面で僕の肩をつっついた。

あくる朝、城砦の門のところで、頑丈なプラスチック製のスーツケースを見つけた。これも人間の製造物だろう。いかなるテクノロジーも発達させていない野人には、どんな道具もまともに製造することはできない。連中は人間の産業の残骸《ざんがい》の上で暮らしている。そしてそこらじゅうの人間の居住区跡から、とりあえず使い方のわかる道具を見つけてきて、それを利用しているだけだ。僕はスーツケースを開けた。どういう性質のものだか僕にはわからない植物の塊茎、それから焼いた肉の塊が入っていた。これで野人がネオ・ヒューマンのことをまるで知らないということがはっきりした。どうやら彼らは、僕の新陳代謝が彼らのそれとちがうということ、こうした食糧が僕にとってはなんの役にも立たないということすら知らないらしい。しかしフォックスは肉の塊をがつがつと食べた。とにかくもうひとつこれではっきりしたのは、彼らが僕を非常に恐れているということだ。彼らは僕と仲良くしたい、少なくとも敵にはしたくないと思っている。夜になり、僕は空っぽのスーツケースを門のところに出した。僕が供物を受け取ったことを示すためだ。

翌日から数日間、これと同じことが繰り返された。昼のあいだ、僕は双眼鏡で野人の行動を観察する。僕は連中の外見、その皺《しわ》の刻まれた粗野な顔や剝《む》き出しの生殖器に、少し慣れた。彼らは猟をしていないときはほとんど、寝るか、交尾をしていた――ただし恩恵に与《あずか》れる者は限られている。部族に厳しい上下関係があることは、観察を始めてすぐにわかった。族長は、毛の白くなりかけた四十歳くらいの雄だ。これが、胸板の厚い二匹の若い雄を連れている。彼らが群れの中でもずば抜けて背が高く、がっちりしていることがわかる。雌と交尾できるのは彼らだけだ。雌は相手が三匹の支配者のうちの誰かであれば、四つ這《ば》いになって、陰門を見せる。しかし他の雄が近づいてくると、乱暴に追い払う。族長はいかなる場合においても、他の二匹より優位にあるようだが、二匹の側近のあいだには、はっきりとした上下はなさそうだ。族長のいないときは、彼らは交互に、ときには同時に、さまざまな雌に交尾の相手をしてもらう。部族に年寄りは一匹もいない。長生きしても五十が限界らしい。結局のところ、組織形態は、かなり人間の社会に、とりわけ大きな統合システムが消えて以降の終末期の人間社会に近い。こんな世界の中でなら、ダニエル1も違和感を感じなかったにちがいない。自分の立ち位置は簡単に見つかったはずだ。

要塞に入って一週間後、いつものように城の門を開けた僕は、スーツケースの横に、かなり肌色の白い、黒いぼさぼさ頭の野人の若い雌を発見した。革のスカート以外なにも身に着けていない。体じゅうに、青と黄の塗料で荒々しく線が引かれている。雌は近づいてくる僕を見て、こちらに向き直り、スカートをまくりあげ、身体を反らせて、性器を見せた。フォックスが臭《にお》いを嗅《か》ごうと雌に近づいたとき、雌の四肢が震えはじめた。しかし雌は姿勢を変えなかった。僕がいつまでも動こうとしないので、ついに雌は僕のほうに顔を向けた。僕は雌に合図して、僕に付いて城の中に入るよう指示をした。

僕はかなり困っていた。もし僕がこの新しいタイプの供物を受け取れば、このさき毎日同じことがくり返されるだろう。また、この雌は僕に追い返された場合、仲間からひどい目に遭わされるのだろう。雌は見るからに怯《おび》えている。おろおろした目で、僕の反応を窺《うかが》っている。とにかく完全に頭だけの知識ではあっても、人間の性行為の手順はわかっている。僕は雌にマットを指差した。雌は四つ這いになって、構えた。僕は仰向けになるように指示した。雌は命令に従い、股《また》を大きく広げ、それから驚くほど毛まみれの穴の上で手を動かしはじめた。大幅に衰弱したとはいえ、ネオ・ヒューマンにも、人間のそれとほとんど変わらぬ欲望のメカニズムが残されている。そして日常的に手淫《しゅいん》を行うネオ・ヒューマンがいることも知っている。僕も何年か前に一度試してみたことがある。具体的になんのイメージも思い描けぬまま、とにかく触感だけに意識を集中させた——かすかな感触があっただけで、それきり、もう一度試してみようという気にはなれなかった。それでも僕はズボンを脱いだ。性器をいじって、丁度よい硬さにするつもりだった。雌は満足げな唸り声をあげ、より活発に穴をこすった。雌に近づいていき、その股間が放つ激臭に襲われた。僕は旅に出て以来、ネオ・ヒューマンの衛生習慣を失っており、僕の体臭は、少し強くなっている。しかし野人の性器が放つ悪臭はそれとはまったく別物だ。それは糞と腐った魚が混じりあった臭いだった。僕は反射的に後ろに退《さ》がった。雌は途端に身体を起こした。雌は再びすっかり不安に捕らわれて、僕のほうに這って迫ってきた。僕の性器の高さまで、その口を近づけた。股間ほどではないが、それでもものすごく臭かった。歯は小さく、ぼろぼろに傷み、黒い。僕はそっと雌を押しのけ、ズボンを穿《は》き、雌を城門の外まで連れていき、戻ってくるなと手で示した。あくる日、僕は、自分のために置かれたスーツケースを取りにいかなかった。結局、これ以上野人と親しくしないほうが得策だと思った。フォックスに餌が必要なら狩りをすればいい。獲物は豊富だし、向こうは狩りに慣れていない。野人の数は少ないし、彼らは弓矢以外の武器を使わない。僕の二挺の連発カービン銃は決定的な切り札になるだろう。翌日さっそく、僕ははじめて要塞の外に出た。城の堀で草を食べていた子鹿を二頭仕留め、フォックスを大喜びさせた。短い鉈《なた》で、骸《むくろ》から腿《もも》を二本だけ切り取り、あとはそこで朽ちるにまかせた。これらの獣は、所詮《しょせん》、寿命の短い、いい加減で、不完全な機械だ。これらには、ローライフレックス二眼レフカメラが持つあの頑丈さも、優雅さも、機能の完璧《かんぺき》さもない。命の飛び去った丸い眼球を見つめながら、僕は思った。あいかわらず雨が降っているが、雨足は弱く、道も通れるようになりつつある。霜が降りるころになったら、西に向かって出発しよう。

その後の数日、僕は湖を取り囲んでいる森をもっと奥深くまで探検した。高い樹々が空を覆い、背の低い草が地に蔓延《はびこ》っている。そこここに木漏れ日が落ちている。ときどき、茂みの奥のほうから、がさがさ物音が聞こえてきたり、フォックスの唸り声にびくっとさせられたりすることがある。野人がそこにいることも、自分が彼らの縄張りの中を歩いていることも、そして彼らが姿を見せようとしないであろうこともわかっている。彼らは銃声が怖いはずだ。それもそのはずで、いまや僕はカービン銃の使い方をしっかりとマスターし、すぐに弾丸を装塡《そうてん》することができた。その気になれば連中を虐殺することだってできるだろう。ひとりで抽象的な生活を送っていたころに、ときどき僕を苦しめた迷いは、いまはすっかり消えていた。僕がいま相手にしているのは、有害で、不幸で、残酷な生き物なのだ。僕がいつか愛、あるいはその可能性を見つけるとしても、それは彼らのあいだにではない。彼らのあいだには、我々の祖先の人間の夢の肥やしだったであろういかなる理想も見当たらない。彼らは所詮、並の人間の最も善くない性質を誇張した残滓《ざんし》にすぎない。それは、すでにダニエル1が熟知していた人間の性質であり、彼がその消滅を望み、計画し、実際、かなりの程度まで消滅させるにいたったものでもある。数日後、野人によって催された一種の祭りをとおして、僕はその確信を新たにした。満月だった。僕はフォックスの吠える声で目を覚ました。荒々しい太鼓のリズムが耳にこびりつく。僕は双眼鏡を片手に、城の中央の塔のてっぺんに登った。森の空き地に、部族が全員集合している。大きな火が焚かれている。みなひどく興奮しているらしい。祭りを取り仕切る族長は、壊れた自動車のシートのようなものに深々と腰掛けている。彼は「Ibiza Beach」と書かれたTシャツを着て、ハーフブーツを履いている。太腿と性器はむき出しだ。彼の合図とともに、音楽のテンポが遅くなり、部族の者たちが輪になって、闘技場のような空間をつくる。輪の中心に、族長に仕える例の二匹の側近が、突いたり引きずったりしながら、老いた野人を二匹連れてくる——部族の最長老だ。おそらく六十は過ぎているだろう。彼らは丸裸だった。そして先の短い、幅の広いナイフを持たされている——僕が城の物置で見つけたナイフとまったく同じものだ。闘いは最初、静まりかえった中で展開した。しかし一度血が飛び散ると、野人たちは途端に歓声を上げ、口笛を吹き、戦っている者たちに発破をかけはじめた。僕はすぐに、それが死を懸けた闘いであることを理解した。より生きる力のない者を排除するのが目的だ。闘っている者たちは、容赦なく斬りあい、顔や、痛みを感じやすい場所を狙おうとする。最初の三分が過ぎ、一度休憩が入った。二匹はそれぞれ闘技場の端でしゃがみこんだ。汗や血をぬぐい、水をごくごく飲む。太ったほうの剣闘士がひどく苦しそうだ。彼はかなり出血している。族長の合図で、闘いが再開された。太ったほうの剣闘士はふらふらと立ち上がった。ものの一秒のうちに、対戦者は彼に飛びかかり、その目にナイフを突き立てた。彼は地面に倒れた。顔が血まみれだった。そして争奪戦が始まった。雄も雌もナイフを振り上げ、雄たけびを上げながら、敗者に駆け寄った。敗者はなんとか安全な場所へ逃げようと地べたを這う。同時に、再び太鼓が鳴りはじめる。最初のうち、野人たちは切り分けた肉を火で焼いていたが、熱狂が高まるにつれ、彼らは直接敗者の体にかぶりつき、喉を鳴らして血を飲みはじめた。血の臭いが、ますます彼らを酔わせるらしい。数分後、先ほどの太った剣闘士は、もはや血まみれの残骸となり、数メートルに亘《わた》って野原のあちこちに散らばっていた。頭部だけは刺された片目以外、無傷のまま、横向きに置かれていた。側近の一匹が、その頭を拾い、族長に差し出した。族長は立ち上がり、それを星空に掲げた。太鼓の音が再び止む。野人たちが、不明瞭な歌のようなものを口ずさみ、両手をゆっくりと打ち鳴らす。これは団結の儀式なのだろうと、僕は思った。こうやってグループの結束を強めているのだ——同時に弱者や病人の厄介払いもできる。すべては僕が人間について知っていることと、十分に一致するようだ。

目覚めると、草原に薄《う》っすらと霜が降りていた。僕は午前いっぱいかけて、旅の準備をする。これが僕の長い旅路の最後の段階であれと願う。フォックスは、部屋を行き来する僕のうしろで、ずっと大はしゃぎだった。西への旅を続けるなら、いまより平坦で、気温の高い地域を横切ることになる。サバイバル毛布はもう要らない。なぜだかはっきりとはわからないが、僕はランサローテに向かうという当初の計画を再開するつもりになっていた。あいかわらずネオ・ヒューマンのコミュニティに出会うという考えには、あまり魅力を感じなかった。それにそうしたコミュニティの存在を示すさらなる手がかりが得られたわけでもなかった。おそらく僕にとって、たとえフォックスがそばにいるとしても、たとえ野人を怖がらせているのが僕のほうであり、彼らのほうはなるべく僕と一定の距離を保ちたいはずだとしても、昨夜のことがあってから、このまま死ぬまで野人の蔓延る地域で生きるという考えが、耐えられないものになってしまったのだ。僕はこのとき、自分が残った可能性をひとつひとつ消していっていることに気がついた。もしかしたらこの世界には、僕にふさわしい場所はないのかもしれない。

　僕は長いこと二挺のカービン銃の前で迷った。それらは嵩張るし、歩くのに邪魔だ。自分の身の安全については少しも不安はない。しかしこれから向かう場所で、フォックスが簡単に餌を捕れるかどうかは定かではなかった。彼は前脚に頭を載せ、まるで僕がなにを迷っているのかを知っているかのような目で僕の動きを追う。僕が短いほうのカービン銃を取って立ち上がり、予備の弾を一箱リュックに入れた時、フォックスは嬉しそうに尻尾を振って、立ち上がった。彼は猟に味をしめているようだった。そしてそれはある程度僕にも当てはまるかもしれない。僕はいままでは動物を殺すこと、彼らを現象から解放してやることに、ある種の悦《よろこ》びを覚える。頭では誤りだとわかっている。なぜなら解脱は修行によってしか得られないからだ。この点についての、〈至高のシスター〉のおしえはこれまで以上に確実なものに思われる。しかし僕はたぶん、最も悪い意味で人間らしくなったのだ。いずれにせよ、有機生命の形を完全に破壊することは、道徳律の完成への一歩である。未来人の到来を待望しつづけるのであれば、同時に、同胞たちに、あるいはそれに近い者たちに合流できるよう努力しなくてはならない。リュックの口を閉めながら、僕は再びマリー23のことを思った。彼女は愛を求めて旅に出た。そしておそらくそれは見つかっていない。フォックスは僕のまわりではしゃいでいる。再び旅に出られると大喜びだ。僕は森と平野を見まわした。それから心の中で、生き物の解放のために祈りの言葉を口にした。

正午前だった。外は暖かく、暑いくらいだった。霜は残っていない。まだ冬ははじまったばかりだ。そして僕らはこれっきり寒い地方をあとにする。僕はなぜ生きているのだろう？　僕はほとんどどこにも帰属していない。出発を前に、最後にカービン銃を持って湖のまわりを散歩することにした。猟をするためではない。まさか獲物を持って旅に出るわけにもいくまい。僕はただ、平野の旅に入る前に、最後にフォックスに思う存分、茂みのなかで遊ばせ、下生えの臭いを嗅がせてやろうと思ったのだった。

世界がそこにあった。森とともに、草原とともに、無垢なままの動物たちとともに——それは歯と足のついた消化器官だ。彼らにとって生きるとは、他の消化器官を探すこと、それを喰《く》って、自分の貯蔵エネルギーにすることだ。朝、僕は野人の陣を観察していた。ほとんど全員が、昨夜の血まみれの狂乱騒ぎのあと、強烈な高揚感に満たされて、ぐっすりと眠っていた。彼らは食物連鎖の頂点にいる。彼らを喰らう捕食動物は数少ない。だから彼らは、自分たちで老いた者、病んだ者を抹殺しなくてはいけない。部族の健康を守るためだ。自然淘汰《とうた》を当てにできないことから、彼らは同時に自分たちで社会システムを運営し、雌の陰部への接触を制限しなくてはいけない。種の遺伝上の財産を維持していくためだ。すべては自然の摂理に従っている。そしてその日の午後は妙に暖かかった。フォックスが茂みを探索するあいだ、僕は湖畔に腰を下ろした。ときどき魚が跳ねる。水面に波紋が広がり、岸までたどりついて消える。どうして自分がネオ・ヒューマンの抽象的な、ヴァーチャルな社会を離れてしまったのか、だんだんわからなくなる。情熱に欠ける我々の生活は、老人のそれと同じである。我々は世界に、思い入れのない明晰な眼差しを注いでいた。動物の世界も、人間社会も、すっかり解き明かされている。そこにはいかなる謎も隠されてはいない。このさきもそこにあるのは、殺戮《さつりく》の繰り返し、ただそれだけだ。「かくして、かくある」軽い催眠状態に陥るまで、僕はその言葉を機械的に何度も何度も繰り返した。

二時間と少し時間が経ち、僕は立ち上がった。たぶん、気持ちは静まった。いずれにせよ旅を続ける踏ん切りはついた――おそらくは挫折《ざせつ》に終わるし、それで死ぬことになるだろうが、それも承知の上だ。僕はフォックスの姿が消えてしまったことに気がついた――きっとなにかの臭いを追って、茂みの奥へ入ってしまったにちがいない。

僕は三時間以上、湖の周囲の茂みを歩きまわった。ときどき名を呼んで、反応を待つが、返事はなく不安になる。そのうちに日が暮れはじめた。すっかり暗くなってから、僕は矢に射貫《いぬ》かれたフォックスの骸を見つけた。ひどく恐ろしい死だったにちがいない。すでに曇りガラスのようになったその瞳《ひとみ》は恐慌を映していた。残酷な行為の仕上げに、野人は彼の耳を切り取った。僕に見つかるのを恐れて焦ったにちがいない。乱暴な切断で、フォックスの顔や、胸には血が飛び散っている。

両足から力が抜けた。僕は小さな相棒の遺骸の前に、がくっと膝《ひざ》をついた。まだ温かい。僕があと五分か十分早く着いていれば、野人を遠ざけておくことができたはずだ。墓を掘らなくてはならない。でもいまはその元気がなかった。夜が更け、冷たい霧が湖畔に立ちはじめる。僕は長いこと、本当に長いこと、フォックスの傷を負った体を見ていた。そのうちにハエが集まってきた。

「それは秘密の場所でした。パスワードは〈エランテリーヌ〉」

いま、僕はひとりだ。湖に夜が更けた。そして僕の孤独は決定的だった。フォックスはもう生き返らない。フォックスも、彼と同じ遺伝子を持つ犬も生き返らない。彼は完全な無の中に消えた。同じところへ僕も向かっている。僕はいま自分が愛を知ったのだと確信している。なぜなら僕は痛みを味わった。一瞬、ダニエル1の人生記のことを思い出した。この数週間の旅で、人間の人生に対する見かたが単純になり、それでいて余すところのないものになったことがわかる。僕は一晩じゅう歩きつづけた。二日目の昼も、夜も、三日目もほとんど一日じゅう歩きつづけた。ときどき僕は立ちどまり、無機塩のカプセルを飲み、水を一口飲み、それから再び歩きはじめる。疲れはまったく感じなかった。僕は生化学にも、生理学にも詳しくない。ダニエルの末裔《まつえい》であるということは、科学者の末裔ではない。しかしながら、独立栄養生物化にあたって、ネオ・ヒューマンの平滑筋の構造とその働きに、さまざまな改良が加えられたことは知っている。僕の肉体は、人間と比べて、順応性が高く、スタミナがあり、かなり燃費がいい。もちろん僕の心性も、人間のそれとはちがう。僕は怖いという感情を知らない。そして心に痛みを感じることはあっても、人間が「後悔」と呼んでいたものの全側面を感じとることはできない。僕の中にその感情がないわけではないが、精神的にいかなる波紋も広げないのだ。たしかに僕の膝に体を擂《す》りつけるフォックスのあの愛撫《あいぶ》を思うと、喪失感を覚える。彼の水浴びする姿や、走る姿、とりわけ、瞳にはっきり浮かんだあの喜びを思うと、喪失感を覚える。僕にとっては未知なものだっただけに、あの喜びにはひどく心揺さぶられたものだ。しかしながら、その苦しみにしろ、その喪失感にしろ、僕にとってはそこに事実としてある以上、避けようのないものに思える。つまり、もっとちがった展開もあったのではないかという考えが、僕の頭を過《よ》ぎることはない。それはいま眼前にある山脈を消して、平原に置き換えようとするくらい、無茶な考えだ。こうした徹底した決定論の意識が、おそらくは我々と、我々の祖先である人間との、最も顕著なちがいだろう。我々にしたところで、人間と同じで、意識を持った機械でしかない。ただ我々は人間とちがって、自分が機械でしかないことを自覚している。

僕は無心で四十時間ほど歩いた。頭には完全に霞《かすみ》がかかった状態で、うすぼんやりした記憶上の地図を頼りに進んだ。自分がなぜ立ちどまったのか、どうして我に返ったのかはわからない。おそらく周囲の風景の奇抜さのせいだろう。きっと旧マドリッド跡付近にちがいない。とにかく僕は、だだっ広い空間、見渡すかぎりに広がるアスファルトの真ん中にいた。遠くにぼんやり小高い禿《は》げ山が見える。地面があちこちで数メートル盛り上がり、巨大な瘤《こぶ》を形づくっている。あたかも地下から強大な熱波の衝撃を受けたかのようだ。天に向かって、アスファルトのリボンが何本も伸びている。それらは数十メートルに亘って盛り上がったあと、ぽっきりと折れ、砂利と、黒い石の山に突き刺っている。あたり一面に、鋼の残骸や、砕けたガラスが散らばっている。最初僕は、自分がハイウェイの料金所の付近にいるのだろうと思った。しかしどこにも方向を示す道路標識がない。最後にようやく、自分がバラハス空港だった場所に立っていることを知った。西に向かいながら、人間のかつての営みを示すものをいくつか見つけた。フラット画面のテレビや、粉々になった山積みのCD、ダビッド・ビスバルという歌手の売り場用広告パネル。この地域に残る放射能値は、いまだに高いはずだ。ここは人間間の紛争の末期に、最も爆撃が集中した地域だ。僕は持ってきた地図で自分の居場所を確認した。例の断層の震央のすぐそばまで来ているはずだ。あくまでも目的地にこだわるなら、ここで進路を南に変えるべきだ。つまりかつての市街を通り過ぎることになる。

M45号線とR2号線が交わるジャンクションでは、溶けて、ひと塊になった自動車の残骸が邪魔で、歩くのに少し時間がかかった。都会に住む野人の姿にはじめて気がついたのは、かつて〈イヴェコ〉の倉庫街だった場所を通っているときだ。倉庫の金属製の庇《ひさし》の下に十五匹くらいが集まっていた。五十メートルほど距離があった。僕は即座にカービン銃を構え、発砲した。影のひとつが崩れ落ち、他の影は倉庫の中に後退した。少し経って振り返ると、群れのうちの二匹が恐る恐る倉庫から出てきて、倒れた仲間の体を倉庫の中に引きずり込もうとしている——おそらくは食べるつもりだろう。僕は双眼鏡を持ってきていた。確認したところ、連中はアラルコンの地域で観察した野人よりも小柄で、捻《ね》じ曲がった体をしていた。灰色にくすんだ肌は、瘤と、できもので覆われている——放射能の影響にちがいない。いずれにせよ連中もネオ・ヒューマンに対して同じ恐れを示した。旧マドリッドの市街では、野人がいても、すぐに逃げ出してしまうので、銃を構えている間《ま》がなかった。それでも僕は五、六匹を仕留め、満足した。ほとんどの野人が片足をひきずっているのに、すばやく、ときには前脚を使って移動した。その数の多さに、僕は驚き、ショックさえ受けた。

ダニエル1の人生記をすっかり自分のものにしている僕は、自分がオビスポ・デ・レオン通りに立っていることに奇妙な感動を覚えた。ここはダニエルがエステルとはじめて会った場所だ。しかし彼の人生記に登場するバルの痕跡はどこにも残っていなかった。実際それは、黒ずんだ壁に挟まれただけの通りで、たまたま片方の壁に通りの名を記すプレートが貼ってあった。このとき、サン・イシドール通りを探すというアイデアが浮かんだ。その三番地にあるビルの最上階で、ふたりの関係の終わりを意味するバースデー・パーティが催されたのだ。ダニエルの時代のマドリッドの中心街の地理は、だいたい頭に入っている。完全に破壊されている通りもあったが、どういう訳か、無傷で残っている通りもあった。僕は三十分ほどでその建物を見つけた。それはまだ建っていた。僕はコンクリートの粉塵《ふんじん》を巻き上げながら、最上階まで上った。家具も、壁紙も、絨毯《じゅうたん》もすっかり姿を消していた。汚れた床の上には、ところどころに乾いた糞が転がっているだけだ。物思いに耽《ふけ》りながら、僕は部屋から部屋へと歩いてまわった。ここが、ダニエルの人生のおそらくは最悪のひとときが展開した舞台だ。僕はテラスの先まで歩いていった。彼はそこから都会の風景を眺め、その直後、自らが「最後の直線コース」と呼んだものに突入したのだ。当然ながら、人間の恋愛感情について、それがいかに恐るべき威力を持ち、その種の遺伝の秩序にいかに重要だったかを、いまいちど考えずにはいられなかった。そこから見える風景、黒こげになり、穴だらけになった現在のビル街、瓦礫や粉塵の山に、心を鎮められるような気がする。そのダークグレーの階調を通して、侘《わび》しい解脱に導かれる。どちらを向いてもほとんど同じ風景に見える。しかし南西に進み、レガネスか、もしかしたらフエンラブラダのあたりで、断層を越えたら、次には〈灰色大空間〉越えが待っていることを、僕は知っている。エストレマドゥーラ〔スペイン南西部の州〕も、ポルトガルも消滅し、どこもかしこも大差ないひとつの地域になっている。数世紀のあいだにこの地域を立て続けに見舞った核爆発、津波、サイクロンが、ついにはこの地域の表面をすっかり平らに均《なら》し、ほんのわずかに傾斜した広大な平原に変えてしまった。衛星写真では、ほとんど白に近い灰色の細かい灰が単調に積もっているように見える。このわずかに傾斜した平原は二千五百キロ近くも続き、その向こうのよく知られていない世界へと通じている。それはかつてカナリア諸島があった場所で、空はほとんどいつも雲と蒸気に満たされている。厚い雲の層のせいで、衛星による観測データも乏しく、あまり当てにならない。ランサローテはいまでも半島のままかもしれないし、あるいは確固とした島になったかもしれないし、あるいは完全に消滅しているかもしれない。それが地理面で僕の旅を支える情報だ。生理的な面では、確実に水が不足するだろう。一日二十時間歩けば、日に百五十キロは進めるだろう。海洋地域にたどり着くのに二週間ちょっとかかる。まだその地域が存在していればだが。自分の体が脱水状態にどこまで耐えられるかはわからない。いまだかつて、こうした極限状態での実験はなされたことがないと思う。出発する前に、一瞬、マリー23のことを考えた。ニューヨークからやって来た彼女も、同じような困難にぶつかったはずだ。同時に僕は、こんなときには神に魂の救済を祈る旧人類のことを考えた。僕は神の不在を、あるいは、その種の存在の不在を残念に思った。結局、僕は、未来人到来の希望に心を高揚させた。

　未来人は、我々とちがって、機械ではなく、ばらばらに分離した存在でもないのだろう。彼らは多数でありながら、ひとつの存在なのだろう。我々には未来人の性質を具体的にイメージすることはできない。たとえば光はひとつでも、その光線の数はかぞえ切れない。僕はおしえの意味をあらためて知った。屍《しかばね》と灰、そしてかわいいフォックスの思い出が僕を導くのだろう。

僕は夜明けに出発した。周囲で、逃げていく野人が多数の物音をたてる。廃墟《はいきょ》と化した旧マドリッドの郊外を踏破し、正午前に〈灰色大空間〉に入った。僕はカービン銃を捨てた。もうなんの役にも立つまい。大断層より向こうについては、生命、動物、植物についてのいかなる報告もない。歩きだしてすぐ、思ったより道が険しくないことがわかった。灰の層の厚さは、たった数センチだった。灰の下はスラグのような硬い地面で、しっかり踏みしめることができた。日は高く、空は一様に青い。地形上の問題はなにもない。回り道しなくてはならないような起伏もない。歩を進めながら、次第に僕は静かな夢想に入っていく。そのなかで、修正されたネオ・ヒューマンの、夢想よりも微《かす》かで、儚《はかな》い、ほとんど抽象的といってもいいイメージと、ずっと以前、ダニエル24の時代に、マリー23が神の不在を示すためにコンピュータ画面上に示した、絹のようなビロードのようなビジョンを思い出す。

日が沈む少し前、僕は短い休憩を取った。三角法による計測で、大地の傾斜角がおよそ一パーセントであることがわかった。このままの角度で下り勾配が最後まで続くのだとすると、海面があるのは大陸棚の下方二万五千メートルということになる。アセノスフェア*にも届きそうな深さだ。この先は日に日に気温がはっきりと上昇していくのを覚悟しなくてはならない。

実際、暑さはたった一週間で耐えられないものになった。同時に僕ははじめて喉の渇きを強く感じるようになった。空はどこまでも澄みきっている。コバルトブルーは徐々に濃さを増し、ほとんど暗くなるようにさえ感じられる。僕は一枚、一枚服を脱いでいった。リュックの中の無機塩はもう数カプセルしかない。いまとなっては、それを飲み込むのも一苦労だった。唾液《だえき》の分泌が十分でないからだ。肉体的に苦しい。これは僕にとって新しい感覚だった。完全に自然の支配下にある野生動物の生涯は、苦しみでしかなかった。ときどき、束の間の緩和、本能（食や、性に関する）の充足による束の間の恍惚《こうこつ》があるだけだった。人間の生涯も、それとだいたい同じで、苦痛の支配下にあり、ときどきほんの束の間に、欲望がらみの快感があるだけだった。人間という種において本能は、自覚されることによって欲望になった。ネオ・ヒューマンの生涯は、穏やかで、理性的で、悦びや痛みと無縁であることが望まれる。それが誤りだったことは、僕の旅立ちがよく示している。もしかしたら未来人は、愉しみ、あるいは進化した快感とでも呼べるものを知るのかもしれない。僕は休息も取らず、常に同じリズムで一日二十時間歩いた。自分でもよくわかっているが、いまや僕の生死は、浸透圧の問題、つまり摂取した無機塩の濃度と、僕の体内の細胞が保有できる水量のバランスという月並みな問題にかかっている。実を言えば、自分が本気で生きたいと思っている自信がない。しかし死というものに対する実感もない。僕は自分の体を乗り物のように考えている。ただしつまらない乗り物だ。僕には〈精神〉と通じあう能力がなかった。それでも僕はなにか

＊地球のマントル内の、深さ百キロメートルから二百ないし数百キロまでの比較的流動性に富む層。

しらの兆しを待ちつづけている。

足元の灰が白くなり、空の色がウルトラマリンに変わった。その二日後、マリー23のメッセージを見つけた。きちっとした、字間の詰まった筆跡だった。それは、透明で破れることのない薄いプラスチックのシートに書かれ、黒いメタル製のチューブに丸めて入れてあった。チューブはぽんっと音を立てて開いた。それらのメッセージは特に僕に宛てたものでも、実をいえば、誰に宛てたものでもなかった。かつて人間が有し、その末裔にもそのまま受け継がれた、証言をしておきたい、痕跡を残しておきたいという、あの馬鹿げた、あるいは崇高な意志が、再び顕《あらわ》れただけのことなのだ。

メッセージの内容は概《おおむ》ね、深い哀調に満ちていた。マリー23はニューヨーク跡の廃墟を出る際に、たくさんの野人と接触したにちがいない。ときには大きな部族を形成するような野人とも接触したようだ。僕とちがって、彼女はなんとか彼らと意思の疎通を取ろうと努力した。彼女は野人の畏敬の対象であり、おかげでその身は安全だったが、それでも野人同士の野蛮な関係にはうんざりした。彼らは、年老いた者や、弱者に対して容赦がなく、常に暴力や、身分や性にからんだ侮辱や、文字通りの残酷行為に、飽くことのない欲求を持っていた。僕がアラルコンで目撃したのとほぼ同じ光景を、マリー23はニューヨークで何度も目にした（双方の棲息地はおそろしくかけ離れており、しかも彼らのあいだには七、八世紀来、いかなる接触もないというのにだ）。野人には、暴力もない、流血もない、拷問という見せ場もない祭りなど、ありえないようだ。彼らは、手の込んだ、残酷な拷問を考え出すという、その点においてのみ、先祖である人間が持っていたあの発明の才を残しているらしい。彼らが文明を留《とど》めているのは、その点だけだった。仮に性格的なものの遺伝を信じるならば、それはまったく驚くに値しない展開だ。最も乱暴で、最も残酷な人間、最も攻撃的な性質を有している人間が、長く続いた紛争期間を、最も多く生き延び、その性質を子孫に伝えたのは、自然である。ただしこれまでのところ性格的なものの遺伝を証拠だてるものはない（否認するものもない）。しかし、マリー23の証言も、僕のそれと同じで、〈至高のシスター〉が人間に下した決定的な審判の妥当性を十分に裏づけ、二千年前、人間がはじめた皆殺しのプロセスをまったく阻止しなかった〈至高のシスター〉の決断を正しかったと擁護している。

　それならなぜマリー23は旅を続けたのか、という疑問もあるだろう。そもそもいくつかの記述には、計画の断念を検討していたようなふしもある。しかし僕と同じように、そしてあらゆるネオ・ヒューマンと同じように、おそらく、彼女の中にもある種の宿命論が育っていた。それは自分が不死だという自覚に基づいたある種の宿命論だ。それゆえに、我々は、かつて深く強く神を信じていた人間の小部族に近い。心のありようというのは、それを生み出した現実よりも持続するものだ。ダニエル1は技術的には不死になり、少なくとも再生《リインカーネーション》にかなり近い段階まで到達していたにもかかわらず、最後までただの人間として、焦燥に駆られ、熱狂的に、貪欲《どんよく》にふるまった。同様に、僕は自ら進んで、不死を約束する再生システム、もっと正確にいうならば、僕の遺伝子を永遠に再生しつづけるシステムを飛び出したにもかかわらず、最後まで死を完全には自覚することができないだろう。絶対に人間と同レベルには、倦怠《けんたい》も、欲望も、恐怖も感じられないだろう。

マリー23の手記をチューブに再び仕舞おうとして、中になにか残っていることに気がつき、苦労してそれを取り出した。それは人間の文庫本から破り取られた一ページだった。小さく折り畳まれ、薄片のようになったそれを広げようとすると、それはばらばらになった。一番大きな紙片に読み取れる文章から、それがプラトンの『饗宴』にある対話だとわかった。アリストファネスが愛について彼の見解を述べるくだりだった。

「さて、少年を愛する者にせよ、女性を愛する者にせよ、ひとたび自分の半身に出遭ったならば、それこそ彼らは友情、近親の情、愛情のためにえもいわれぬ感激に襲われて、一瞬たりとも離れていようとはしない。全生涯をともに送るのもこの種の人たちである。それでいて、彼らは、自分が相手になにを求めているのか、それすらも言うことができない。実際、彼らがかくも強く惹かれあい、ともにありたいと願う理由が、単に愛欲の みにあるとは、どうしても思えない。それどころか、両者の魂は、あきらかに愛欲とは別のなにかを求めている。そこにぼんやりと、かすかに見えているものを」

僕はこの続きも完全に憶《おぼ》えている。鍛冶《かじ》屋の道具を携えたヘファイストスが、「一緒に寝ている」ふたりの人間の前に現れて、ふたりを溶かしあわせ、ひとつに結びつけてやろうかと持ちかける。「そうすればお前たちは二人が一人となって生きている限りは、ただ一人の人間として生をともにし、死んだら、かの冥府《ハデス》でも二人でなしに一人として、死をともにすることができるだろう」とりわけ最後のくだりが忘れられない。「その理由は、われわれの太古本来の姿がそのように全きものであったからなのだ。だからこそ全きものに対する欲求と追求とは愛と呼ばれているのである」この本こそが、かつて西欧人を毒し、ひいては人間全体を毒し、合理的な動物の条件に嫌悪を抱かせ、人間にある夢をもたらした本である。二千年以上ものあいだ、人間はその夢を捨て去ろうと努力し、結局は捨てきれなかった。キリスト教も、たとえば聖パウロも、その力には屈服せざるをえなかった。「『ふたりの者は一体となるべきである』この奥義は大きい。それはキリストと教会とをさしている」その夢への不治の郷愁は、人間の末期の人生記にまでも見いだすことができる。僕は紙片をもとのように折り畳もうとしたが、それは指のあいだで砕けてしまった。僕はチューブに蓋《ふた》をして、もとあったように地面に置いた。再び歩きはじめる前に、最後にもう一度、まだまだ人間らしい、そんなにも人間らしいマリー23のことを思った。僕は彼女の体の像を思い浮かべた。僕がその体を実際に知ることはないだろう。突然僕はあることに気づいて不安になった。僕が彼女のメッセージを見つけたということは、僕か彼女のどちらかが道から外れているということだ。

どこまでも一様な白い地表には、目印になるようなものはなにひとつない。しかし太陽はある。僕は自分の影の位置をざっと検討し、たしかに自分の進路が西にずれていることを悟った。いますぐ真南に方向を変えるべきだった。僕は十日前から水を飲んでいない。もう栄養も補給できなかった。つまりこうした単純なミスが致命傷になる恐れがあった。実のところ、僕はもうたいして苦しんではいなかった。苦痛のサインは和らいでいた。ただし強烈な疲労を感じていた。ネオ・ヒューマンにもまだ生存本能は残っている。単に人間のものより小さいだけだ。僕は数分間、自分の中で、その生存本能が、疲労と闘うのを見守った。どうせ最後には生存本能が勝つのだ。僕は南に向かって、ゆっくりと一歩を踏み出した。

僕はその日一日を歩きとおし、その晩も星座を頼りに歩いた。三日後、早朝だった。僕は雲に気がついた。その絹のような表面は、ただの地平線の凹凸のようにも、光の振動のようにも見えた。最初は蜃気《しんき》楼《ろう》かと思ったが、近づくにつれ、はっきり積雲の姿を認めた。不自然なくらい微動だにしない細く渦を巻く雲の柱から、真っ白で染みひとつない積雲が千切れていく。正午ごろ、僕は雲の層を通り過ぎ、海に出た。僕は旅の終点に到着した。

実をいえば、その風景は、人間の見知っていた海とは、似ても似つかぬものだった。堆積《たいせき》した砂洲《さす》のあいだに、ほとんどさざなみも立たない池や水溜《た》まりが点々と並んでいる。あたり一面が乳白色の光で満たされている。僕には走る力も残っていなかった。僕はよろめきながら、命の源に向かっていった。手前の水溜まりはどれもみな浅く、ミネラル分もごくわずかだった。それでも僕の体は大喜びで塩水を受け入れた。その効能が、栄養が、体の隅々にいきわたっていく感じだ。自分の中で繰り広げられているさまざまな現象を理解し、手に取るように実感した。浸透圧は正常値を取り戻す。新陳代謝の働きが再開する。それにより筋肉の働きに必要なアデノシン三リン酸および、細胞の再生に必要なタンパク質と脂肪酸の生成が行われる。一瞬、不安で目覚めたのちに再び夢の続きを見るような、いかにも満足げにため息をつく機械のような気分だ。

二時間後、僕は立ち上がった。すでに体力は少し回復している。気温は水温と変わらない。おそらく三十七度前後だろう。なぜなら暑さも寒さも感じない。日の光は強いが、まぶしくはない。水溜まりのあいだの砂が、ところどころ軽くえぐれている。まるで小さな墓穴が並んでいるようだ。僕は穴のひとつに横たわった。砂は生暖かく、絹のような肌触りだった。そうして、自分はここで生きていくのだと実感した。膨大な日数になるだろう。昼と夜は同じ長さで十二時間。僕の予感では、それは一年中同じだろう。〈大乾燥〉時に惑星に起こった変化のせいで、このあたりには季節がなく、初夏の気候が永遠に続く。

僕はすぐに決まった時間に眠る習慣を失った。昼夜を問わず、一、二時間ずつ眠る。なぜだかわからないが、そのたびに穴で身をすくめたくなる。ここには植物の痕跡も動物の痕跡もない。概して、目印になるようなものも少なかった。見渡すかぎり白い砂と、大きさのまちまちな沼と湖が広がっている。一面に広がる雲の層は厚く、空が見えることはほとんどない。しかしながら雲がまったく動かないというわけではない。それはきわめて遅い速度で移動している。ときどき雲と雲のあいだに、わずかなスペースが生まれ、そこから太陽、あるいは星座を確認できる。それが日々に訪れる唯一の出来事、唯一の変化だ。世界は、繭の中、あるいは静止状態の中に閉ざされている。永遠のイメージの原型にかなり近い。僕も、他のネオ・ヒューマンと同じで、倦怠というものを知らない。ごく少量の思い出と、なんのこだわりもない夢想が、超然とした、ふわふわと漂う意識を満たしていた。しかしながら僕の心境は喜びとは程遠い。真の平穏とも程遠い。ただ存在しているということが、すでに不幸なのだ。自ら進んで再生と死を繰り返す円環を離れた僕は、単純に無の状態、完全なる空っぽな状態に向かっている。もしかしたら、数限りない可能性の王国に至れるのは、未来人だけなのかもしれない。

それから数週間、僕は目の前の新しい世界に向かって前進した。南に行くほど池や湖の規模が大きくなることに気がついた。中にはわずかながらも潮の干満が見られるものまで現れた。それでも大して深くもなく、中心部まで泳ぐことも可能だ。難なく反対側の砂洲までたどり着ける。あいかわらず生命の影はなかった。僕の記憶がたしかなら、地球上の生命は、非常に特殊な環境で生まれた。太古の地球には、激しい火山活動によって大気中にアンモニアとメタンが充満していた。またそれと同じプロセスが同じ惑星で再び起こる可能性はかなり低い。万一、有機生命体が再び生まれるようなことがあるにしても、条件が熱力学の法則によって規定されるかぎり、同じ図式を繰り返すだけだ。たとえば孤立した個体の形成、捕食、遺伝子コードの選択的伝達などを、繰り返すだけだ。新しい展開はまったく期待できない。いくつかの仮説によれば、炭素生物の時代は終わったのだという。であれば、おそらく未来人は珪素《けいそ》生物だろう。その文明は、認識および記憶の処理装置《プロセッサー》の段階的相互接続によって、形成されるのだろう。ピエルスの研究は、あくまでも形式的な論理学の域を出ないので、そうした仮説を肯定することも、否定することもできない。

いずれにせよ、もし、僕がいまいる地域に棲息するものがあるとすれば、それはネオ・ヒューマン以外にありえない。野人の体では、僕が踏破した行程を持ちこたえられないだろう。同類に邂逅《かいこう》したところで、当惑こそすれ、嬉しくはないだろうと、いま僕は考えている。フォックスの死と、その後の〈灰色大空間〉越えによって、僕の内部はすっかり干上がってしまった。もはや僕にはいかなる願望も残っていない。とりわけ、スピノザの言う自己の有に固執しようとする願望は、まったく残っていない。ただ自分の死後も、この世界が永らえることを残念に思う。ダニエル1の人生記にすでにはっきりと書かれていたとおり、この世界は虚しい。それが僕には受け入れがたいものになった。もはやこの世界は僕にとって、くすんだ、可能性に欠ける、可能性の光明のない場所でしかない。

ある朝、僕は目覚めてすぐに、なぜか息苦しさが減っているのを感じた。歩きはじめて数分後、これまでとは比べ物にならないほど大きな湖が見えてきた。向こう岸が見えないほど大きな湖に出会ったのははじめてだった。塩分の濃度もわずかに高かった。

つまりこれが、かつて人間が海と呼んだもの、大いなる慰め主、そして大いなる破壊主と看做していたものなのだ。それは浸食し、静かに終わりをもたらす。強い感銘を受けた。そして僕の人間理解に欠けていた最後の要素が、いっぺんに埋まった。無限、という概念が、人間という霊長類の脳内にどのようにして芽生えたのかを、いま僕は、よりり理解した。それは、極まるところに緒を生じ、ゆっくりと流転を重ねるうちに到達する概念だ。僕はまた、愛についての最初の概念が、プラトンの脳内にどのようにして生まれ得たのかも、理解した。僕はあらためてダニエルのこと、彼の、そして僕のものでもあったアルメリアの屋敷のこと、浜辺の娘たちのこと、エステルによるダニエルの破壊のことを考えた。そしてはじめてダニエルに同情しそうになった。とはいえとても立派だとは思えない。利己的で理性的な動物が二匹いて、より利己的でより理性的なほうが、最後に生き残った。これが人間世界の常である。僕はいま、なぜ〈至高のシスター〉が我々に、祖先である人間の書いた人生記を研究することを強く勧めたのかを理解した。彼女の目指すところを理解した。そしてそれがなぜ果たされることがないかも理解した。

僕は解き放たれてはいなかった。

それからは、波のリズムに合わせて歩を進めた。昼は休みなく歩いたが、まったく疲れなかった。夜は波に揺られて休んだ。三日目、沖のほうに向かう黒い石の連なりに気がついた。それはずっと先まで続いている。これは道だろうか？　人間、あるいはネオ・ヒューマンの手によるものだろうか？　いまとなっては、もうどうでもいい。その道をたどってみるというアイデアが浮かび、すぐに消えた。

　ちょうどそのとき、不意に厚く空を覆った雲が割れ、まぶしい光が差し込み、水面を照らした。一瞬、〈至高のシスター〉の言葉にある、ついには世界の表面を照らすあの道徳律の大いなる太陽のことを思い出した。しかしそれは僕のいない世界でのことだろう。僕にはその世界の本質を想像する力さえない。いまの僕にはわかるが、いかなるネオ・ヒューマンにも、ネオ・ヒューマンの社会の根幹である論理的難題《アポリア》を解くことはできないだろう。仮にそれを解こうとしたネオ・ヒューマンがいたとしても、おそらくもう死んでいる。僕としては、できるかぎり、改良された猿という取るに足らない存在でありつづけようと思っている。最後に悔やまれるのは、フォックスを死なせてしまったことだ。僕から見て生きるに値する存在は、唯一フォックスだけだった。なぜなら彼の眼差しはときどき、早くも、未来人の到来を告げて、輝いていたからだ。

　おそらく僕はあと六十年くらい生きるだろう。まったく同じ一日があと二万日以上も続くのだ。僕はなるべくものを考えない、苦痛も感じない。生きることの障害は遠い過去のものになった。僕はいま平和な場所にいて、唯一、僕をここから追いたてるものは、ただ死へのプロセスばかりだろう。

太陽の下で、星明かりの下で、長らく海に浸っている。ぼんやりとした、栄養にまつわる、ささやかな感覚以外、なにも感じない。幸せが実現することはありそうにない。世界は期待したようなものではなかった。僕の体が僕のものであるのは、ほんの束の間だ。僕が示された目標に達することは、けっしてないだろう。未来は空っぽだ。それは遠くにかすむ山だ。僕の夢想は、感情らしきもので満たされている。僕はここに在りながら、もはやここにはいない。それでも生は実在する。

訳者あとがき

セックス観光を題材に「愛」についての考察を徹底的にくりひろげた『プラットフォーム』の次に、彼が取り上げる題材はなんだろう? そして語られるのはやはり「愛」なのだろうか?

本小説 *La possibilité d'une île*（Fayard）がフランスで刊行されたのは二〇〇五年九月。多くの読者が、四年もの沈黙のあとに発表されたウエルベックの新作を、まるでプレゼントの包みを開けるような気持ちで、わくわくしながら開いたのではないかと思う。

ミシェル・ウエルベックがその文学人生をスタートさせたのは一九七〇年代末、詩作からだった。その後、九〇年代に入って詩と評論で文学界にデビュー。小説については、処女作『闘争領域の拡大』（角川書店）*Extension du domaine de la lutte*（Maurice Nadeau, 1994）ののち、本作までに長編二作『素粒子』（筑摩書房）*Les particules élémentaires*

(Flammarion, 1998)、『プラットフォーム』(角川書店) *Plateforme* (Flammarion, 2001) と中編一作『ランサローテ島』*Lanzarote* (Flammarion, 2000) を発表している。けっして多作な作家ではないが、つねにそこまでのブランクを埋めるに足る、濃い、充実した新作を発表してきた。なお本作は二〇〇五年のアンテラリエ賞を受賞している。

本作の体裁はSFだ。とくに驚きはない。現実の詳細な分析から未来を類推する、ひとつの結末を導き出すというのは、ウエルベックの手法のひとつだ。『プラットフォーム』にしろ、現況から類推した近未来の新市場のシミュレーションだった。それに、人類のあとを継ぐ不死なる種、とりわけ精神面で大きな進化をとげた理性的な新しい種というアイデアは、すでに『素粒子』で紹介されている。それだけでなく遠い未来に生きる新しい種の目を通して同時代を眺める、それもきわめて私的な歴史に焦点を絞って眺める、という物語の構造も、それが最終的に人間へのオマージュになる、という結末も、『素粒子』で一度、目にしている。

はて、これは『素粒子』の続編のようなものだろうかと考え、むしろ追補的なものと捉《とら》えたい気持ちになる。あらためて『素粒子』を読み返して思ったが、そこに登場する新しい種は、本書でいうところの「ネオ・ヒューマン」よりは、むしろ「未来人」に近い。彼らのあいだでは「幸福」がすでに実現されている。最初『素粒子』を読んだとき、そのエピローグに、ものすごく唐突な印象、不連続な印象を覚えた。「新しい種」の立っている場所が、どうしてもこの現実の延長上にあると思えない（もちろんそこには生物学的な大きな変動があったからなのだけど）。入れ子構造の外側にあたるSF部分が、ぽろりと剝《は》がれていってしまいそうな感じがした。そして、その「感じ」は、気がかりとなって、本を閉じたあともずっとわたしの深部に留まった。つまり、わたしにはすでに、「旧人類」と「未来人」のあいだ、「中間」に対する興味があったのだ。

ウエルベックの新作は、まさにその「中間」についての言及だった。

ああ、これが欲しかったんだ、というプレゼントを、もらったように思った。

よって、本書には「中間」「仲介」にまつわる語彙《ごい》が頻出する。本文中では文脈に応じて、沈めるところは沈め、浮き立たせるところは傍点やルビ、カッコをつけるなどして浮き立たせたつもりだが、それでも漏れ出てしまったものもあり、そのいくつかについてこの場で補足させてもらいたい。

「intermédiation」は、本来は経済の用語で「金融取引の仲介」を表す。ネットでヒットした内容を眺めるかぎり、英語においても、フランス語においても、本書のように一般的な文脈で「仲介」の意で用いられる例はほとんどないようだ。とりわけ本書では、現在の「インターネット」に似た、未来の相互的コミュニケーション・メディアの呼称として使用されることが多かった。訳語には、世界中のネオ・ヒューマンが利用するツールとして「インターメディエーション」という言葉をあてた。

「incarnation 受肉」は本来、キリスト教の用語で、三位一体である神の子が人間として（肉として）生まれたことを表す言葉だが、本書ではネオ・ヒューマンが新しい肉体として誕生する事象を言い表す（なお、本書には「宗教」「信仰」にまつわる語彙も豊富で、この語はそちらの語彙群にも含まれる）。本来の用語の持つ意味を借りて、ネオ・ヒューマンの立場——「旧人類」と「未来人」のあいだをとりもつ仲介者として肉体を得て、この世に存在するありかた——を示している。

「中間」といえば、本書でも言及されるプラトンの『饗宴』にこんなくだりがある。

「それでは、美しくないものは必然的に醜いとか、善くないものもまた同様に悪いとかいう風に考えてはいけません。エロスの場合も同様です…（中略）…彼はむしろ両者の間の中位を占めているのです」（岩波文庫、久保勉訳より引用）

ソクラテスに愛の事《エローティカ》をおしえるディオティマの発言の一部で、彼女はこのあとエロスとは「智恵と無智の中間に位するようなもの」、「滅ぶべき者と滅びざる者との中間に在る者」であり、「人々から出たことを神々へ、また神々から来たことを人間へ通訳しかつ伝達する」能力を持つものだと論を展開する。

まるで「ネオ・ヒューマン」の定義ではないか。

この部分だけを取り上げて、本書と『饗宴』の共通点を必要以上に強調するつもりはない。ただ、出典探しの際に、訳者がこの部分の豊かさにひどく興奮したのはたしかであり、ここで、またあえて『饗宴』を引用するのは、本書に登場する「仲介」や「中間」にまつわる語彙に、そうした言語が文脈以前から豊かに含んでいたものを多少なりとも復活させられないか、と思ったからだ。

語彙以外にもうひとつ、情報の補足をしておきたい。小説中に登場するエロヒム教会のモデルになったのは、ラエリアン・ムーブメントという実在の新興宗教団体だ。代表設立者は、一九七三年、クレルモン＝フェラン近くの火山で「エロヒム」と名乗る宇宙人と遭遇し、預言者になるよう啓示を受けたというフランス人、クロード・ボリロン（現ラエル）。あるいは数年前、人のクローンを誕生させたと発表して、一時、世界を騒然とさせた宗教団体があったことを記憶している人も多いのではないかと思う。科学と愛を中心に据えた信仰、不死をテーマにした教義と実践、とりわけクローン研究、あるいはエロヒムを迎えるための大使館構想など、ウエルベックは、この実在の団体の特徴を細部まで借用している。なお彼は『ランサローテ島』でも、このエキセントリックな宗教団体を取り上げている。ある意味で現代社会のキッチュな縮図のようなこのムーブメントが、長らくこの作者の好奇心の種であることは否めない。

以上を訳者あとがきとさせていただく。あとは読者のみなさんの読みにお任せしたい。ただ、もうどうにもウエルベックが苦手だという人に、ひとつ、ためしてもらいたい読みかたがある。読んでいるうちにどうにもむかっ腹が立ってきたというとき、あるいは指先や足先が冷えきって、もうこれ以上先を読み進められそうにもないと思ったときに、それがある特定の人物の、きわめて私的な物語なのだということを思い出してもらいたい。ときにそれがいかに予言的で、あるいは普遍的で、精緻《せいち》なデータからはじき出された、逃れようのない人類の道行きに見えても、冷たく冴《さ》えた現代の神話のように見えても、思い出してみてほしい。ここで語っている男は人類の代表選手などではない、彼は現代社会の悲劇を具現する神話的な人物などではない、名前があって、顔があって、きわめて局所的な、私的な立場を持つひとりの人間なのだ、と。逆説的だが、実際、訳者は何度かこうして、物語のありありとした現場に復帰した。

最後に、誤訳チェックにご協力いただいたうえ、たくさんの貴重な助言をくださった、気前のいい心優しいみなさん、山木裕子さん、ギヨームさん、助っ人くん、鈴木忠行さんに、この場を借りてお礼を申し上げたい。それから、終始、この本に愛情を持って編集実務にあたってくださった角川書店の安田沙絵さんに、感謝の言葉を申し上げたい。

二〇〇七年一月

中村佳子

○本編中の引用部分に既訳をお借りした作品
『幸福について―人生論―』ショーペンハウアー　橋本文夫訳（新潮文庫）
『少女むけ礼儀作法の手引』ピエール・ルイス　吉田春美訳『性の文学2』より（河出書房新社）
『パンセ』パスカル　前田陽一・由木康訳（中公文庫）
『ボードレール全集Ⅰ　悪の華』阿部良雄訳（筑摩書房）
『エチカ―倫理学』スピノザ　畠中尚志訳（岩波文庫）
『カーテン』アガサ・クリスティー　中村能三訳（早川書房）
『ソクラテス以前の哲学者』広川洋一著（講談社）

○参考文献
『意志と表象としての世界』ショーペンハウアー（中央公論新社）
『饗宴』プラトン　久保勉訳（岩波文庫）
『饗宴』プラトーン　森進一訳（新潮文庫）

文庫版訳者あとがき

ミシェル・ウエルベックの最新作『服従』が今秋、日本で刊行されました。

近未来SFというにはあまりに生々しい直近のシミュレーションであるこの新作は、予想通り、いや予想以上に時事にシンクロしてしまい、おかげで普段は翻訳小説なんて読まない、もともと小説なんて読まない、もっといえば小説嫌いという層までをも、読者に取り込むことに成功したようです。新聞の政治欄や社会欄の延長として、あるいは風刺や社会情勢分析として、『服従』を興味深く読んだという方もたくさんいらっしゃることでしょう。

そうした新しい読者に、ネクスト・ウエルベックとして、なにをお薦めするか迷いますが、『服従』で描かれた世界はその後どうなるのだろう、という素朴な疑問をお持ちの向きには、力強くこの『ある島の可能性』を推したいと思います。

『服従』では観察対象との距離が短すぎて、虚実の境を見失い、そこで行われる省察に心穏やかに立ち会えない、展開される果敢な思考実験を存分に堪能できない、なんてこともあったかもしれません。『ある島の可能性』ではそういった心配は無用です。なにしろ観察対象からの距離はたっぷり二千年あります。

これは、遥か二千年後の未来からひとりの観察者の目を通して現代社会を眺める、という体裁の小説です。

観察者は人間ではありません。心身ともに欠陥だらけだった人類に替わるべく改良された次世代の人類ネオ・ヒューマンです。正確に言えば二十一世紀に死んだとある男の複製二十四号と、その後継の二十五号です。ネオ・ヒューマンには死がありません。もちろん時が来れば肉体は死にますが、再生が利くのです。ネオ・ヒューマンの社会にはもはや戦争はありません。個人間の諍いさえありません。そもそも他人と物理的にふれあう機会がありません。他者とのコミュニケーションツールは電子通信に限られています。よってネオ・ヒューマンにはわたしたちを苦しめるような人付き合いから生じる悩みも痛みもありません。そして愛が存在しません。彼らはわたしたちの言うところの「解脱」に近い状態にあります。

人類はどうなったかですか？　それはぜひご自身で読んで、お確かめください。

ネオ・ヒューマンの日課は、おのれのオリジナルの残した人生の記録の検討、もっぱらこればかりです。ネオ・ヒューマンは永遠に続く日々を、遠い昔に生きた男の一生を繰り返し追体験するために生きています。追体験といったって、ぜんぜん愉快な人生ではありません。表面はひりひりし、内は腸がよじれるような痛ましい人生です。ダニエルという名のその男は、読めばすぐにわかると思いますが、わたしたちの常識からすると、あまり褒められた人間ではありません。お笑いタレントとして、映画監督として、社会的には成功しましたが、その私生活の冴えなさ加減は『服従』の主人公といい勝負です。ともあれそれでも彼は、この物語において全人類を代表する剣闘士、れっきとしたヒーローなのです。なぜならば彼は、鈍感になること、を拒みました。鈍感になって幸せになること、を拒みました。彼自身の言葉を借りれば、「自分たちを破壊しようとするシステムに与すること、同意することを、最後まで拒絶」しました。つまり、彼は「服従」しなかったのです。

『ある島の可能性』は「服従しない」とはどういうことかを大いに語った本だともいえます。その意味で『服従』のあとで、なおさら面白く読める一冊なのです。

ウエルベックはもっともっと読まれていい作家だと、わたしはずっと思ってきました。ですから二〇〇七年に角川書店から刊行されたきり、長らく絶版になっていた『ある島の可能性』を、こうして文庫本の形でふたたび日の当たる場所へ送り出せることは、翻訳者としてなにより嬉しいことです。こうした機会をいただいた河出書房新社編集部のみなさんに心から感謝を申し上げます。かつて角川書店でわたしが携わった三冊のウエルベック――『闘争領域の拡大』『プラットフォーム』『ある島の可能性』を編集し、このたびの文庫化を本に寄り添って喜んでくださった安田沙絵さんにも、この場を借りて謝辞を述べさせていただきます。

二〇一五年十一月

中村佳子

本書は、二〇〇七年二月に角川書店より刊行された『ある島の可能性』を文庫化したものです。

Michel HOUELLEBECQ:
LA POSSIBILITÉ D'UNE ÎLE

ある島《しま》の可《か》能性《のうせい》

二〇一六年 一 月二〇日 初版発行
二〇二三年一〇月三〇日 6刷発行

著 者 ミシェル・ウエルベック
訳 者 中村佳子《なかむらよしこ》

発行者 小野寺優
発行所 株式会社河出書房新社
〒一五一-〇〇五一
東京都渋谷区千駄ヶ谷二-三二-二
電話〇三-三四〇四-八六一一（編集）
〇三-三四〇四-一二〇一（営業）
https://www.kawade.co.jp/

ロゴ・表紙デザイン 粟津潔
本文フォーマット 佐々木暁
本文組版 株式会社創都
印刷・製本 大日本印刷株式会社

Printed in Japan ISBN978-4-309-46417-6

プラットフォーム

ミシェル・ウエルベック　中村佳子〔訳〕　46414-5

「なぜ人生に熱くなれないのだろう？」――圧倒的な虚無を抱えた「僕」は父の死をきっかけに参加したツアー旅行でヴァレリーに出会う。高度資本主義下の愛と絶望をスキャンダラスに描く名作が遂に文庫化。

高慢と偏見

ジェイン・オースティン　阿部知二〔訳〕　46264-6

中流家庭に育ったエリザベスは、資産家ダーシーを高慢だとみなすが、それは彼女の偏見に過ぎないのか？　英文学屈指の作家オースティンが機知とユーモアを込めて描く、幸せな結婚を手に入れる方法。永遠の傑作。

マンハッタン少年日記

ジム・キャロル　梅沢葉子〔訳〕　46279-0

伝説の詩人でロックンローラーのジム・キャロルが十三歳から書き始めた日記をまとめた作品。一九六〇年代ＮＹで一人の少年が出会った様々な体験をみずみずしい筆致で綴り、ケルアックやバロウズにも衝撃を与えた。

ロベルトは今夜

ピエール・クロソウスキー　若林真〔訳〕　46268-4

自宅を訪問する男を相手構わず妻ロベルトに近づかせて不倫の関係を結ばせる夫。「歓待の掟」にとらわれ、原罪に対して自己超越を極めようとする行為の果てには何が待っているのか。衝撃の神学小説！

孤独な旅人

ジャック・ケルアック　中上哲夫〔訳〕　46248-6

『路上』によって一躍ベストセラー作家となったケルアックが、サンフランシスコ、メキシコ、ＮＹ、カナダ国境、モロッコ、南仏、パリ、ロンドンに至る体験を、詩的で瞑想的な文体で生き生きと描いた魅惑的な一冊。

オン・ザ・ロード

ジャック・ケルアック　青山南〔訳〕　46334-6

安住に否を突きつけ、自由を夢見て、終わらない旅に向かう若者たち。ビート・ジェネレーションの誕生を告げ、その後のあらゆる文化に決定的な影響を与えつづけた不滅の青春の書が半世紀ぶりの新訳で甦る。

大胯びらき

ジャン・コクトー　澁澤龍彥〔訳〕　46228-8

「大胯びらき」とはバレエの用語で胯が床につくまで両脚を広げること。この小説では、少年期と青年期の間の大きな距離を暗示している。数々の前衛芸術家たちと交友した天才詩人の名作。澁澤訳による傑作集。

恋の罪

マルキ・ド・サド　澁澤龍彥〔訳〕　46046-8

ヴァンセンヌ獄中で書かれた処女作「末期の対話」をはじめ、五十篇にのぼる中・短篇の中から精選されたサドの短篇傑作集。短篇作家としてのサドの魅力をあますところなく伝える十三篇を収録。

悪徳の栄え　上・下

マルキ・ド・サド　澁澤龍彥〔訳〕　46077-2　46078-9

美徳を信じたがゆえに身を滅ぼす妹ジュスティーヌと対をなす姉ジュリエットの物語。悪徳を信じ、さまざまな背徳の行為を実践する悪女の遍歴を通じて、悪の哲学を高らかに宣言するサドの長篇幻想奇譚!!

神曲　地獄篇

ダンテ　平川祐弘〔訳〕　46311-7

一三〇〇年春、人生の道の半ば、三十五歳のダンテは古代ローマの大詩人ウェルギリウスの導きをえて、地獄・煉獄・天国をめぐる旅に出る……絢爛たるイメージに満ちた、世界文学の最高傑作。全三巻。

神曲　煉獄篇

ダンテ　平川祐弘〔訳〕　46314-8

ダンテとウェルギリウスは煉獄山のそびえ立つ大海の島に出た。亡者たちが罪を浄めている山腹の道を、二人は地上楽園を目指し登って行く。ベアトリーチェとの再会も近い。最高の名訳で贈る『神曲』、第二部。

神曲　天国篇

ダンテ　平川祐弘〔訳〕　46317-9

ダンテはベアトリーチェと共に天国を上昇し、神の前へ。巻末に「詩篇」収録。各巻にカラー口絵、ギュスターヴ・ドレによる挿画、訳者による詳細な解説を付した、平川訳『神曲』全三巻完結。

どんがらがん

アヴラム・デイヴィッドスン　殊能将之〔編〕　46394-0

才気と博覧強記の異色作家デイヴィッドスンを、才気と博覧強記のミステリ作家殊能将之が編んだ奇跡の一冊。ヒューゴー賞、エドガー賞、世界幻想文学大賞、ＥＱＭＭ短編コンテスト最優秀賞受賞！　全十六篇

モデラート・カンタービレ

マルグリット・デュラス　田中倫郎〔訳〕　46013-0

自分の所属している社会からの脱出を漠然と願う人妻アンヌ。偶然目撃した情痴殺人事件の現場。酒場で知り合った男性ショーヴァンとの会話は事件をなぞって展開する……。現代フランスの珠玉の名作。映画化原作。

ロビンソン・クルーソー

デフォー　武田将明〔訳〕　46362-9

二十七歳の時に南米の無人島に漂着した主人公が、自己との対話を重ねながら、工夫をこらして農耕や牧畜を営んでいく。近代的人間の原型として、多様なジャンルに影響を与えた古典的名作を読みやすい新訳で。

類推の山

ルネ・ドーマル　巖谷國士〔訳〕　46156-4

これまで知られたどの山よりもはるかに高く、光の過剰ゆえに不可視のまま世界の中心にそびえている時空の原点——類推の山。真の精神の旅を、新しい希望とともに描き出したシュルレアリスム小説の傑作。

白痴　1・2・3

ドストエフスキー　望月哲男〔訳〕　46337-7　46338-4　46340-7

「しんじつ美しい人」とされる純朴な青年ムィシキン公爵。彼は、はたして聖者なのか、それともバカなのか。ドストエフスキー五大小説のなかでもっとも波瀾に満ちた長篇の新訳決定版。

眼球譚［初稿］

オーシュ卿（G・バタイユ）　生田耕作〔訳〕　46227-1

二十世紀最大の思想家・文学者のひとりであるバタイユの衝撃に満ちた処女小説。一九二八年にオーシュ卿という匿名で地下出版された当時の初版で読む危険なエロティシズムの極北。恐るべきバタイユ思想の根底。

裸のランチ

ウィリアム・バロウズ　鮎川信夫〔訳〕　46231-8

クローネンバーグが映画化したＷ・バロウズの代表作にして、ケルアックやギンズバーグなどビートニク文学の中でも最高峰作品。麻薬中毒の幻覚や混乱した超現実的イメージが全く前衛的な世界へ誘う。

ジャンキー

ウィリアム・バロウズ　鮎川信夫〔訳〕　46240-0

『裸のランチ』によって驚異的な反響を巻き起こしたバロウズの最初の小説。ジャンキーとは回復不能になった麻薬常用者のことで、著者の自伝的色彩が濃い。肉体と精神の間で生の極限を描いた非合法の世界。

麻薬書簡　再現版

ウィリアム・バロウズ／アレン・ギンズバーグ　山形浩生〔訳〕　46298-1

一九六〇年代ビートニクの代表格バロウズとギンズバーグの往復書簡集で、「ヤーヘ」と呼ばれる麻薬を探しに南米を放浪する二人の謎めいた書簡を纏めた金字塔的作品。オリジナル原稿の校訂、最新の増補改訂版！

死をポケットに入れて

チャールズ・ブコウスキー　中川五郎〔訳〕　ロバート・クラム〔画〕　46218-9

老いて一層パンクにハードに突っ走るＢＵＫの痛快日記。五十年愛用のタイプライターを七十歳にしてMacに替え、文学を、人生を、老いと死を語る。カウンター・カルチャーのヒーロー、Ｒ・クラムのイラスト満載。

西瓜糖の日々

リチャード・ブローティガン　藤本和子〔訳〕　46230-1

コミューン的な場所アイデス〈iDeath〉と〈忘れられた世界〉、そして私たちと同じ言葉を話すことができる虎たち。澄明で静かな西瓜糖世界の人々の平和・愛・暴力・流血を描き、現代社会をあざやかに映した代表作。

長靴をはいた猫

シャルル・ペロー　澁澤龍彥〔訳〕　片山健〔画〕　46057-4

シャルル・ペローの有名な作品「赤頭巾ちゃん」「眠れる森の美女」「親指太郎」などを、しなやかな日本語に移しかえた童話集。残酷で異様なメルヘンの世界が、独得の語り口でよみがえる。

いいなづけ 上・中・下 17世紀ミラーノの物語

アレッサンドロ・マンゾーニ 平川祐弘〔訳〕 46267-7 46270-7 46271-4

ダンテ『神曲』と並ぶ伊文学の最高峰。飢饉や暴動、ペストなど混迷の十七世紀ミラーノを舞台に恋人たちの逃避行がスリリングに展開、小説の醍醐味を満喫させてくれる。読売文学賞・日本翻訳出版文化賞受賞。

トーニオ・クレーガー 他一篇

トーマス・マン 平野卿子〔訳〕 46349-0

ぼくは人生を愛している。これはいわば告白だ――孤独で瞑想的な少年トーニオは成長し芸術家として名を成す……巨匠マンの自画像にして不滅の青春小説、清新な新訳版。併録「マーリオと魔術師」。

倦怠

アルヴェルト・モラヴィア 河盛好蔵／脇功〔訳〕 46201-1

ルイ・デリュック賞受賞のフランス映画「倦怠」（C・カーン監督）の原作。空虚な生活を送る画学生が美しき肉体の少女に惹かれ、次第に不条理な裏切りに翻弄されるイタリアの巨匠モラヴィアの代表作。

さかしま

J·K·ユイスマンス 澁澤龍彥〔訳〕 46221-9

三島由紀夫をして“デカダンスの「聖書」”と言わしめた幻の名作。ひとつの部屋に閉じこもり、自らの趣味の小宇宙を築き上げた主人公デ・ゼッサントの数奇な生涯。澁澤龍彥が最も気に入っていた翻訳。

山猫

G·T·ランペドゥーサ 佐藤朔〔訳〕 46249-3

イタリア統一戦線のさなか、崩れ行く旧体制に殉じようとするシチリアの一貴族サリーナ公ドン・ファブリツィオの物語。貴族社会の没落、若者の奔放な生、自らに迫りつつある死……。巨匠ヴィスコンティが映画化！

服従の心理

スタンレー・ミルグラム 山形浩生〔訳〕 46369-8

権威が命令すれば、人は殺人さえ行うのか？ 人間の隠された本性を科学的に実証し、世界を震撼させた通称〈アイヒマン実験〉――その衝撃の実験報告。心理学史上に輝く名著の新訳決定版。